Michael Kibler
Opfergrube

Zu diesem Buch

Hauptkommissar Steffen Horndeich genießt gerade den Sommer im Darmstädter Badesee Woog, als vor ihm der leblose Körper eines Mannes auftaucht, Arme und Beine hinter dem Rücken aneinander gefesselt. Bald kennen Horndeich und seine Kollegin Margot Hesgart die Identität des Toten: Es handelt sich um den Darmstädter Hochschullehrer Emil Sacher, der seit zwei Wochen vermisst wird. Doch der Gerichtsmediziner stellt fest, dass der Tod erst innerhalb der letzten Tage eingetreten ist. Wo also war Sacher in der Zeit davor? Als Horndeich und Hesgart die Symbolik der Fesselung entschlüsseln, zeigen sich Zusammenhänge mit zwei anderen ungelösten Mordfällen. Allen Opfern wurden nach ihrem Tod Wunden zugefügt. Doch das ist nicht alles: Die drei getöteten Männer haben vor Jahren zur selben Zeit in Darmstadt studiert. Horndeich und Hesgart begeben sich in der Vergangenheit der Opfer auf Spurensuche …

Michael Kibler, geboren 1963 in Heilbronn, ist heute leidenschaftlicher Darmstädter. Nach Studium und Promotion arbeitet er als Texter und Schriftsteller. Seinem Überraschungserfolg »Madonnenkinder« folgten weitere vielbeachtete Kriminalromane. »Opfergrube« ist der siebte Fall für die Ermittler Margot Hesgart und Steffen Horndeich.

Michael Kibler

OPFERGRUBE

Kriminalroman

Piper München Zürich

Mehr über unsere Autoren und Bücher:
www.piper.de

Von Michael Kibler liegen bei Piper vor:
Zarengold
Rosengrab
Schattenwasser
Todesfahrt
Engelsblut
Opfergrube

MIX
Papier aus verantwortungsvollen Quellen
FSC® C083411

Originalausgabe
Dezember 2013

Umschlaggestaltung: semper smile, München
Umschlagabbildung: Fotolia, Frankwalker.de/Shutterstock, Buslik
Satz: Kösel, Krugzell
Gesetzt aus der Minion
Papier: Munken Print von Arctic Paper Munkedals AB, Schweden
Druck und Bindung: CPI – Clausen & Bosse, Leck
Printed in Germany ISBN 978-3-492-30047-6

Der Gefährtin des Wolfes zugeeignet.

I don't know who you think you are
but before the night is through
I wanna do
bad things with you.

Jace Everett, *Bad things*

PROLOG

»Und, meinst du, das ist die gerechte Strafe?«
Ich sitze hier in diesem dunklen Loch. Seit Tagen. Diese innere Stimme, die von den dreckigen Wänden hallt, wird jetzt auch noch philosophisch. Kaum zu ertragen.

»Quatsch. Vergiss es. Ich soll sterben, Mann. Das ist nicht gerecht. Nicht mal der amerikanische Präsident ist heute noch für Todesstrafe.«

Die Stimme säuselt wieder: »Klar. Aber ich meine – so mal rein moralisch.«

Seit ein paar Tagen ist sie da. Kommt von woher auch immer. Aber ich, *ich* liege in der Grube. Vielleicht fünf mal eins fünfzig groß, keine zwei Meter hoch. Meine Hände sind mit Plastikband gefesselt. Wenn ich mal muss, kann ich kaum meine Lage verändern. Und die Stimme, die es ja gar nicht gibt, die nur in mir drin meckert, geifert, brüllt, lamentiert – die spricht von Moral. Schlechter Witz.

Ich bin schon zu lange hier. Das hält kein Mensch aus, ohne durchzudrehen.

»Das war nicht richtig, damals!«, schreit die Stimme. Und ich würde ihr so gern eine reinhauen. Aber wie schlägt man sich selbst mit gefesselten Händen?

Mann, Mann, Mann, so langsam geht die mir echt auf den Keks. Klar, das war ein wenig *too much,* damals. Und? Kein Grund, jetzt hier zu liegen, oder? Wie konnte ich mich bloß selbst in so eine Situation bringen? Ich habe doch kaum was gemacht, damals. Aber das sieht man hier offensichtlich anders.

Ich höre, wie die Decke über meiner Grube einen Spaltbreit geöffnet wird. Einerseits ein gutes Geräusch, denn etwas wird gleich passieren. »Etwas ist anders. Alles, was anders ist, ist gut.« Aus dem Film *Und täglich grüßt das Murmeltier.* Genauso fühle ich mich auch. Nur Dunkelheit, keine Uhr. Keine Ahnung, ob es fünf Tage sind, die ich hier bin, oder fünfzehn. Aber jeder Tag ist wie der vorige. Jede Minute gleicht ihrer Vorgängerin exakt. Durch den Spalt fällt schummriges Licht, vielleicht von einer Glühbirne. Eine Flasche Wasser wird in die Grube hinuntergelassen, an einem Plastikband. Dann wieder völlige Dunkelheit.

Wieder die innere Stimme: »Das war nicht richtig, damals.«

Klar, geschenkt, war nicht richtig.

Mein Name ist Emil Sacher.

Und ich habe Mist gebaut. Mindestens einmal in meinem Leben so richtig fetten Mist.

Und dafür werde ich wohl mit dem Leben zahlen. Die Frage ist nur, ob ich vorher noch komplett durchdrehe.

Gerecht?

Nein.

Abwendbar?

Ebenfalls nein.

Scheiße.

MITTWOCH, 20. JUNI

Das Wasser war wunderbar weich. Horndeich liebte es. Seit der Hauptkommissar in Darmstadt wohnte, mochte er diese Zeit des Sommers, in der er im Badesee mitten in der Stadt schwimmen konnte. Dreimal pro Woche, so war zumindest der Plan, schwamm er eineinhalb Kilometer. Natürlich standen am Seeufer keine Schilder mit Meterangaben, aber es gab ja Google-Earth. Mithilfe des virtuellen Globus, der auf dem PC Satellitenbilder von jedem Punkt der Erde anzeigte, hatte er mehrere Strecken in dem Badesee ausgemessen, sodass er immer eine gute Orientierung über die zurückgelegte Distanz hatte. Von der Rutsche bis zum Sprungturm waren es hundertsiebzig Meter. Zog man in einem großzügigen Bogen an der im Wasser angeketteten Badeinsel vorbei, waren es sogar knapp zweihundert Meter.

Horndeich hatte an diesem Mittwoch frei, und auch die Mörder der Stadt schienen sich brav ans Sommerloch zu halten – oder waren in Urlaub.

Wegen seines alten Benz hatte sich der Vormittag zunächst anders gestaltet, als Horndeich es geplant hatte. Der Wagen war zwar angesprungen, ging dann aber wieder aus und wollte sich nicht mehr starten lassen, obwohl der Anlasser kraftvoll leierte. Hendrik, alter Freund und Autobastler, hatte den Wagen unter die Lupe genommen und nach ein paar Minuten nur ein einziges Wort gesagt: »Benzinpumpe.« Horndeich hatte gleich gewusst, was das bedeutete: viel Geld und eine lange Wartezeit. Denn sein Benz Kombi war Baujahr 1965, mit Flossen, dunkelrot, perfekt restauriert – anscheinend bis auf die Benzinpumpe. Hendrik hatte den Benz samt Horndeich zum Schrauber seines Vertrauens in die Heidelberger Straße geschleppt. Dann hatte Horndeich sich einen Leihwagen besorgt, Golf Kombi. Der würde es für ein paar Tage tun müssen.

Erst eine Stunde danach war er mit seiner kleinen Familie am Badesee angekommen. Horndeichs Frau Sandra lag im Schatten der Bäume auf der *Woogsinsel,* jener Oase am Rande des Sees, knapp halb so groß wie ein Fußballfeld. Auch seine Tochter Stefanie war mit von der Partie. Da die aber gerade erst ihren ersten Geburtstag gefeiert hatte, schwamm sie noch nicht. Doch die Vorteile von wasserdichten Windeln hatte auch Horndeich schon zu schätzen gelernt. Wobei er bis vor wenigen Wochen noch gar nicht gewusst hatte, dass es tatsächlich Windeln gab, die auch das Eindringen von Wasser verhinderten.

Der Badesee hatte den großen Vorteil, dass Horndeich die Bahnen nicht mit verkappten Kampfschwimmern oder schwimmenden Kaffeekränzchen teilen musste. Das Einzige, was das Schwimmen beeinträchtigte, waren ab und an irgendwelche Wassergräser, die seine Beine streiften. Und die Dinger wuchsen schneller, als man sie abschneiden konnte.

Viele Darmstädter verschmähten den See, weil das Wasser wegen der vielen Schwebstoffe nicht glasklar war. Dabei sorgte der Darmbach für einen steten Frischwasserzulauf. Und auch die regelmäßigen Wasserproben zeugten durchgehend von guter Wasserqualität.

Im Nichtschwimmerbereich planschten sicher hundert Leute. Horndeich war froh, dass er der Masse entschwommen war.

Er versuchte, das Tempo etwas zu erhöhen, und erreichte die Badeinsel, die rechts von ihm mit Ketten an dem für sie bestimmten Ort gehalten wurde. Die Stadt hatte sie erst in diesem Jahr zu Wasser gelassen. Auf den knapp vierzig Quadratmetern sonnten sich zahlreiche Badegäste. Ein Pärchen am Rand knutschte ziemlich ungeniert.

Horndeich hob den Kopf aus dem Wasser, sog die Luft ein, tauchte unter, die Arme verdrängten das Wasser, er glitt nach vorn, die Beine stießen sich im Wasser ab, der nächste Atemzug stand an.

Da erkannte Horndeich, dass in einiger Entfernung vor ihm etwas im Wasser trieb. Ein Fisch?

Er lenkte die Schwimmbewegungen ein wenig nach rechts, zog die Arme durch, tauchte wieder auf.

Ein verdammt großer Fisch. Dann hörte er bereits das Schreien von der Badeinsel, die inzwischen hinter ihm lag. Mindestens dreistimmig. Zwei Frauen, ein Mann.

Horndeich schaute auf den Körper vor sich im Wasser. Er paddelte jetzt auf der Stelle. Das war kein Fisch. Ganz sicher nicht. Das, was da vor ihm im Wasser lag, war ein menschlicher Körper. Und definitiv ein toter menschlicher Körper.

Oh nein, dachte er. Dann wendete er. Kurz überlegte er, auf die Badeinsel zuzusteuern. Doch dann drehte er bei. Hundertzwanzig Meter entfernt am Ufer warteten seine Frau und seine Tochter. Und sein Handy.

Jetzt kraulte er. So schnell er konnte.

Eine Dreiviertelstunde später war die Woogsinsel komplett geräumt. Die Spurensicherung suchte bereits das Ufer ab, Taucher der Bereitschaftspolizei untersuchten den Grund des Sees. Die Kollegen von der Schutz- und Bereitschaftspolizei nahmen die Personalien der Badegäste auf, die jetzt auf der hinter der Woogsinsel liegenden Wiese standen und darauf warteten, nacheinander das Gelände verlassen zu dürfen.

Mit einem Boot hatten die Jungs der Bereitschaftspolizei zuerst die Badegäste, die nicht bereits selbst ans Ufer geschwommen waren, von der kleinen Badeinsel zur Woogsinsel gefahren. Danach hatten sie die Leiche an Land gebracht und auf der Woogsinsel abgelegt. Über der Leiche war inzwischen ein Zelt aufgebaut, nicht zuletzt, um Neugierigen das Gaffen unmöglich zu machen.

Bevor die Bereitschaftspolizei eingetroffen war – von ihrem Stützpunkt in Mainz-Kastel aus hatten die auch knapp eine halbe Stunde gebraucht –, war die Leiche ungeschützt im Wasser getrieben. Kurz hatte Horndeich erwogen, den Ekel zu unterdrücken und sie eigenhändig an Land zu ziehen. Doch er wollte auf keinen Fall eventuelle Spuren vernichten oder verunreinigen. Also hatte er mit all den anderen auf die Einsatzbusse und Gerätschaftswagen der Mainzer Kollegen gewartet.

Es hatte eine Viertelstunde gedauert, bis die Kollegen der Schutzpolizei das ganze Gelände um den See, inklusive der Fußwege, abgesperrt hatten. Vorher hatte Horndeich ungläubig beobachtet, wie sich auf dem Fußweg Menschentrauben bildeten, die den im Wasser treibenden Körper mit ihren Handys ablichteten. Er hatte auch die eine oder andere Spiegelreflexkamera mit Monster-Tele gesichtet. Einer der Meisterfotografen war sogar auf einen Baum geklettert, um freie Sicht zu haben.

»Was haben wir hier?«, fragte Margot Hesgart. Steffen Horndeichs zehn Jahre ältere Vorgesetzte und Partnerin war inzwischen auch eingetroffen. Sie trug bereits einen weißen Schutzanzug sowie blaue Plastiküberschuhe. Wieder einmal fiel Horndeich auf, dass sie in den vergangenen Wochen sicher zehn Kilo abgenommen hatte. Da Margot nie dick gewesen war, erreichte sie allmählich die Grenze jenseits eines gesunden Body-Mass-Index.

Horndeich trug die gleiche Verkleidung, die seine Shorts und das kurzärmelige Hemd verdeckte. Sandra war mit Stefanie und den anderen Badegästen bereits gegangen. Seine Frau hatte einmal ebenfalls zur Mordkommission Darmstadt gezählt, bevor sie zum Landeskriminalamt nach Wiesbaden gewechselt war. Aber momentan war sie ohnehin in Elternzeit.

»Leiche. Männlich. Nackt. Gefesselt«, erklärte Horndeich seiner Kollegin. Gemeinsam mit Margot betrat er das Zelt. Margot schaute auf den nackten Körper des Mannes. Die Leiche war aufgedunsen, und die Farbe des Körpers war alles andere als appetitlich. Der Körper lag auf der Seite. Ihn auf den Rücken zu legen wäre nicht möglich gewesen. Der Grund war offensichtlich: Beide Hände und beide Füße waren aneinandergefesselt, hinter dem Rücken.

Horndeich sah wieder auf den Mann auf dem Boden. Gruselig, der Gedanke, so ertrinken zu müssen.

Margot ging in die Hocke, betrachtete das Gesicht. »Könnte er es sein?«, fragte sie.

Horndeich wusste, wovon sie sprach. Vor drei Wochen war ein Hochschullehrer aus Darmstadt spurlos verschwunden. In dieser Haltung konnte Horndeich schlecht die Größe schätzen, doch die Eckdaten stimmten: vierzig Jahre alt, dunkles, kurzes Haar, athletischer Körperbau, trainiert, keine Blinddarmnarbe, auch sonst keine Narben oder unveränderliche Kennzeichen – der Mann vor ihnen war ein guter Kandidat.

Ein weiterer Mann betrat das Zelt: Dr. Martin Hinrich, der Gerichtsmediziner aus Frankfurt. Auch er trug die Spurenvermeidungsuniform.

»Na, was haben wir denn da?«, fragte er, offenbar bester Laune.

»Männliche Wasserleiche. Nackt. Gefesselt«, sagte Margot.

Horndeich wusste, wie das mit den Wasserleichen war. Natürlich war ein menschlicher Körper schwerer als Wasser, im Leben wie im Tod. Deshalb sank er zunächst ab, auf den Grund des Gewässers. Nach geraumer Zeit bildeten die Bakterien im Körper Gase, wenn sie den Körper zersetzten. Und dann stieg der Körper wieder auf. Quod erat demonstrandum.

Horndeich erinnerte sich, dass das bei fünf Grad kaltem Wasser nach rund zwei Wochen der Fall war. Doch der Sommer hatte Darmstadt seit vierzehn Tagen fest im Griff; das Wasser im Woog hatte inzwischen an der Oberfläche fast fünfundzwanzig Grad. Und da der See an den tiefsten Stellen nur vier Meter tief war, waren die unteren Wasserschichten wohl auch nicht mehr eiskalt. Was den Verwesungsprozess und damit den Auftrieb beschleunigt haben durfte.

»Und? Auf den ersten Blick eine Idee zur Todesursache?«, fragte Margot.

Steilvorlage für den Gerichtsmediziner: »Bewegungsmangel.«

»Mein Gott, Hinrich, können Sie nicht einmal ein wenig

Respekt vor den Toten zeigen?«, blaffte Margot lauter als sonst.

Was Hinrich dazu veranlasste, aus der Hocke heraus zu ihr aufzuschauen. »Bin ich Hellseher, werte Kollegin? Nein. Ich muss den toten Herrn erst mal mit nach Frankfurt nehmen. Auf den Tisch legen. Entfesseln. Und dann untersuchen. Und das möglichst flott, denn wenn der hier noch ein paar Stunden in der Hitze fault, kann ich ihn gleich ins *Jeffersonian* schicken.«

Margot hob eine Augenbraue, und Horndeich konnte sich ein Grinsen nicht verkneifen. »Wohin?«, fragte sie.

Horndeich antwortete: »*Bones. Die Knochenjägerin.* Fernsehserie. Sie ist forensische Anthropologin. Ihr Institut heißt *Jeffersonian.* Die schaut immer nur auf die Knochen, wenn das Fleisch schon nicht mehr dran ist.« Seit geraumer Zeit waren er und seine Frau Sandra zu Serien-Junkies geworden. Kleine Filmhäppchen, passend für die knappe Pause zwischen Tochter füttern und Tochter wickeln.

»Schon gut«, antwortete Margot.

»Ich sehe keinen typischen Schaumpilz. Aber wenn er einige Tage unter Wasser lag, dann ist das kein Wunder. Schaumpilz vor dem Mund hätte eindeutig auf Ertrinken schließen lassen.«

Hinrich ging in die Hocke. Dann nahm er die nötigen Utensilien aus dem Koffer und untersuchte die Leiche von Kopf bis Fuß. Margot und Horndeich standen schweigend daneben.

»Ich kann noch nicht sagen, ob das die Todesursache war, aber er hat einen Schlag auf den Kopf bekommen.« Hinrich wandte sich dem Team zu, wobei er mit der Hand das Kopfhaar des Toten etwas zur Seite hielt.

»Wann können Sie uns Genaueres sagen?«

»Frau Hesgart, Sie kennen mich doch inzwischen gut genug, um sich diese Frage selbst beantworten zu können. Ich pfeife auf den Feierabend, meine Freundin wird mir einen langen Vortrag über die Work-Life-Balance halten. Und dennoch werde ich mir die Leiche gleich zur Brust nehmen. Und schwuppdiwupp haben Sie morgen schon die ersten Ergebnisse.«

Hinrich drehte den Toten über den Bauch auf die linke Seite. Alle drei Augenpaare richteten sich auf die rechte Gesäßhälfte. Dort war ein Tattoo zu erkennen, etwa von der Größe eines Zwei-Euro-Stückes. Es zeigte ein japanisches oder chinesisches Schriftzeichen.

Margot sah zu Horndeich: »Die Frau von Emil Sacher hat nichts von einer Tätowierung gesagt.« Sie nahm ihre kleine Digitalkamera und lichtete das Tattoo ab.

»Ja. Keine Narben, keine Tattoos, keine Piercings, da war sie sich sicher gewesen.«

»Also doch nicht Emil Sacher? Wer denn dann?«

Die drei traten aus dem Zelt. In diesem Moment fuhr ein Leichenwagen von der Einfahrt unweit des Eingangs in Richtung Liegewiese heran. Als ob die Situation nicht eh schon grotesk genug gewirkt hätte, schien der Wagen der Bestatter deutlich älter zu sein als das Opfer. Ein Mercedes Kombi – die Flossenvariante 220B, der gleiche Wagen, den auch Horndeich fuhr. Nur war seiner rot und nicht schwarz. Und seiner hatte keine Milchglasscheiben am Heck.

Die Bestatter zogen sich ebenfalls Schutzkleidung an, dann rollten sie eine Trage über das Brückchen von der Liegewiese auf die Woogsinsel.

»Fahrt ihr jetzt in retro?«, konnte sich Horndeich nicht zu fragen verkneifen.

Einer der Bestatter grinste verhalten. »Normalerweise nicht. Aber alle anderen Wagen sind unterwegs.« Er schaute in den Himmel, wo sich erste Wolken zeigten. »Liegt wohl an der schwülen Hitze. Zum Glück hat der Chef das gute Stück restaurieren lassen«, meinte er. Dann verschwand er mit dem Kollegen im Zelt.

Horndeichs Blick wanderte über die Karosse. Perfekt restauriert, so sah es auf den ersten Blick aus. Dann schaute auch er nach oben. Würde heute wohl noch ein Gewitter geben.

Wenig später rollte die Trage mit gefüllter Bergungshülle wieder in Richtung des Leichenwagens.

»Kommen Sie mit nach Frankfurt?«, fragte Hinrich Horndeich.

Der zuckte mit den Schultern. Der Tag konnte kaum mehr schlimmer werden. »Aber ich darf mich vorher noch umziehen, ja?«

Margot war dankbar, dass Horndeich den Job übernommen hatte, Hinrich in Richtung Sektionstisch zu begleiten. Am Abend oder aber spätestens morgen würde Hinrich Näheres zum Tod des Mannes sagen können. Sie beschloss, schon etwas Vorarbeit zu leisten. Vielleicht konnte sie den Mann identifizieren. Sie würde es jedenfalls versuchen.

Sie fuhr auf den Parkplatz am Präsidium, stellte ihren Mini Clubman ab und war drei Minuten später im Büro, das sie sich mit Horndeich teilte.

Sie sah aus dem Fenster. Von Westen her zog eine dicke schwarze Wolkenfront heran. Welch grandiose Metapher, dachte Margot und wandte sich ab. Denn ihr Noch-Ehemann Rainer saß gerade in einem Flugzeug, das ihn aus den USA und damit aus ebendiesem Westen nach Deutschland brachte. Das wusste sie nicht von ihm, sondern von ihrem Vater. Es war Rainers erster Besuch auf dieser Seite des Atlantiks seit über einem Jahr. Und er kam nicht allein. Hoffentlich wurde er in seinem Flieger gut durchgeschüttelt.

Obwohl die Temperatur im Büro der jenseits der Fenster in nichts nachstand, war Margot nach einem Kaffee zumute. Sie ging zum Kaffeeautomaten, stellte ihre Tasse unter die Düse und drückte auf die Kaffee-Taste. Die Maschine heizte auf, und wenig später konnte sie den Zucker in das Getränk geben. Einen Löffel. *Gegen die Bitterkeit,* wie sie immer zu sagen pflegte. Nur dass es vor einem knappen Jahr nur ein halber Löffel Zucker gewesen war. Die Bitterkeit in ihrem Leben war gestiegen. Sie hätte in letzter Zeit wahrscheinlich drei Löffel pro Tasse gerechtfertigt. Im Moment war das das geringste

Problem. Es hatte Zeiten gegeben, da hatte sie ein paar Kilo mehr auf den Hüften gehabt, doch auf dem Berg von negativen Gedanken waren im vergangenen Jahr zahlreiche dieser Kilos dahingeschmolzen.

Sie fuhr ihren Rechner hoch und loggte sich ins System ein.

Männlich, zwischen dreißig und fünfzig – da wurden ja sicher nicht so viele vermisst. Auch wenn Hinrich den Todeszeitpunkt noch nicht genannt hatte, ging Margot davon aus, dass der Mann noch nicht länger als eine Woche tot war. Wahrscheinlich eher kürzer. Denn für eine Wasserleiche hatte er noch ganz manierlich ausgesehen.

Margot blätterte durch die Vermisstenmeldungen der vergangenen Woche. In Darmstadt war seit Emil Sacher, der nun bereits zwanzig Tage lang verschwunden war, niemand vermisst worden. Sie weitete die Suche auf den Landkreis, dann auf Südhessen aus. In Bensheim wurde eine Prostituierte vermisst, aber da war nicht klar, ob sie nicht einfach ihren Wohnort aufgegeben hatte. Es gab weiter keine verwertbaren Hinweise.

Margot weitete die Suche auf ganz Hessen aus. Auch kein Treffer. Dann nahm sie sich die ganze Republik vor. Aber ein Mann dieses Alters, zwischen 175 und 185 Zentimetern groß, schlank, mit blauen Augen, wurde nirgends vermisst. Seltsam. Sie weitete die Suche auf den Zeitraum der letzten vier Wochen aus. Ebenfalls Fehlanzeige.

Der Himmel war nun pechschwarz. Margot hatte das kaum registriert und unbewusst die Schreibtischlampe angeschaltet.

Blitz und Donner kamen im selben Moment. Der Donner klang, als ob die Bundeswehr neben dem Gebäude Artillerieübungen veranstaltete. Margot zuckte zusammen. Opfer wurde die Maus, die Margot dabei vom Tisch geschleudert hatte.

Mit dem Donner setzte auch der Platzregen ein.

Margot hob die Maus vom Boden auf. Sie trat ans Fenster und beobachtete den Weltuntergang. Die passende Kulisse zum Untergang ihrer Ehe. Rainer arbeitete seit fast eineinhalb Jahren in den USA, an der Uni in Evansville. Dort hatte er einen Forschungsauftrag bekommen – und aus den zunächst wenigen Wochen waren Monate geworden. Margot hatte von Anfang an nicht den Eindruck gehabt, dass Rainer überhaupt zurückkommen wollte. Vor einem Dreivierteljahr, im Oktober, da hatte sie schließlich all seine Sachen aus ihrem Haus in ein Lager schaffen lassen. Da lagerten sie immer noch.

Und jetzt flog er hierher. Mit Rhonda. Die war seine Assistentin, viel jünger. Und inzwischen von der Assistentin zu *honey* befördert worden. Rainer war Weihnachten noch nicht mit ihr zusammen gewesen – hatte er zumindest versichert. Margot hatte das sogar geglaubt. Denn Rhondas wichtigste Eigenschaft war wohl die, dass sie immer und automatisch in Rainers Nähe war und er sich nicht besonders um sie bemühen musste. So sah das wenigstens Margot. Dass Rhonda nun mit Rainer im Flieger saß – auch das wusste Margot nur von ihrem Vater, bei dem er sich zuvor gemeldet hatte. Feigling.

Ihr Vater, Sebastian Rossberg, und seine Lebensgefährtin Chloe waren seit vier Wochen in Darmstadt. Auch ihr Dad hatte mehr als ein Jahr in den USA verbracht, nachdem er dort seine Jugendliebe wiedergetroffen hatte. Nun wollte er der Frau seines Lebens seine Heimat zeigen, die die Amerikanerin noch nie gesehen hatte. Daher hatte Margot die beiden auch kaum zu Gesicht bekommen.

Der nächste Donner war leiser, das Gewitter zog weiter, aber das Geräusch riss Margot aus ihren Gedanken. Sie setzte sich wieder an den Schreibtisch. Die Maus funktionierte noch. Wenigstens das. Obwohl Emil Sachers Frau ausgesagt hatte, ihr Mann habe kein Tattoo, rief sie nun noch mal die Akte »Sacher« auf. Sacher war Hochschullehrer, Diplomingenieur. Und er war mitten im Semester verschwunden. Das war drei Wochen her, und so lange war der Mann im Woog definitiv nicht tot.

Sie betrachtete die drei Fotos, die seine Ehefrau der Polizei überlassen hatte. Ein gut aussehender Einundvierzigjähriger ohne Bart. Hatte er Ähnlichkeit mit der Woogsleiche? Margot übertrug die Bilder, die sie mit ihrer kleinen Taschenkamera gemacht hatte, auf den Rechner. Betrachtete sie. Die Haarfarbe stimmte überein: tiefes Schwarz. Sowohl der Tote als auch Emil Sacher hatten leichte Geheimratsecken. Auch die Augenpartie war ähnlich. Margot ging davon aus, dass der Mann Emil Sacher war. Vielleicht war er erst nach seinem Verschwinden tätowiert worden?

Margot und Horndeich hatten Emil Sachers Kollegen an der Uni befragt, hatten mit seinem Sohn gesprochen und mehrmals mit seiner Frau. Er hatte nichts mitgenommen. Er war am Mittwoch vor drei Wochen nach der Vorlesung vom Institut in der Petersenstraße in Richtung Parkdeck gegangen, auf dem sein Wagen stand. Der hatte nach seinem Verschwinden immer noch dort gestanden. Die Handy-Ortung hatte ergeben, dass das Handy, wenige Minuten nachdem er das Parkdeck betreten haben musste, abgeschaltet worden war. Weder seine EC- noch seine Kreditkarte waren in den Tagen danach benutzt worden – und er selbst blieb wie vom Erdboden verschwunden.

Sie hatten die Gesprächsdaten des Handys überprüft, aber auch da war nichts Auffälliges zu finden gewesen. Er war am Tag vor seinem Verschwinden von einer Nummer angerufen worden, die die Kollegen nicht hatten zuordnen können. Es war eine anonyme Prepaidkarte gewesen. Das war das einzig Auffällige, was sie überhaupt hatten finden können. Wenn man das auffällig nennen konnte. Margot blätterte weiter durch die Unterlagen und sah, dass Emil Sachers Frau Angelika ihnen auch die Adresse des Zahnarztes ihres Mannes hinterlassen hatte.

Sie griff zum Telefon. Dann wählte sie die Nummer des Doktors.

Horndeich hatte es seiner Chefin nicht ausreden können. »Ja, heute Abend noch«, hatte sie auf sein ungläubiges Nachfragen wiederholt. Also war er vom Zentrum der Rechtsmedizin in

Frankfurt nochmals zum Präsidium gefahren, um von dort aus mit Margot weiter in den Diltheyweg zu fahren. Dort wohnte die Familie Sacher in einem kleinen Reihenhäuschen gegenüber dem Alten Friedhof. Die Familie bestand jetzt nur noch aus Emil Sachers Frau Angelika und dem siebzehnjährigen Filius, Bruno Sacher. Denn die Identifikation des Toten als Emil Sacher war dank Margots Kontakt mit dem Zahnarzt inzwischen eindeutig. Der hatte den Zahnstatus an Hinrichs E-Mail-Adresse gemailt. Bingo. Vier Tage vor seinem Verschwinden hatte ihm der Zahnarzt drei Backenzähne für Kronen vorbereitet und abgeschliffen. Zusammen mit einem Implantat und drei charakteristischen Gold-Inlays bestand damit kein Zweifel mehr daran, dass der Tote Emil Sacher war.

»Also, noch mal in Kurzform, was hat Hinrich herausgefunden?«, erbat Margot einen Bericht.

Horndeich zog sein kleines Notizbuch aus der Innentasche. Eine kurze Zeit lang hatte er versucht, sein Handy als Notizbewahrer zu nutzen. Aber die Daddelei auf der virtuellen Tastatur hatte mehr Vertipper als brauchbare Informationen hervorgebracht. War nett, wenn man das später alles problemlos auf den Rechner beamen konnte – doch Buchstabenmüll blieb eben einfach Buchstabenmüll.

Er öffnete das Notizbuch. »Also, Emil Sacher ist ungefähr zwischen Freitagnachmittag und Samstagnachmittag umgebracht worden. Genauer kann Hinrich das nicht eingrenzen, ohne zu raten. Da Sacher aber kaum freitags oder samstags während des Badebetriebs in den Woog gekippt wurde, ist Freitagnachmittag bis Freitagnacht als Todeszeitpunkt am wahrscheinlichsten.«

»Klingt einleuchtend«, sagte Margot und lenkte den Mini auf die Linksabbiegerspur der Klappacher Straße.

»Er hat einen Schlag auf den Kopf gekriegt, ziemlich heftig, wahrscheinlich war er danach bewusstlos. Der Schädel hat einen feinen Riss bekommen. War ein stumpfer Gegenstand. Der hat aber keine Partikel hinterlassen, zumindest keine, die auf den ersten Blick auffallen. Hinrich schaut sich das alles noch mal durchs Mikroskop an. Gestorben ist Sacher aber tatsächlich durch Ertrinken.«

Margot fuhr die Nieder-Ramstädter hinunter – deutlich schneller als mit den erlaubten fünfzig Stundenkilometern. »Der Mörder schlägt ihm auf den Kopf, zieht ihn aus, fesselt ihn, fährt ihn an den Woog, schleift ihn irgendwo ins Wasser, versenkt ihn? Da muss schon richtig viel Hass dahinterstehen.«

»Ja, sieht nicht so aus, als ob es im Affekt aus Leidenschaft passiert ist«, meinte Horndeich. »Aber eine Frage bleibt dennoch offen: Wo war Sacher die sechzehn Tage zwischen seinem Verschwinden und seiner Ermordung?«

»Und wieso hat uns seine Frau nichts von dem Tattoo gesagt?«

»Richtig. Auch dazu hat Hinrich sich geäußert: Er sagte, dass die Tätowierung nicht frisch gewesen ist, also völlig ausgeheilt – daher mindestens sechs Wochen alt oder eben älter.«

Margot bog in den Herdweg ab, zog dann nach links in den Diltheyweg, als ob sie eine Rallye gewinnen wollte.

»Hui, flott, flott«, versuchte Horndeich seinem Unmut humoristisch Luft zu machen.

»Was zu meckern?«, fragte Margot.

Horndeich arbeitete nun wirklich lange genug mit seiner Kollegin zusammen, um zu wissen, wann er die Diskussion am besten vertagte. »Nein, nein, alles bestens.«

Sie stellten den Wagen vor dem Haus der Sachers ab. Es war ein schmuckes Häuschen. Die beiden Polizisten stiegen aus.

Margot klingelte.

Keine zehn Sekunden später wurde die Tür geöffnet.

Angelika Sacher stand vor ihnen, extrem bleich im Gesicht. Die Frau erkannte Margot auf den ersten Blick wieder. »Er ist es, nicht wahr?«, sagte sie noch vor einer Begrüßung.

Horndeich wunderte sich zwar, wie die Frau so schnell von der Leiche im Woog erfahren hatte, aber es bestand kein Zweifel daran, dass sie von genau dieser Leiche sprach. Frau Sacher wirkte noch zerbrechlicher, als er sie in Erinnerung gehabt hatte. Angelika Sacher war kaum einen Meter sechzig groß. Sie trug ein leichtes Sommerkleid in erdfarbenen Tönen. Das schulterlange Haar hatte sie zu einem einfachen Pferdeschwanz gebunden. Ihr Gesicht war kaum geschminkt.

»Hesgart, Kripo Darmstadt, und mein Kollege Horndeich«, sagte Margot.

»Ich weiß doch, ich erinnere mich.«

»Frau Sacher, dürfen wir hereinkommen?«, fragte Margot.

Die Angesprochene trat zur Seite. Von einem schmalen Flur ging es nach links in den Wohn- und Essbereich.

»Bitte«, sagte Angelika Sacher und deutete auf eine großzügige Sitzgarnitur. Das Wohnzimmer war schlicht, aber stilvoll eingerichtet. Ein Bücherregal, ein CD-Regal, ein Fernseher, eine Musikanlage und Lautsprecherboxen – alles war in Weiß gehalten.

Margot setzte sich, Horndeich tat es ihr nach. Dann hörte er Schritte – jemand kam die Treppe herunter. Sekunden später betrat Bruno Sacher den Raum. Er trug eine etwas antiquiert anmutende Popperfrisur, ein türkisfarbenes Hemd, Röhrenjeans und Cowboystiefel, offenbar aus Schlangenleder. Im besten Fall würde der junge Mann seinen individuellen Stil irgendwann noch finden. Im schlimmsten hatte er genau das schon getan.

Er sah seine Mutter an. »Die Polizei?«

»Hauptkommissar Horndeich, Kripo Darmstadt, meine Kollegin Hauptkommissarin Hesgart«, stellte diesmal Horndeich vor.

»Warum sind die da?«, fragte der Sohn die Mutter. Und jede Farbe war aus seinem Gesicht gewichen.

Noch jemand, der schon von der Leiche gehört hat, dachte Horndeich.

Margot und Horndeich sahen sich an. Und Horndeich erkannte, dass er heute dran war, die Todesnachricht zu überbringen. Seine Kollegin wirkte etwas derangiert.

»Frau Sacher …« Horndeich zögerte. Wie sollte er den jungen Mann ansprechen? »… Herr Sacher«, er wahrte besser die Form, wenn Bruno Sacher auf ihn auch kaum wie ein »Herr« wirkte. »... wir haben heute Emil Sacher tot aufgefunden.«

Angelika Sacher, die immer noch stand, ließ sich auf einen der Sessel sinken. Ihr Sohn setzte sich neben sie auf die Lehne. »Ich habe es gewusst. Er ist es, die Leiche aus dem Woog, nicht wahr?«

Horndeich nickte. »Ja. Wir konnten den Toten im Woog eindeutig als Emil Sacher identifizieren.«

Bruno Sachers Gesicht hatte wieder etwas an Farbe gewonnen. Er legte den Arm um seine Mutter.

Horndeich konnte sich des Eindrucks nicht erwehren, dass die Geste ein wenig theatralisch wirkte. Weder die Gattin noch der Sohn des Verstorbenen brachen in Tränen aus.

»Können Sie uns schon Näheres sagen? Wer hat ihn umgebracht? Wann? Wie? Ist er ertrunken, weil er gefesselt war?« Frau Sachers Stimme war ganz ruhig, während sie die Fragen abfeuerte wie Pfeile.

»Woher wissen Sie von den Fesseln?«, fragte Margot und sprach damit aus, was Horndeich dachte. Obwohl der bereits einen Verdacht hatte.

Bruno Sacher stand auf und kam wenige Sekunden später mit einem kleinen Laptop zurück. Er stellte das Gerät vor Horndeich und Margot auf den flachen Sofatisch. Der junge Mann setzte sich wieder, und sein rechtes Bein wippte im schnellen Takt eines Stakkato-Punk-Liedes, das nur er selbst hören konnte.

Der Bildschirm zeigte die Internetpräsenz einer bundesweit erscheinenden Tageszeitung, deren vier weiße Buchstaben auf rotem Grund wohl jedem Deutschen bekannt waren. Die Seite zeigte die Nachrichten der Region Frankfurt. Und Horndeich wusste sofort, wo der Fotograf gestanden haben musste, als er mit einem Tele die Leiche im Wasser treibend abgelichtet hatte. Der Fotograf war sicher der Kerl auf dem Baum gewesen. Ein bisschen Retusche hier, ein wenig Unschärfe dort – sie hatten das Bild des Toten »aufmacherfreundlich« hergerichtet, eklig genug, um die Kunden anzuziehen, gerade dezent genug, um sie nicht abzustoßen. Der Fokus lag auf der Fesselung.

Den Redakteuren war diesmal offenbar auf die Schnelle keine brillante Überschrift eingefallen. »Wer macht so was?«, titelte die Überschrift. »Mafia-Mord in Darmstadt?« war die Unterzeile.

Horndeich nickte nur. Die Details hatte er der Familie eigentlich ersparen wollen. Keine Chance.

»Ja, das ist Ihr Mann«, sagte Horndeich und sah Angelika Sacher an.

»Ich habe es gewusst«, hauchte sie nur.

Immer noch keine Tränen. Weder beim Sohn noch bei der Ehefrau. Beide schwiegen.

»Haben Sie keine Vorstellung, wer Ihrem Mann, Ihrem Vater das angetan haben könnte?«, schaltete sich Margot wieder ein.

Beide schüttelten den Kopf, sahen sich an, schüttelten wieder den Kopf.

»Hat er leiden müssen?«

»Ja«, sagte Margot im selben Moment, in dem Horndeich »Nein« sagte.

Horndeich übernahm. »Nein. Ich komme gerade von der Gerichtsmedizin. Er war bereits tot, als er …« Horndeich wusste nicht, wie er fortfahren sollte.

»… im Woog versenkt wurde«, beendete Bruno Sacher den Satz.

Horndeich nickte nur. Er sah nicht ein, weshalb er der Familie noch mehr Leid zufügen sollte. Zumal die beiden nicht aus dem Kreis der Verdächtigen ausgeschlossen waren. Zumindest noch nicht. Nur Margot, er und Hinrich wussten, dass Emil Sacher ertrunken war. Das waren genug Menschen.

»Wann ist er gestorben?«, fragte Angelika Sacher.

»Wahrscheinlich vergangenen Freitag«, antwortete Horndeich.

»Wir müssen Sie das fragen, und deshalb frage ich Sie

gleich«, meinte Margot: »Wo waren Sie am vergangenen Freitagabend?«

Mutter und Sohn sahen sich abermals kurz an, dann sagte Bruno Sacher: »Freitag? Da haben wir doch die *Herr der Ringe*-Nacht gemacht. Das war doch Freitag?«

Ein kurzes Lächeln huschte über das Gesicht der Frau. »Ja. Freitag. So um sieben haben wir angefangen, und das ging dann so bis halb zwei, denke ich.«

»Auf DVD. Teil 1 bis 3«, fügte der junge Mann hinzu.

Angelika Sacher nickte.

Bruno Sacher wippte nach wie vor mit dem rechten Bein. Das Lied im Kopf war offenbar noch nicht zu Ende.

»Wann können wir meinen Mann beerdigen?«, fragte Frau Sacher.

»Das entscheidet die Gerichtsmedizin«, entgegnete Margot. »In ein paar Tagen.«

Schweigen senkte sich über den Raum.

»Sie haben wirklich keine Ahnung, wer Ihrem Mann, Ihrem Vater das angetan hat?«, fragte Margot nochmals.

Wieder schüttelten beide den Kopf.

»Gut. Wenn wir noch weitere Fragen haben, werden wir uns bei Ihnen melden.«

Margot stand auf, Horndeich tat es ihr nach.

Angelika Sacher erhob sich ebenfalls, sah die Kommissare an. »Danke, dass Sie noch heute Abend persönlich vorbeigekommen sind.«

Bruno Sacher sagte nichts. Er sah Margot und Horndeich kurz an, nickte, dann verschwand er, und Horndeich hörte wieder Schritte auf der Treppe, diesmal auf dem Weg nach oben.

Angelika Sacher begleitete die Polizisten zur Haustür.

»Frau Sacher – eine Frage hätte ich noch.« Margot griff in die Tasche, holte die kleine Digitalkamera heraus, schaltete sie an und hielt gleich darauf den Monitor in Angelika Sachers Richtung. »Ihr Mann war tätowiert. Auf der rechten Gesäßhälfte.«

Angelika sah Margot direkt an. »Das wusste ich nicht.«

»Das verstehe ich nicht«, meinte Margot.

Die Gesichtsfarbe der Frau veränderte sich nicht, als sie sagte: »Wir haben seit Jahren getrennte Schlafzimmer. Die Basis unserer Ehe ist weniger die Sexualität als die geistige Harmonie. Also – sie war es. Diese Tätowierung ist höchstens vier Jahre alt. Sonst wüsste ich davon.«

Margot nickte nur. »Danke«, sagte sie, dann verabschiedete sie sich. Horndeich tat es ihr nach.

»Keine Träne«, sagte Margot. »Sie ist eiskalt.«

»Jeder trauert anders«, erwiderte Horndeich. Aber irgendetwas an dieser Szenerie hatte ganz und gar nicht gestimmt.

DONNERSTAG, 21. JUNI

»Das ist alles so verdammt keimfrei. Es passt nicht. Es passt einfach nicht.« Margot war wütend. Sie hatte die erste Stunde im Präsidium damit verbracht, die Akte über den seinerzeit als vermisst gemeldeten Emil Sacher zu lesen. Sie war die Aussagen der Ehefrau durchgegangen, die Aussagen der Uni-Angestellten, die Aussagen, die die Kollegen aus München von Sachers Kompagnon Sven Taggt aufgenommen hatten. Mit dem hatte Sacher eine gemeinsame Motorrad-Tuning-Firma betrieben. »Emil Sacher muss ein Gott gewesen sein. Keiner hat auch nur ein einziges negatives Wort über ihn gesagt.«

Horndeich stellte ihr eine Tasse Kaffee hin. Den Löffel Zucker hatte er bereits hineingetan. »Als diese Menschen befragt wurden, da war Emil Sacher ja auch nur vermisst. Ich meine – stell dir mal vor, er kommt aus seinem Spontanurlaub aus Italien wieder und erfährt, dass sein Geschäftspartner über seine krummen Geschäfte geplaudert hat, der Arbeitskollege über die Geliebte und die Frau über seine Vorliebe für Sadomaso. Ich kann die Leute verstehen.«

Margot rollte mit dem Bürostuhl ein wenig zurück. »Du hast ja recht. Nur für uns bedeutet das, dass wir bei Punkt null anfangen müssen.«

»Jepp. So ist das halt.«

»Und außerdem hasse ich Heiligenscheine.«

»Wir sollten nachher noch mal in die Uni gehen und Sachers Kollegen auf den Zahn fühlen.«

Margot nickte. Am Fachbereich Fahrzeugtechnik war der Institutsleiter seit Monaten erkrankt – und Sacher hatte die Leitung kommissarisch übernommen. Das, obwohl sein Kollege Gerhard Weller bereits fünf Jahre länger am Institut arbeitete. Aber angeblich waren sie dennoch dickste Kumpel, wollte man der Aussage Wellers von vor gut zwei Wochen Glauben schenken.

Es klopfte zaghaft an der Tür.

»Herein«, sagte Horndeich, und sein Blick fiel auf die Gestalt, die im Türrahmen stand. Margot wollte auch dorthin schauen, aber sie konnte den Blick nicht gleich von Horndeich abwenden. Cartoon-Figuren bekamen in solchen Situationen immer Stielaugen. Dann sah sie zum Türrahmen. Okay. Alles klar. Die Frau war wohl Mitte zwanzig und bildhübsch. Margot erkannte auf den ersten Blick, dass sie kaum geschminkt und ihre Ausstrahlung daher authentisch war. Da es bereits jetzt, um zehn Uhr, fast dreißig Grad im Schatten hatte, war die Dame entsprechend luftig gekleidet. Das rote Kleid saß perfekt, die Sandaletten ebenfalls – und der dezente Schmuck fügte sich zusätzlich perfekt ins Bild. Seit Kurzem hörte Margot gern die Lieder der deutschen Sängerin Ina Müller – auch wenn die tollen Texte nicht von ihr, sondern von dem begnadeten Frank Ramond stammten. Der hatte für Ina unter anderem den Refrain gedichtet: *Ich hab lieber Orangenhaut als gar kein Profil.* Bis eben hatte Margot diese Zeile so gemocht, dabei an Rainers Rhonda gedacht und Ina und Frank vorbehaltlos zugestimmt. Und nun wusste sie, dass jedes Profil gegen diese Schönheit verblassen würde.

»Bin ich hier richtig bei Frau Hesgart und Herrn Horndeich?« Die Venus sah beide an. Und hatte auch noch so eine verdammt engelhafte Stimme. Ekelhaft. »Die Dame von der Pforte hat mich zu Ihnen geschickt.«

»Ja«, entgegnete Margot. »Was können wir für Sie tun?«

»Ich komme wegen Emil Sacher. Dem Toten. Dem aus dem See.«

Horndeich sah wieder zu Margot. Okay, so viel Professionalität war dann doch noch übrig. Dann schaute er wieder auf den strahlenden Morgenstern: »Woher wissen Sie, dass er tot ist? Das haben wir noch nicht an die Presse gegeben.«

»Setzen Sie sich doch«, sagte Margot.

Horndeich schob der jungen Frau einen Stuhl vom Rand des Büros heran. Dann setzte er sich wieder hinter seinen Schreibtisch.

Die Dame ließ sich auf dem Stuhl nieder, und ihr Blick wanderte zwischen Margot und Horndeich hin und her, bis er schließlich auf Margots Gesicht verweilte. Wenigstens das. »Er ist tot, nicht wahr?«

»Darf ich Sie nach Ihrem Namen fragen – und danach, in welchem Verhältnis Sie zu Herrn Sacher stehen?«

»Ich heiße Marlene Ritter. Ich studiere in Frankfurt an der Fachhochschule Maschinenbau. Dort habe ich Emil – also Herrn Dr. Sacher – kennengelernt. Er ist ein Freund von mir.«

»Wie kommen Sie darauf, dass er der Tote aus dem See sein könnte?«, wollte Margot von der jungen Frau wissen.

»Die Bilder im Netz.«

»Nun, auf dem Bild auf der Webseite dieser Boulevardzeitung konnte man nicht viel erkennen.«

»Nein, da nicht. Aber es gibt ja noch andere Bilder im Netz.« Marlene Ritter zog ihr Handy aus der kleinen Handtasche und fuhr mit den Fingern ein paarmal über den Bildschirm. Dann zeigte sie es Margot.

Drei Fotos, alle aufgenommen, als der Tote noch im Wasser trieb. Einmal das Gesicht des Toten. Dann die Fesselung, als das Boot der Bereitschaftspolizei den Körper in Richtung Ufer bugsierte, ganz deutlich und gestochen scharf. Und dann ein Bild des Tattoos, als sich die Leiche auf dem Weg zum Ufer gedreht hatte. Die Zurückhaltung von Informationen war im Zeitalter des Internets ein klein wenig schwieriger geworden, dachte Margot.

»Wie lange kannten Sie Emil Sacher?« Mit der Wahl der Tempusform des Verbs gab Margot nun zu, dass der Tote Emil Sacher war.

Das registrierte auch Marlene Ritter. Ihr Blick wanderte nochmals kurz zu Horndeich, dann sah sie wieder Margot an. »Knapp drei Jahre.«

Margot sagte nichts. Sollte die junge Frau erzählen.

Die fuhr auch sogleich fort. »Ich war im ersten Semester, als Emil einen Vortrag über Fahrdynamik von Zweirädern gehalten hat. War an die fortgeschrittenen Semester gerichtet, aber da ich mich schon immer für Motorräder interessiert habe, ging ich hin. Saß zufällig ganz vorn. Und Emil hat mich dort gesehen. Nach der Vorlesung bin ich zu ihm hin – und wir sind zusammen essen gegangen.«

»Nur das?«

Marlene Ritter ging gar nicht auf Margots Gegenfrage ein: »Wissen Sie, wer das getan hat?«

»Nein, daran arbeiten wir.«

»Und ich bin sicher, Sie haben kaum eine Spur.«

»Wie kommen Sie darauf?«

»Weil alle Ihnen erzählt haben, wie perfekt Emil war. Wie zuckersüß sein Leben war, sodass sich niemand erklären kann, wer ihm Böses wollte.«

»Aber Sie wissen das?«

»Ja. Ich kenne ihn. Ich kannte ihn. Vielleicht besser als irgendjemand anderes.«

»Also hatten Sie ein Verhältnis?«

»Ja. Aber ein besonderes.«

Horndeich schaltete sich ein: »Sie haben ihn über zwei Jahre lang gebeten, sich scheiden zu lassen, er hat immer gesagt, er würde seine Frau verlassen, aber er hat es nie getan – und da sind bei Ihnen irgendwann die Sicherungen durchgebrannt.«

Marlene Ritter sah Horndeich an. Sie musterte ihn kalt, und Margot konnte in ihrem Blick vor allem eines erkennen: Verachtung.

»Herr Horndeich, Sie können versichert sein, dass ich viel wollte, aber ganz sicher nicht mit seiner Frau tauschen. Die Ebene, auf der Emil und ich miteinander umgegangen sind, war eine andere.«

»Welche?«, wollte Margot wissen.

»Eine rein sexuelle.«

Warum war Margot nicht überrascht? Das erklärte auch, dass die Dame das Tattoo erkannt hatte.

»Wir haben – nun, sagen wir, gewisse Neigungen geteilt. Und ausgelebt. Das war es, was uns verbunden hat, und nur das. Ansonsten hat jeder von uns sein eigenes Leben gelebt.«

»Wie oft haben Sie sich getroffen? Und wo?«

»Das war unterschiedlich. Emil war viel unterwegs, hielt guten Kontakt zu anderen Universitäten, war immer wieder in München, wo er ja noch die Firma hatte. Er hat mich oft mitgenommen – oder mir einfach das Ticket bezahlt, und wir haben uns dann in der Stadt getroffen, in der er gerade war.«

»Und wie oft war das der Fall?«

»Einmal im Monat, zweimal, je nachdem.«

»Sie meinten eben, Sie wüssten, wer Emil Sachers Feinde waren.«

»So würde ich es nicht formulieren. Aber er hat mir viel erzählt.«

»… während Sie Ihre Neigungen ausgelebt haben?«

Wieder sandte Frau Ritter Horndeich einen vernichtenden Blick. »Nein. Wir haben auch miteinander geredet. Und dadurch, dass ich außerhalb unserer Treffen nicht in sein Leben involviert war, hat er mir viel erzählt.«

»Was zum Beispiel?«

»Zum Beispiel sagte er, dass seine Frau ein Alkoholproblem hat. Dass er sich kaum traut, sie zu irgendeinem offiziellen Anlass mitzunehmen – wobei das in seinen Kreisen oft wichtig sein kann. Aus beruflichen Gründen. Um weiterzukommen.«

»Frau Sacher ist Alkoholikerin?«

»Wenn mir Emil keinen Mist erzählt hat – und er hat keinen Grund dazu gehabt, ja, dann ist sie das wohl.«

»Was hat er Ihnen über seine Kollegen und Mitarbeiter erzählt?« Einerlei, ob diese Zeugin Margot sympathisch war oder nicht – auf jeden Fall erweiterte sie ihre Perspektive auf den toten Emil Sacher.

»Meinen Sie Weller, der ihn am liebsten aus der Uni gefegt hätte, weil Sacher die kommissarische Leitung bekommen hat? Oder meinen Sie Sven Taggt, seinen Teilhaber an der Firma in München, der davon überzeugt ist, dass ihm mindestens zwei Drittel von den Gewinnen zustehen würden?«

Marlene Ritter sah Horndeichs Lächeln nicht, da sie nach wie vor nur mit Margot direkt sprach. Aber Margot konnte dieses Lächeln verstehen. Die Dame in Rot war keine zehn Minuten im Raum – und schon hatten sie drei Ansatzpunkte, mit denen sie weiterarbeiten konnten.

»Und der Sohn war auch nicht gerade begeistert, als Emil ihm den Geldhahn zugedreht hat. Nachdem der junge Mann bereits dreimal unangenehm bei Ihren Kollegen aufgefallen ist.«

Punkt Nummer vier. Auch wenn diese schöne junge Frau mit ihrer Arroganz nicht gerade gut bei Margot ankam – wenn es nach ihr ging, durfte Marlene Ritter den Raum gern noch ein wenig länger mit ihrer Attraktivität erhellen. Wenn sie dabei nur weiter aus dem Nähkästchen plauderte.

»Frau Ritter – können Sie uns etwas über diese Tätowierung sagen?«

Die Angesprochene nickte. Und zum ersten Mal bekam ihr unterkühltes Auftreten leichte Risse. Sie schlug den Blick nieder, und Margot hatte den Eindruck, dass sie kurz mit den Tränen kämpfte.

»Ja, das kann ich. Wir haben sie uns beide am selben Tag stechen lassen.«

»Gemeinsam?« Nun war Margot doch ein wenig irritiert. »Sie haben die gleiche?«

»Ja. An der gleichen Stelle.«

Margot war froh, dass sie mit Rainer seinerzeit nur Ringe getauscht hatte. Die konnte man abstreifen. Zumindest äußerlich.

»Darf ich fragen, wie es dazu kam?«

Frau Ritter sah Margot wieder mit offenem Blick an, mit einer Spur Trotz darin. »Gleich an dem Abend, an dem wir das erste Mal zusammen essen gewesen sind, haben wir gespürt, dass da eine unglaubliche Spannung zwischen uns war. Also sind wir in ein Hotel gegangen. Und haben gleich kapiert, dass wir perfekt zueinanderpassten und einander guttun konnten.«

»Wie meinen Sie das?« Margot war bewusst, dass sie sich jetzt auf schlüpfriges Terrain begab.

»Er mochte die dominante Rolle, ich die devote. Klischees, ich weiß, aber es ist nicht einfach, seine Wünsche auszuleben, wenn man keinen Partner hat, der einen respektiert. Devot heißt ja nicht, dass kein Respekt im Spiel ist.«

Margots Kenntnisse auf diesem Gebiet waren eher theoretischer Natur. Sie hatte die Praxis auch nie vermisst. Wenn man Emil Sachers Leichnam in diesem Licht betrachtete, konnte man die gefesselten Gliedmaßen durchaus auch so deuten, dass hier jemand mit seiner devoten Rolle nicht zufrieden gewesen war und Rache geübt hatte.

Marlene Ritter sprach weiter. »Wir waren meist in Hotels. Vor einem Jahr in Paris saßen wir abends in einer Bar. Waren nicht mehr nüchtern. Aber so – zufrieden. Dann kamen wir an einem Tattoo-Studio vorbei. Es war meine Idee. Ich habe eine Schwäche für japanische Kalligraphie. Und es gibt ein japanisches Zeichen für ›Eros‹ – also das Begehren. Genau das war es, was uns verbunden hat. Also haben wir uns beide dieses Tattoo stechen lassen. Es war – es war wie die Besiegelung eines Paktes.«

Margot nickte zwar, hatte aber eine etwas andere Vorstellung von den Beweggründen. Sie glaubte, dass Horndeich mit seiner »Ich-wollte-dich-deiner-Frau-ausspannen«-Theorie näher an der Wahrheit lag.

Marlene Ritter war noch etwa eine halbe Stunde geblieben und hatte geredet wie ein Wasserfall, bis sie schließlich in Tränen ausgebrochen war und sich nicht mehr beruhigen konnte. Margot hatte einen Arzt gerufen. Der hatte gemeint, Marlene Ritter stehe kurz vor einem Nervenzusammenbruch. Horndeich hatte eher den Eindruck gehabt, dass sie die Grenze bereits überschritten hatte. Der Arzt hatte ihr vor Ort einen Gnadenhammer gesetzt. Und sie dann ins Krankenhaus fahren lassen.

Daraufhin hatten Margot und er die große Mühle angeworfen: In München sollten Kollegen den Firmenpartner von Sacher befragen, insbesondere nach seinen Begehrlichkeiten bezüglich des Firmengewinns und vor allem nach einem Alibi. Es wäre durchaus auch für einen Münchner möglich gewesen, Sacher dort umzubringen und dann mit der Leiche nach Darmstadt zu fahren. Horndeich hatte sofort die Akte von Sacher junior im System gecheckt. Marlene Ritter hatte recht gehabt: dreimal Diebstahl in den vergangenen Jahren. Nie etwas Großes – dennoch. Er hatte neben ein paar Verwarnungen auch schon diverse Arbeitsstunden abgeleistet. Der Darmstädter Zoo *Vivarium* war ihm für etwa achtzig Stunden Gehege ausmisten zu Dank verpflichtet.

Wieder klopfte es an der Tür.

Horndeich sah in Richtung Türrahmen. Diesmal keine ansprechende Weiblichkeit, die ihm – das musste er ja nun wirklich zugeben – auf den ersten Blick die Sprache verschlagen hatte. Marlene Ritter war nun wirklich das gewesen, was er unter dem Begriff »attraktive Frau« verstand. Genau bis zu dem Moment, in dem sie den Mund aufgemacht hatte. Sozusagen.

Im Türrahmen stand Kollege Paul Baader, der Kopf des Teams der Spurensicherung. »Hab den vorläufigen Bericht für euch.«

Margot hatte sich gerade wieder einen Kaffee gemacht. Als sie aufstand, war Horndeich einmal mehr aufgefallen, dass sie in den vergangenen Wochen ziemlich abgenommen hatte. Aber er konnte sie kaum darauf ansprechen. Sie wehrte immer sofort ab. Kaffee als Ersatz für Nahrung – selbst mit der inzwischen vierfachen Ration an Zucker war das kaum nahrhaft zu nennen.

»Lass hören«, meinte Horndeichs Kollegin.

Baader setzte sich auf den Stuhl, auf dem zuvor Marlene Ritter gesessen hatte.

»Also: Wir wissen, wo der Bewusstlose in den Woog gelassen wurde.«

»Gut. Wo war das?«, wollte Margot wissen.

Baader legte den DIN-A3-Fotoausdruck des Badesees aus der Vogelperspektive auf den Tisch. Dann zeigte er auf eine Stelle im Südwesten, auf den Fußweg, der parallel zur Heinrich-Fuhr-Straße verlief.

»Hier. Ist keine Überraschung – das ist ziemlich nah bei der Stelle, wo die Leiche aufgetaucht ist. Da ist ein Zaun zum Fußweg hin, der ist nicht beschädigt. Aber vom Zaun bis zum Wasser, da haben wir noch deutliche Schleifspuren gefunden. Hautabrieb – sicher vom Opfer. Ansonsten Fehlanzeige: keine Fasern außer einem Fussel, der offenbar von den Fesselungen stammt – ich habe bereits mit Hinrich gesprochen.«

Horndeich kannte die Stelle gut. Ein paar Jahre zuvor hatte er sich mit einem Verdächtigen eine Verfolgungsjagd geliefert. Der Typ war mit einem Vespa-Dreirad quer durch die Stadt geheizt und genau an derselben Stelle in den Woog gerauscht, wobei er den Zaun durchbrochen hatte. Kurz danach war der Zaun erneuert worden. »Und der Zaun weist keine Spuren auf?«

»Nein. Nichts.«

»Aber jemand muss Sacher ja über den Zaun gehievt haben. Vielleicht sollten wir Arnold Schwarzenegger verhören. Der könnte ihn vielleicht einfach über den Zaun gehoben haben.«

»Klar. Möglich. Aber die Büsche zwischen Zaun und Weg sprechen eine andere Sprache. Da gibt es ganz deutliche Spuren, dass jemand mit einem Wagen neben den Zaun gefahren ist. Ich denke, der Täter hat einen Pritschenwagen gehabt. Vielleicht einen Kipper, mit dem er die Ladefläche zur Seite kippen konnte. Er ist mit dem Teil einfach nah genug an den Zaun herangefahren, hat die seitliche Bordwand aufgeklappt und das Opfer über den Zaun geschoben. Oder die edle Variante: Er kippt die komplette Lade zur Seite, und Sacher purzelt jenseits des Zauns in die Büsche. Dann hat der Täter den Wagen weggefahren, irgendwo in der Nähe abgestellt. Er kam zu Fuß zurück, um den Körper ins Wasser zu zerren. Ich nehme fast an, er hatte einen Plastikanzug an, um Spuren zu vermeiden. Diese Theorie passt zumindest zum Spurenbild. Das Opfer hat wohl zuerst wirklich längs zum Zaun gelegen, bevor es zum Wasser gezerrt wurde.«

»Kann man von den Spuren auf das Auto schließen?«

»Vergiss es. Die beiden Gewitter am Samstag und Sonntag haben die Spurensuche nicht eben einfach gemacht. Wir sind froh, dass wir überhaupt entdeckt haben, dass da ein Wagen gewesen sein muss.«

»Ein Pritschenwagen. Oder sogar ein Kipplaster? Wo bekommt man den so was her? Oder ist unser Mörder ein Bauunternehmer?«

»Da werdet ihr wohl die Verleihfirmen abtelefonieren müssen.«

»Habt ihr noch was rausgefunden?«

»Nein, nicht wirklich. Wir haben einen Pflanzenexperten vom LKA angefordert – der schaut sich die Beschädigungen an den Büschen zwischen Zaun und Ufer und auch die zwischen dem Zaun und dem Fußweg an. Aber ich bin ziemlich sicher, dass auch der sagen wird, dass die Nacht von Freitag auf Samstag als Zeitpunkt ziemlich wahrscheinlich ist.«

»Haben die Taucher noch was gefunden?«

»Nein, rein gar nichts. Also, sie haben die Stelle identifiziert, an der die Leiche eine Weile gelegen hat. Aber ansonsten – nichts. Keine Kleidungsstücke, keine Gegenstände. Abgesehen von den zwei Fahrradtorsos, dem Metallregal und dem Computermonitor. Das waren nur die großen Gegenstände. Ist eine regelrechte Müllhalde dort unten. Aber nichts, was irgendwie mit Emil Sacher in Verbindung steht. Das Zeug liegt dort schon deutlich länger.«

»Dann sehen wir jetzt schon ein bisschen klarer«, sagte Margot.

Sie sah auf die Uhr. »In einer knappen Stunde kommt Angelika Sacher. Ich denke, sie ist uns ein paar Antworten schuldig.«

Die Uni in Darmstadt war über viele Standorte in der ganzen Stadt verteilt. Horndeich hatte sich extra einen Plan der Institute an der Lichtwiese im Südosten der Stadt ausgedruckt. Wenig hilfreich war, dass fast alle die Adresse »Petersenstraße« hatten. Das war die große Zufahrtsstraße, die gleichzeitig am Stichende eine große Schleife von fast einem halben Kilometer Länge aufwies. Dann kamen noch die Stichstraßen hinzu, die von der Straße abgingen und auch alle den gleichen Straßennamen hatten. Ein Albtraum für Paketboten und Kriminalhauptkommissare.

Mit viel Geduld fand er den Eingang des Fachbereichs Fahrzeugtechnik. Und wünschte sich sogleich ein Navi für das Labyrinth im Inneren. Nach dem unnützen Hinauf- und Hinabsteigen von gefühlten zwölf Stockwerken fand er schließlich das Büro von Dr. Gerhard Weller.

Margot war im Büro geblieben und fütterte die Computer mit Berichten, bevor Angelika Sacher ins Präsidium kommen würde. Bis vor wenigen Minuten war Horndeich noch dankbar gewesen, dass er einen Außeneinsatz hatte.

Horndeich klopfte an die Tür.

»Herein«, tönte eine Bassstimme von der anderen Seite.

Horndeich trat ein.

»Dr. Weller?«

Der Mann nickte. »Jepp. Sie sind Kommissar Horndeich?«

»Ja«, sagte er und reichte dem Mann die Hand. Sie verschwand beinahe in der fleischigen Pranke seines Gegenübers. Der hatte einen kräftigen Händedruck. Weller wog sicher hundertdreißig Kilo. Er war groß, trug das spärliche graue Haar zu einem dünnen Zopf gebunden.

»Willkommen im Reich der Fahrzeugtechnik.«

Horndeich wusste nicht so recht, was er darauf antworten sollte.

Weller zeigte auf eine CAD-Konstruktion auf dem Vierzig-Zoll-Monitor. »Unsere neueste Entwicklung«, sagte er. Horndeich hatte keinen blassen Schimmer, was die kryptische Zeichnung darstellte. Er nickte anerkennend. Damit war Weller offenbar schon zufrieden.

»Ihre Kollegen haben mich schon befragt, vor zwei Wochen. Ich hab auch heute keine Ahnung, wohin sich der Kollege Sacher verdrückt hat.«

»Herr Weller, wir ermitteln nicht mehr in einem Vermisstenfall. Emil Sacher ist tot. Er wurde umgebracht. Deshalb müssen wir uns jetzt mit jedem aus seinem Umfeld nochmals unterhalten.«

Weller war sichtlich geschockt. Und sprachlos. Also redete Horndeich einfach weiter. »Sie haben meinem Kollegen gegenüber ausgesagt, Sie hätten sich mit dem Opfer gut verstanden. Und Sie könnten sich sein Verschwinden nicht erklären. Gilt das heute auch noch? Oder fällt Ihnen vielleicht doch noch etwas ein, was uns weiterhelfen könnte?«

»Wann wurde er denn umgebracht?«, fragte Weller.

»Nun, das bringt mich gleich zur nächsten Frage: Wo waren Sie Freitagabend und in der Nacht von Freitag auf Samstag?«

Weller musste nicht einmal überlegen. »Da war ich in Kassel. Habe einen Freund besucht. Bin Freitag dorthin – und Sonntag war ich wieder hier.«

»Können Sie uns den Namen Ihres Freundes geben?« Täuschte sich Horndeich, oder zögerte Weller tatsächlich, bevor er zu einem Zettel griff und eine Adresse aufschrieb?

Horndeich nahm den Zettel entgegen – dann griff er zum Handy. »Margot – kannst du bitte das Alibi von Gerhard Weller überprüfen? Er sagt, er war bei diesem Mann in Kassel.« Horndeich gab den Namen und die Telefonnummer durch.

Er nahm zwar keine Schweißtropfen auf der Stirn des korpulenten Mannes wahr – dennoch hatte er den Eindruck, dass er Angst hatte. »Herr Weller, wie war Ihr Verhältnis zu Emil Sacher wirklich?«

Weller zögerte. Dann seufzte er. »Nicht so gut, wie ich vor

zwei Wochen gesagt habe. Aber da musste ich ja auch damit rechnen, dass ich ihm noch mal gegenüberstehen würde.«

Womit sich Horndeichs Theorie bestätigt hatte.

Nun, da ein Wiedersehen nicht mehr zu befürchten war, zog Weller vom Leder: »Sacher war ein egozentrisches, überhebliches Arschloch. Er ging über Leichen, um seine Ziele zu erreichen. Ich weiß nicht, wie und wo er geschmiert hat, aber er hat alles erreicht. Dass man ihm die stellvertretende Leitung übertragen hat, zum Beispiel – und, sehen wir es realistisch, wer einmal Prof. Dr. Dr. Jetzlows Position erben wird, ist eh klar. Okay, jetzt natürlich nicht mehr.«

»Also steigen Ihre Chancen?«

»Keine Ahnung. Sicher werde ich mich wieder bewerben – und die Karten werden noch mal neu gemischt. Aber, Herr Horndeich – oder wie spreche ich Sie korrekt an?«

»Passt schon.«

»... also, Herr Horndeich – ich habe seit Jahren hier einen guten Job. Ich verdiene mein Geld mit Dingen, die mir wirklich Spaß machen. Ich habe eine zehnjährige Tochter, für die ich viel Unterhalt zahle, die ich dafür aber oft sehe. Auch wenn Sacher ein Arschloch war – wofür hätte ich ihn umbringen sollen? Für dreihundert oder vierhundert Euro mehr im Monat? Ich werde doch nicht so bescheuert sein, alles aufs Spiel zu setzen, nur weil ein affektierter Affe neben mir Karriere machen will? Da hätte ich an dieser Uni noch ein paar mehr um die Ecke zu bringen.«

»Haben Sie eine Ahnung, wer Sacher möglicherweise ans Leder wollte?«

»Herr Horndeich, ich hatte nur auf beruflicher Ebene mit Sacher zu tun. Ich habe ihn hier im Institut erlebt. Er hat immer ein Auge auf junge Studentinnen geworfen – wenn es in unserem Fachbereich auch nicht allzu viele davon gibt. Ich habe ihn bei offiziellen Anlässen gesehen. Er war bei den Mächtigen beliebt, er sprach ihre Sprache. Keine Ahnung, ob es da unterschwellige Machtkämpfe gegeben hat. Es tut mir leid, ich glaube, ich kann Ihnen da nicht weiterhelfen.«

»Und bei den Studentinnen?«

»Ich wüsste nicht, dass eine auf seine Avancen eingegangen wäre.«

»Und zum Tag seines Verschwindens – da haben Sie auch nichts Neues zu sagen?«

»Nein. Er ist vor mir gegangen, gegen siebzehn Uhr. Ich hatte hier noch ein paar Berechnungen laufen – die Ergebnisse wollte ich abwarten. Ich hab mich dann so gegen zwanzig Uhr auf den Weg gemacht. Von seinem Verschwinden habe ich nichts mitbekommen.«

Horndeich sah in sein Notizbuch. Er hatte keine weiteren Fragen. »Danke, Herr Dr. Weller«, sagte er und verabschiedete sich. Als er zu seinem Wagen ging, hatte er das Gefühl, dass das Alibi von Weller einer Überprüfung nicht standhalten würde.

Horndeich fuhr zurück zum Präsidium. Doch bevor er zu Margot gehen würde, wollte er noch etwas abklären. Bereits seit dem Vortag hatte er sich so seine Gedanken gemacht. Mal sehen, ob sein Bauchgefühl ihm recht gab.

Angelika Sacher traf pünktlich um fünf Uhr nachmittags im Präsidium ein. Margot holte sie an der Pforte ab. »Es tut mir leid, dass wir Sie nochmals hierherbitten mussten, aber die Untersuchungen laufen auf Hochtouren – und da tauchen auch immer wieder neue Fragen auf.«

Angelika Sacher sagte nichts, sondern folgte Margot in die oberen Stockwerke in Richtung der Vernehmungsräume.

»Kaffee?«, fragte Margot.

Angelika Sacher schüttelte den Kopf. »Nein. Danke.«

Beide Frauen betraten den Gesprächsraum und setzten sich an einen Tisch einander gegenüber. »Frau Sacher, lassen Sie mich gleich zur Sache kommen«, begann Margot.

Die Ehefrau des Verstorbenen nickte nur.

»Zeugen haben ausgesagt, dass Ihre Ehe nicht so glücklich war, wie Sie sie uns zunächst geschildert haben.«

Angelika Sacher sah Margot an, sagte aber nichts.

»Ihr Sohn ist vorbestraft? Wegen Eigentumsdelikten?«

Frau Sacher nickte. »Ja. Aber was hat das mit dem Tod meines Mannes zu tun?«

»Stimmt es, dass das Verhältnis zwischen Ihrem Mann und Ihrem Sohn – angespannt war?«

Angelika Sacher schaute Margot direkt an. »Ja, ihr Verhältnis war nicht gut. Aber was bitte soll das mit der Ermordung von Emil zu tun haben? Mein Sohn hat meinen Mann nicht umgebracht. Ich auch nicht. Außerdem haben wir zum Todeszeitpunkt gemeinsam DVDs geschaut. Was also wollen Sie von mir? Ich habe doch schon alles gesagt.«

»Aber nicht, dass Sie ein Alkoholproblem haben.«

Angelika Sacher sah Margot an, und ihre Gesichtszüge formulierten die Frage, die sie nicht laut stellte: Woher wissen Sie das? Dann sagte sie: »Ja. Das stimmt.«

»Was stimmt? Dass Ihre Ehe nicht gut war? Oder dass Sie Alkoholikerin waren? Oder sind?«

»Ich war keine wirkliche Alkoholikerin, zum Glück nicht, denn dann wäre es mir viel schwerer gefallen, mein Pensum zu reduzieren. Seit einem Jahr trinke ich kaum mehr. Vielleicht mal ein Glas Sekt zum Anstoßen. Ich brauche den Alkohol nicht mehr. Zufrieden?«

»Darum geht es nicht, Frau Sacher. Wir versuchen, den Mörder Ihres Mannes zu finden. Und dafür müssen wir sein Umfeld, sein Leben kennen.«

»Mein Mann war ein Scheusal.« Angelika Sacher flüsterte den Satz. Machte eine Pause. Und fuhr dann noch leiser fort: »Aber ich habe ihn nicht umgebracht.«

»Was meinen Sie mit *Scheusal*?« Margot hatte ihre eigene Definition davon, aber die tat hier nichts zur Sache. Ihre Definition war in der vergangenen Nacht samt Gspusi über den großen Teich geflogen.

»Mein Mann hatte einen Hang zur Gewalt. Nicht nur, aber auch im Bett. Das habe ich mir leider erst zu spät eingestanden. Ich habe zu spät begriffen, dass sich ein erwachsener Mensch, wenn er seinen Charakter erst einmal entwickelt hat, nicht mehr grundsätzlich ändert. Ich habe gedacht, wenn wir erst verlobt sind, dann ist er sich meiner Liebe sicher. Dann wird er nicht mehr – zuschlagen. Dann dachte ich, es braucht den Ring am Finger, damit sich etwas ändert. Tat es nicht. Die letzte Hoffnung: Ein Kind würde etwas bewirken. Und dann wurde mir klar, dass er sich nicht ändern würde.«

»Haben Sie eine Ahnung, wer einen Grund gehabt hätte, Ihren Mann zu töten?«

»Ja und nein. Sein Kompagnon in München – die beiden hatten immer wieder Streit. Mein Mann war keiner, der einen Konflikt leise beilegte. Bei ihm endete eine Auseinandersetzung erst, wenn er seinen Willen durchgesetzt hatte. Die Reibereien mit Sven Taggt, so heißt der Kollege in München, zogen sich schon seit Jahren hin. Sonst fällt mir dazu nichts ein.«

»Gab es vielleicht noch andere Menschen, zu denen er Kontakt hatte? Außerhalb von der Uni oder von München?«

Margot sah auf ihre Armbanduhr. Es war fast halb sechs. Wo blieb Horndeich? Er hatte doch nur den Uni-Typen befragen wollen.

In diesem Moment klopfte es an die Tür des Vernehmungsraums. Noch bevor Margot »Herein« sagen konnte, ging die Tür bereits auf. Horndeich.

»Sorry, könntest du gerade mal kurz?«

»Entschuldigung, bin gleich wieder da«, sagte Margot und erhob sich. Im Flur meinte sie zu Horndeich: »Erstens: Warum bist du erst jetzt da? Und zweitens: Warum unterbrichst du die Vernehmung?«

»Erstens: weil ich noch etwas überprüft habe. Und zweitens: weil du mir gleich dankbar dafür sein wirst.«

Horndeich führte Margot in ihr Büro. »Setz dich.«

Margot tat, wie ihr geheißen. Horndeich klickte mit der Maus, und auf Margots Monitor kam Bewegung in ein Video. Es zeigte einen Überfall auf eine Tankstelle.

»Und?«, fragte Margot.

Horndeich wartete noch ein paar Sekunden. Dann drückte

er den Pause-Button. »Hier«, sagte er und zeigte auf einen der Männer. »Den kennen wir, oder?«

»Wer soll das sein?«

»Hallo? Wohin schaust du eigentlich bei Männern, wenn sie dir gegenübersitzen?«

Margot sagte nichts, und Horndeich zeigte auf die Schuhe des Räubers. »Freitagabend. Tankstelle in Lorsch. 22.45 Uhr. Die machen einen Überfall. Und der Typ da – das ist Bruno Sacher.«

Horndeich klopfte jetzt auf die Stelle, wo man die hellen Stiefel eines der Täter sehen konnte.

»Das soll ein Beweis sein?«

Horndeich grinste. »Das ist nur ein starkes Indiz. Schau, jetzt kommt die lustige Szene.« Einer der drei jungen Männer ging durch den Raum und sprühte Farbe auf die Überwachungskameras. Dabei überging er aber die, von der aus der Film gedreht worden war.

»Zu blöd. Eine Kamera haben sie übersehen. Und jetzt kommt der interessante Teil.«

Die Räuber überfielen den Tankwart hinter dem Tresen, ließen sich das Geld geben. Und bereits im Hinausgehen zog einer der Räuber die Maske vom Gesicht. Jetzt erkannte es auch Margot: Der Mann mit den hellen Stiefeln war Bruno Sacher. Er überfiel mit ein paar Kumpanen eine Tankstelle in Lorsch, während er angeblich mit seiner Mama *Herr der Ringe* geschaut hatte.

»Ich habe mich die ganze Zeit gefragt, wer eigentlich wem ein Alibi gibt – der Junge der Mutter oder umgekehrt. Denn der junge Mann wirkte ziemlich angespannt, als wir aufgetaucht sind. Erst nachdem er die DVD-Geschichte kundgetan hatte, wurde er ruhiger. Also habe ich mir mal die Reports der Kollegen für den Freitagabend angeschaut. Und – bingo.«

»Sauber. Gut gemacht. Und was machen wir jetzt damit?«

»Frau Sacher hat das Alibi ihres Sohnes ja dankend angenommen. Ich finde, du solltest ihr jetzt noch etwas Druck machen – und dann schauen wir mal, was sich entwickelt. Ich denke, wir sollten sie erst mal vierundzwanzig Stunden beschatten, bevor wir ihr sagen, dass das Alibi geplatzt ist.«

»Wieso das?«

»Ich glaube nicht, dass diese zierliche Frau ihren Mann ohne Hilfe so zugerichtet hat und ihn allein am Woog versenken konnte. Wenn sie was damit zu tun hat, muss es einen Komplizen geben. Und zu dem führt sie uns dann vielleicht stante pede.«

»Haben die Kollegen den Junior schon einkassiert?«

»Nein. Ich habe sie gebeten, uns noch ein paar Stunden Zeit zu geben. Die waren dankbar, dass ich den jungen Mann identifizieren konnte. Hast du das Alibi von Weller schon gecheckt und diesen Freund in Kassel angerufen?«

»Dem habe ich auf die Mailbox gesprochen, ich hoffe, er ruft bald zurück.« Margot wandte sich ab: »Gut, ich gehe dann jetzt wieder zu Frau Sacher zurück.«

Horndeich hatte sich auf einen entspannten Abend mit seiner Frau gefreut. Aber natürlich war niemand greifbar gewesen, der die Überwachung von Angelika Sacher hätte übernehmen können. Also mussten Margot und er selbst ran. Im Moment saßen sie in Margots Mini unweit des Hauses, in dem Angelika Sacher und ihr Sohn wohnten.

»Wenn die Lichter ausgehen, dann fahren wir«, grummelte Horndeich. Inzwischen hielt er es nicht mehr für eine so gute Idee, der Frau des Opfers hinterherzuspionieren. Sicher, ihr Alibi war Müll. Aber warum sollte sie sich gerade jetzt mit ihrem Komplizen treffen? Es gab keinen Grund dafür. Horndeich ärgerte sich über sich selbst, wollte nach Hause, hatte keine Lust, sich die Nacht im Auto um die Ohren zu schlagen. Wahrscheinlich würde sich Angelika Sacher jetzt ganz entspannt ein oder zwei Gläser Wein genehmigen, einen Film gucken und um elf ins Bett gehen. Besser noch um zehn. Horndeich sah auf die Uhr. Kurz nach neun. Die Sonne ging gerade unter. »Was meinst du, wie lange wir hier noch rumstehen?«

Margot sagte nichts. Sie war in Gedanken. Wie so oft in der vergangenen Zeit. Horndeich hatte nur am Rande mitbekommen, dass ihr Göttergatte offenbar komplett nach Amiland umgezogen war. Vor einem Dreivierteljahr hatte sie seine Möbel und sonstigen Sachen in ein Lagerhaus bringen lassen. Soweit Horndeich informiert war, hatte Rainer die Sachen nie abgeholt. Und wenn er Margot richtig verstanden hatte, war Rainer gerade mit seiner neuen Flamme aus den USA unterwegs nach Darmstadt. Er sah seine Kollegin von der Seite an. Sie hatte schon einmal entspannter gewirkt. Er konnte verstehen, dass sie derzeit nicht sonderlich gesprächig war.

»Da tut sich was.«

Horndeich folgte Margots Blick.

Tatsächlich war in einem Zimmer das Licht ausgegangen, und hinter zwei anderen Fenstern war es hell geworden. Wenige Minuten später war die Beleuchtung wieder erloschen. Schließlich gingen auch die Lichter in den anderen Räumen aus. Ja. Da tat sich was. Angelika Sacher ging wahrscheinlich schlafen.

Hinter der Haustür ging das Licht an. Und eine halbe Minute später wieder aus. Dann öffnete sich die Haustür. Angelika Sacher verließ das Haus. Sie ging zu ihrem Wagen, einem schwarzen Fiat 500. Sekunden später fuhr der Wagen an Margots Mini vorbei.

Margot wendete den Mini, dann folgte sie Angelika Sacher. Die bog über den Herdweg und die Theodor-Heuss-Straße ab auf die Heinrichstraße stadtauswärts.

»Wo will die denn hin?«, fragte Horndeich.

»Keine Ahnung. Aber wir werden es erfahren.«

Sie folgten dem Fiat, als er in die Petersenstraße in Richtung Lichtwiese abbog. »Da geht es zum Institut ihres Mannes«, murmelte Horndeich.

Tatsächlich hielt der Fiat vor dem Institut, in dem Emil Sacher gearbeitet hatte.

»Kapier ich nicht, was will sie denn da? Ist doch alles dicht.«

Margot antwortete nicht auf Horndeichs Fragen. Sie fuhr an

dem Parkplatz vorbei, bog die nächste Straße rechts ab, wendete.

»Und?«

»Keine Ahnung. Vielleicht will sie noch was aus seinem Büro holen.«

»Ich geh raus, ich will wissen, was sie da macht.«

Margot nickte nur.

Horndeich stieg aus, dann lief er die Straße zurück. Angelika Sachers Wagen stand rund hundert Meter entfernt. Horndeich sputete sich. Kam auf etwa vierzig Meter heran. Da er den parallel zu den Parkreihen verlaufenden Bürgersteig entlangging, konnte er sich im Schatten der Bäume halten.

Er hielt inne. Angelika Sacher stieg aus ihrem Fiat aus. Kam in seine Richtung, allerdings auf der Straße. Horndeich drückte sich in den Schatten eines Baumes. Frau Sacher ging auf jeden Fall nicht ins Institut ihres Mannes. Aber wohin dann?

Keine zwanzig Meter von Horndeich entfernt stand ein blauer VW-Pritschenwagen. Ein altes Modell. Ein T1, der Großvater aller VW-Busse, ein Bulli. Mit der seinerzeit typischen Doppelkabine. Ein bisschen weniger Ladefläche, aber Sitzplatz für fünf bis sechs Leute. Die Fahrertür wurde geöffnet. Heraus stieg ein korpulenter Mann, dessen Silhouette Horndeich heute schon einmal gesehen hatte. Dr. Gerhard Weller ging auf Angelika Sacher zu. Die beiden begrüßten sich mit einem Kuss auf den Mund.

Soso, dachte Horndeich. Na, das ist doch mal eine interessante Entwicklung. Da hatte also offenbar nicht nur Emil Sacher etwas nebenher laufen gehabt.

Weller ging um den Wagen herum, dann öffnete er der Dame die Beifahrertür. Die stieg ein, er schloss die Tür wieder. Ganz Gentleman. Die beiden würden jetzt also gemeinsam irgendwohin fahren.

Er sputete sich, um zurück zu Margot ins Auto zu gelangen. Glücklicherweise brauchte der Bulli seine Zeit, bis er an Margots Mini vorbeifuhr.

»Wo wollen die wohl hin?«, fragte sich nun auch Horndeichs Kollegin.

»Keine Ahnung.«

»Das ist ein Pritschenwagen.«

»Hmm.«

»Da kann man einen Menschen draufladen.«

»Hmm.«

»Und am Woog von der Seite aus über den Zaun kippen.«

»Ja. Der Wagen würde passen. Und wenn sie eine Plane als Sichtschutz benutzt hätten …«

Der VW fuhr die Petersenstraße entlang. Bog dann in die Heinrichstraße ein, weiter stadtauswärts. Der Mini folgte dem Bus in einigem Abstand.

»Die fahren jetzt auf die B26«, mutmaßte Margot. Die B26 war auf dem Papier eine Bundesstraße, die jedoch wie eine Autobahn ausgebaut war.

Doch der VW fuhr vor der Auffahrt auf die B26 auf die Linksabbiegerspur. Von dort gelangte man auf die Aschaffenburger Straße, die alte Bundesstraße, über die man Darmstadt nach Osten verließ.

Der VW-Transporter fuhr etwa drei Kilometer, bis er auf der Höhe des Bessunger Forsthauses war, eines Schullandheims. Doch der Wagen bog nach links in den Wald ab. Horndeich wusste, dass sich dort ein Parkplatz befand. Der war zwar nicht wirklich gut befestigt, aber er erfüllte seinen Zweck. Von dort aus konnte man nur noch zu Fuß weitergehen, denn die Waldwege erlaubten höchstens Förstern, mit Autos dort zu fahren.

»Warte kurz«, meinte Horndeich. Ohne weitere Erklärungen zu erwarten, fuhr Margot den Mini einfach an den Straßenrand. »Was zur Hölle wollen die hier? Poppen auf dem Parkplatz?«

Horndeich antwortete nicht. Stattdessen fragte er Margot: »Was für ein Datum haben wir heute?«

»Den 21. Juni, warum? Es ist Sommer, es ist heiß – aber was hat das mit den beiden zu tun?«

»Ich hab da so eine Idee. Fahr den Wagen mal auf den Parkplatz. Jetzt. Dann mach das Licht aus. Wenn ich recht habe, kommen noch ein paar Wagen mehr.«

Wie aufs Stichwort wurden hinter Margots Wagen die Scheinwerfer eines weiteren Autos sichtbar.

Der Pkw bog wie der Bulli auf den Parkplatz ein. Eine Minute später fuhr auch Margot den Mini auf den Parkplatz. Sie parkte den Wagen etwas abseits. Auf dem Platz standen außer dem VW-Transporter schon vier Fahrzeuge. Ein VW Golf III, ein Opel Astra Baureihe G, ein 5er-BMW neuerer Bauart und ein uralter Strich-Achter-Benz, wie Horndeich auf einen Blick erkannte.

Kurz nach ihnen bog der nächste Wagen ein. Wieder ein Golf. Er parkte neben Wellers Bulli. Aus dem Wagen stiegen zwei junge Frauen. Sie trugen beide dunkle, weite Gewänder. Im Licht des immer noch fast vollen Mondes glitzerten die Ketten, die sie sich umgehängt hatten.

»Was ist das denn? Karneval?«

»Schlimmer«, meinte Horndeich.

Nachdem die beiden Frauen im Wald verschwunden waren, wollte Margot schon aussteigen.

»Warte noch einen Moment.«

»Nein. Dann wissen wir nicht, wo sie hingehen. Wir müssen sie doch verfolgen.«

»Ich weiß, wo sie hingehen.«

Horndeich hätte viel darum gegeben, in diesem Moment Margots Gesichtsausdruck zu sehen. Aber obwohl es im Wagen dunkel war, konnte er ihn zumindest ziemlich gut erahnen.

»Was habe ich verpasst?«

»Kscht«, machte Horndeich. Wieder wanderten die Lichtkegel eines Fahrzeugs über den Parkplatz. Aus den Augenwinkeln erkannte Horndeich einen Volvo 740 Kombi. Margot und Horndeich rutschten in ihren Sitzen ein Stück tiefer, bis der Lichtkegel an ihrem Auto vorbeigeglitten war.

Der Wagen parkte am anderen Ende des Parkplatzes. Ein

Pärchen stieg aus. Die Frau hatte ebenfalls ein dunkles Gewand an. Und auch der Mann war in Schwarz gekleidet.

»Können wir jetzt?«, fragte Margot.

»Nein. Lass uns warten, bis alle da sind.«

»Und dann weißt du genau, wo wir hingehen müssen?«

»Jepp.«

»Und woher?«

»Allgemeinbildung. Heute ist Litha. Sommersonnwende. Ab heute werden die Tage wieder kürzer. Wir haben heute die kürzeste Nacht des Jahres.«

»Super. Und deswegen weißt du, wo die alle hingehen? Der Sonne entgegen?«

»Fast. Tatsächlich Richtung Osten. Aber zunächst mal nach Norden.«

»Und das weißt du sicher?«

»Komm mit. Ich glaube, wir sind die Letzten.«

Damit öffnete er die Beifahrertür und stieg aus.

Margot folgte ihm, schloss den Wagen ab. »Wo sind die hin?«

»Die sind bei den Menhiren.«

»Wo?«

»Die sind am *Stonehenge* von Darmstadt. Einer Kultstätte. An solchen Stätten haben die heidnischen Kulturen ihre Feste gefeiert, etwa die Sonnwenden. Und heute feiern hier die neuen Heiden. Sozusagen.«

»Und was soll das sein? Heilige Steinkreise wie in England?«

Horndeich konnte seine Verwunderung nicht verbergen. »Nie davon gehört? Die Menhiranlage an den Scheftheimer Wiesen? Obelix' Handlager in Hassia?«

»Nein.«

»Uralte Steinbrocken. Sieben sind da noch zu sehen, mindestens vierzehn waren es mal.«

»Und? Was ist daran so toll?«

»Zum Beispiel, dass die Steine aus Granitporphyr sind. Solche Klunker gibt es hier aber gar nicht. Der nächstgelegene

Ort, an dem es diesen Granitporphyr gibt, liegt zwei Kilometer entfernt. Die müssen also von Menschen an diesen Ort verfrachtet worden sein. Wir reden von mehreren Tonnen bei jedem Stein.«

Horndeich führte Margot zielstrebig über den Waldweg, dann bog er nach rechts ab.

»Scht«, machte Margot. »Hörst du das?«

»Ja. Eine Trommel. Die haben schon ohne uns angefangen.«

»Wer ›die‹?«

»Das werden wir gleich sehen.«

Bereits bevor Horndeich und Margot die Menhiranlage erreichten, konnten sie zwischen den Bäumen den Schein eines Feuers erkennen.

»Tztztz«, machte Horndeich.

»Was ist denn jetzt schon wieder?«

»Na, die fackeln hier munter neben den Bäumen herum. Im Naturschutzgebiet. Das ist schon mal mindestens eine Ordnungswidrigkeit.«

Horndeich und Margot bewegten sich im Schutz der Bäume langsam auf die Gruppe zu.

Die Menschen, alle in helle Roben gehüllt, standen in einem Kreis. In der Mitte zwischen ihnen war ein Feuer entfacht.

»Und wo sind die Steine?«

In der Dunkelheit waren nur Schemen zu erkennen.

»Schau, dort, neben der großen Frau. Da ist der größte«, flüsterte Horndeich.

Sie sahen, wie eine Frau einen weiten Kreis um das Feuer herum ablief und weißes Pulver verstreute.

»Wenn das Koks ist, ist das ein teures Vergnügen«, murmelte Horndeich.

»Und deutlich mehr als eine Ordnungswidrigkeit«, fügte Margot an.

Horndeich und Margot blieben im Schatten einiger Bäume stehen und konnten von der Kultgemeinschaft nicht gesehen werden.

Die Gesichter der Gruppe wurden durch das Feuer gespenstisch erhellt. Angelika Sacher wiegte sich neben Gerhard Weller ganz leicht vor und zurück. Margot zählte die Anwesenden. »Genau dreizehn. Zufall oder Hokuspokus?«

Während die Gruppe nun im Kreis herumging, konnte Horndeich nach und nach auch die restlichen Gesichter der Teilnehmer an diesem Ritual erkennen. Er runzelte die Stirn. Das war doch …

»Das gibt es doch nicht!« Offensichtlich hatte auch Kollegin Hesgart das Gesicht der jungen Dame erkannt. »Das ist ja Doro!«

Horndeich hatte es also richtig erfasst. Doro war die Kurzform für Dorothee. Sie war Margots unlängst volljährig gewordene Stieftochter. Das Ergebnis eines One-Night-Stands ihres Gatten Rainer. Allerdings aus der Zeit vor Margot. Ihre Mutter war bereits tot. Doro wohnte derzeit mit Margot unter einem Dach, während Rainer in Amerika residierte. Horndeich seufzte. Zum Glück waren seine Familienverhältnisse nicht so kompliziert.

»Na, der erzähl ich was!«, sagte Margot. Und aus dem Flüstern war ein ziemlich lautes Flüstern geworden.

»Scht«, machte Horndeich, der ihre Spitzelmission nicht gefährden wollte.

»Nix ›Scht‹ – was bitte macht Doro auf so einem Hexensabbat?«

Diese Bezeichnung fand Horndeich jetzt doch ein wenig übertrieben. Auch wenn es absolut nicht sein Ding war, um ein Feuer zu tanzen und, etwas überspitzt formuliert, den Mond anzuheulen. »Margot – leise!«, flüsterte er.

»Echt. Erst dieser Blödsinn mit Afrika, und jetzt macht sie einen auf Kräuterhexe.« Diese Lautstärke ging nun nicht mehr als Flüstern durch. »Was denkt die sich eigentlich?« Das Nicht-Flüstern war inzwischen auch einer der Schamaninnen aufgefallen.

»Die kauf ich mir!«

»Sei doch leise, Mensch! Doro ist volljährig!« Weder das

Argument auf Sachebene noch Horndeichs Aufforderung konnten Margot daran hindern, zwei Schritte auf den Kreis zuzugehen.

Nun fiel zwei weiteren Damen auf, dass sie nicht mehr ungestört waren. Sie blieben stehen. Und unterbrachen damit das Ritual. Sekunden später verstummte auch die Trommel.

»Doro!«

Die Angesprochene starrte Margot an, als ob die angerufene Göttin in persona vor ihr stünde. »Was machst du denn hier?« Doros Ratlosigkeit schien die Wut über die Störung zu überwiegen. Noch.

»Was soll denn dieser Hokuspokus?«

Neben Doro tauchte ein junger Mann aus dem Dunkel auf, der ebenfalls mit einer hellen Robe bekleidet war. Er stellte sich vor sie. »Wie können Sie es wagen, unser heiliges Ritual zu stören?«

»Is' ma' gut, Bub«, sagte Margot, schaute aber Doro an.

»Geht es noch?«, fragte der junge Mann.

»Margot!«, versuchte Horndeich schlichtend einzugreifen. Doch vergeblich.

»Was?«, fragte Margot nur. Und der Tonfall zeigte zumindest Horndeich, dass hier eine Eskalation der Ereignisse nicht mehr fernlag.

»Was, Mutti?«, entgegnete der junge Mann nur.

»Marius!«, rief Doro aus, aber es war zu spät.

Margot trat auf den jungen Mann zu, und Sekunden später lag er auf dem Boden, den rechten Arm auf dem Rücken gesichert.

»Margot!«, riefen nun Horndeich und Doro gleichzeitig aus.

Die Angesprochene kam zur Besinnung. Ließ Marius' Arm los. Ging zu Doro. »Das wird ein Nachspiel haben!«

Doros Augen blitzten. »Aber gewiss. Das nenn ich Amtsmissbrauch!«

Horndeich hörte jemanden fragen: »Amtsmissbrauch? Wer is' die denn?«

Marius hatte sich inzwischen wieder aufgerappelt, hielt sich aber die rechte Schulter, die offensichtlich wehtat.

»Du kommst jetzt mit nach Hause.«

Doros Stimme wurde eiskalt. »Du hast mir gar nichts zu sagen.«

»Du wohnst immer noch bei mir.« Von Flüstern konnte nun absolut nicht mehr die Rede sein.

»Was soll der Scheiß hier? Was spionierst du mir nach? Du hast dich doch sonst nie dafür interessiert, was ich mache!«

Horndeich wusste, dass die Intervention bei einem Streit eigentlich immer nur Prügel einbrachte. Dennoch wagte er den Schritt. »Margot, wollt ihr das nicht bei euch zu Hause besprechen?«

»He, was ist das denn hier?«, meldete sich nun ein Mann zu Wort, der offensichtlich einer der Chefs war. »Wieso stören Sie uns?«

In irgendeinem seiner Fortbildungsseminare hatte Horndeich gelernt, dass es immer von Vorteil war, die Diskussion auf die Sachebene zu bringen. Und sie waren ja eigentlich wegen Angelika Sacher und Gerhard Weller hier. Also setzte er nun die Theorie in die Praxis um. »Sie befinden sich hier in einem Naturschutzgebiet. Da sind offenes Feuer und Rumtrampeln nicht erlaubt. Ich werde jetzt Ihre Personalien aufnehmen.«

»Geht's noch?«, meinte eine junge Frau. Horndeich sah neben ihr Angelika Sacher, die sich an Gerhard Weller festhielt. Der hatte einen schützenden Arm um sie gelegt.

»Ja. Es geht noch.« Horndeich trat auf die Frau zu. »Ihren Personalausweis bitte.«

»Is 'n Witz, oder?«

Horndeich zückte seinen Ausweis. »Nein. Absolut nicht.«

Das Licht reichte nicht, um den Ausweis als solchen kenntlich zu machen. Die Dame warf daher nur einen kurzen Blick darauf, sah in die Runde und meinte: »Ich gehe jetzt.« Dann wollte sie an Horndeich vorbeihuschen.

»Bleiben Sie stehen!«, rief der.

Er wurde ignoriert.

Mit einem Schritt war er bei der Frau. »Ihren Personalausweis bitte.« Natürlich war er sich bewusst, dass die Dame kaum einen Ausweis im weißen Gewand haben würde.

»Verpiss dich!«, meinte die Dame.

Falscher Text. Nicht weniger gekonnt als Margot zuvor, drehte Horndeich ihr den Arm auf den Rücken. Nicht fest, aber fest genug, dass die Dame keinen weiteren Schritt mehr machen konnte.

Auch Margot hatte ihren Ausweis gezückt und hielt ihn in die Höhe: »Dies ist ein Naturschutzgebiet. Sie haben kein Recht, sich außerhalb der Wege aufzuhalten. Und schon gar keins, hier ein offenes Feuer zu machen. Auch noch direkt neben dem Wald. Deshalb werden wir jetzt alle Ihre Personalien aufnehmen.« Dann wandte sie sich Doro zu: »Deine Personalien haben wir, du kannst gehen.«

Doro trollte sich.

»Keine Spielchen mehr?«, fragte Horndeich die Dame, die er immer noch festhielt.

»Die sind von der Mordkommission«, meldete sich nun Angelika Sacher zu Wort. »Sind wahrscheinlich wegen mir hier.«

»Oder wegen mir«, meinte Gerhard Weller. Gleich darauf umschlang er Angelika Sacher mit beiden Armen.

Margot wandte sich an Horndeich: »Kommst du allein klar? Dann fahre ich mit Doro nach Hause?«

Zwei Kollegen vom ersten Revier waren zum Parkplatz am Bessunger Forst gekommen und hatten gemeinsam mit Horndeich die Personalien der Hexentänzer aufgenommen. Horndeich hatte sich von den Kollegen ins Präsidium chauffieren lassen, mit Angelika Sacher und Gerhard Weller im Fond des Wagens.

»Ich habe es befürchtet«, sagte Frau Sacher nur, als sie im Vernehmungsraum vor dem Laptop saß. Horndeich hatte ihr gerade das Video vorgespielt, das ihren Sohn beim Raubüberfall zeigte. Gerhard Weller saß im Nebenraum.

»Was meinen Sie damit?«, fragte Horndeich. Ein Diktiergerät auf dem Tisch zeichnete das Gespräch auf.

»Dass er wieder einen Bruch gemacht hat«, sagte Angelika Sacher.

»Sie meinen Ihren Sohn?«

»Ja. Als er mit *Herr der Ringe* anfing – da wusste ich, dass er wieder Mist gebaut hat. Ich wollte ihn schützen. Als Mutter.« Sie machte eine kurze Pause. »Sagen Sie nichts. Ich weiß, dass das falsch ist.«

»Ich sage nichts. Das Problem ist auch nicht, dass Sie Ihren Sohn schützen wollen. Das Problem ist vielmehr, dass auch Sie damit kein Alibi mehr haben.«

»Ich war bei Gerhard. Bei ihm zu Hause.«

»Und warum haben Sie das nicht gleich gesagt?«

»Ganz einfach. Erstens schien mein Sohn ein Alibi zu brauchen. Und zweitens gibt meine Beziehung zu Gerhard doch ein tolles Motiv ab. Ich wollte ihn aus der Sache heraushalten. Weder ich noch er haben meinen Mann umgebracht. Jetzt müssen wir das beweisen.«

Horndeich wusste, dass das rein juristisch nicht stimmte. Aber wenn Angelika Sacher keine wirklichen Indizien zu ihrer Entlastung bieten konnte, blieb sie momentan die Verdächtige Nummer eins. Zumal ihr Liebhaber einen Wagen fuhr, mit dem man die Leiche gut am Woog hätte loswerden können.

»Wie lange kennen Sie Gerhard Weller?«

»Wir kennen uns seit zwei Jahren. Und seit einem Jahr und elf Monaten sind wir – ein Paar.«

»Ihr Mann …«

»Nein, er wusste nichts. Aber ich glaube, es hätte ihn auch nicht interessiert. Er hatte seine eigenen Mädchen laufen. Was mich übrigens nicht interessiert hat.«

»Wie darf ich das verstehen?«

»Ganz einfach. Die Ehe mit meinem Mann war die Hölle. Aber ich war wirtschaftlich von ihm abhängig. Ich habe mein

Studium abgebrochen, als wir geheiratet haben. Ein Semester vor dem Magister. Geschichte. In Frankfurt. Dann kam auch sofort Bruno auf die Welt. Also blieb ich zu Hause.«

»Und Sie haben nicht überlegt, sich von ihm zu trennen?«

»Meine Ausbildung besteht aus dem Abitur und dem Führerschein. Und ich habe einen Sohn. Damals habe ich mit Emil Gütertrennung vereinbart – ich war ja so was von naiv. Vergessen Sie es. Er hat die Anwälte, die er bezahlen kann. Ich wollte meinem Sohn ersparen, mit mir auf Sozialhilfeniveau leben zu müssen, bis uns die Gerichte irgendwann einmal etwas Unterhalt zugebilligt hätten. Vielleicht war das falsch. Wahrscheinlich. Vielleicht wäre er dann, obwohl wir wenig gehabt hätten, nicht auf die schiefe Bahn geraten.

Ich bin auf andere Art geflüchtet. Habe mir langsam, aber sicher die Realität weggetrunken. Habe nicht wahrgenommen, dass das für meinen Sohn mindestens ebenso schwer war wie ein Leben mit wenig Geld. Ich habe gesoffen. Nein, keinen Schnaps, ich war ja kein Penner. Ich brachte es in meinen besten Zeiten nur auf drei bis vier Flaschen Sekt am Tag.

Ich musste ja auch mit Emil immer wieder bei offiziellen Anlässen an der Uni erscheinen. Und vor zwei Jahren, da ist dann die Katastrophe passiert. Ich habe einen Sekt zu viel getrunken und die Kontrolle verloren. Ihn vulgär angepöbelt. Vor allen Leuten. Emil hat Gerhard nur einen Blick zugeworfen. Ein schicksalhafter Moment. Denn Gerhard trat neben mich, legte seine Hand auf meine. Flüsterte: ›Angelika, ich bringe Sie jetzt nach Hause.‹«

Ein kaum wahrnehmbares Lächeln zeigte sich auf Angelika Sachers Gesicht.

Horndeich schwieg.

»Das hat er dann auch getan. Mich ins Haus gebracht. Er war so gar nicht mein Typ, aber ich habe versucht, ihn zu küssen. Er hat es abgewehrt. Mich auf dem Sofa abgesetzt. Mir ein Glas Wasser gebracht. Und mir einen Kaffee gemacht. Dann setzte er sich mir gegenüber. Und sagte: ›Sie haben jeglichen

Kontakt zu sich selbst und der Welt verloren, nicht wahr?‹ Daraufhin fingen wir an zu reden. Eine Stunde später lag ich weinend in seinen Armen. Tränen, die ich seit Jahren nicht geweint hatte. Nur verdrängt.«

»Und dann nahm er Sie mit zu diesem …«, Horndeich suchte nach einem treffenden Wort, »… Hexenspuk-Club?«

»Nein, nicht gleich. Wir trafen uns, heimlich. Gingen viel spazieren. Er erzählte mir, wie er vor Jahren vor seinem eigenen Scheideweg gestanden hatte. Auch seine Ehe war gescheitert. Er war geschieden, hatte das Kind an die Mutter verloren. Er hatte vor einem Abgrund gestanden. Wie ich. Er hat lange gesucht, bis er gemerkt hat, wie sehr ihm die Verbindung zu unseren Schöpfern fehlte. Wie hohl für ihn die Rituale der Kirche waren. Da hat er begonnen, sich für Wicca zu interessieren. Zunächst nur für sich allein. Er meditierte, er erprobte die Rituale, fand seine eigenen und wurde zu einem Magier.«

»Was ist das? Ein Zauberer?«

Angelika lächelte Horndeich an. »Ja, inklusive der Kaninchen aus dem Hut.«

Sie machte eine Pause. »Wenn Sie sich darauf einlassen, wenn Sie Ihre Antennen nutzen, statt sie zu ignorieren, dann können Sie die Energien spüren, die Kräfte, die um uns sind, die sich überall in der Natur offenbaren. Und wenn Sie es wollen, dann können Sie diese Energien lenken. Und sich von Ihnen Kraft geben lassen. Von der Göttin und dem Gott.«

Horndeich sagte nichts. Das fiel für ihn alles in die Yin-Yang-Feng-Shui-Schublade. Er konnte mit derlei Dingen überhaupt nichts anfangen.

»Ich weiß, dass Sie mir nicht glauben. Das macht nichts. Nur, weil man an etwas nicht glaubt, heißt das noch lange nicht, dass es das nicht gibt.«

»Und wie lange sind Sie jetzt Mitglied dieses Clubs?«

»Des Covens. Es ist kein Club. Ich habe auch keinen Clubausweis. Wir sind ein Wicca-Coven, den Gerhard vor fünf Jahren gegründet hat, zusammen mit Marianne. Marianne

Seitz, Sie haben ihren Namen auf Ihrer Liste. Und wir tun nichts Strafbares.«

»Abgesehen davon, dass Sie im Naturschutzgebiet herumtrampeln.«

»Das ist schon lustig. Wir Menschen sind doch ein Teil der Natur. Werden wir an diesem Ort dann nicht geschützt?«

»Nun, eher nicht. Sie legen Ihren Nachwuchs ja auch nicht in Nestern auf der Wiese ab wie etwa eine Lerche oder andere Bodenbrüter.« Horndeich stand auf. »Gut, dann werde ich mich jetzt noch mit Herrn Weller unterhalten.«

Angelika Sacher verließ den Raum, und Gerhard Weller trat ein und setzte sich. Zwanzig Minuten später hatte Horndeich noch einmal genau die gleiche Geschichte gehört wie die, die ihm Angelika Sacher erzählt hatte.

Sicher, die Frau hatte ein Motiv und mit Gerhard Weller auch einen Partner, mit dem sie ihren Mann so hätte präparieren können, wie es geschehen war. Blieb aber immer noch die Frage, wo Sacher zwischen seinem Verschwinden und seiner Ermordung gewesen war.

Nein, da passte irgendwie so gar nichts zusammen.

»Also?«

Margot und Doro saßen am Esstisch im Raum neben der Küche.

Die Fahrt vom Parkplatz nach Hause war lautstark verlaufen. Margot hatte herumgebrüllt, was Doro einfiele, nächtlichen Mummenschanz im Naturschutzgebiet zu betreiben.

Was sie Mummenschanz nenne, das seien jahrtausendealte Rituale der Hexen. Zu denen sie übrigens auch gehöre. Und wie Margot es wagen könne, das Ritual zu stören. Der Kreis sei gebrochen worden, die Energien nicht geerdet.

Wo das alles hinführen sollte?, haderte Margot lautstark. Ob sie im Knast landen wolle?, fragte Margot noch.

Doro hatte mehrfach betont, dass Margot ihr überhaupt nichts zu sagen habe, sie sei nicht ihre Mutter. Und außerdem sei sie, Doro, inzwischen volljährig.

Das Gespräch glich in Lautstärke und Argumentation so vielen vorherigen Gesprächen, durch die sich Doro und Margot hindurchgeschrien hatten.

»Du urteilst über etwas, von dem du nicht die geringste Ahnung hast.«

Margot hatte geschluckt. Und in einem der seltenen Momente zwischen Fatalismus und innerer Ruhe gesagt: »Gut. Dann sag mir, was du denkst. Wenn wir zu Hause sind.«

Die letzten Minuten waren sie schweigend gefahren. Margot hatte den Mini direkt vor dem Haus abgestellt. Und dann hatten sie sich an den Esstisch gesetzt.

Jetzt kochte Margot Nudeln, weil Doro gesagt hatte, sie habe Hunger. Margot verspürte nur wenig Appetit, obwohl sich ihr Bauch vorher lautstark zu Wort gemeldet hatte. Rainer hatte sie in solchen Situationen immer angegrinst und gesagt: »Heute wieder Bauchrednerin, was?«

Sie verdrängte den Gedanken. »Du bist also eine Hexe?«, nahm Margot das Gespräch wieder auf. Und bemühte sich, den Tonfall ganz neutral zu halten.

»Ja.«

Margot rührte im Nudeltopf herum. Nicht dass es da wirklich etwas zu rühren gegeben hätte. »Und was bedeutet das?« In Gedanken fügte sie hinzu: Kannst du mir jetzt vier Warzen anhexen? Aber sie sagte es nicht.

»In allen Menschen stecken Energien. Mächtige Energien. Aber die meisten Menschen sind sich dessen nicht bewusst und wenden sie deshalb nicht an. Aber die Energien fließen. Und die, die in der Lage sind, sie zu lenken – das sind Hexen. Menschen, die das alte Wissen erspüren, erlernen und weitergeben.«

Margot drehte sich um: »Die Hexe als weise Frau, sozusagen?«

»Ja. Nenn es so, wenn du willst.«

Na gut, damit konnte Margot leben, auch wenn sie es für völlig bescheuert hielt. Sie wusste, dass es in der Neuzeit Hexenverfolgungen und Scheiterhaufen gegeben hatte. Aber diese vermeintlichen Hexen, so meinte sie sich zu erinnern, hatten sich hauptsächlich dadurch ausgezeichnet, dass sie denunziert worden waren. Und das war es dann auch schon gewesen an Hokuspokus. Folter, Tötung und Verbrennen – auch das hatte nichts Übersinnliches an sich.

»Damals wollten sie verhindern, dass diese Frauen das Wissen lehrten und ausübten. Das Patriarchat wollte diese weisen Frauen vernichten. Und auch heute können wir uns nur im Verborgenen sicher bewegen. Zu gern würden sie uns aus dem Weg räumen.«

Rühren. Topfgucken. Sonst würde sie sich wieder zu einer unbedachten Äußerung hinreißen lassen. Margot liebte Verschwörungstheorien. Besonders wenn SIE dafür verantwortlich waren. Wie etwa bei der satirischen *Bielefeldverschwörung*. Bei der SIE behaupteten, es gäbe eine Stadt Bielefeld, die es in Wirklichkeit nicht gab. Urheber der Bielefeldverschwörung waren wahlweise die CIA, der Mossad oder Außerirdische, die ihr Raumschiff als Universität getarnt hatten.

Margot zog es vor weiterzurühren. Das würden die bestgerührten Nudeln Darmstadts werden. So es denn *diese* Stadt gab.

»Ich weiß, dass du mir nicht glaubst«, fuhr Doro fort. »Das liegt aber nicht daran, dass ich nicht recht habe, sondern daran, dass du die Quellen, die das wissenschaftlich belegen, nie gelesen hast.«

Seit Doro nach ihrer Ausbildung als Kinderkrankenschwester in der *Buchhandlung Steiner* zu arbeiten angefangen hatte, einer kleinen Buchhandlung mit großer Frauenabteilung, wusste sie zu allen Themen immer alles ganz genau zu belegen. Löblich, wenn man wissenschaftlich arbeitete. Arglos, wenn man die Quellen nicht hinterfragte.

Die Nudeln waren al dente, die Soße war eine einfache Fertigsoße, die Margot in der Mikrowelle aufgewärmt hatte.

Doro hatte inzwischen den Tisch gedeckt, Margot tat beiden auf. »Ein Glas Wein?«

»Ich trinke doch keinen Alkohol mehr.«

Stimmt. Doro hatte das schon mehrfach betont. Margot öffnete eine Flasche *Plaimont Le Tapie,* goss sich ein Glas ein und setzte sich Doro gegenüber. »Und warum dann ausgerechnet im Naturschutzgebiet?«

»Das ist ein heiliger Ort. Früher war dort ein geschlossener Steinkreis. Auch heute strahlt dieser Ort noch eine unglaubliche Energie aus. Unsere Ahnen haben dort schon ihre Rituale abgehalten. Und das ist kein Zufall.«

Essen statt Rühren war auch ein adäquates Mittel, um sich inadäquate Bemerkungen zu verkneifen.

»Und wie nennt sich das, was du da machst? Das heißt ja sicher nicht ›Hexen für Anfänger‹, oder?«

Anstatt zu antworten, stand Doro auf.

»He, was habe ich denn jetzt schon wieder …?«

»Nichts. Ich hole nur etwas.«

Was habe ich denn jetzt schon wieder falsch gemacht? Es war für Margot inzwischen zum Reflex geworden, die Schuld bei sich zu suchen.

Eine halbe Minute später legte Doro eine Zeitschrift vor Margot auf den Tisch. *Luise* nannte sie sich. »Von Darmstädter Frauen für Darmstädter Frauen.«

Wicca – Die neuen Hexen stand als Titel darunter.

»Seite zehn«, sagte Doro nur. »Da steht alles, was man wissen muss.«

»Wie lange bist du schon in diesem – Verein?«

»Es ist ein Coven. Sie haben mich vor einem halben Jahr aufgenommen.«

Margot war nun doch neugierig, wie es in so einem modernen Hexenverein zuging. Sie würde es in der Zeitschrift nachlesen. Sie wollte nicht zu aufdringlich wirken, nun, da sie und Doro gerade wieder in einen Dialog gefunden hatten. Aber eines wollte sie doch noch wissen: »Wie lange sind Angelika Sacher und Gerhard Weller schon dabei?«

»Gerhard ist einer der Priester. Angelika war schon da, als ich dazukam.«

Doro hatte ihre Nudeln bereits gegessen. »Kann ich kurz deinen Wagen haben?«

»Wozu?«

»Kann ich?«

Doro musste es nicht sagen. Margot wusste, dass sie noch einmal zu den Steinen fahren würde. Sei es drum. Die Natur im Naturschutzgebiet würde ein oder zwei Fußstapfen mehr in der Nacht auch noch vertragen. Margot stand auf und warf Doro den Schlüssel zu. Vertrauensbildende Maßnahme. »Morgen um sieben brauch ich den Wagen wieder.«

»Geht klar. Und – danke.«

Margot nickte nur.

Dann war Doro aus dem Haus.

Und Margot war wieder allein.

Sie stellte die Teller in die Spülmaschine, goss sich noch ein Glas Wein ein und nahm Glas und Zeitschrift mit ins Wohnzimmer.

Sie ließ sich auf dem Sofa nieder und schlug die Zeitschrift auf. Sie kannte die *Luise*, die es inzwischen schon zwanzig Jahre lang gab. Sie hatte zwar kein Abonnement, hatte aber immer mal wieder eine Ausgabe gekauft.

Sie begann, den Artikel zu lesen. Wie Doro bereits gesagt hatte, spielten bei den neuen Hexen Energien eine Rolle. Energien, die man lenken konnte, durch Rituale. Das nannte sich dann Magie.

Sie hatte in ihrem Leben nur einmal den Eindruck gehabt, dass ein Ritual irgendeine Wirkung auf sie gehabt hätte. Das war jenes Ritual gewesen, das sie mit Rainer vollzogen hatte. Nein, nicht das auf dem Standesamt. Das in der Kirche. »In guten wie in schlechten Zeiten« – sie hatte es damals gefühlt. Energie, würde Doro jetzt sagen. Wahrscheinlich. Irgendetwas, was viel stärker war und viel mehr Bedeutung hatte als nur die Worte.

Vielleicht hatte die Kleine ja recht, auf ihre Weise.

Margot überflog die Worte des Artikels. Sie zogen vorbei, und Margot merkte, dass sie den Sinn gar nicht erfasste. Ihre

Gedanken waren bei Rainer – und bei seiner Rhonda. Tränen traten ihr in die Augen. Zeit, schlafen zu gehen. Hoffentlich würde sie die beiden nie wiedersehen.

Und vielleicht sollte sie Doro doch nach ihren magischen Riten befragen. Vielleicht hatte die ja einen netten Impotenzzauber parat.

FREITAG, 22. JUNI

Horndeich fuhr ins Präsidium. Schon jetzt, um halb acht, lag die Schwüle drückend auf den Schultern. Sicher würde es vor Mittag schon das nächste Gewitter geben.

Er hatte das CD-Radio des Leihwagens eingeschaltet. Die CD mit Liedern seiner momentanen Lieblingsserie dudelte aus den Lautsprechern. *True Blood* handelte von der friedlichen Koexistenz von Vampiren und Menschen und spielte in der Gegenwart im Süden der USA. Horndeich mochte besonders den Soundtrack. Die moorige Schwüle, die in den einzelnen Stücken vibrierte, passte zudem besonders zur aktuellen Darmstädter Wetterlage.

Horndeich hatte in der Nacht schlecht geschlafen. Es passierte ihm selten, dass er aktuelle Fälle in seine Träume einarbeitete. Er konnte sich an keine Details mehr erinnern, aber er war mehrfach aufgewacht, nachdem er im Traum Bilder des vergangenen Tages auf der Kinoleinwand im Kopf gesehen hatte. Einmal hatte Sandra ihn geweckt. Ein anderes Mal Ches Zunge. Offenbar hatte er im Schlaf gestöhnt, was den kleinen Chihuahua, der seit einem Jahr bei ihnen lebte, wohl erschreckt hatte. Der Hund durfte nicht ins Schlafzimmer. Aber er hatte sich anscheinend aus Angst um sein Herrchen darüber hinweggesetzt.

Der Fall war seltsam. Horndeich grübelte über zwei Dinge nach: Was war das Motiv dafür, jemanden auf solch eine Art umzubringen? Wieder und wieder ging er die möglichen Motive durch: Wollte jemand ein Zeichen setzen? Jemandem eine Warnung zukommen lassen? In der Art wie: Geh bloß nicht so mies mit deinen Studenten um wie dieser Professor? Blödsinn. In Sizilien, da hätte solch eine Hinrichtung eine

Warnung sein können. Hier in der verschlafenen Residenzstadt Darmstadt? Im Woog? Das war einfach nur lächerlich.

Blieb das nächste Motiv: Rache. Aber wofür?

Oder Hass. Das erschien Horndeich noch am wahrscheinlichsten. Hatte Frau Sacher ihren Mann gehasst? Hatte ihr Freund ihr geholfen, den Ehemann zu beseitigen?

Dagegen sprach eine weitere Überlegung: Der Mann war vor seinem Tod zwei Wochen lang verschollen gewesen. Wo? Bei wem? Im Keller der Frau? Geknebelt? Einem ungewissen Schicksal entgegensehend? Hinrich hatte gestern noch eine Mail geschickt: Das Wasser in der Lunge des Toten war eindeutig Wasser aus dem Badesee. Das hieß, dass eine eventuelle Theorie, nach der Sacher schon vor drei Wochen woanders getötet und zwischenzeitlich eingefroren worden war, extrem unwahrscheinlich war. Zumal er zusätzlich zu den frischen Fesselspuren noch ältere aufwies, die von schmalen Kabelbindern herrühren mussten.

Jace Everett unterbrach Horndeichs Gedanken und stimmte sein momentanes Lieblingslied an:

When you came in, the air went out.
And every shadow filled up with doubt,
I don't know who you think you are
but before the night is through
I wanna do bad things with you.

Horndeich übersetzte für sich:

Als du reinkamst – ging die Luft aus.
Und jeder Schatten füllte sich mit Zweifeln.
Ich weiß nicht, wer du glaubst, dass du bist,
Aber bevor die Nacht vorbei ist,
möcht' ich schlimme Dinge mit dir tun.

Die Stimme war säuselnd, fast freundlich, aber Jace machte seinen Standpunkt sehr, sehr deutlich. Und mit einem Mal war sich Horndeich gar nicht mehr sicher, ob Jace das nur auf die unglückselige Person bezog, die da gerade den Raum betrat. Oder ob Jace dieses Liedlein schon an vielen Orten gesungen, sein Ding durchgezogen hatte und weitergereist war.

Horndeich erreichte das Präsidium, blieb im Wagen sitzen und hörte das Lied bis zum Schluss an. Ein Schauder zog durch seinen Körper: Vielleicht war Sacher gar nicht das erste Opfer des Mörders?

Wenige Minuten später am Rechner überlegte er, wie er weiter vorgehen sollte.

Fesselungen. Vielleicht war das das verbindende Element. Er ließ die Anfrage durch die Datenbank laufen. Zunächst hatte er die Suche auf Hessen und das vergangene Jahr begrenzt.

In Frankfurt hatte es vor einem Jahr einen Mord gegeben, bei dem ein Mann gefesselt worden war, bevor ein .38-Geschoss seinem Leben ein Ende bereitet hatte. Aber der Fall gehörte ziemlich eindeutig zur Kategorie der Rotlicht-Revierkämpfe. Wer dafür verantwortlich war, war den Kollegen der Mainmetropole bekannt. Wer den Abzug gedrückt hatte, das war das Rätsel.

Horndeich überlegte. Sollte er die Anfrage zeitlich oder räumlich ausdehnen? Er entschied sich für die zeitliche Variante. Aber in den vergangenen fünf Jahren gab es keinen ungeklärten Mord, bei dem das Opfer gefesselt worden war. Schade eigentlich, dachte Horndeich. Und schalt sich sogleich einen Zyniker.

Er ließ eine Anfrage über alle Morde im ganzen Bundesgebiet laufen. Es dauerte ein bisschen, bevor er feststellen musste, dass auch die weiteren drei Fälle im Bundesgebiet offensichtlich alle dem Rotlichtmilieu zugerechnet wurden.

Vielleicht lag er ja mit seiner Jace-Everett-Theorie auch völlig daneben. Oder er fragte einfach nur falsch.

Horndeich rollte mit seinem Stuhl nach hinten in den Raum. Perspektivenwechsel.

Was war besser als ein Perspektivenwechel? Ein frischer Kaffee. Er ging zur Maschine. Vor Äonen von Jahren hätte er jetzt eine Kanne mit gefühltem Zehnliterinhalt genommen und einen winzigen Bruchteil davon in seinen Kaffeebecher geschüttet. Inzwischen war die Zubereitung einer einzigen Tasse zur Beschäftigungstherapie ausgeartet: korrektes Einlegen der Patrone; zuvor Leeren des Mini-Papierkorbs für Kaffeepatronen; zuschauen beim Aufwärmen der Maschine; vielleicht noch ein Reinigen von Dies-und-Das. Wie auch immer. Der Kaffee schmeckte dann wenigstens. Meistens. Wenn man nicht versehentlich das dunkelrote Käpselchen gewählt hatte anstatt des hellroten. Light-koffeinfrei statt Lässt-den-Löffel-senkrecht-stehen.

Während die Maschine akustisch so tat, als leistete sie Schwerstarbeit, hatte Horndeich den Geistesblitz. Sacher hatte einen Schlag auf den Kopf erhalten. Dann war er gefesselt und im See versenkt worden. Es gab zwei Möglichkeiten: Entweder hatte der Mörder ihm den Schlag verpasst, damit er ihn in aller Ruhe fesseln konnte. Oder er sollte mit diesem Schlag getötet werden. Und die Fesselung war ein Ritual, das eigentlich nach dem Eintritt des Todes vollzogen werden sollte. Hinrich hatte betont, dass das Opfer nach dem Schlag ziemlich geblutet haben musste. Vielleicht war der Schlag also wirklich als Todesschlag gedacht gewesen. Dann wäre die Fesselung in den Augen des Mörders postmortal erfolgt, wie es Hinrich ausgedrückt hätte.

Horndeich nahm die gefüllte Kaffeetasse und ging zum Schreibtisch zurück.

Wieder füllte er die Abfragemaske auf dem Bildschirm aus und hatte wenige Sekunden später alle ungeklärten Mordfälle in Hessen des vergangenen Jahres mit postmortalen Verletzungen auf dem Bildschirm. Die Anzahl betrug exakt null.

Horndeich ließ die Suche über zehn Jahre laufen.

Treffer. Zwei Mordfälle, in denen die Opfer nach Eintritt des Todes noch getreten worden waren. Der eine Fall lag neun Jahre zurück, der zweite vier.

Horndeich weitete die Suche wieder auf das Bundesgebiet aus. Über die vergangenen fünf Jahre.

Es gab zwei Treffer. Eine Frau in Freiburg war vergewaltigt und getötet worden. Danach hatte der Mörder sie auf übelste Weise verstümmelt. Die Kollegen im Süden hatten auch heute noch keinerlei Spuren, die zum Täter führten.

Dann war da noch dieser Mann aus Hamburg. Horndeich überflog die Informationen: Till Hansen war vor drei Monaten in Hamburg ermordet aufgefunden worden, erschlagen mit einem Baseballschläger oder etwas Ähnlichem. Er war zum Zeitpunkt des Auffindens am Elbufer im Hamburger Stadtteil Wedel nackt gewesen. Und der Rücken – nun, die Haut war durchlöchert, als wäre eine mit Eisendornen gespickte Walze mehrfach darübergezogen worden.

Horndeich sah zwei Bilder des Polizeifotografen, die dem Datensatz beigefügt worden waren.

Das Tatwerkzeug – es konnte durchaus dasselbe sein, mit dem auch Emil Sacher geschlagen worden war. Die Wunden am Rücken waren jedoch etwas ganz anderes.

In diesem Moment trat Margot ins Büro. Sie hängte die Jacke an den Garderobenhaken.

»Moin«, grüßte Horndeich.

Margot grüßte zurück. Obwohl unter ihren Augen leichte Schatten lagen, wirkte sie frisch und ausgeschlafen. »Ich hab da was Interessantes gelesen«, kam sie gleich zur Sache.

»Hast du gestern noch mit Doro gesprochen?«

»Jaja. Das Gespräch verlief sogar halbwegs konstruktiv. Sie hat mir von diesem Hexenhokuspokus erzählt. Und mir eine Zeitschrift in die Hand gedrückt. Da war dann ein Artikel über neopagane Religionen drin …«

»Über was?«

»Neuheidnisch. Das, was wir da gestern erlebt haben. Mondanheulen bei Sonnwende.« Margot konnte mit ihrer Meinung zu dem Thema nicht hinterm Berg halten.

»Und was hast du entdeckt?«

»Da war noch ein zweiter Artikel drin. Über die historische

Hexenverfolgung. Auch ziemlich feministisch angehaucht – die Hexen damals sollen die weisen Frauen gewesen sein, die das geheime Wissen über Geburtenregulierung heimlich weitergegeben haben. Ich kann nicht beurteilen, ob da was dran ist. Aber darin war auch ein Absatz über die Foltermethoden.« Margot öffnete die Tasche, die sie mitgebracht hatte, und entnahm ihr eine Zeitschrift.

Luise konnte Horndeich auf dem Titelblatt lesen.

Margot blätterte zu einer Seite, an die sie ein gelbes Post-it geklebt hatte. Dann legte sie die Zeitschrift vor Horndeich auf den Tisch und deutete mit dem Finger auf ein Bild.

Es handelte sich offensichtlich um einen mittelalterlichen Kupferstich. Darauf war eine Frau abgebildet, die in einen Fluss geworfen wurde, die Hände und Füße über Kreuz gefesselt.

Horndeich las die Bildunterschrift: *Die Hexenprobe. Gewinnen, wenn man verliert.*

»Und was soll das sein? Ein Schwimmkurs für Hexen?«

»Quatsch. Damals dachte man, es sei eine gute Methode, herauszufinden, ob eine Frau eine Hexe war. Die Angeklagte wurde an ein Seil gebunden und ins Wasser hinabgelassen. Ging die Angeklagte unter, so war sie unschuldig. Schwamm sie jedoch an der Oberfläche, war das ein Zeichen ihrer Schuld. Denn reines Wasser würde eine Hexe abstoßen.«

»Hä? Wenn sie ertrank, war sie keine Hexe, und wenn sie nicht ertrank, war sie eine und wurde verbrannt.«

»So ungefähr.«

»Und was hat das jetzt mit unserem Fall zu tun?«

»Nun, vielleicht ist es genau das, worauf der Mörder anspielt: diese Hexenprobe.«

»Ich weiß nicht – da halte ich die Theorie, dass Darmstadt von sizilianischen Mafiabanden unterwandert wird, für wahrscheinlicher.« Klar, man musste auch abwegigen Gedanken nachgehen dürfen, wollte man die Motive eines Mörders ergründen. Dennoch – Hexenprobe – das war nun wirklich sehr schräg, oder? »Unsere Leiche ist übrigens ein Mann. Der kann keine Hexe gewesen sein – oder wurde dieser komische Tauchtest auch mit Männern praktiziert?«

»Keine Ahnung. War ja nur ein Gedanke.« Margot ging zur Kaffeemaschine. »Sagst du nicht immer, man muss jeden Gedanken zulassen?«

»Klar, du hast ja recht. Ich finde es nur – ein wenig weit hergeholt.« Horndeich blätterte die Seite um. In dem Moment, in dem sein Blick auf das nächste Bild fiel, wurde ihm jedoch klar, dass Margot mit ihrer Theorie vielleicht doch nicht so ganz weit danebenlag.

Das Bild – wohl auch ein Kupferstich – zeigte eine Frau, die stehend an ein Kreuz gebunden war, die Bauchseite den Balken zugewandt. Ihr Kleid war zerrissen, der Rücken gänzlich frei. Hinter ihr stand ein Mann, der eine an einem Stil befestigte Rolle hielt, ähnlich der Farbrolle eines Malermeisters. Nur, dass diese Rolle aus Eisen und mit Metallhaken gespickt war. Die Spuren auf dem Rücken der Frau zeigten deutlich, wozu die Rolle eingesetzt worden war. Die Bildunterschrift besagte: *Der »Gespickte Hase« sorgte für unglaubliche Schmerzen.* Sofort hatte Horndeich das Bild vor Augen, das er wenige Minuten zuvor auf dem Monitor gesehen hatte: das Mordopfer aus Hamburg. Dessen Rücken wies genau solche Spuren auf. »Margot«, sagte Horndeich nur.

Mit der Kaffeetasse in der Hand trat Margot zu ihrem Kollegen. Schaute ihm über die Schulter. »Wer ist das?«

»Das ist – vielmehr das war – Till Hansen. Schiffsmogul aus Hamburg. Wurde dort vor drei Monaten ermordet aufgefunden. Erschlagen. Und dann hat man ihm post mortem diese Verletzungen zugefügt.«

»Aber das hat nichts mit unserem Fall hier zu tun, oder?«

»Keine Ahnung – ich glaube, ich rufe mal die Kollegen in Hamburg an.«

Horndeich wählte die entsprechende Nummer in der Hansestadt und trug sein Anliegen vor: Er wolle mit jemandem sprechen, der den Fall »Till Hansen« bearbeite. Nach kurzem Hin und Her sprach er schließlich mit einem Kollegen.

»Frank Karlsson, LKA 41. Moin.«

LKA 41 war das nordische Gegenstück zur Abteilung K10 in Südhessen: zuständig für Mord und Totschlag. »Steffen Horndeich, Darmstadt. Sind Sie der Kollege, der den Fall Hansen bearbeitet?«

»Jepp. Seit drei Monaten sind wir da dran. Aber außer Sackgassen haben wir bislang nichts gefunden. Wieso fragen Sie?«

Horndeich schilderte kurz ihren Fall »Sacher« und die Übereinstimmung bei den Verletzungen. »Gab es in Ihrem Fall irgendeine Verbindung nach Darmstadt? Oder vielleicht sogar eine Verbindung zu Emil Sacher?«

»Moment, Kollege. Ich muss mir die Akte gerade mal auf den Bildschirm zaubern. Alles kann ich da auf die Schnelle nicht sehen. Aber vielleicht kann ich Ihnen trotzdem helfen. Moment.«

Horndeich nutzte die Wartezeit, um seinen inzwischen kalten Kaffee zu trinken.

»Herr Horndeich, sind Sie noch dran?«

»Ja.«

»Also, der Name ›Emil Sacher‹ taucht nicht auf, ein ›Sacher‹ kommt hier überhaupt nicht vor. Aber Darmstadt – da gibt es tatsächlich einen Treffer. Hansen hat in Darmstadt studiert. Wirtschaftsinformatik. Von 1992 bis 1996.«

Horndeich hatte den Lebenslauf von Emil Sacher nicht im Kopf – aber er überschlug grob, dass die beiden wohl zur selben Zeit studiert hatten. In derselben Stadt. »Herr Karlsson – könnten Sie uns vielleicht die komplette Akte zukommen lassen? Wir würden hier gern etwas genauer checken, ob es vielleicht einen Zusammenhang gibt.«

»Klar. Ich schicke Ihnen die Sachen zu.«

Horndeich verabschiedete sich von Karlsson, dann legte er den Hörer auf.

»Treffer?«, fragte Margot.

»Treffer. Beide haben in Darmstadt studiert.«

»Und beide weisen Spuren von Folterungen auf, die man auch Hexen zugefügt hat.«

»Meinst du, dass es tatsächlich einen Zusammenhang gibt?«

»Keine Ahnung. Ich schlage vor, wir fragen mal jemanden, der sich mit diesem ganzen Hokuspokus besser auskennt.«

»Und der wäre?«

Margot blätterte nochmals durch die Ausgabe der *Luise*. »Judith Reichenberg heißt die Dame, die die Artikel über die Hexen geschrieben hat.« Sie blätterte weiter nach hinten. »Und die Herausgeberin ist ...« Margot hielt inne.

»Was ist? Wer gibt das Blatt denn heraus? Angela Merkel?«

»Nein. Ruth Steiner. Das ist die Inhaberin der Buchhandlung Steiner.«

»Und?«

»Na, das ist die Chefin von Doro.«

»Dann ruf sie doch an, und lass dir die Telefonnummer von dieser Reichenberg geben.«

»Nein. Lass mal. Ich fahre da hin. Ich muss mit der sowieso noch reden.«

Margot kannte den kleinen Buchladen in der Liebfrauenstraße. Seitdem der Laden 2004 eröffnet hatte, hatte sie dort immer wieder Bücher gekauft. Ruth Steiner war die Inhaberin und beschäftigte noch eine Halbtagsangestellte – Doro.

Als Margot den Laden betrat, ertönte ein leises Glockenklingeln.

»Sie wünschen?«, fragte eine freundliche Stimme.

Margot drehte sich um und sah in Ruth Steiners Gesicht. Die trug ihr halblanges dunkles Haar zu einem Pferdeschwanz gebunden. Ihre Kleidung war für Margots Geschmack etwas zu salopp – grüne Jeans und Folklorebluse –, aber ihr Auftreten wirkte freundlich.

»Guten Tag, ich bin Margot Hesgart.«

»Stimmt, ja, die Mutter von Doro.«

»Fast«, sagte Margot, ohne die genaue Erklärung nachzuliefern. »Ist Doro hier?«

»Nein.«

»Das ist gut. Haben Sie vielleicht zehn Minuten, in denen wir ungestört reden können?«

»Das ist etwas schwierig – der Laden, Sie verstehen?«

»Es geht um den Mordfall. Vorgestern, im Woog.«

Ruth Steiners Augen weiteten sich. »Einen Moment«, sagte sie und ging zur Tür. Neben der Tür lag ein Schild in einem freien Bereich eines Bücherregals. Sie nahm es, und in der Bewegung konnte Margot den Text lesen: *Bin gleich wieder da.* Ruth Steiner hängte es von innen an die Scheibe der Tür. Dann drehte sie den Schlüssel um.

»Kommen Sie bitte mit nach hinten.«

Direkt hinter der Theke befand sich der Zugang zum Büro. Der Raum selbst war fensterlos, wurde jedoch durch das Deckenlicht erhellt. Ruth Steiner schloss die Tür hinter Margot. »Was kann ich für Sie tun?«

»Ich habe zwei Anliegen. Zum einen möchte ich Sie bitten, mir die Kontaktdaten Ihrer Autorin Judith Reichenberg zu geben.«

»Judith? Was hat die denn mit dem Mord zu tun?«

»Gar nichts«, beschwichtigte Margot ihr Gegenüber, die angesichts der Frage regelrecht entsetzt wirkte. Es war immer wieder erstaunlich, wie schnell die schlimmsten Assoziationen hervorgerufen wurden, wenn die Polizei nur nach einer Telefonnummer fragte. »Sie scheint eine Expertin in Sachen Hexenverfolgung und neue Hexen zu sein.«

Ruth Steiner nickte. »Ja. Sie arbeitet hier in Darmstadt an der Uni im Fachbereich Geschichte und beschäftigt sich immer wieder mit interessanten historischen Themen, zu denen sie dann Artikel schreibt, die ich in der *Luise* verwenden kann.«

»Wunderbar. Denn ich hätte ein paar Fragen. Zu den alten Hexen. Und zu den neuen.«

Ruth Steiner sah Margot an. Sie wartete offensichtlich darauf, dass Margot fortfuhr.

»Was sagen Ihnen die neuen Hexen?«

Auf Ruth Steiners Stirn machte eine kleine senkrechte Furche deutlich, dass sie Margot nicht ganz folgen konnte.

»Wicca und so etwas«, präzisierte Margot.

»Wicca? Wie kommen Sie denn jetzt darauf?«

Margot schwieg. Die Spannung elektrisierte die Luft. Sollte die Steiner ruhig etwas schwitzen, dachte Margot. Denn die Kommissarin meinte sehr wohl zu wissen, von wem Doro diesen Kokolores hatte.

»Ich verstehe Sie nicht ganz, Frau Hesgart. Suchen Sie Kontakt zu einer Wicca-Gruppe?«

»Coven heißt das«, erwiderte Margot augenblicklich.

»Coven. Na gut. Ich verstehe dennoch nicht, worauf Sie hinauswollen.«

»Sind Sie auch Mitglied eines Covens?«

Die Spannung in der Luft löste sich. Was daran lag, dass Margot förmlich sah, wie vor Ruth Steiners Gesicht die Rollläden der Abwehr heruntergelassen wurden. Sie verschränkte die Arme vor der Brust. »Ich wüsste nicht, was Sie das angeht.«

»Haben Sie Doro zu diesem Hokuspokus gebracht? Waren Sie das?«

»Doro? Sie ist in einem Wicca-Coven?«

»Ja. Und Sie wollen mir jetzt erzählen, dass Sie davon nichts wissen?«

»Nein. Ich weiß, dass sie sich einer Gruppe angeschlossen hat, die sich mit Naturreligion beschäftigt. Allerdings hatte ich keine Ahnung, dass es eine Wicca-Gruppe ist. Aber wo ist das Problem?«

»Das Problem? Das Problem ist, dass die da ihre magischen Rituale zelebrieren. Sich als Hexen bezeichnen. Nachts im Naturschutzgebiet im Feuerschein um Steine tanzen.«

Ruth Steiner ließ die Arme wieder sinken. »Wie dramatisch …«

»Wie bitte?«

»Frau Hesgart, ich habe keine Ahnung, welche Vorstellung Sie von einem Wicca-Coven haben. Ich fürchte fast, genau die,

die ihre Anhängerinnen haben. Nämlich, dass das ganze Energie-Getue irgendetwas bewirken könnte.«

Margot verstummte.

Zeit für Ruth Steiner, nachzulegen. »In meinen Augen ist das alles nichts anderes als das, was in Feng-Shui-Seminaren auch gemacht wird: viel Rauch um nichts. Aber das ist meine ganz persönliche Meinung. Sehen Sie es so: Eine Wicca-Anhängerin wird bestimmt niemals drogensüchtig. Und unter uns: Doro ist ein unglaublich gewissenhafter Mensch. Und sie ist immer noch sehr danach auf der Suche, was sie mit ihrem Leben anfangen soll. Wenn sie derzeit in einer solchen Gruppe das findet, was sie sucht – was soll daran schlecht sein?«

Darauf fiel Margot nichts mehr ein. Hatte sie so ein schlechtes Bild von ihrer Stieftochter? Na ja, die hatte sich ja auch schon einige Klöpse geleistet.

»Ich gebe Ihnen gerade noch Telefonnummer und E-Mail-Adresse von Judith Reichenberg.«

Margot nickte nur.

Erst als Ruth Steiner sie zur Tür geleitet hatte, fand Margot die Sprache wieder. »Danke. Und Auf Wiedersehen.«

Ruth Steiner gab ihr die Hand.

Vor der Tür des Ladens atmete Margot tief ein.

Sehr tief.

Frau Reichenberg hatte ein sofortiges Treffen vorgeschlagen, denn am Nachmittag habe sie Verpflichtungen. Daher saß Horndeich nun mit Margot in einem Benz der Fahrbereitschaft und chauffierte sie zum Institut für Geschichte. Das residierte standesgemäß im Darmstädter Schloss. Bis vor wenigen Jahren waren auch die Kollegen des ersten Reviers dort beheimatet gewesen. Seit die weg waren, war der Vandalismus in den Schlosshöfen deutlich angestiegen.

Sie stellten den Wagen auf dem Schlosshof ab. Auch wenn das Polizeirevier sich nicht mehr im Schloss befand – zufällig war Horndeichs Schrankenkärtchen immer noch in seinem Portemonnaie. Sehr praktisch.

Sie gingen in den Kaisersaalbau. Dann erreichten sie das Büro von Judith Reichenberg.

Horndeich klopfte.

»Herein«, antwortete es von der anderen Seite der Tür. Horndeich öffnete, wollte eintreten. Doch instinktiv trat er erst mal einen Schritt zurück. Alle Wände waren vollständig bis unter die Decke mit Regalen zugestellt, abgesehen von der Stelle, an der sich ein Fenster den Platz abgetrotzt zu haben schien. Die Regale waren voller Bücher, Ordner und Stapel loser Papiere. Allein vier Regalbretter zierten schwarze Plastikrücken spiralgebundener Skripte. Ohne Beschriftung. Horndeich überlegte, ob ihm irgendeine Möglichkeit einfiel, auf diese Werke gezielt zuzugreifen.

Bevor er den Gedanken zu Ende führen konnte, sagte Judith Reichenberg: »Kommen Sie doch herein.«

Sie stand von ihrem Sessel auf. Die Frau war sehr zierlich, keine eins sechzig groß, fast schon dürr, sie hatte blondes schulterlanges Haar, das ziemlich dünn erschien, und eine lebendige Ausstrahlung.

Horndeich trat ein, nach ihm Margot. Die dunklen Regale wirkten bedrückend. War es möglich, dass man sich von Papierbergen bedroht fühlen konnte? Sofort fiel ihm Stephen King ein, der aus diesem Szenario sicher eine wundervoll gruselige Geschichte gesponnen hätte. Die hätte dann sicher mit Worten begonnen wie: »Bis Freitag wusste ich nicht, dass es Bücher gibt, die sich von Menschenfleisch ernähren.« Oder so ähnlich.

»Nehmen Sie doch bitte Platz« – das war der Satz, den Judith Reichenberg noch nicht gesagt hatte. Was daran lag, dass es keinen Platz gab. Sie nahm einen Papierstapel von einem der Stühle, sah sich suchend um und deponierte ihn kurzerhand auf einem anderen Stapel auf ihrem Schreibtisch. Der wuchs damit um das Doppelte auf eine Höhe von sicher achtzig Zentimetern. Margot war ebenfalls gut darin, Papier zu horten. Aber solch ein Chaos bedruckten Papyrus hatte Horndeich noch nie gesehen. Nun ja, nicht ganz nie. Vor Jahren hatten sie mal einen Fall gehabt, bei dem eine alte Dame ermordet worden war. Die war definitiv ein Messie gewesen, auch in Sachen Papier. Allerdings hatte sie es wenigstens in Kästen verpackt oder verschnürt.

Judith Reichenberg räumte den zweiten Stuhl auf die gleiche Weise leer.

»Nehmen Sie doch bitte Platz. Und entschuldigen Sie die leichte Unordnung.«

Margots Schreibtisch ging vielleicht noch als »leichte Unordnung« durch. Aber das hier ist eindeutig die Königsklasse von »leichter Unordnung«, dachte Horndeich.

»Ich bin gerade dabei, das Büro etwas umzuorganisieren. Leider habe ich es so übernehmen müssen. Meine Vorgängerin – nun, sie war nicht in der Lage, auch nur ein Blatt Papier wegzuschmeißen. Sie hatte vor einem Jahr einen schlimmen Unfall. Ein Lastwagen hat sie beim Rechtsabbiegen überfahren. Beide Beine hat sie verloren. Nun, seit einem Vierteljahr wissen wir, dass sie nicht mehr zurückkommen wird.«

Auch Margot schien angesichts der Papierflut ein wenig geschockt. Die beiden Polizisten setzten sich.

Horndeich sah sich um und wartete darauf, dass Margot das Wort ergreifen würde, doch das tat sie nicht. Sie war überhaupt ziemlich schweigsam, seit sie aus der Buchhandlung zurückgekommen war.

Also sprach Horndeich: »Frau Reichenberg, Sie haben in der Zeitschrift *Luise* vor einem Dreivierteljahr drei Artikel veröffentlicht – einen über die Hexenverfolgungen in Europa, einen über die Verfolgungen in der Region Darmstadt und einen über die sogenannten ›Neuen Hexen‹.«

»Ja, das stimmt. Was ist damit? Sind Sie von der Rechtschreibpolizei?«

Auch wenn Horndeich den Kalauer ziemlich lahm fand, schenkte er Judith Reichenberg ein Lächeln. »Nein, die Kollegen von der RSP kommen später noch vorbei.«

Nun war es an Judith Reichenberg, einen lahmen Witz mit

einem strahlenden Lächeln zu quittieren. »Was kann ich für Sie tun?«

Horndeich überlegte kurz, wie sie weiter vorgehen sollten. Dann entschied er sich für die direkte Methode. Er nahm sein Smartphone aus der Innentasche seines Jacketts und zauberte ein Bild auf das Display. Die Fesselung von Emil Sacher. Er zeigte es der Wissenschaftlerin.

»Hui«, sagte die nur. »Ist das der Mann, den sie vorgestern aus dem Woog gefischt haben?«

Horndeich nickte und wischte über das Display. Dann zeigte er das zweite Bild, auf dem der malträtierte Rücken des Hamburger Opfers zu sehen war.

»Da Sie mich in meiner Eigenschaft als Expertin für die Hexenverfolgung aufsuchen, kann ich nur sagen: Ja. Das sind typische Merkmale der Folterung von Menschen, die der Hexerei verdächtigt werden. Vielmehr wurden. Gibt es ja heutzutage nicht mehr. Zumindest nicht in Europa.«

Nun meldete sich Margot zu Wort: »Könnte es sein, dass ein Zirkel der ›Neuen Hexen‹, also vielleicht ein Wicca-Zirkel, so etwas macht?«

Judith Reichenberg schüttelte den Kopf. »Nein. Wie kommen Sie darauf?«

»Nun, ich dachte, vielleicht als späte Rache?«

»Das halte ich für ausgeschlossen. Man kann zu den ›Neuen Hexen‹ stehen, wie man mag – aber Gewalttätigkeit ist definitiv eine Eigenschaft, die überhaupt nicht auf diese Bewegung zutrifft. Im Gegenteil, sie ist extrem tolerant.«

»Tolerant?«

»Ja. Im Gegensatz zu den klassischen Religionen gibt es keine Bibel oder ein ähnliches Schriftwerk, das den Glauben oder die Rituale exakt definiert. Zwar hat jede Gruppe ihr eigenes ›Buch der Schatten‹ – aber keines der Bücher gleicht einem anderen. Dadurch wird diese Glaubensrichtung oft als völlig beliebig angesehen: Tu, was du willst. Aber immer in Einklang mit der Natur und ›dem Guten‹.«

»Also keine Rache für erlittenes Leid der Vorfahren?«

»Im Namen einer Wicca-Gruppe sicher nicht. Ob jemand das aus eigenem Antrieb macht – das ist eine Frage, die nur individuell und von einem Psychologen beantwortet werden kann.«

Margot schwieg. Also nahm Horndeich den Faden wieder auf. »Hier in Darmstadt gab es auch Hexenverbrennungen?«

Judith Reichenberg nickte. »Ja. Im Verhältnis zu anderen Teilen Deutschlands war es wohl eher überschaubar. Unter dem ersten Landgrafen von Hessen-Darmstadt kam es zwischen 1586 bis 1590 zu zwanzig Hexenverbrennungen. Weitere fünfzehn wurden nur gefoltert, konnten aber fliehen oder wurden wieder freigelassen.«

»Wo wurden die Menschen verbrannt?«

»Frauen. Bis auf einen elfjährigen Jungen waren es alles Frauen. Ich will damit natürlich nicht sagen, dass es besser ist, einen Jungen zu verbrennen.«

»Wo?«

Judith Reichenberg deutete in Richtung Süden. »Auf dem Marktplatz. Gefoltert wurde zuvor im Rathaus.«

Horndeich fröstelte, obwohl es im Raum kaum weniger heiß war als im Freien. Auf dem Marktplatz, auf dem er jeden Samstag Biogemüse, Käse und Antipasti kaufte, waren also einstmals Menschen verbrannt worden. Er schluckte.

Margot sah auf, und Horndeich kannte den Blick. Es war der »Ich-hab's«-Blick. »Was waren die anderen Methoden, mit denen man von diesen Frauen Geständnisse erpresste?«

»Sie sind sicher, dass ich Ihnen das vor dem Mittagessen erzählen soll?«

»Wurden den Frauen die Daumen zerschlagen?«

»Jein. Nicht zerschlagen. Der Ausdruck ›Daumenschraube‹ sagt Ihnen sicher etwas?«

Margot nickte. Horndeich hatte sofort das Bild einer Mini-Saftpresse vor Augen. Er merkte, dass er genug hatte. »Wie kommt man dazu, sich mit so grauseligem Zeug auseinanderzusetzen?«, fragte Horndeich, obwohl ihm, bereits während er fragte, bewusst wurde, dass sein Job ja nun auch ab und an etwas unappetitlich werden konnte.

Judith Reichenberg antwortete ihm. »Wissen Sie, diese Verbrennungen und Folterungen – das war extremes Unrecht. Und ich habe zwei Gründe, mich mit dem Thema zu beschäftigen.«

Horndeich konnte nicht anders, als neugierig nachzufragen: »Welche?«

»Ich bin am 6. September 1972 auf die Welt gekommen. In München. Das war ein Tag, an dem auch ein extremes Unrecht geschehen ist.«

»Sie meinen die Geiselnahme der israelischen Sportmannschaft im Olympischen Dorf durch Palästinenser?«

»Ja. Und genau dort, im Olympischen Dorf, wurde ich geboren. Meine Mutter war Journalistin, sie berichtete von den Spielen. Sie war damals im achten Monat schwanger. Alle hatten gedacht, ich würde mir noch ein paar Wochen Zeit lassen. Aber es kam zu einer Frühgeburt. Um 22.38 Uhr, als die Polizei das Feuer auf die Terroristen eröffnete, setzten bei meiner Mutter die Wehen ein. Es gab ja damals Ausgangssperre wegen der Terroristen, wir mussten im Dorf bleiben. Aber es waren zum Glück Ärzte da. Es ging ganz schnell. Um 0.10 Uhr, als einer der Terroristen die Handgranate im Hubschrauber gezündet hatte, gab ich mein erstes Schreien von mir. Komischer Zufall, nicht wahr?«

Dem konnte Horndeich nur zustimmen.

»Und es gibt noch einen ganz persönlichen Grund: Mein Vater ist Pfarrer, und er hat sehr gründlich Ahnenforschung betrieben. Dabei hat er festgestellt, dass ich eine direkte Nachfahrin der Frau bin, die in Europa als letzte offizielle Hexe verbrannt worden ist: Anna Göldi. Und so bin ich beim Hexenthema gelandet.«

»Frau Reichenberg, herzlichen Dank«, sagte Margot und erhob sich.

Horndeich tat es ihr nach. Er war froh, diesen Folterkeller voller bedrohlicher Bücher verlassen zu dürfen.

Noch im Hinausgehen griff Margot zum Handy. »Marlock – bitte suchen Sie doch noch mal alles raus, was wir über den Fall Richard Wölzer haben. Und funken Sie die Kollegen aus Marburg an – ich bräuchte deren Akte zu dem Fall – danke!«

»Wer ist Richard Wölzer?«

»Ich glaube, das ist der dritte im Bunde.«

Sie verließen das Schloss. Horndeich wollte gerade den Wagen öffnen, als Margot sagte: »Wollen wir nicht noch einen Happen essen gehen?«

»Gern. Wo?«

»Ratskeller?« Das Restaurant mit einer eigenen kleinen Brauerei war im alten Rathaus gegenüber dem Schloss untergebracht.

»Da, wo sie die Hexen gefoltert haben?«

»Erstens war das vor mehr als vierhundert Jahren. Zweitens haben die sicher nicht im Erdgeschoss gefoltert. Und drittens habe ich Kohldampf.«

Margot hatte seit Croissant und Morgenkaffee noch nichts zu sich genommen. Bei der Hitze war der Vormittagshunger auch eher mäßig ausgeprägt gewesen. Doch nun schlug der Mittagshunger zu.

»Okay.«

Gemeinsam mit Horndeich trat sie durch das Eingangsportal des Schlosses in Richtung Marktplatz. Links stand die überlebensgroße Steinfigur von Georg dem Ersten – ebenjenem ersten Landgrafen von Hessen-Darmstadt. Dem Hexenverbrenner. Soso.

Vor dem Ratskeller standen Biertischgarnituren, allerdings die massiven XXL-Versionen, aus dem Vollen geschnitzt. Sonnenschirme gewährten die Möglichkeit, ein Mittagessen zu sich zu nehmen, ohne Gefahr zu laufen, zum Dessert einen Hitzschlag zu bekommen. Ein lauer Wind machte die Schwüle ein wenig erträglicher. Dementsprechend waren die Tische gut besetzt.

Margot und Horndeich hatten Glück – am Rande des Areals waren zwei Plätze frei. Horndeich setzte sich Margot gegenüber.

Die Speisekarte des Restaurants war hessisch-deftig, aber auch ein Salat wurde angeboten. Als der Kellner kam, bestellte Horndeich einen »Handkäs mit Musigg« und ein alkoholfreies Hefe. Margot entschied sich für eine Gulaschsuppe und einen Beilagensalat.

»Wer ist Richard Wölzer?«, hakte Horndeich nach.

»Das war vor sechs Monaten. Du warst damals mit Sandra und der Kleinen in Urlaub. Da kam diese Anfrage aus Marburg.«

»Was für eine Anfrage?«

»Wölzer war in Marburg tot aufgefunden worden. Offenbar Herzversagen.«

»Und was hatten wir damit zu tun?«

»Wölzer war Architekt, wenn ich mich recht erinnere. Er wohnte in Marburg mit seiner Familie. An dem Abend, an dem er starb, ist er nach Darmstadt zu einem Vortrag gefahren. Dort wurde er das letzte Mal lebend gesehen. Den Handydaten nach zu urteilen, ist er dann nachts noch nach Marburg zurückgefahren. Zwei Tage später lag er nackt und tot in der Nähe des Marburger Schlosses. Tod durch Herzstillstand. Aber die Daumen – die wurden ihm erst nach seinem Tod zerquetscht.«

»Davon habe ich gar nichts mitbekommen.«

»Wie gesagt – du warst in Urlaub. Ich habe ein paar Wochen später noch mal mit den Kollegen in Marburg telefoniert. Es war ihnen nicht gelungen, die Zeit zwischen seinem letzten Anruf und dem Auffinden der Leiche zu rekonstruieren. Die Gerichtsmedizin hatte festgestellt, dass der Todeszeitpunkt wohl unmittelbar nach dem letzten Telefonat anzusetzen war – aber ganz exakt war es nicht mehr zu bestimmen.«

»Du sagst, dieser Wölzer hatte Familie?«

»Ja, eine Frau und zwei Kinder. Die gerieten natürlich in die Schusslinie. Aber es lag ja kein echter Straftatbestand vor: Der

Mann war an einem Herzanfall gestorben. Dennoch war es komisch. Jemand hatte ihm die Daumen zertrümmert – und ihn nackt am Schloss abgelegt. Aber die Ehefrau hatte ein wasserdichtes Alibi. Sie war die ganze Zeit bei ihren Kindern. Sie konnte ihm auch kaum die Daumen zertrümmert haben. Nun, die genauen Umstände des Falls – wenn es denn überhaupt ein Mordfall war – sind, glaube ich, nach wie vor nicht geklärt.«

»Und jetzt haben wir hier plötzlich zwei Morde, bei denen die Opfer auch nach ihrem Tod nach Hexenfolter-Manier traktiert worden sind. Das wirft natürlich ein ganz anderes Licht auf den Marburg-Fall. Hat denn dieser Wölzer auch in Darmstadt studiert?«

»Das weiß ich nicht«, sagte Margot. Dann sagte sie nichts mehr. Sondern hörte.

»This is the old town hall of Darmstadt.« Margots Englisch war nicht wirklich gut. Aber dass hier jemand den Fremdenführer spielte, der das alte Darmstädter Rathaus vorstellte, war ihr wohl bewusst. Und dass sie diese Stimme kannte, ebenso.

»It was built in 1598.«

»That is a long time ago«, zirpte eine junge, weibliche Stimme.

»Well, William Shakespeares published *Love's Labour's Lost* that year.« Wieder der Mann.

»Oh, that's so interesting!«

Margot wandte sich um. Sie sah auf den Hinterkopf der jungen Frau. Und ins Gesicht des Mannes.

Nur für den Bruchteil einer Sekunde flackerte dessen Blick. Doch sofort darauf hatte sich der Mann wieder im Griff. »Margot! Was für ein Zufall!«

Nun drehte sich auch die Frau zu Margot um.

Margot erkannte das Gesicht. Die Assistentin. *Die Tussi.*

Rainer sagte: »Ich habe gar nicht gemerkt, dass du da bist.«

Das ist unser Problem seit Jahren. Und außerdem hast du ja auch nur Augen für deine junge Schnalle. Wenn das Stimmchen mal richtig in Fahrt war …

Margot erhob sich. Offenbar hatten die beiden zuvor woanders gesessen, denn vor ihnen stand jeweils ein halb leeres Hefeweizen-Bierglas. Margots Blutdruck stieg.

Rhonda glotzte Margot irritiert an: »Rainer, is that …«

Margot stand auf, blitzte ihren Noch-Gatten von oben herab an. Dann fauchte sie: »Wie kannst du es wagen?« Grönemeyers Liedzeile aus *Was soll das?* kam ihr in den Sinn: *Meine Faust will unbedingt in sein Gesicht.* Sie gab dem nicht nach. Aber sie griff nach Rainers Bierglas und schüttete ihm schwungvoll den gesamten Inhalt ins Gesicht. Dann drehte sie sich um und verließ die Szenerie. Erst als sie den Marktplatz verlassen hatte, registrierte Margot, dass sie Horndeich nicht nur nichts erklärt hatte, sondern dass sie davongestürzt war, ohne sich von ihm zu verabschieden. Und ihre Zeche hatte sie auch nicht bezahlt.

Am Rande des Marktplatzes auf Höhe des Weißen Turms standen Taxis. Margot stieg in den vordersten Wagen ein. »Richard-Wagner-Weg 56«, sagte sie, und die Droschke setzte sich in Bewegung.

Margot lachte auf.

Der Taxifahrer sah zu Margot hinüber. »Alles okay?«

Offensichtlich war das Lachen eine Spur zu laut gewesen. »Ja, alles okay.«

Sie hatte ihren Mann tatsächlich vor aller Augen biergeduscht. Tränen stiegen ihr jetzt in die Augen. Wie tief war sie gesunken!

»Wirklich alles okay?«

»Ja«, schluchzte Margot nun.

Den Rest des Weges über bemühte sie sich, weder zu lachen noch zu schluchzen. Das klappte, bis kurz vor dem Ziel. Da registrierte sie, dass ihre Handtasche noch auf der Bank des Ratskellers liegen musste. Darin die Geldbörse. Und der Hausschlüssel. Und das Handy. »Scheiße«, fluchte sie leise.

»Nee, echt nicht. Das ist jetzt nicht die Einleitung zu ›Ich hab kein Geld‹, oder?« Der Taxifahrer kannte seine Pappenheimer.

Margot sah ihn mit der besten Variante von einem festen Blick an, die sie im Moment aufbieten konnte. »Doch. Alles im Ratskeller auf der Bank. Handtasche, Portemonnaie, Handy – alles.«

»Und auch Ausweis, was?«

Margot nickte nur.

»Na, dann rufen wir mal die Polizei«, stellte der Fahrer nüchtern fest.

Margot konnte nicht anders, sie lachte wieder auf. »Die sitzt neben Ihnen.« Dann brach sie wieder in Tränen aus.

Es gab noch ein weiteres inneres Stimmchen im Repertoire. Jenes obercoole, analysierende, das immer mit einer gewissen Spur Hohn auf sie herabschaute. *So weit ist es also jetzt gekommen. Du tickst komplett aus, und du bist einem Nervenzusammenbruch näher als Vettel der Zielgeraden.*

Margot konnte den Ausbruch stoppen.

Gut so. Und jetzt rede wie eine erwachsene Frau mit ihm, die Herrin ihrer Sinne ist.

»Sorry, alles im Ratskeller, wie gesagt.«

»Wieder dorthin?«, fragte der Fahrer.

»Besser, wenn Sie mich zum Polizeipräsidium in die Klappacher Straße fahren. Da ist dann auch jemand, der mir das Geld für die Fahrt leihen wird.«

Der Blick des Taxifahrers offenbarte seine ganze Skepsis. Er schien abzuwägen zwischen dem Ärger und der verlorenen Zeit, die ein Stelldichein mit der Polizei mit sich bringen würde, und der Möglichkeit, dass die Dame neben ihm tatsächlich selbst Polizistin war.

»Ich mache es Ihnen einfach. Rufen Sie meinen Kollegen Steffen Horndeich an. Ich gebe Ihnen die Handynummer. Er kann meine Identität bestätigen. Ich bin Margot Hesgart von der Mordkommission in Darmstadt.«

Ein Lächeln überzog das Gesicht des Taxifahrers. »Na klar, jetzt weiß ich, weshalb mir Ihr Gesicht so bekannt vorkam. Sie waren in der Hessenschau, vorgestern, Sie sind die Frau, die die Leiche aus dem Woog gezogen hat!«

»Na ja, nicht ich selbst.«

»Nee, das ist ja gut, dass sich da gleich jemand richtig drum kümmern tut. Nicht dass die Spaghettis hier noch einen auf Mafia machen!«

Nein. Du wirst jetzt nicht mit ihm über Vorurteile und Rassismus oder gar Europa diskutieren. Gut, wenn man wenigstens Stimmchen hatte, die klar denken konnten.

Inzwischen hatte der Taxifahrer den Rückwärtsgang eingelegt und war auf die Flotowstraße abgebogen.

Auf der Fahrt zum Präsidium erfuhr Margot seinen halben Lebenslauf und seine dezidierte Meinung zu dem, was man mit den Mördern und all dem Pack tun sollte.

Als sie das Präsidium erreicht hatten, ließ er Margot sogar ohne seinen persönlichen Geleitschutz aussteigen.

Frau Zupatke, die gerade Dienst am Empfang hatte, konnte ihr zum Glück dreißig Euro leihen. Margot bezahlte den Fahrer. Dann ging sie in ihr Büro. Und schloss die Tür.

Kindergarten, dachte Horndeich. Und war wütend auf seine Kollegin.

Kaum war Margot über den Marktplatz gerannt, hatte sich die amerikanische Wer-auch-immer über Rainer gebeugt und hysterisch angefangen zu schreien: »Police, Police!«

»I *am* the fucking Police!«, brüllte Horndeich. Und alles um ihn herum verstummte. Okay, das war weder standesgemäß gewesen noch ladylike. Aber es hatte seinen Zweck erfüllt.

»Alles in Ordnung?«, frage Horndeich, während das Bier, der Schwerkraft gehorchend, über das Hemd hinweg inzwischen Rainers Schritt erreicht hatte.

Rainer nickte nur.

»Oh, my dear, she will pay for what she did to you, that bitch!«

Horndeich hatte keine Ahnung, wer die junge Dame war, die Rainer da mehr als fürsorglich tätschelte. Und er wollte es auch gar nicht wissen. Er überlegte, was er Rainer Becker, Margots Mann, noch sagen konnte. *Wenn Sie Anzeige erstatten wollen, dann können Sie gleich mit mir kommen?* Nein. Das war erstens lächerlich und zweitens die Sache von Margot. Er griff nach Margots Handtasche. Legte einen Zwanni und einen Fünfer auf den Tisch und beschwerte beides mit einem Aschenbecher. Dann nickte er Rainer und seiner Begleitung zu. Und verließ die Szenerie.

Er ging zum Schlosshof, auf dem der Polizei-Benz stand. Dann fuhr er in Richtung Heimat. Sein Häuschen in der Waldkolonie. Er hatte Sandra gesagt, dass er unterwegs was essen würde. Sie würde sich hoffentlich über die Überraschung freuen, dass er in seiner Mittagspause doch noch auftauchte. Mein Gott – was hatte er für ein Glück, dachte er. Er und Sandra waren nun fast drei Jahre verheiratet. Und er hatte es keinen Tag bereut. Es hatte ein paar Jahre gebraucht, bis sie zueinandergefunden hatten. Aber er konnte sich ein Leben ohne sie nicht mehr vorstellen. Es war spießig – aber er liebte es, jeden Abend zu ihr nach Hause zu kommen. Und zu seiner Tochter. Ja, es war anstrengend, wenn Stefanie gerade eine Mittelohrentzündung durchlitt. Und doch – er wollte nicht tauschen. Mit niemandem.

Vielleicht war »spießig« ja auch nur die Bezeichnung der Neider für Zufriedenheit. Zufriedenheit, die bedeutete, dass man das Leben genau so führen wollte, wie es war? Das Glück in den kleinen Momenten entdeckte? Wie etwa in dem, als die kleine Stefanie das erste Mal »Papa« gesagt hatte? In den kleinen Aufmerksamkeiten, die Nähe ausdrückten. Respekt. Und Zusammengehören. Mehr brauchte es nicht. Und schon gar nicht solche Szenen wie die, die Margot gerade erlebt hatte.

Sandra begrüßte ihn – überrascht, aber erfreut. Sie küsste ihn. Und er erwiderte den Kuss. Stefanie schlief. Und Sandra führte ihn ins Wohnzimmer. Die Treppe hinauf ins Schlafzimmer – das wäre zu weit gewesen. Sie liebten sich. Quickie nannte man das – und dennoch konnten Nähe, Erleben und Intensität auch bei doppelt so viel Zeit nicht eindringlicher sein.

Außer Atem lagen sie auf dem Sofa.

»Da ist ein Brief für dich gekommen«, sagte Sandra, während sie sein Gesicht küsste. »Liegt im Flur.«

»Von wem?«

»Irgend so einer Firma aus München. Sieht aber nicht aus wie Werbung.«

Horndeich zuckte mit den Schultern.

Sie lagen noch ein paar Minuten beieinander, bis Stefanie zu schreien anfing.

Sandra erhob sich. Horndeich ebenfalls.

»Geh du unter die Dusche«, sagte sie nur.

Das tat Horndeich. Und warf im Vorbeigehen einen Blick auf den Brief. Er schluckte.

Horndeich knallte ihr die Handtasche auf den Schreibtisch. »Was war das denn?«

Sie konnte ja verstehen, dass Horndeich sauer war. Mit Ruhm hatte sie sich bei der Szene im Ratskeller sicher nicht bekleckert. Doch erstaunlicherweise fühlte sie sich besser. Seit sie im Büro saß, hatte Margot nicht einmal mehr den Drang verspürt, zu heulen. Man musste mit den kleinen Fortschritten zufrieden sein. »Das war seine neue Freundin. Ich habe sie das erste Mal gesehen. Und ich will nicht weiter darüber reden.«

»Gut. Du schuldest mir fünfundzwanzig Euro. Für dein Essen, das du nicht gegessen hast, und für meins, das ich nicht mehr essen konnte.«

»Danke«, sagte Margot und griff in ihre Handtasche. Sie fühlte den Schlüsselbund, das Handy und das Portemonnaie. Die innere Sicherheit kehrte wieder zurück, als sie diese Gegenstände berührte. Sie nahm das Portemonnaie heraus und zog zwei Zehn-Euro-Scheine und einen Fünfer heraus. Legte sie auf Horndeichs Schreibtisch.

Der griff danach und verstaute sie in der eigenen Brieftasche.

»Und – wie geht es jetzt weiter?«

»Ich sitze gerade über der Akte Wölzer – die Kollegen in

Marburg haben alles geschickt. Marlock schaut sich das an, was wir über Emil Sacher haben. Und du könntest dich mal um Herrn Hansen aus Hamburg kümmern. Um vier setzen wir uns zusammen und schauen, ob wir irgendwelche Gemeinsamkeiten finden. Wölzer hat übrigens auch in Darmstadt studiert, etwa zur selben Zeit wie die beiden anderen.«

»Architektur?«

»Ja. Ich weiß, das ist ganz was anderes als Maschinenbau oder Wirtschaftswissenschaften. Damals waren, glaube ich, so um die sechzehntausend Studenten an der Uni in Darmstadt.«

»Okay, dann werde ich mir Hansen mal zur Brust nehmen.«

Horndeich setzte sich an seinen Schreibtisch und öffnete nach und nach die Dateien, die Hamburg ihnen elektronisch zum Fall Till Hansen geschickt hatte. Zunächst sah sich Horndeich die Fotos des Opfers an. Die Leiche war in einer kleinen Grünanlage abgelegt worden. Hansen lag auf dem Bauch, das Gesicht nach unten gerichtet. Die Wunden auf dem Rücken sahen nicht wirklich appetitlich aus. Die Haut war dunkelrot verfärbt.

Die Kollegen in Hamburg hatten gemeinsam mit der Gerichtsmedizin ermittelt, dass Hansen sich vor seinem Tod entkleidet hatte oder entkleidet worden war. Dann hatte er einen Schlag auf den Schädel bekommen. Der Winkel ließ darauf schließen, dass Hansen zu diesem Zeitpunkt am Boden gelegen hatte. Auch an diesem Leichnam hatte es Fesselspuren von Kabelbindern gegeben. Die Folterspuren auf dem Rücken waren mehrere Stunden nach Eintritt des Todes zugefügt worden. Anhand der Leichenflecken war klar gewesen, dass der Tote zuvor eine ganze Weile auf dem Rücken gelegen hatte. Und dass er sicher mindestens vierundzwanzig Stunden, bevor er gefunden wurde, umgebracht worden war. Dubios, dubios.

Dann las Horndeich etwas, das ihn aufmerken ließ. Er blätterte durch das ganze Dokument. Fünf Minuten später sagte er: »Margot?«

Die Angesprochene schaute nicht auf ihren Bildschirm. Sie hatte die Hände in den Schoß gelegt und starrte aus dem Fenster. Irgendwo zwischen ihren Augen und der Glasscheibe sah sie wohl gerade ihren ganz persönlichen Film auf der Kopfkino-Leinwand. Und das schien keine Pilcher-Romanze zu sein.

»Margot!« Ein bisschen lauter diesmal.

Seine Chefin zuckte zusammen. »Ja?«

»Was macht der Fall Wölzer?«

»Sorry.«

In letzter Zeit fiel Horndeich immer öfter auf, dass Margot gänzlich in Gedanken versunken war. Er begann, sich ein wenig Sorgen zu machen. Vielleicht bräuchte sie einfach mal einen Vier-Wochen-all-inclusive-Karibik-Urlaub, einschließlich gut aussehendem Salsalehrer und Personal Guide. Nein. Lieber nicht. Das würde dann vielleicht die nächste Katastrophe heraufbeschwören.

»Dieser Hansen – er war auch zwei Wochen verschwunden, bevor er tot aufgefunden wurde. Und wie bei Sacher gab es dafür keine Erklärung.«

»Das nenne ich einen relevanten Zusammenhang.« Der Vorhang vor der Kopfkino-Leinwand war gefallen, die Dolby-Surround-Anlage ausgeschaltet – Margot war wieder auf Empfang. »Wo war das Handy?«

»Nach seinem Verschwinden noch drei Tage eingeloggt, ohne eingehende oder abgehende Anrufe. Sie haben das Teil nicht gefunden. Aber es sieht so aus, als ob es in irgendeine Ritze gefallen und dann irgendwann der Akku in die Knie gegangen ist. Die Kollegen haben ganz schön Aufwand getrieben und die Telefonanbieter gelöchert, ob das Handy mit einer anderen SIM-Karte danach noch benutzt worden ist. Fehlanzeige.«

»Wann ist Hansen verschwunden?«

»Am Freitag, dem 30. März. Gefunden wurde er dann am Sonntag, dem 15. April. Gestorben ist er wahrscheinlich am Tag zuvor.«

»Und – hatten die Kollegen jemanden in Verdacht?«

»Ja und nein. Er war nicht verheiratet, seine Eltern leben

nicht mehr, er hatte wohl zu dem Zeitpunkt auch keine Freundin. Sein älterer Bruder Jonne schien die einzige regelmäßige Bezugsperson zu sein. Der Bruder hat geerbt – aber er hatte auch zuvor genügend Geld. Die beiden hatten die Reederei ihres Vaters übernommen, als der starb. Der Bruder hatte für das Wochenende, an dem Till Hansen umgebracht und abgelegt wurde, ein Alibi. War ununterbrochen mit seiner Familie zusammen. Und zu der Zeit seines Verschwindens war er definitiv in der Firma.«

»Ärger mit der Unterwelt?«

»Keine Indizien. Es gab wohl zwei Exfreundinnen, die ihm nicht wohlgesinnt waren. Die eine wohnte gar nicht mehr in Hamburg, die andere hatte ein wasserdichtes Alibi – Urlaub in der Dominikanischen Republik.«

»Und sonst nichts?«

»Der Gerichtsmediziner hat bei Hansen unter den Fingernägeln Erdspuren sichern können. Aber woher die stammen? Wenn wir einen Ort haben, von dem wir denken, dass Hansen dort zwei Wochen gefangen gehalten worden ist, dann können wir damit vielleicht beweisen, dass es dieser Ort gewesen ist. Aber umgekehrt? Die Kollegen in Hamburg können auch nicht sagen, woher die Erde genau stammt. Es ist nichts so Exklusives wie etwa Torf aus Ostfriesland.«

Margot erhob sich.

An einer Wand des Büros stand ein großes Whiteboard. Margot wischte die Tafel mit dem Tuch ab, dann zog sie zwei senkrechte Linien. Links oben schreib sie *Richard Wölzer,* in die Mitte *Till Hansen* und rechts *Emil Sacher.*

Unter die Namen setzte sie zunächst die Geburtstage: Wölzer war im Juni 1972 geboren, Hansen im Dezember 1971 und Sacher im August 1972. Dann notierte sie die Todesdaten: Richard Wölzer war in der Nacht vom 10. auf den 11. Januar gestorben und zwei Tage später am 12. Januar gefunden worden. Till Hansen verschwand Ende März, wurde zwei Wochen später umgebracht und dann gefunden. Emil Sacher war der Letzte in der Reihe. Er war am 30. Mai verschwunden, am 15.

ermordet und am Mittwoch, dem 20. Juni, gefunden worden. Damit waren sie alle neununddreißig oder vierzig Jahre alt gewesen, als ihr Leben geendet hatte.

Die Todesursachen schrieb Margot gleich darunter: *Richard Wölzer: Kammerflimmern. Till Hansen: Erschlagen mit stumpfem Gegenstand. Emil Sacher: Erschlagen mit stumpfem Gegenstand / ertrunken.*

»Kammerflimmern?«, fragte Horndeich. Er hatte von Margot noch nichts über den Fall Wölzer gehört.

»Ja. Der Gerichtsmediziner hat ihn sich gründlich angeschaut. Wölzer war Raucher. Sein Vater ist mit neunundvierzig an einem Herzinfarkt gestorben. Dazu war Richard Wölzer nicht wirklich schlank. Sein Herz wies starke Verkalkungen auf. Und er hatte früher schon einen leichten Infarkt gehabt. Alles einfach ein wenig zu viel für das Herz.«

»Dann sollten wir die Verletzungen noch aufschreiben.«

Margot schrieb. *Wölzer: zerschlagene Daumen. Hansen: aufgerissener Rücken (gespickter Hase). Sacher: Fesselung über Kreuz. Ertränken.*

»Jetzt noch die Studienzeiten.«

Margot schrieb auf mittlere Höhe in jede Spalte *Studium in Darmstadt*. Bei Hansen schrieb sie noch dazu: *Okt 1992 – Nov. 1996*. Bei Sacher: *Okt. 1992 bis Nov. 1997*. Für Wölzer hatte sie noch keine genauen Zeitangaben.

»Verdammt. So wie du das jetzt aufschreibst – da kann man kaum von einem Zufall ausgehen.«

Margot betrachtete die Tafel: »Was alle drei gemeinsam haben, ist das Studium in Darmstadt und postmortale Verletzungen – wenn wir die bei Emil Sacher mal als postmortal durchgehen lassen wollen.«

Ralf Marlock klopfte an den Türrahmen. »Ich wäre dann so weit. Wie ich sehe, habt ihr schon angefangen.«

Marlock überflog die Aufzeichnungen an der Tafel. »Jou. Dem habe ich im Moment nichts hinzuzufügen. Aber irgendwie sieht das schon so aus, als ob die drei irgendetwas miteinander zu tun hätten.«

SAMSTAG, 23. JUNI

Samstag.

Wochenende.

Zeit zu fliehen.

Sie hatte absolut nicht damit gerechnet, Rainer und seiner Tussi in Darmstadt über den Weg zu laufen. Sie hätte auch nie gedacht, dass er die Chuzpe hatte, mit ihr durch ihre Stadt zu marschieren wie das Elefantenpaar durch den Porzellanladen. Sie wusste nur, dass sie das nicht noch einmal erleben wollte.

Sie war am Vorabend bis um dreiundzwanzig Uhr im Präsidium geblieben. Hatte die Akten der drei Toten verglichen, während Horndeich schon mit seiner Sandra kuschelte und Marlock bei seiner Familie war. Riemenschneider ebenfalls – ach, die ganze Truppe.

Und sie? Da war niemand, zu dem sie hätte gehen können.

Nachdem sie die Akten mehrfach durchgegangen war, war sie zu der Erkenntnis gekommen: Wenn sie noch irgendetwas Relevantes herausfinden wollte, dann musste sie mit den Menschen sprechen, die Hansen und Wölzer persönlich kannten. Eigentlich war dafür auch noch am Montag Zeit. Nach dem Wochenende.

Aber was bedeutete das Wochenende denn für sie? Alleinsein im viel zu großen Haus. Noch größer, seit sie es vor zwei Jahren hatten umbauen lassen. Ein Stockwerk drauf. Wegen der Dachterrasse. Mit Blick in den Taunus, bis zum Feldberg – und auf die Skyline von Frankfurt. Was für ein Witz.

Daher hatte sie gestern Abend noch mit Jonne Hansen telefoniert. Hatte ihn gefragt, ob er mit ihr persönlich sprechen würde.

Er war freundlich gewesen, hatte sich sofort bereit erklärt. Gern für Samstag. Das war Margot sehr recht, denn sie hatte in Hansens Akte noch ein interessantes Detail entdeckt. Mal sehen, was der Bruder dazu sagen würde.

So saß sie nun im Zug nach Hamburg. Großraumwagen. Der IC war in Darmstadt gestartet – und sie musste nicht umsteigen. Der Zug war voll. Margot nahm ihr Tablet aus der Tasche. Und warf einen Film an. Pilcher. Irgendwie passend.

Am späten Mittag kam sie in Hamburg an. Mit dem Taxi ließ sie sich zu ihrem Hotel fahren. Sie legte sich ein halbes Stündchen hin, dann rief sie wieder einen Wagen. Der fuhr sie in die Hafencity unweit der Speicherstadt – und der noch fertigzustellenden Elbphilharmonie. Am Sandtorkai hatte die Reederei *Hansen und Söhne* ihren Sitz. Das Taxi hielt vor einem modernen Glaskasten.

Margot betrat das Gebäude. Jonne Hansen hatte sie gegen sechzehn Uhr in sein Büro gebeten.

Sie ging zur Rezeption. Dahinter saß eine junge Frau mit dunkelblauem Kostüm, kurzem schwarzem Haar und schicker Brille. Aus den Lautsprechern, die nicht zu sehen waren, drang leise Jazzmusik.

»Guten Tag«, grüßte Margot.

»Guten Tag, was kann ich für Sie tun?«

»Ich habe einen Termin bei Herrn Jonne Hansen. Von der Reederei Hansen und Söhne.«

»Einen Moment bitte«, sagte die Dame. Ihr Namensschildchen wies sie als Susanne Jork aus. Sie hatte ein kleines, edles Bluetooth-Headset am Ohr klemmen. Dementsprechend griff sie auch nicht zu einem Telefonhörer, sondern klickte nur mit der Maus ein wenig umher.

Margot sah sich um. Es gab einen großen Loungebereich. Einen Kaffeeautomaten. Einen Snackautomaten. Beide so edel gestylt, dass man sie eher in einem Designmuseum vermutet hätte.

»Wenn Sie bitte Platz nehmen wollen, Sie werden gleich abgeholt.«

Margot nickte. Ihr war nicht danach, in einem der riesigen schwarzen Ledersessel zu versinken.

Sie ging zu der Wand neben dem Aufzug und betrachtete zahlreiche Bilder von Schiffen.

Bereits eine halbe Minute später kündigte sich der Aufzug durch einen leisen Gongton an. Aus dem Aufzug trat eine junge Dame in grünem Kostüm. Ihr Namensschild wies sie als Teresa Osborn aus. »Frau Hesgart?«

Margot nickte.

Die Frau strahlte sie an, als wäre Margot eine Freundin, die sie nach drei Jahren endlich einmal wiedersah. Sie reichte Margot die Hand. »Schön, dass Sie hier sind. Ich begleite Sie nach oben zu Herrn Hansen.«

Im neunten Stock verließen sie den Aufzug wieder. Frau Osborn gab einen vierstelligen Code in die Zahlentastatur am Türrahmen einer Milchglastür ein. In das Glas war der Schriftzug *Hansen* graviert.

Die ganze dahinterliegende Etage war ein einziges Großraumbüro. Nur am Rand des Gebäudes zog sich eine Reihe geschlossener Büros entlang, ebenfalls mit Milchglastüren. Milchglas schien zur Corporate Identity zu gehören.

Teresa Osborn klopfte an die Tür am hinteren Ende.

»Herein«, hörte Margot eine sonore Stimme auf der anderen Seite. Frau Osborn öffnete die Tür und ließ Margot an sich vorbei eintreten.

»Frau Hesgart«, sagte die Stimme. Sie gehörte zu einer imposanten männlichen Erscheinung. Margot hatte den Eindruck, der Bruder von Arnold Schwarzenegger stünde vor ihr – wegen der Größe und des imposanten Brustkorbumfangs. Die sanften Gesichtszüge erinnerten eher an Simon Baker. Hansens Stimme passte zum Erscheinungsbild.

Das Büro war vielleicht dreißig Quadratmeter groß. Vor dem Schreibtisch war noch eine Sitzecke untergebracht, bestehend aus vier mit weißem Leder bezogenen Sesseln und um einen Milchglastisch gruppiert. Der Blick über Elbe und Hafen war phantastisch. Das Gebäude war so gebaut, dass es sich im Süden über dem Wasser des Hafenarms befand. Auch die Aussicht auf die Kräne der Elbphilharmonie hatte etwas.

»Ich bin sehr erfreut, dass Sie den Weg zu mir gefunden haben.« Jonne Hansen trat um den Schreibtisch herum. Ein Wunderwerk der Leichtigkeit, das auf den ersten Blick nur aus Glas zu bestehen schien. Auf der Tischplatte befanden sich eine Tastatur und ein Monitor, die beide im Wesentlichen aus gebürstetem Aluminium zu bestehen schienen. Daneben standen tatsächlich zwei aufgeschlagene Leitzordner, die in der Hightech-Umgebung nicht minder fremd wirkten als ein paar Steinplatten mit eingemeißelten Hieroglyphen.

Margot gab ihm die Hand. »Schön, dass Sie Zeit für mich haben.«

»Nun, Sie haben mir nicht viel erzählt am Telefon – aber wenn ich Sie richtig verstanden habe, dann ermitteln auch Sie in Darmstadt jetzt im Fall des Mordes an meinem Bruder. Und wenn ich auch nur einen Hauch dazu beitragen kann, dass dieses schreckliche Verbrechen endlich aufgeklärt wird, dann werde ich Sie unterstützen.«

Margot nickte.

»Haben Sie schon etwas zu Mittag gegessen? Möchten Sie etwas essen? Kann ich Ihnen etwas zu trinken anbieten?«

»Danke – ich habe im Zug bereits gegessen. Aber etwas zu trinken – das wäre nicht schlecht.«

»Wasser, Kaffee, Wein – oder auch einen Cognac?«

Margot hatte schon den Standardspruch auf den Lippen: »Nein, danke, ich bin im Dienst.« Aber das war sie ja gar nicht. Sie war auf einem Wochenendtrip in Hamburg, würde die Stadt erkunden – und, ja, nebenbei sprach sie noch mit dem Bruder eines Mordopfers. Also: »Hätten Sie vielleicht eine Weißweinschorle?«

»Aber sicher.«

Hansen verließ das Büro, kam aber gleich darauf zurück.

»Nehmen Sie doch bitte Platz, Frau Hesgart.«

Margot tat, wie ihr geheißen.

Jonne Hansen setzte sich ihr gegenüber. »Worum genau geht es?«

Hansens Stimme war angenehm. Margot konnte sich gut vorstellen, dass er allein durch seine Stimme Menschen für sich einnehmen konnte. Margot war sich nicht sicher, wie viel sie preisgeben sollte. Zumal ja noch gar nicht sicher war, dass der Mord an Jonne Hansens Bruder wirklich mit dem an Emil Sacher zusammenhing. »Herr Hansen, wir bearbeiten in Darmstadt zurzeit einen Mordfall, der zu dem Mord an Ihrem Bruder ein paar Parallelen aufweist. Deshalb habe ich ein paar Fragen an Sie.«

»Schießen Sie los«, sagte Hansen nur.

Margot wusste für einen Moment gar nicht, wo sie anfangen sollte. »Ich habe die Akten der Hamburger Kollegen gelesen. Da stehen Ermittlungsergebnisse drin. Aber mir geht es – so blöd das klingen mag – zunächst um ein Gefühl. Und damit um die Frage – wer war Ihr Bruder?«

»Wer mein Bruder war?«

»Ja. Ich kenne nur die Bilder aus seiner Akte. Erzählen Sie mir einfach ein bisschen.« Auch Margot war sich nicht sicher, dass sie das irgendwie weiterbringen würde. Aber sie war ja privat hier. Der Ausflug nach Hamburg war nichts anderes als ein Fluchttrip vor Rainer. Sozusagen.

»Sie meinen also, ich soll aus der Familiengeschichte plaudern?«

»Ja.«

Nach einem Klopfen wurde die Bürotür geöffnet. Teresa Osborn brachte eine Flasche Wein, eine Flasche Wasser, einen Behälter mit Eis und zwei Gläser. Und verschwand gleich darauf wieder diskret.

Jonne Hansen schenkte Margot eine Weinschorle ein, gab Eis dazu, nahm für sich nur Wasser.

»Tills und mein Leben – nun, beide sind eng verwoben mit diesem Unternehmen. Mein Ururgroßvater Fiete Hansen hat das Unternehmen gegründet. Damals in der Speicherstadt.« Hansens Arm zeigte in Richtung Osten, in dem die historische

Speicherstadt lag, ein Lagerhauskomplex, der ehemals ein Teil des Freihafens gewesen war.

»1890 hat er ein Schiff gekauft. Und nach Indien geschickt. War riskant. Aber das Dampfschiff kam mit Tee und Gewürzen zurück, trotz Sturm und Piraten. Nun, ich erspare Ihnen Details. Auf jeden Fall hatte er zwei Söhne, die das Unternehmen weiterführten – der Name bezieht sich also nicht auf mich und meinen Bruder. Die Reederei zog ein paarmal um. Und 2008 sind wir hier eingezogen – aber da hatte sich unser Vater schon aus dem Geschäft zurückgezogen.«

»Eine Reederei – was genau muss ich mir darunter vorstellen?« Zu Hause in Darmstadt war Margot mit diesem Begriff nicht wirklich oft konfrontiert. Der Schiffsverkehr auf dem Woog hielt sich in Grenzen.

»Ganz einfach. Wir bauen Schiffe und schicken sie auf die Reise. Heute läuft das ein bisschen anders als früher. Da waren der Kaufmann und der Schiffsbesitzer noch ein und dieselbe Person. Heute ist das anders. Wir vermieten die Schiffe, die wir bauen, an die großen Linien, die die Container über die Weltmeere schippern.«

»Und das rechnet sich?«

»Ja. Wenn man die richtigen Schiffe zur richtigen Zeit in der richtigen Werft baut, rechnet sich das durchaus.«

»Und was war Tills Job in der Firma?«

»Ich weiß, wie man ein gutes Schiff baut. Und Till – er wusste, was es kosten durfte, wie man es finanzierte und wie man mit einem solchen Schiff dann richtig Geld machen konnte. Er war das Finanzgenie der Firma. Als er starb – das war auch aus finanziellen Gründen ein ziemlicher Schock für die Firma. Wissen Sie, mein Vater hatte seine Nachfolge vorbildlich geregelt. Über einen Zeitraum von zehn Jahren hat er Till und mir die Firma Stück für Stück übertragen. Alles steuerlich optimal geregelt. Nachdem er sich 2005 komplett zurückgezogen hat, hat er noch fünf schöne Jahre verbracht.

Aber wir – mein Gott, Till und ich, wir hatten doch untereinander keinen Nachfolgeplan. Till war gerade dabei, die

Feier für seinen Vierzigsten zu planen, als er umgebracht wurde. Und ich bin auch erst vierundvierzig. Für so einen Fall, da gab es keinen Masterplan. Ich hatte ein echtes Problem. Im Mai, da habe ich jemanden von einem Konkurrenten abwerben können. Das bewahrt uns vor dem Schlimmsten. Aber es ist etwas ganz anderes, wenn der Bruder sich darum kümmert. Verstehen Sie mich nicht falsch. *Hansen und Söhne* fährt nicht gegen die Wand. Aber es kostet Geld und Zeit, den Verlust meines Bruders in der Firma auszugleichen.«

Margot nickte. »Wie war Ihr Kontakt zueinander – ich meine, vor 2005, bevor Sie die Firma übernommen haben?«

»Ich habe in Hamburg-Harburg studiert. Schiffbau. Till ist nach Darmstadt gegangen. Hat dort Wirtschaftsinformatik studiert. Und auch immer alles am Schiffbau orientiert. Lustig, in einer Stadt, die nicht mal an einem Fluss liegt und deren größtes Gewässer dieser komische Badesee ist. Woog oder so, nicht wahr?«

»Ja. Woog. Das stimmt.«

»Ein Jahr, nachdem er mit dem Studium begonnen hat, bin ich schon in die Firma eingestiegen. Nach dem Studium kam er zurück nach Hamburg und hat ebenfalls sofort in der Firma angefangen. Aber er war auch davor schon während der Semesterferien immer wieder für ein paar Wochen hier. Schon vier Jahre nach seinem Studium haben wir die Firma zu dritt geleitet – es hat funktioniert. Mein alter Herr war der Mann mit den Visionen, Till der Rechenchef und ich der Praktiker. Als Vater und Ehemann war mein Vater ein strenger Patriarch gewesen. Aber seit er uns in die Firma aufgenommen hatte, waren wir wirklich gleichberechtigte Partner. Wichtige Entscheidungen haben wir immer zu dritt gefällt. Mal gute, mal schlechte. Manchmal hat es Stunden gedauert, bis wir eine Lösung hatten, die alle drei zusammen zu tragen bereit waren. Aber meistens eher eine Viertelstunde. Bauchgefühl und Instinkt – auch wenn man mit großen Summen jongliert, wiegt das eine ganze Menge.«

»Und wie war Ihr Kontakt privat untereinander?«

Margot hatte den Eindruck, dass sich Jonne Hansens Gesichtsausdruck veränderte, für einen winzigen Moment nur.

»Privat? Wir haben uns geliebt. Natürlich, Brüder lieben sich per Definition. Und wir waren füreinander da. Immer. Er für mich und ich für ihn. Und wenn einer Mist baute, dann hat ihm der andere den Arsch gerettet.« Er machte eine kurze Pause. »Entschuldigen Sie die Ausdrucksweise, aber genau so war es. Auch wenn ich heute wieder einigermaßen gefasst bin – er fehlt mir. Es gibt keinen Tag, an dem er mir nicht fehlt. Und auch das klingt wie ein Klischee, aber es ist wahr.«

»War Ihr Bruder irgendwie gebunden?«, lenkte Margot auf ein anderes Thema.

»Wenn Sie damit die Frauen meinen – nein. Bindung an das weibliche Geschlecht war nicht so seine Stärke. Mein kleiner Bruder war da das genaue Gegenteil von mir. Ich bin mit meiner Frau seit zwanzig Jahren verheiratet, wir haben vier Kinder, die Jüngste ist jetzt zehn. Aber das wäre für Till nicht infrage gekommen. Er hatte immer wieder Frauen an seiner Seite – aber nichts, was länger als ein Jahr gedauert hätte. Und auch nichts, was ihn über die Dauer der Beziehung hinaus Geld gekostet hätte. Da war er immer sehr – vorsichtig.«

»War da jemand, der vielleicht etwas nachtragend war?«

Jonne Hansen lachte auf. »Till hat die Mädels sicher nicht nur glücklich gemacht. Aber es war auch keine dabei, der es nach der Beziehung mit Till schlechter gegangen wäre als davor.«

»Sicher?«

Jonne Hansen sah Margot nun direkt an. »Sicher. Er war in seinen – nennen wir es ›Abfindungen‹ – immer sehr großzügig. Seine Katastrophen mit den Frauen, mein Gott, darüber hat er mir immer erzählt – mehr, als mir lieb war.«

»Zum Beispiel?« Kommissarinnenreflex, die Frage.

»Frau Hesgart, Sie wollen jetzt keine Geständnisse über Verfehlungen, die lange verjährt sind, oder?«

Hansen lachte, aber Margot meinte, einen kleinen Hauch Unsicherheit wahrzunehmen. »Alles ist wichtig«, postulierte sie den Gemeinplatz, der alles und nichts ausdrückte.

»Die Übergänge von einer Partnerin zur nächsten waren immer fließend. Wenn er es mit der einen nicht mehr aushielt, suchte er sich schnell eine andere, die dann die Prinzessin war, für das kommende Vierteljahr. Zuletzt war er Single, seit etwa einem Jahr – eher der Ausnahmezustand. Ich weiß nicht, ob ihm selbst aufgefallen war, dass nicht die Frauen am Scheitern seiner Beziehungen schuld gewesen waren. Ich habe ihm das oft gesagt – wir sind immer sehr offen miteinander umgegangen. Aber ich hatte nie das Gefühl, dass dieser Teil meiner Ratschläge ihn wirklich erreicht hätte.«

»Gibt es vielleicht jemanden, dem er geschäftlich auf die Füße getreten ist?«

Hansen trank einen Schluck Wasser und schenkte Margot nochmals nach, der gar nicht aufgefallen war, dass sie ihr Glas schon geleert hatte.

»Nein, auch das halte ich für ausgeschlossen. Habe ich auch alles Ihren Kollegen hier in der Hansestadt schon erzählt. Till war ein harter Hund, wenn es um Verhandlungen ging – aber er war immer fair. Wer mit ihm – und damit mit uns – Geschäfte machte, konnte sich darauf verlassen, dass das, was zugesagt war, auch immer in vollem Umfang geliefert oder bezahlt wurde. Ihre Kollegen haben unsere Firmenbücher ja genauestens durchforstet, aber da war nichts. Wir sind in den vergangenen zehn Jahren viermal von den Finanzbehörden durchleuchtet worden, bis auf die letzte Quittung für Büroklammern. Sie haben nie etwas gefunden. Was nicht daran lag, dass Till mit illegalen Finanzaktionen so genial getrickst hatte – sondern dass wir unsere Steuern ehrlich bezahlt haben. Verstehen Sie auch das nicht falsch: Wir sind keine Heiligen. Aber wir haben immer im Rahmen der Legalität gearbeitet. Insofern gab es sicher Geschäftspartner, die sich höhere Margen durch uns versprochen haben – aber wie gesagt: Sie haben Verträge unterzeichnet und stets die zugesagte Leistung erhalten. Das war unser Ruf. Den hätte Till nie durch illegale Aktivitäten gefährdet.«

»Und die Wirtschaftskrise?«

»Nicht *die* Wirtschaftskrise, werte Frau Hesgart, sondern die *Krisen*. Unser Unternehmen besteht bereits seit über hundert Jahren. Natürlich sind wir von Krisen nicht verschont geblieben. Auch wir haben Menschen entlassen müssen, Schiffe verkaufen. Aber gerade unter Tills finanzieller Führung hielt sich das immer in geringerem Rahmen als in anderen Unternehmen.«

»Aber nur bei Ihnen wurde der Eigentümer der Firma umgebracht.«

»Ja. Aber Firmenbelange waren dafür definitiv nicht der Grund.«

»Haben Sie eine Vorstellung, was das Motiv gewesen sein könnte?«

»Seit einem halben Jahr vergeht kein Tag, an dem ich mir diese Frage nicht stelle. Und an jedem Tag ist die Antwort die gleiche: nein, nicht die geringste.«

Margot hatte Hansens Akte gründlich studiert. Und es gab nur einen kleinen Schandfleck auf der blütenweißen Weste des Till Hansen. Vielleicht war es jetzt an der Zeit, die Bombe platzen zu lassen. In den von der Hamburger Polizei zugesandten Unterlagen war auch ein Auszug aus dem Bundeszentralregister gewesen. Demnach hatte Till Hansen eine zweijährige Haftstrafe bekommen, die zwölf Jahre zuvor mit dreijähriger Bewährung ausgesprochen worden war. Auch Aufzeichnungen zum Prozess waren in den Unterlagen gewesen. »Wie war das vor zwölf Jahren. Der Vorfall, für den Ihr Bruder verurteilt worden ist? Wäre da kein Motiv zu finden?«

Jonne Hansen zuckte nur ganz leicht zusammen, hatte sich aber sofort wieder im Griff. »Sie meinen den Unfall?«

»Ja, ich meine den Unfall, den Ihr Bruder Till verursacht hat, mit 2,0 Promille im Blut, bei dem er die Radfahrerin auf der Landstraße übersehen hat. Die den Schubser mit dem Benz nicht überlebte.«

»Die kein Licht am Fahrrad hatte.«

»Vorn hat es funktioniert. Hinten konnte man das nicht mehr rekonstruieren, weil Ihr Bruder auf das Rad aufgefahren ist und das Rücklicht nur noch Mus war.«

»Frau Hesgart, ja, Sie haben recht. Dieses Vergehen geht auf das Konto meines Bruders, und er hat sich immer wieder Vorwürfe gemacht. Er wurde verurteilt, wie Sie ja gesehen haben – und er ist danach nie wieder wegen Trunkenheit am Steuer aktenkundig geworden.«

Klang ein wenig anders als die Aussage: Er ist danach nie wieder betrunken Auto gefahren.

»Wie Sie wissen, ist er zu zwei Jahren verurteilt worden, bei drei Jahren Bewährung und Führerscheinentzug für ein Jahr.«

»Könnte ja vielleicht sein, dass die Angehörigen von Frau Emma Kruse – der Dame, die er totgefahren hat –, dass diese Angehörigen sich rächen wollten.«

Jonne hob eine Augenbraue. »Das glaube ich nicht. Till ist zu der Familie gefahren und hat sich persönlich entschuldigt. Und es hingenommen, dass ihn der Sohn von der Frau …«

»… von Frau Emma Kruse …«

»… von Frau Kruse angespuckt und geohrfeigt hat, ja. Er hat sich unter Tränen entschuldigt. Später hat er noch einen Brief geschrieben, in dem stand, dass er niemanden mehr lebendig machen könne und er bereit sei, der Familie fünfzigtausend Euro zu geben oder zu spenden. Zusätzlich zu den Beerdigungskosten, die komplett auf seine Rechnung gingen – und die Kruses hatten eine, nun, formulieren wir es so, eine sehr, sehr angemessene Bestattungszeremonie mit anschließendem Schmaus im Hotel. Sie haben das Geld genommen, weil sie damit die Ausbildung für Emma Kruses Sohn bezahlt haben. Insofern glaube ich nicht, dass zwölf Jahre danach jemand aus dieser Familie Till umgebracht hat.«

»Und die vierzehn Tage, die er verschwunden war – haben Sie irgendeine Idee, wo Ihr Bruder in dieser Zeit gewesen ist?«

Hansens Stimme wurde eine Spur leiser. »Ja. Wo auch immer er gewesen ist, er war dort nicht freiwillig.«

Margot nahm noch einen Schluck Weinschorle. »War Ihr Bruder in irgendwelchen Vereinen aktiv, in denen er sich hätte Feinde machen können?«

»Nein, mein Bruder war kein Vereinsmensch. Er hatte ein paar Vereine oder Organisationen auf der Payroll, denen er Unterstützung zukommen ließ, über die Reederei. Ein Drittel danach ausgesucht, dass man damit in die Medien kommt, ein Drittel danach, was er für sinnvoll hielt. Und ein Drittel durfte ich mir aussuchen.«

»Und was waren das für Vereine?«

»Mein Geld ging an Greenpeace. Keine intakten Meere, keine Schiffe, so einfach sehe ich das. Till – er hat regionale soziale Projekte gefördert, etwa die Hamburger Tafel. Auch keine Aktion, durch die man sich Feinde macht.«

Margot spürte, dass sie hier nicht mehr würde herausbekommen können. Aber was hatte sie auch erwartet …

Sie verabschiedete sich von Jonne Hansen; der brachte sie noch bis zum Aufzug.

Zwei Minuten später stand Margot wieder im Freien. Auch in Hamburg war es heiß. Was sie umso mehr spürte, als Hansens Büro angenehm klimatisiert gewesen war. Da stand sie nun, einsam in der Metropole. Toller Wochenendtrip. Ein bisschen mehr Planung wäre schon nicht schlecht gewesen. Sie sah auf die Uhr. Es war kurz nach fünf.

Sie hörte die Möwen. Roch die frische Luft. Aber es wollte sich nicht auch nur der Hauch von Urlaubsgefühl einstellen. Sie schlenderte eine Promenade am Wasser entlang, Schiffe lagen vertäut in den Fluten. War nett hier. Nur war ihr nicht wirklich nach Bummeln zumute. Nach ein paar Minuten landete sie auf einem schönen Terrain, das sich Marco-Polo-Terrassen nannte. Die Stühle eines Straßencafés luden zum Verweilen ein. Sie sah auf die Karte. Bestellte einen Cappuccino. Zumindest die Preise gaben einem das Gefühl, im exklusiven Urlaub zu sein.

Margot war zu unruhig, um einfach nur in der Sonne zu sitzen. 17.15 Uhr. Es war eine völlig bescheuerte Schnapsidee gewesen, hierherzufahren. Was sollte sie mit dem angebrochenen Tag machen?

Sie nahm ihr Handy aus der Tasche. Machte ein Foto von der Elbphilharmonie im Gegenlicht. Dann klickte sie unter »Kontakte« auf den Namen von Frank Karlsson, dem Hamburger Kollegen, der den Fall Hansen bearbeitete und mit dem Horndeich telefoniert hatte. Kurz zögerte sie, dann wählte sie seine Mobilfunknummer.

Nach wenigen Sekunden ging Karlsson dran. »Karlsson – hallo?«

»Margot Hesgart. Eine Kollegin aus Darmstadt. Sie haben gestern mit meinem Partner Steffen Horndeich telefoniert.«

»Ah, die Sache mit Ihrer Schwimmbadleiche. Ja. Was kann ich für Sie tun?«

Als Karlsson diese Frage stellte, wurde Margot erneut bewusst, wie erbärmlich die ganze Aktion war.

»Frau Hesgart?«

»Ja, entschuldigen Sie – ich bin gerade in Hamburg. Und dieser Fall …«

»Schön, dass Sie unsere Stadt besuchen.«

»Ich habe gerade mit Jonne Hansen gesprochen, dem …«

»… Bruder. Nicht sehr ergiebig.«

»Nein. Ich hätte nun die Frage, ob Sie sich vielleicht mit mir treffen würden? Ich denke, die beiden Fälle hängen zusammen, der in Darmstadt und dieser hier in Hamburg.«

»Klar, gern. Ich habe heute nichts mehr vor. Wo kann ich Sie treffen?«

»Im Moment bin ich gerade auf diesen Marco-Polo-Terrassen. Nettes Fleckchen.«

»In der Sansibar?«

»Ja, ich glaube, so heißt das hier.« Margot nahm eine Getränkekarte. »Ja. Da bin ich.«

»Schön, dann komme ich einfach zu Ihnen, wenn Ihnen das recht ist.«

»Ja, natürlich. Gern.«

»Geben Sie mir dreißig Minuten.«

Es dauerte keine fünfundzwanzig Minuten. Karlsson kam direkt auf Margot zu. »Frau Hesgart?«

»Ja.« Margot erhob sich. Vor ihr stand ein gut aussehender Sechzigjähriger mit grau meliertem Haar. Der Dreitagebart und die frechen, strahlend blauen Augen verliehen ihm etwas verwegen Attraktives. So in etwa stellte sich Margot den ersten Offizier auf einem alten Piratenschiff vor.

»Darf ich?«, fragte Karlsson und deutete auf den zweiten Stuhl am Tisch.

»Selbstverständlich.«

Karlsson bestellte auch einen Cappuccino für sich. Während er auf den Kaffee wartete, fragte er Margot, wie die Reise gewesen und wo sie untergekommen sei, wie ihr Hamburg gefalle und ob sie schon öfter in der Stadt gewesen wäre.

»Nein. Mein Kollege Horndeich, er ist in Hamburg geboren. Ich war in meinem Leben vielleicht zwei-, dreimal hier. Einmal im Musical *Cats*. Mit meinem Mann, also meinem Exmann, nein, eigentlich ...«

»Schon gut«, wiegelte Karlsson ab.

»... meinem zukünftigen Exmann.« Nun hatte sie Karlsson in einem Satz eine Zusammenfassung ihrer Lebensgeschichte gegeben. Prima. Aber Margot stellte fest, dass es ihr nichts ausmachte. Es war angenehm, mit Karlsson zu plaudern. Es hatte so gar nichts Schweres.

»Was möchten Sie über den Fall wissen?«, fragte Karlsson nun, und der Tonfall seiner Stimme hatte sich um eine Nuance verändert. Zur Sympathie hatte sich die Professionalität gesellt.

»Alles«, sagte Margot und musste lachen. »Wir haben Ihre Akte bekommen – herzlichen Dank dafür. Ich habe gestern alles überflogen. Aber natürlich nicht alles gelesen. Ich würde mich freuen, wenn Sie mir eine Zusammenfassung geben könnten. Die große Frage über allem ist: Hängen die beiden Morde zusammen? Bislang haben wir nur herausgefunden, dass beide Männer vor zwanzig Jahren in Darmstadt studiert haben, aber unterschiedliche Fächer, dass sie beide erschlagen wurden und ihnen postmortal Verletzungen zugefügt worden sind, die an die Foltermethoden der Neuzeit erinnern.«

»Ich habe gestern auch noch gelesen, was Ihr Kollege mir über Ihren Fall geschickt hat.«

»Und – ist Ihnen etwas aufgefallen?«

»Nein. Bislang nicht. Wir werden jetzt natürlich die Zeugen alle noch mal befragen, ob der Name Emil Sacher irgendwo auftaucht.«

Margot lächelte: »Und wir werden nach Till Hansen fragen.«

»Wollen Sie den Ort sehen, an dem Hansen gefunden worden ist?«

»Ja. Natürlich. Aber ich will nicht, dass Sie jetzt irgendetwas sausen lassen wegen mir.«

»Keine Angst. Ganz offen: Ich freue mich, dass Sie da sind. Ich hatte nichts anderes vor, wirklich.«

Ganz Gentleman bezahlte Karlsson für beide. Dann geleitete er Margot zu dem Parkplatz, auf dem er seinen Wagen abgestellt hatte.

»Na, welchen nehmen wir?«, fragte er und grinste.

Margot schaute über den Platz. Unter der Vielzahl der abgestellten Wagen sah sie ein Jaguar E-Type Cabrio. Nicht dass sie sich mit Autos auskannte – aber was ein E-Type war, gehörte wahrscheinlich genauso zum Allgemeinwissen wie das Wissen um einen VW Käfer oder einen Porsche 911. Margot deutete auf den knallroten Wagen mit dem weißen Verdeck. »Den.«

»Ihr Wunsch sei mir Befehl«, sagte Karlsson mit ernster Miene und marschierte voran auf den Wagen zu. Margot fürchtete für einen Moment, er würde sich über die Tür schwingen, die Drähte aus dem Zündschloss reißen und den Wagen kurzschließen. Doch er nahm einen Schlüsselbund aus der Tasche seiner Sommerjacke. Öffnete die Beifahrertür. Und hielt sie auf.

Margot lächelte. Sie machte sich nichts aus Oldtimern. Aber wenn sie Horndeich erzählen würde, dass sie in einem E-Type durch die Stadt kutschiert worden war …

Karlsson setzte sich auf den Fahrersitz und ließ den Motor an, der mit einem satten Blubbern startete.

»Wie kommt man auf die Idee, sich so ein Auto zu kaufen? Oder gehörte der Wagen Ihrem Vater mit britischer Abstammung?«

Karlsson lachte auf. »Die Großeltern stammen zu drei Vierteln aus Schweden. Das restliche Viertel war deutsch. Ich fahre den Wagen seit zwei Jahren. Kinder aus dem Haus, Frau mit neuem Mann ebenfalls. Also Haus verkauft, kleinere Wohnung gekauft – und mir diesen Kindheitstraum erfüllt.«

Während er den Wagen gemächlich vom Parkplatz steuerte, sagte er: »Serie 1, mit 4,2-Liter-Motor.«

»Hm-mm«, kommentierte Margot.

Zunächst steuerte Karlsson den Flitzer durch den Hamburger Stadtverkehr, dann ging es in Richtung Westen. Margot genoss die Cabriofahrt. »Wo geht es hin?«, fragte sie.

»Wedel. Schulau, um genau zu sein. *Willkomm Höft*. Wo die Schiffe begrüßt und verabschiedet werden.«

Margot sah nach links zu ihrem Chauffeur: »Begrüßt? Verabschiedet? Ich verstehe gar nichts.«

»Alle Schiffe, die zum Hamburger Hafen wollen oder die von dort kommen, die fahren an dieser Stelle vorbei. Seit 1952 steht dort eine Schiffsbegrüßungsanlage, die *Willkomm Höft*.«

»Und was ist eine ›Schiffsbegrüßungsanlage‹?«

»Alle Schiffe über tausend Gross Tons werden hier begrüßt, wenn sie einlaufen, mit gesenkter Flagge. Also nur die größeren Pötte. Und die jeweilige Nationalhymne wird gespielt. Und wenn sie auslaufen, dann wird außerdem noch das internationale Flaggensignal für ›Gute Reise‹ gehisst.«

»Macht das jeder Hafen?«

»Nein, es gibt eigentlich nur diese Anlage. Wurde 1952 eingeweiht, von dem damaligen Restaurant. Der Mann, der die Idee hatte, für den war das eine Idee zur Völkerverständigung. War ein paar Jahre nach dem Untergang des Tausendjährigen Reichs sicher keine verkehrte Geste. Und diese Tradition hat sich bis heute gehalten.«

Karlsson lenkte den Jaguar auf den Parkplatz an der Parnaßstraße. Wieder hielt er Margot die Tür auf. Margot versuchte, sich zu erinnern. Das letzte Mal hatte sie das erlebt, als sie mit Nick Urlaub in Amerika gemacht hatte. Nick ... Auch an ihn wollte sie jetzt nicht denken.

»Ein schöner Ort hier, besonders zu dieser Jahreszeit«, sagte Karlsson. Er geleitete Margot zum Weg am Ufer der Elbe und führte sie dann nach rechts. Margot sah den Steg mit dem imposanten Lautsprecher, der in Richtung Elbe gerichtet war.

Ein Frachter fuhr nach links in Richtung Hafen. Margot staunte über die schiere Größe. Hier auf dem Fluss wirkten die Schiffe noch viel imposanter als vorher, als sie sie im Rudel im Hafen gesehen hatte.

Karlsson deutete in Richtung der kleinen Grünanlage. »Dort, bei der Bank, da lag Hansen.«

Margot schluckte. Die Polizeifotos waren schon nicht besonders appetitlich gewesen. Sie hatte die Bilder noch klar vor Augen. Und konnte sich nun genau vorstellen, wie Hansen hier abgeladen worden war.

»Wann wurde er noch mal entdeckt?«

»Fünf Uhr morgens. Eine Rentnerin aus dem Haus dort hat ihren Hund Gassi geführt.« Karlsson deutete auf ein Wohnhaus an der Straße, die sie gerade entlanggefahren waren. »Der Hund ist ohne Leine los und hat erst mal gründlich den Fundort kontaminiert.«

Karlsson blieb an der Stelle stehen, an der der Tote damals gelegen hatte. Er zeigte auf den Fußweg, der in die Straße mündete. »Hier muss der Wagen reingekommen sein. Es gab keine Schleifspuren. Mit einem Kastenwagen hier ran, Tür auf, Leiche raus und ab dafür.«

»Ja, das ist wohl in Darmstadt ähnlich gelaufen. Wobei es bei uns eher ein Pritschenwagen war. Die Ladefläche muss höher gewesen sein als der Zaun. Gab es irgendwelche Videokameras, die was aufgezeichnet haben?«

Karlsson seufzte. »Hier gibt es keine Videoüberwachung. Ist ja auch nicht gerade der Bahnhofsvorplatz vorm Hauptbahnhof. Wir haben in der Umgebung die Videoaufzeichnungen ausgewertet. In der Nacht sind rund vierzig Wagen von den Kameras erfasst worden, in denen man die Leiche hätte problemlos transportieren können. Wir haben die Halter ermittelt, befragt – nichts. Ein Wagen war auffällig, weil er ein Kennzeichen hatte, das es nicht gibt. Aber der Wagen ist auch nur auf einer Kamera erfasst gewesen. Wir haben dann die ganzen anderen Kameras noch gecheckt. Nada.«

»Was war das für ein Wagen?«

»VW-Transporter, Allerweltsmodell, dunkle Farbe, schwarz oder blau. Sackgasse. Wie alles in diesem Fall. Ist wahrscheinlich für die Aktion mit dem falschen Nummernschild versehen worden, dann danach wieder das richtige drauf.«

Wieder fuhr ein riesiges Schiff in Richtung Hafen. Ein Containerschiff. Karlsson folgte Margots Blick. »Hat was, nicht wahr? Ich komme manchmal hierher, setze mich auf die Bank oder die Terrasse vom Fährhaus, schaue nur auf den Fluss und betrachte die Schiffe.«

»Wollen wir noch ein Häppchen essen? Ich habe allmählich Hunger.«

»Gern. Bleiben wir hier?«

Margot sah auf das Schiff und lachte: »Ja, bleiben wir hier.«

Sie fanden einen freien Tisch im Restaurant, bestellten eine Flasche Wein und eine Flasche Wasser. Margot entschied sich für eine gemischte Fischplatte – passte zum Ambiente. Karlsson bestellte nur einen Salat für sich.

»Till Hansens Bruder Jonne – er sagt, dass wohl niemand aus dem geschäftlichen Umfeld für den Tod verantwortlich war«, brachte Margot wieder die Sprache auf den Fall.

»Da hat er sicher recht. Zumindest hat sich nichts anderes ergeben. Das Finanzamt hat der Firma ja ein paarmal auf den Zahn gefühlt – ohne irgendwelche Unregelmäßigkeiten zu finden. Wir haben mit den leitenden Angestellten gesprochen: nichts. Wir haben mit Geschäftspartnern gesprochen: nichts. Wir haben mit den Kollegen von der ›Organisierten Kriminalität‹ gesprochen: Sie erraten es schon: nichts.«

Margot hörte die Töne der deutschen Nationalhymne und schaute auf den Fluss. Ein Containerschiff kam vom Hamburger Hafen.

»Ein Schiff der Reederei ›Hansen und Söhne‹. Deutsche Flagge. Nicht gerade der Standard bei deutschen Schiffen. Aber auch was das angeht, machen ›Hansen und Söhne‹ viel richtig …«

»Da scheint ja bald ein Glorienschein fällig zu sein.«

»Das nicht. Hansen ist bekannt dafür, weniger zu zahlen als die Konkurrenz. Hansen ist aber auch bekannt dafür, dass sie in der Krise ihre Leute nicht einfach auf die Straße gesetzt haben und mit Kurzarbeit fast ohne Entlassungen diese Zeit bewältigen konnten.«

»Okay, die Geschäftsschiene hat also kein Motiv gezeigt. Was ist mit den Freundinnen von Till Hansen? Jonne deutete an, da habe es dann doch ein paar gegeben.«

Karlsson grinste. »Ja. Allein in den vergangenen Jahren so an die zehn Frauen, mit denen er zusammen war. Wenn auch nur kurz. Wir haben mit allen gesprochen. Alle sind von ihm abserviert worden, nie war es umgekehrt. Alle sind Opfer der Nachfolgerin geworden, da war ein klares Schema erkennbar. Aber auch da war nichts, was auf ein Mordmotiv hingedeutet hätte. Er scheint all seinen Frauen den Abschied vergoldet zu haben. Die, die am meisten Galle gespuckt haben, haben wir nach einem Alibi befragt. Ebenso die ganz Verständnisvollen.« Karlsson seufzte. »Letztlich alle. Aber auch an dieser Front war nichts zu holen gewesen.«

Die Bedienung servierte das Essen. Karlsson schenkte Margot Wein nach, er selbst hielt sich an einem Glas fest und trank ansonsten Wasser. Margot überlegte schon, ob Karlsson sie betrunken machen wollte. Sie warf einen kurzen Blick vom Flaschenhals, der über ihrem Glas schwebte, zu seinem Gesicht.

»Nein. Aber ich muss noch fahren«, beantwortete er lächelnd die Frage, sodass Margot kurz überlegte, ob sie sie etwa doch laut gestellt hatte.

»Also gar nichts?«

»Nein, bislang absolut nichts. Es klingt pervers, aber ich habe mich gestern wirklich über den Anruf Ihres Kollegen gefreut. Denn das zeigt, dass es offenbar noch Optionen gibt, auf die wir so gar nicht kommen konnten. Welche Verbindung haben Sie zwischen den Taten herstellen können?«

»Bislang nur, dass beide in Darmstadt studiert haben und beide postmortal verletzt worden sind, wie ich schon gesagt habe. Und sie wurden nackt gefunden.«

»Tja, das klingt für mich nach: Finden Sie den Zusammenhang, und Sie finden das Motiv und damit den Täter.«

Margot nickte, nahm ihr Glas und hob es: »Ja, darauf wird es hinauslaufen. Auf die Gemeinsamkeiten.«

»Darauf trinke ich gern«, sagte Karlsson, stieß mit ihr an, und das verschmitzte Lächeln zeigte, dass man Margots Toast auch anders interpretieren konnte.

Margot lenkte das Gespräch auf Karlssons Heimatstadt Hamburg und ließ sich ein paar Anekdoten zur Stadtgeschichte erzählen. Karlsson war ein vortrefflicher Erzähler. Und es war angenehm, sich einfach von seinen Geschichten berieseln zu lassen, ohne nachdenken oder etwas über sich selbst preisgeben zu müssen. Zwar stellte Karlsson auch Fragen, doch die bezogen sich meist auf Margots Heimatstadt, die Stadt im Binnenland, ohne Fluss, ohne Meer.

Mit einem Mal bemerkte Margot, dass es dunkel geworden war. Sie sah auf die Uhr: Es war kurz nach zehn. Und ohne dass es ihr wirklich bewusst geworden war, war viel Sand durch die Uhr geronnen. Und viel Wein durch ihre Kehle.

»Herr Karlsson – könnten Sie mich jetzt bitte ins Hotel fahren?«

Karlsson nickte. »Selbstverständlich.« Er erhob sich.

»Zahlen wir drinnen«, meinte Margot.

»Sie waren mein Gast«, erwiderte Karlsson.

Margot wusste nicht genau, ob ihr das recht war. Was ihr aber definitiv nicht recht war, war die Tatsache, dass sie überhaupt nichts davon mitbekommen hatte, dass Karlsson bereits die Rechnung beglichen hatte.

Karlsson fuhr sie direkt zum Hotel. Wieder ließ er es sich nicht nehmen, ihr die Beifahrertür zu öffnen.

Margot stieg langsam aus. Zeit gewinnen, um nachzudenken, wie jetzt der Abschied gestaltet werden würde. Es war ein schöner Abend gewesen. Ein sehr schöner. Aber sie wollte jetzt keinen Abschiedskuss, keine Nacht mit einem Mann, keine … – Oder doch? Wollte sie nicht genau das?

Karlsson schloss die Autotür hinter ihr.

Und kam langsam auf sie zu.

SONNTAG, 24. JUNI

Mit Schwiegereltern war das immer so eine Sache. Bislang hatte Horndeich die seinen in kleinen Dosen genießen können. Sie wohnten in Blaichenbach, einem kleinen Ort in Mittelhessen oder Oberhessen – Horndeich hatte das nie wirklich kapiert. Sein Schwiegervater bestand darauf, dass die Region Oberhessen hieß, obwohl sie doch eigentlich genau in der Mitte Hessens lag.

Blaichenbach war ein kleiner Ort in der Nähe von Büdingen, den kein Mensch kannte, es sei denn, die Schwiegereltern wohnten dort. Aber das taten sie jetzt nicht mehr. Jetzt wohnten sie in Büttelborn. Einem ebenfalls kleinen Ort in der Nähe von Darmstadt, den auch keine Socke auf der Welt kannte, es sei denn, die Schwiegereltern wohnten dort.

Schon vor Stefanies Geburt hatten die Großeltern sich Gedanken gemacht, ob sie nicht in die Nähe ihrer Tochter ziehen wollten. Horndeich waren beide, Susanne und Georg, nicht unsympathisch. Und sie zu besuchen oder ab und an mit ihnen gemeinsam zu Mittag zu essen – das war in Ordnung. Doch Horndeich war nicht der Typ, der Schwiegervaters Leidenschaft zum Bohren und Hämmern teilte. Deshalb war Georg etwas enttäuscht gewesen, als Horndeich ihm gesagt hatte, dass er das Haus, das seine Schwiegereltern in Büttelborn in der Donaustraße bezugsfertig gekauft hatten, nicht mit ihm komplett umbauen würde. Weder an den Abenden, an den Wochenenden noch im Urlaub. Auch Georgs Argument, die beiden Frauen würden sich in der Zeit um die Kleine kümmern, war verpufft. Horndeichs Entgegnung, er wolle sich selbst ab und an um seine Kleine kümmern, war auf gänzliches Unverständnis gestoßen. Überhaupt hatte Horndeich den Eindruck, dass diese ganze Umzugsaktion eher auf das Betreiben von Sandras Mutter hin vorangetrieben worden war.

Für Horndeich und Sandra war das praktisch, da Sandra den Wunsch geäußert hatte, wieder arbeiten zu gehen. Man hatte ihr eine Zwanzigstundenstelle in Aussicht gestellt, wieder bei ihrem alten Arbeitgeber, dem Landeskriminalamt in Wiesbaden. Das war optimal, denn Büttelborn lag direkt an der Autobahn 67 zwischen Darmstadt und Wiesbaden. So konnte Sandra Stefanie bei den Eltern lassen, wenn sie arbeiten ging.

Natürlich hatten sie auch alle anderen Optionen durchgespielt. Etwa die, dass Sandra ganztags arbeitete, sie eventuell sogar nach Wiesbaden zögen. Aber auch Horndeich wollte nicht ganz auf einen Job verzichten. Zumal er Margot nicht im Stich lassen wollte. Und Susanne Hillreich war ganz verrückt nach ihrer Enkelin. Damit war die Schwiegermutter-Lösung die beste.

Susanne hatte an diesem Sonntag zum Essen eingeladen. Im Garten hinter dem Häuschen. Das Problem war, dass Georg just am Tag zuvor angefangen hatte, eine Stromleitung zu verlegen, damit die Steckdose über der Arbeitsplatte an einer ergonomisch sinnvolleren Position liege. Horndeich bezweifelte allerdings, dass ein Versatz um fünfundzwanzig Zentimeter nach rechts es rechtfertigte, eine Wand aufzustemmen, nur um sie nachher wieder zu verputzen und zu streichen. Nun, es war gekommen, wie es hatte kommen müssen: Die Steckdose war nicht einsatzfähig, weshalb nach wie vor die Sicherung für die ganze Küche ausgeschaltet war. Und das zwanzig Meter lange Verlängerungskabel vom Kühlschrank bis ins Wohnzimmer trug auch nicht eben zur Gemütlichkeit bei.

Susanne Hillreich war bei ihrer Einladung geblieben, das gebot ihr Stolz. Also war die Lokalität verschoben worden: Das Restaurant im Volkshaus Büttelborn bot eine schöne Terrasse mit großzügigen Sonnenschirmen. Und es lag keine zehn Minuten zu Fuß vom neuen Domizil der Eltern Hillreich entfernt. Nun, genau genommen gab es kaum Orte innerhalb Büttelborns, die weiter als zehn Gehminuten voneinander entfernt lagen.

Als Sandra und Horndeich den Golf parkten, sahen sie die Eltern schon auf der Terrasse sitzen und winken. Stefanie schlief. Horndeich klackte die Babyschale aus der Gurtverankerung, Sandra hatte inzwischen das Kinderwagengestell auseinandergeklappt, dann die Babyschale einrasten lassen. Horndeich war immer wieder fasziniert, wie durchdacht so ein System sein konnte. Und wie teuer – aber der Gedanke hatte ihm eigentlich nur beim Kauf Sorgen bereitet.

»Schön, dass ihr da seid«, begrüßte Susanne Hillreich die Ankömmlinge, Georg folgte ihrem Beispiel.

Sowenig Horndeich Georgs Leidenschaft zu Hammer und Nagel teilte, umso mehr schätzte er sein Interesse an alten Autos. Wobei sie beide da auch unterschiedliche Sichtweisen hatten: Während die kaputte Benzinpumpe Horndeich Sorgenfalten auf die Stirn trieb, weckte sie bei Georg Lachfältchen der Begeisterung. Denn bereits vor drei Tagen hatte er Horndeich haarklein erklärt, wie so eine Pumpe zu zerlegen, zu reparieren und wieder einzubauen sei. Er hätte es bestimmt gern an Horndeichs Benz in der Praxis erprobt. Doch Horndeich kannte inzwischen Georgs Hang zum Verzetteln, was der wohl eher als »Hang zur Perfektion« bezeichnet hätte.

»Ich sehe, du fährst immer noch den Leihwagen«, begann er demzufolge auch das Gespräch.

»Hm«, meinte Horndeich nur.

»Na, die brauchen ja eine Ewigkeit, um so eine Kleinigkeit wieder hinzubiegen«, ergänzte sein Schwiegervater, was in der Übersetzung hieß: »Du hättest den Wagen doch mir überlassen sollen.«

»Und, schon was Neues aus Wiesbaden?«, fragte Susanne ihre Tochter. Sandras Mutter sah deutlich jünger aus, als sie war – was auch für Georg galt. Beide waren deutlich jenseits der sechzig. Beide waren inzwischen Vollzeit-Ruheständler. Und sie teilten ein gemeinsames Hobby: Dreimal in der Woche gingen sie zusammen ins Fitnessstudio. Wobei Georg dem Inhaber schon eine ganze Ladung Tipps gegeben hatte, wie er die Mechanik des ein oder anderen Trainingsgeräts verbessern könnte.

Die Bedienung nahm die Bestellung der Getränke auf und verteilte die Speisekarten. Horndeich war noch satt vom Frühstück. Doch er wusste, dass seine Schwiegermutter ihm nie verzeihen würde, wenn er einer Einladung zum Mittagessen mit der Wahl eines kleinen Schälchens Salat oder einer simplen Suppe begegnen würde.

»Ja, gestern kam der Brief. Ich kann ab August wieder anfangen«, berichtete Sandra.

Horndeich wandte sich seiner Frau zu: »Das hast du noch gar nicht erzählt!«, empörte er sich ein wenig lauter, als es angemessen gewesen wäre. Was sowohl seine Frau als auch Susanne mit einem irritierten Blick quittierten. Georg studierte derweil die Speisekarte.

Horndeich versteckte sich nun ebenfalls hinter den Seiten, die kulinarischen Genuss versprachen.

»Ich freu mich für dich«, sagte Susanne und griff nach Sandras Hand. Das wäre eigentlich Horndeichs Text gewesen und auch seine Geste. Aber Sandras Ankündigung hatte ihn nun doch etwas überrascht getroffen. Er hätte nicht so reagiert, wäre da nicht dieser blöde Brief aus München hereingeflattert …

»Und bei dir? Auch alles klar?«, wandte sich Susanne an Horndeich.

»Nein«, antwortete Georg hinter seiner Karte. »Er hadert damit, dass er mich seinen Wagen nicht reparieren lässt.«

Horndeich konnte sich ein Grinsen nicht verkneifen. »Ja, so weit alles gut. Wir haben einen ziemlich vertrackten Fall.«

»Der Mann aus dem Woog«, stellte Susanne fest, aber ihr Tonfall machte deutlich, dass sie dieses Thema ungeeignet für eine Mittagstischkonversation hielt. Weshalb sie sich sofort wieder an ihre Tochter wandte: »Und der Kleinen geht es wieder besser?«

Schon wieder etwas, was ich nicht mitbekommen habe, dachte Horndeich.

Sandra wandte sich Horndeich zu: »Sie hatte Blähungen am Freitag, ist aber wieder alles in Ordnung.«

»Na dann ist ja gut. Das hat sie offenbar von dir – du hattest auch immer wieder Blähungen, als du noch ein Baby warst.« Susanne Hillreich wandte sich an ihren Schwiegersohn: »Oder hattest du als Baby auch immer Blähungen, Steffen?«

Horndeich war sich nicht mehr sicher, ob er nicht doch ein Gespräch über den toten Emil Sacher hätte forcieren sollen. Er beschloss, die Frage zu ignorieren. Zum Glück kam die Bedienung, um die Essensbestellung aufzunehmen. Mehr als einmal im Monat würde er solche Mittagessen nicht ertragen, stellte er fest.

Das Ehepaar Hillreich bestellte eine Kroatia-Platte für zwei Personen. Sandra ein Rumpsteak. Und Horndeich entschied sich für gegrillten Schafskäse, der unter der Rubrik »Vorspeisen« stand. Was zum Makel wurde, da Horndeich keine Hauptspeise mehr orderte. Worauf sich eine Diskussion über gesunde Ernährung ergab, aus der Horndeich sich weitgehend heraushalten konnte.

Es dauerte nicht lange, dann wurde das Essen serviert. Horndeich war mit seinem Schafskäse natürlich am schnellsten fertig. Weshalb er der Kleinen das Fläschchen gab, als diese aufwachte und nach Nahrung verlangte. Wie Horndeichs feines Näschen wahrnahm, war da auch unlängst Platz geschaffen worden in dem kleinen Bauch. Also griff er nach der Wickeltasche und verschwand mit Tasche und Töchterchen.

Auf dem Weg zu den Toiletten kam er an einer Reihe Fotos vorbei. Offensichtlich hatten die Besitzer ein paar Fotografien aus der jüngeren Geschichte Büttelborns aufgehängt.

Dann stellte Horndeich fest, dass der Wickeltisch sich in der Damentoilette befand. Jetzt hatte er ein Problem. Oder auch nicht. Er trat vor die Toilettentür mit dem Piktogramm einer Frau und klopfte lautstark. Keine Reaktion. Also denn.

Er betrat den Raum. Gleich links befand sich eine Nische mit Wickeltisch. Er legte Stefanie dort ab.

Natürlich öffnete sich Sekunden später die Tür. Eine dunkelhaarige Schönheit um die vierzig schaute herein. »Oh, sorry«, sagte sie, und die Tür schloss sich wieder. Horndeich musste kein Hellseher sein, um zu erahnen, dass sie sich drei Sekunden später wieder öffnen würde.

»Hallo? Ich glaube, Sie sind falsch hier!« Die Stimme war fest und drückte den gesamten Unmut der Frau aus. Stefanies Stimme war ebenfalls fest, als sie anfing, munter drauflos-zuplappern. Vielleicht wollte sie sich ja mit ihrer Geschlechtsgenossin unterhalten.

Horndeich wandte sich um: »Entschuldigen Sie bitte, aber das geht nur hier.«

Die Dame schaute Horndeich über die Schulter und gurrte: »Och, ist die aber süß!« Mit gänzlich entspanntem Tonfall sagte sie danach: »Ich werde dann mal Schmiere stehen.«

Hatte sie Horndeich wirklich zugeblinzelt?

Als der den Kampf mit den Windeln der neuen, unvertrauten Marke endlich gewonnen hatte und den Raum wieder verließ, unterhielten sich vor der Toilette drei Frauen. Über Babys, wenn Horndeich es richtig verstand. Er bedankte sich, dann ging er mit der munter weiterplappernden Stefanie wieder in Richtung Ausgang. Sein Blick fiel abermals auf die Bilder an der Wand. Er dachte, ein kleiner Museumsspaziergang entlang der Galerie würde ihm draußen vielleicht ein wenig Konversationszeit ersparen. So betrachtete er ausgiebig ein Foto des kleinen Weihnachtsmarkts, darauf ein Stand der *Kinderhilfe Gomel*. Horndeich kannte kein Gomel und fragte sich, ob das wohl so was wie »Bethel« war. Dann das Bild eines Faschingsumzugs und das eines Weinfests des lokalen Sportvereins. Schließlich das Bild der *Kerweborsche*. Einer Gruppe junger Männer mit schwarzen Schuhen und Hosen, weißen Hemden und umgehängten roten Bändern. Kurz blieb Horndeichs Blick an diesem Bild hängen.

Dann fiel der Groschen.

Er würde Sandra die Kleine in die Hand drücken.

Denn er musste sofort aufs Revier.

Er hatte den Zusammenhang gefunden, nach dem sie gesucht hatten.

Die Nacht war anders verlaufen, als Margot es sich vorgestellt hatte. Karlsson war auf sie zugekommen, hatte ihr einen formvollendeten Handkuss gegeben und gesagt: »Danke für den schönen Abend.« Dann hatte er ihr eine gute Heimreise gewünscht und war in sein Auto gestiegen und davongebraust.

Margot hatte zu diesem Zeitpunkt nicht gewusst, ob ihr dieser Abschied gefallen hatte. Oder nicht. In ihrem Hotelzimmer hatte sie die Minibar geöffnet. *In vino veritas,* hatte sie gedacht und das Rotweinorakel befragt. Zumindest in der 0,2-Liter-Variante.

Die Zugfahrt von Hamburg nach Hause hatte Margot Nerven gekostet. Zunächst hatte ein renitenter Handytelefonierer darauf bestanden, seine Lebens- und Leidensgeschichte in Konzertlautstärke zu verbreiten. Erst als der Zugchef ihm – nach zwei leisen Versuchen – ebenfalls mit erhobener Stimme klargemacht hatte, dass er das Telefonieren in der Ruhezone zu unterlassen habe, hatte Margot eine halbe Stunde dösen können. Bevor die Familie mit den drei Kindern den Großraumwagen im Sturm erobert hatte.

Kaum war sie wieder zu Hause angekommen, war ihr die Decke auf den Kopf gefallen. Sie war eine Runde spazieren gegangen, in Richtung Oberfeld – und hatte schnell gemerkt, dass sie nicht allein spazieren gehen wollte. Die ganze Zeit die Stimmchen, die jenes besser und anderes viel besser wussten und die zudem noch die vorgestrige Szene mit Rainer kommentierten. Nein, sie selbst war absolut nicht die Person, die sie jetzt ertragen wollte oder konnte. Es gab zwei Alternativen: wieder eine Flasche Wein. Oder Arbeit.

Nun saß sie also hinter ihrem Schreibtisch. Nicht im Präsidium, sondern in ihrem Arbeitszimmer. Sie hatte es sich vor Kurzem eingerichtet, mit Schreibtisch, neuem Laptop,

Drucker – Schwarz-Weiß-Laser, nie wieder farbige Tinte! – und Tizio-LED-Schreibtischleuchte. Man gönnte sich ja sonst nichts.

Statt Kaffee oder Wein stand ein Glas Apfelschorle neben ihr. Draußen schien die Sonne, und die Familien machten ihre Sonntagnachmittagsspaziergänge. Horndeich hatte ihr erzählt, dass bei ihm ein Besuch bei den Schwiegereltern anstand. Sie beneidete ihn um sein Familienglück, das musste sie sich eingestehen. Jetzt mit Rainer und vielleicht Doro irgendwohin zu fahren oder gemeinsam Ben und seine Familie zu besuchen – solche Dinge waren ihr offensichtlich nicht vergönnt.

Du hast's vergeigt. Haken hinter, arbeiten. Die Stimme des Pragmatismus. Nicht die kräftigste im Chor, aber jetzt mit Abstand die am meisten willkommene.

Margot blätterte in der Akte von Wölzer. Den Bericht der Gerichtsmedizin hatte sie schon gelesen. Natürlicher Tod, Kammerflimmern, Herzversagen. Danach waren ihm die Daumen zerquetscht worden, offenbar mit einer Schraubzwinge.

Nun las sie nochmals den Bericht über den Fundort der Leiche. Auch in dem Fall schien es so, dass der Leichnam aus einem Auto heraus auf den Boden gelegt worden war. Aber er war auf den Rücken gerollt worden, und danach hatte man seine Arme vom Körper abgewinkelt, während die Beine zusammengelegt worden waren – wie bei einer blasphemischen Jesus-Interpretation.

Darauf konnte sich Margot keinen Reim machen. Sie blätterte zurück zum gerichtsmedizinischen Befund. Alle toxikologischen Tests deuteten darauf hin, dass Wölzer zwar stark alkoholisiert gewesen sein musste, aber ansonsten waren kein Gift oder irgendwelche Drogen gefunden worden.

Wölzer war in der Nacht, in der er gestorben war, noch nach Marburg gefahren, das hatte die Auswertung der Handydaten ergeben. Wo er dann gewesen war, wo er zwei Tage tot herumgelegen hatte – das alles war nicht geklärt.

In Darmstadt war er zum letzten Mal lebend gesehen worden. Margot erinnerte sich wieder: Taschke hatte ihr noch zugerufen, dass Wölzer auf einem Vortrag gewesen war und vier Zeugen gesehen hätten, wie er in den Wagen gestiegen war. Wölzer hatte allen erzählt, er werde jetzt nach Hause fahren.

Margot blätterte zu Taschkes Bericht: Das Thema des Vortrags klang für Margot durchaus interessant: Darmstadts Geschichte aus Sicht der Frauen. Dann kam der noch interessantere Teil: Der Vortrag war mitnichten öffentlich gewesen, sondern Teil des Semesterprogramms einer Darmstädter Studentenverbindung. *Ludovica* nannte sich die Burschenschaft, die ihr Haus in der Wolfskehlstraße hatte. Margot kannte die riesige Villa, die einmal dem Berliner Bankier Felix Bonte gehört hatte. Wenn man den Legenden glauben durfte, hatte Bonte das mit Giebeln und Türmchen verzierte Villenschlösschen sogar selbst entworfen.

In Darmstadt gab es zahlreiche Studentenverbindungen. Margot wusste nicht viel darüber, nur dass die Studenten in dem Haus der Verbindung ein billiges Zimmer mieten konnten und später, wenn sie mit dem Studium fertig waren, ihrerseits die nachfolgende Studentengeneration der Verbindung finanziell unterstützten. Sie wusste auch, dass Burschenschaften eher rechts ausgerichtet waren und sich ihre Mitglieder mit Degen duellierten. Wenn Wölzer also dorthin gegangen war, dann musste er wohl Mitglied dieser Burschenschaft gewesen sein.

Margot googelte die Telefonnummer der Burschenschaft Ludovica. War einen Versuch wert. Vielleicht war dies das verbindende Glied zwischen den toten ehemaligen Studenten.

Sie wählte. Es dauerte ein paar Sekunden, bis am anderen Ende jemand dranging.

»Burschenschaft Ludovica, Sie sprechen mit Andreas Ruprecht, guten Tag.«

»Guten Tag, hier spricht Hauptkommissarin Margot Hesgart von der Kripo Darmstadt. Ich hätte eine Frage an Sie.«

Schweigen am anderen Ende der Leitung.

»Hallo?«

»Ja?«

»Ich müsste wissen, ob bei Ihnen ein gewisser Richard Wölzer Mitglied ist. Vielleicht auch ein Emil Sacher und auch ein Till Hansen.«

»Jetzt ist aber echt gut. Ist also doch nur Verarsche, oder was?« Die Stimme des jungen Mannes hatte deutlich an Lautstärke zugelegt.

Es war Sonntag, achtzehn Uhr. Zu Margots Allgemeinbildung gehörte auch das Wissen, dass man in Studentenverbindungen viel Bier trinkt. Vielleicht war der Mann betrunken?

»Nein, das ist keine *Verarsche,* wie Sie das zu nennen pflegen.«

»Okay, danke für den Scherz, wir sprechen uns am ersten April wieder. Und ich – ich finde es einfach nur geschmacklos!« Dann legte der Mann auf.

Hatte der sie noch alle? Schließlich hatte er mit einer Polizistin gesprochen. Margot drückte die Taste für die Wahlwiederholung.

»Burschenschaft Ludovica, Sie sprechen mit Andreas Ruprecht, guten Tag.« Da Margot die Anzeige ihrer Nummer auf anderen Telefonen unterdrückt hatte, konnte der Mann nicht erkennen, dass er von derselben Rufnummer aus erneut angerufen wurde.

»Hauptkommissarin Margot Hesgart, Kripo Darmstadt.«

»Was soll denn der Scheiß jetzt, echt! Wir sitzen draußen in der Sonne, und Sie holen mich ans Telefon, um mich zu verarschen.«

»Niemand will hier irgendwen verarschen. Ich habe Sie freundlich um eine Auskunft gebeten. Ich ermittle in einem Mordfall.«

»Wie sind Sie denn organisiert? Und dafür unsere Steuergelder …«

Margot wagte zu bezweifeln, dass dieser Mann bereits viele Steuern zahlte. »Hallo?«

»Mann, vor exakt zehn Minuten hat ein Kollege von Ihnen

angerufen. Und der hat genau die gleiche Fragen gestellt. Und ich hab ihm alle Fragen beantwortet. Und jetzt kommen Sie und wollen das Ganze noch mal wissen. Ist das jetzt versteckte Kamera? Oder verstecktes Mikro? Ich leg jetzt auf.«

»Haaalt. Bitte. Wer hat Sie denn vor zehn Minuten angerufen?« Noch bevor Andreas Ruprecht antwortete, wusste Margot, was er sagen würde.

»Ein gewisser Hauptkommissar Steffen Horndeich. Auf Wiederhören.«

Wieder klackte es in der Leitung. Margot nahm ihr Smartphone aus der Schutzhülle, das sie nach der Zugfahrt noch nicht laut gestellt hatte. Sie las. *Ein verpasster Anruf. Horndeich Präsidium.* Sie sah auf die Uhr: vor fünf Minuten.

Sie drückte auf Rückruf.

MONTAG, 25. JUNI

Horndeich stellte den Golf vor dem imposanten Haus ab. Die Villa Bonte war ihm schon früher aufgefallen – vom Biergarten aus hatte man einen schönen Blick auf das Haus, das mit seinen Türmchen und Erkern eher an ein kleines Schloss erinnerte.

Margot hatte ihm zuvor gesimst, dass sie ebenfalls direkt zu der Studentenverbindung kommen wollte. Horndeich sah auf die Uhr. Es war bereits neun. Und keine Margot in Sicht.

Gestern hatten sie zur selben Zeit die gleiche Idee gehabt. Nein, Horndeich war ein wenig schneller gewesen. Als er das Bild mit den Büttelborner *Kerweborsche* und ihre farbigen Bänder gesehen hatte, war ihm der Gedanke gekommen, dass es zwischen Studenten, die in derselben Stadt studierten, noch eine weitere Verbindung geben könnte: nämlich die gemeinsame Mitgliedschaft in einer Studentenverbindung. Horndeich war auf diese Idee gekommen, da viele Studentenverbindungen ja an ihren Farbbändern zu erkennen waren. Er kannte sich mit diesem ganzen Verbindungszinnober nicht aus, aber er hatte so ein Band einmal beim jüngsten Bruder seiner Mutter gesehen, der es ihm erklärt hatte.

Er hatte Stefanie an Sandra übergeben und war mit einem Taxi ins Präsidium gefahren. Denn er stufte die Chance, jemanden in einer Verbindung an einem Sonntagnachmittag zu erreichen, als wesentlich höher ein, als an einem Montagvormittag, an dem Studenten normalerweise studierten.

Die Burschenschaft Ludovica war die Nummer einundzwanzig auf seiner Liste gewesen. In Darmstadt gab es an die dreißig studentischen Verbindungen. Von zwanzig zuvor Angerufenen hatte er immerhin fünfzehn erreicht. Und dann hatte er den Treffer gelandet: Sacher und Wölzer waren in derselben Verbindung gewesen. Immerhin.

Vier Minuten später fuhr Margots Mini auf den Parkplatz. Margot stieg aus. »Sorry, ging nicht früher.«

»Schon okay. Wenn die gestern gefeiert haben, dann sind die sicher happy, wenn wir ein paar Minuten später auftauchen.« Sekunden später drückte Horndeich auf den Klingelknopf.

Bereits nach zehn Sekunden hörte man hinter der Tür Geräusche. Ein junger Mann öffnete ihnen. Er war völlig normal gekleidet, Jeans, ein grünes Hemd. Das einzig Irritierende war das Band, das er umgelegt hatte. Vielleicht fünf Zentimeter breit, in den Farben Dunkelblau – Weiß –Dunkelblau.

»Hauptkommissarin Hesgart, Hauptkommissar Horndeich?«

Horndeich nickte.

»Senior Friedhelm Burg, sehr angenehm.« Er reichte Margot die Hand, dann Horndeich.

Wie kann ein so junges Bürschchen ein Senior sein?, fragte sich Horndeich.

»Wenn ich Sie auf dem Haus der Ludovica willkommen heißen darf.« Er trat zur Seite und machte den Weg für Margot und Horndeich frei.

Im Flur, der von der Tür abging, stand noch ein weiterer junger Mann, der ein wenig bedröppelt aussah. Er trat nach vorn, direkt auf Margot zu. »Mein Name ist Andreas Ruprecht, Fuchsmajor. Ich möchte mich aufrichtig für mein ungebührliches Verhalten Ihnen gegenüber gestern am Telefon entschuldigen«, sagte der junge Mann und reichte Margot die Hand.

Horndeich sah, dass sie sich nur mühsam ein Lächeln verkneifen konnte.

»Schon okay«, sagte sie. Horndeich entging aber auch nicht, dass ihr die förmliche Entschuldigung ein klein wenig imponierte.

»Wenn Sie uns bitte folgen möchten«, übernahm nun wieder der Senior die Führung. Er geleitete sie in einen Raum im Erdgeschoss. Auf Horndeich wirkte dieser wie ein Besprechungsraum aus dem vorvergangenen Jahrhundert. Der Tisch war aus schwerer Eiche, darum gruppiert acht Stühle, aus nicht minder schwerem Holz geschnitzt.

»Wenn ich Sie bitten darf, Platz zu nehmen«, sagte Senior Burg.

Margot und Horndeich setzten sich. Irgendwie wirkte diese Förmlichkeit auf Horndeich doch etwas befremdlich.

»Wir möchten uns nochmals dafür entschuldigen, dass wir Ihnen, Frau Hauptkommissarin Hesgart, gestern am Telefon nicht den gebotenen Respekt zukommen ließen. Es war uns in dem Moment nicht möglich, auszuschließen, dass sich jemand einen Scherz auf unsere Kosten erlaubt hat. Zumal Ihr Kollege Hauptkommissar Horndeich unmittelbar zuvor bei uns angerufen hatte.«

»Alles in Ordnung. Vielleicht können Sie uns einfach heute weiterhelfen.«

»Wir werden alles in unserer Macht Stehende tun, Ihnen behilflich zu sein.«

Nun, diese etwas gestelzte Sprache war nicht die, die Horndeich in Befragungen gewohnt war. Doch musste er eingestehen, dass der junge Mann sich zu benehmen wusste. Das war eine andere Sprache als die derer, denen der Begriff »Scheißbulle« für seinen Geschmack immer etwas zu schnell über die Lippen kam.

»Darf ich Ihnen Kaffee oder einen Tee anbieten?«

Noch bevor Horndeich überhaupt nachdenken konnte, sagte Margot schon: »Einen Kaffee, das wäre wunderbar. Keine Milch, aber zwei Löffel Zucker.«

Horndeich hatte bereits im Präsidium Kaffee getrunken, daher winkte er ab.

Der Senior wies Fuchsmajor Ruprecht an, sich um den Kaffee zu kümmern.

»Bitte – was ist ein Senior, und was ist ein Fuchsmajor? Sie beherbergen doch nicht etwa Pelzträger der Gattung Vulpes aus der Familie der Candidae, oder?« Horndeich genoss die Verwirrung im Blick seines Gegenübers.

»Wie bitte?«

»Füchse. Sie meinen damit nicht, dass Sie hier in Ihrem Haus Raubtierfüchse halten?«

»Nein, nein. Füchse – das sind die neuen Mitglieder unserer Verbindung, die sich sozusagen noch in der Probezeit befinden. Und der Fuchsmajor ist mein Stellvertreter und gleichzeitig der Mann, der die Neuen unterrichtet. Ich als Senior bin der Sprecher der Aktivitas der Ludovica.«

»Unterrichtet? Ich dachte, das passiert an der Uni?«

»Fachlich, sicher. Aber was das Wissen über die Ludovica und die Geschichte der Burschenschaften angeht, da müssen wir schon selbst die Verantwortung für die Bildung übernehmen.«

»Sie sind also die Chefs von dem Ganzen hier?«

»Wir sind zwei der vier gewählten Chargierten der Aktivitas der Ludovica, ja.«

Horndeich war sich nicht sicher, ob er jetzt alles verstanden hatte, aber er beschloss, weitere Nachfragen auf später zu verschieben. »Herr Burg, Sie haben sicher mitbekommen, dass vergangenen Mittwoch die Leiche von Emil Sacher aufgefunden wurde.«

»Ja. Natürlich.«

»Und Richard Wölzer, er war auch Mitglied bei Ihnen?«

»Ja. Richard war auch ein Bundesbruder.«

»Im Zusammenhang mit unseren Recherchen ist auch der Name Till Hansen aufgetaucht. Er ist kein Mitglied?«

»Nein. Er ist kein Bundesbruder. Aber er war eines.«

»Wie ist das zu verstehen? Ihr Kollege …«

»… Bundesbruder …«

»… meinetwegen auch das, also, Ihr Bundesbruder Ruprecht, er sagte gestern nur, dass Hansen kein Mitglied ist.«

»Ja. Er hat nur auf die Liste der aktuellen Bundesbrüder geschaut. Ich habe gestern Abend noch mit meinem Bundesbruder Ritter telefoniert und ihn von dem Telefonat mit Ihnen unterrichtet. Er kannte Hansen persönlich. Und er sagte, dass Hansen kein Bundesbruder mehr ist, aber bis 2006 einer war.«

»Gibt es hier im Haus noch mehr Mitglieder ...«

»... Bundesbrüder ...«

Horndeich ignorierte den Einwurf. »... die Hansen persönlich kannten?«

»Kannten? Ist er auch ...«

»... Gibt es solche Leute hier?« *Bundesbrüder,* korrigierte er sich in Gedanken schon selbst. So schnell funktionierte Konditionierung. Oder Gehirnwäsche. Irgendwie war Horndeich das farbige Band inzwischen etwas unheimlich.

»Nein. Im Moment nicht. Auf dem Haus wohnen nur Bundesbrüder der Aktivitas. Und natürlich die Füchse.«

Schon zum zweiten Mal hörte Horndeich den Begriff ›auf dem Haus‹. Offensichtlich war auch das Bundesbruder-Sprache. Für einen kurzen Moment hatte Horndeich ein Bild vor Augen: Die ganzen Bundesbrüder mit Bierhumpen in der Hand ritten den Dachfirst, sangen und winkten nach unten.

Der Senior fuhr fort: »Gestern waren auch ein paar Alte Herren hier. Wir haben gemütlich im Garten gesessen.«

›Alte Herren‹ – das klang für Horndeich nicht sehr freundlich. »Und diese alten Männer, die gestern hier waren, die haben Hansen gekannt?«

»Alte Herren. Nicht alte Männer.«

Langsam begann diese Bessernase ihn zu nerven.

»Wir unterscheiden hier die Aktivitas und die Altherrenschaft. Die Ersteren befinden sich im Studium, die anderen haben das Studium absolviert. Alte Herren sind also nicht per se alte Männer.«

»Dann waren Sacher, Wölzer und Hansen also bereits Alte Herren?«

»Ja.«

»Wo finden wir andere Alte Herren, die Sacher, Wölzer und auch Hansen persönlich kannten?«

Senior Burg sah auf die Uhr. »In zehn Minuten wird Ralf Ritter hier sein. Er kann Ihnen sicher mehr zu Hansen, Wölzer und Sacher sagen als jeder aus der Aktivitas.«

Fuchsmajor Ruprecht kam mit einem Tablett mit Kaffeebechern, einer Thermoskanne, Zucker und Milch.

Während er einschenkte, fragte Margot: »Kannten Sie die drei Herren eigentlich persönlich?«

Burg und Ruprecht wechselten einen Blick, dann übernahm der Ranghöhere die Antwort. »Ja, natürlich kannten wir Emil Sacher und Richard Wölzer. Emil war immer wieder bei Veranstaltungen dabei. Richard kam immer zum Stiftungsfest. Sonst eher selten.«

»Stiftungsfest?« Horndeich dachte, dass er sich vielleicht vor der Befragung ein *Wörterbuch der Burschenschaften* hätte kaufen sollen.

»Das ist die jährliche Feier aus Anlass des Jahrestages der Gründung unserer Burschenschaft. Der 2. November. Und das wird groß gefeiert. Vergangenes Jahr ist unsere Verbindung 152 Jahre alt geworden. Da waren wirklich fast alle Alten Herren hier – auch Richard. Er kam auch immer wieder mal zu Vorträgen. Emil, der war öfters hier. Aber der wohnte ja auch in Darmstadt. Er war uns immer sehr verbunden. Hat oft auch einfach mal einen Hunderter in die Getränkekasse gesteckt und damit ein paar Kästen Freibier finanziert.«

»Und bei Ihnen kann jeder Mitglied werden?«

»Bundes … «

»… bruder, ja, ich weiß.«

»Sie müssen an der TU Darmstadt studieren, ein Mann sein – und Sie müssen zu uns passen.«

»Was heißt das?«

Nun meldete sich der Fuchsmajor zu Wort. »Sie müssen sich zu unseren Werten bekennen: Gott, Freiheit, Ehre und Vaterland.«

Klang für Horndeich ziemlich antiquiert. Und ziemlich rechts. »Und wie kommen die Studenten darauf, bei Ihnen an die Tür zu klopfen?«

»Nun – die meisten landen hier, weil wir günstig Zimmer vermieten. Zuerst. Und dann merken sie, dass man hier nicht allein ist. Gerade die, die von weiter herkommen, die sind sehr dankbar, hier Anschluss zu finden. Und die meisten, die reinschnuppern, die bleiben dann auch.«

»Was war das für ein Vortrag, auf dem Richard Wölzer an dem Abend war, kurz bevor er starb? Das war im Januar«, wechselte Margot das Thema.

»Wir machen jedes Semester eine Vortragsreihe. Diesmal war das Thema ›Stadtgeschichte aus unterschiedlichen Perspektiven‹. Der Vortrag im Januar behandelte die Darmstädter Geschichte aus Sicht der Frauen. Er hieß ›Von der Marktfrau zur Studentin‹.«

Das klang jetzt wieder nicht so rechts. »Und die anderen Vorträge?«

»Einen Moment«, sagte Burg und wischte ein paarmal auf dem vor ihm liegenden Tablet-Computer. Dann fuhr er fort: »Im November haben wir begonnen mit: ›Jüdische Geschichte in Darmstadt‹. Im Dezember dann: ›Ludwig und Napoleon – von der Landgrafenschaft zum Großherzogtum‹. Und dann noch im Februar: ›Von der Gerberei zu Merck – Darmstädter Industriegeschichte‹.«

»Und da konnte kommen, wer wollte?«

»Nun, für die Aktivitas war die Teilnahme verpflichtend. Einige Alte Herren waren auch da. Und man durfte natürlich persönliche Gäste mitbringen.«

»Hatte Richard Wölzer einen Gast?«

»Das weiß ich nicht. Aber es gibt sicher noch eine Kopie der Gästeliste. Andreas – würdest du so freundlich sein?«

Wieder verließ Andreas Ruprecht den Raum, um drei Minuten später mit einem Leitz-Ordner in der Hand zurückzukommen. Er setzte sich und schlug den Ordner auf. »Im November waren Emil und Richard bei dem Vortrag. Im Dezember weder Emil noch Richard. Im Januar war nur Richard da. Und im Februar war Emil mit dabei.«

Es klopfte an der Tür.

»Herein«, sagte der Senior.

Die Tür wurde von einem etwa vierzigjährigen Mann geöffnet. Er hatte kurzes blondes Haar, ein sehr markantes Kinn und trug eine Brille mit einem schmalen schwarzen Gestell. Der Senior und der Fuchsmajor erhoben sich, ebenso Horndeich und Margot.

»Ralf! Schön, dass du kommen konntest.« Friedhelm Burg reichte Ritter die Hand. »Das sind Hauptkommissarin Hesgart und Hauptkommissar Horndeich. Sie ermitteln im Todesfall von Emil. Emil Sacher.«

Ralf Ritter begrüßte zuerst Margot, dann Horndeich und schließlich auch den Fuchsmajor.

»Was kann ich für Sie tun?«, fragte Ralf Ritter und setzte sich an den Tisch.

»Wir ermitteln in drei Todesfällen. Und haben festgestellt, dass alle drei Toten Bundesbrüder in Ihrer Burschenschaft waren. Emil Sacher, Richard Wölzer und auch Till Hansen.«

»Ja. Till, der war auch Bundesbruder. Aber er hat die Burschenschaft 2006 verlassen.«

»Was können Sie uns über die drei sagen? Waren sie befreundet, kannten sie sich gut, oder trafen sie sich nur hier, etwa bei Ihrem Stiftungsfest.«

Ritter lehnte sich zurück. »Andreas, würdest du mir bitte auch eine Tasse holen?«

Andreas verschwand aus dem Raum.

»Emil, Richard und Till – die waren unzertrennlich. Aber eigentlich waren sie zu viert. Philipp Kaufmann gehörte noch zu dem Quartett. Richard kam aus München. Till aus Hamburg. Philipp und Emil waren die Darmstädter. Aber beide wollten nicht mehr bei ihren Eltern wohnen, also zogen auch sie aufs Haus.«

»Die kamen also alle gleichzeitig hier an?«

»Ja. Abgesehen von Philipp. Der war ein Semester vor den anderen schon da gewesen. Wie auch Philipp ein Semester zuvor waren die drei anderen zunächst Füchse. Gemeinsam mit mir. Ich habe damals auch mit dem Studium angefangen.

Vermessungswesen mit dem Schwerpunkt Geodäsie. Nun, die vier hingen immer zusammen, eine verschworene Gemeinschaft, obwohl sie alle unterschiedliche Fächer studierten. Es gab damals noch einen Fuchs, Dirk Fichter, er hat auch mit uns angefangen zu studieren. Ein guter Freund von mir. Aber er ist gestorben, schon im fünften Semester. War ein leidenschaftlicher Motorradfahrer. Zotzenbach. Sagt alles, nicht wahr?«

Horndeich kannte den Ort. Und die Polizeistatistik der Kollegen in Heppenheim, die für diesen Bereich des Odenwalds zuständig waren. Und die in dieser Gegend immer wieder Überreste aufsammeln mussten. Von Motorrädern. Und von deren Fahrern. Horndeich hatte die Begeisterung für Zweiräder nach seiner Mofaphase final abgelegt. Vier Räder und viel Blech – da fühlte er sich wohler. »Was meinen Sie mit ›verschworener Gemeinschaft‹?«

»Die machten alles zusammen. Fuhren zusammen in Urlaub. Emil, Richard und Till waren für zwei Semester Chargierte. Philipp gehörte auch dazu – aber er stand immer etwas abseits. Ein wenig. Aber vielleicht ist das auch nur mein Eindruck gewesen.«

»Gibt es irgendetwas aus der Zeit, worauf heute noch jemand sauer sein könnte?«

»Heute? Ich weiß nicht, was Sie meinen. Wir haben den Löffel-Germanen ein paarmal die Fahne geklaut, uns mal mit ein paar Jungs von den Messer-Germanen geprügelt. Aber ich wüsste nichts, was davon heute noch für Ärger sorgen könnte.«

Schon wieder hatte Horndeich das Gefühl, nur noch Bahnhof zu verstehen. »Löffel- und Messer-Germanen?«

»Nicht so wichtig. Es gibt in Darmstadt zwei Burschenschaften mit dem Namen Germania. Die Burschenschaft Germania Darmstadt. Und die Alte Darmstädter Burschenschaft Germania. Die erste ist freischlagend, die zweite pflichtschlagend. Über diesen Punkt haben sie sich vor mehr als einem halben Jahrhundert entzweit. Da die Ersteren das Fechten nicht lernen müssen, werden sie die ›Löffel-Germanen‹ genannt. Die anderen, die Mensuren schlagen, sind die ›Messer-Germanen‹.«

»Ich verstehe schon wieder nichts. Mensur?« Diesmal war es Margot, die um eine Übersetzung bat.

»Der Fechtkampf in schlagenden Verbindungen. Nach festen Regeln.«

»Bei dem man sich dann die Schmisse einfängt, nicht wahr?«, ergänzte Horndeich, der endlich einmal etwas aus dem Metier der Verbindungen kannte, ohne vorher gefragt zu haben.

»Kann, muss aber nicht.«

»Okay, halten wir fest. Die drei waren dicke Freunde. Auch ein vierter Student gehörte dazu: Philipp Kaufmann. Wo wohnt der?«

»Philipp wohnt auch hier in Darmstadt. Ich gebe Ihnen die Adresse. Und die Telefonnummer.«

»Wunderbar.« Horndeich und Margot warfen sich einen Blick zu. Mehr gab es im Moment nicht zu erfahren.

Bei der Verabschiedung drückte Ruprecht Margot noch die Kopien der Teilnehmerlisten der Vorträge in die Hand. »Vielleicht können Sie die ja brauchen.«

Margot bedankte sich.

Als die beiden das Haus verließen, meinte Margot: »Das ist nicht meine Welt.«

Horndeich schüttelte den Kopf. »Meine auch nicht.«

Sie griff zum Handy und rief den Kollegen in Hamburg an, mit dem Horndeich auch schon gesprochen hatte. Margot hatte Horndeich gestern schon berichtetet, was sie in der Hansestadt erlebt hatte. Inklusive E-Type-Cabrio-Fahrt.

Margot gab Karlsson die Namen der anderen drei Freunde – nein, Bundesbrüder – von Hansen durch und bat den Kollegen, seine Unterlagen noch mal auf Verbindungen abzuklopfen.

»Wir sollten uns möglichst bald mal mit diesem Philipp Kaufmann unterhalten«, meinte Margot nach dem Telefonat, während sie bereits die Listen durchblätterte. Dann stieß sie einen leisen Pfiff aus. »Da haben sie ja eine Koryphäe engagiert. Den Vortrag über das jüdische Darmstadt hat der Vize des Zentralrats der Juden in Deutschland gehalten.«

»Ich dachte immer, diese ganzen Verbindungen sind rechts außen«, meinte Horndeich.

»Der, der den Napoleon-Vortrag gehalten hat, den kenne ich nicht.«

Sie blätterte weiter. Dann blieb sie unvermittelt stehen. »Das glaub ich jetzt nicht.«

»Was?«

»Weißt du, wer den Frauen-Vortrag gehalten hat?«

»Alice Schwarzer?«

»Nein. Ruth Steiner.«

»Den Namen habe ich doch schon mal gehört«, erinnerte sich Horndeich.

»Ja. Das ist die Buchhändlerin. Die, bei der …«

»… deine Doro arbeitet.«

»Das ist nicht meine Doro«, parierte Margot spontan.

Horndeich sah seine Kollegin an. Die entgegnete zunächst nichts. Dann sagte sie: »Fahr du zu Kaufmann. Ich werde Frau Steiner interviewen. Wie ihre Verbindung zu der Verbindung so ist.«

Philipp Kaufmann wohnte in Bessungen. Auf der falschen Seite der Heidelberger, westlich. Sagte zumindest Kollege Taschke immer, der auf der östlichen Seite wohnte, die, auf der sich das alte Bessungen befand. Als es noch klein und ein eigenes Dorf war. Horndeich schüttelte immer wieder den Kopf über derartigen Minimal-Lokalpatriotismus innerhalb einer Stadt.

Er stellte seinen Wagen vor dem Haus im Kurzen Weg ab. Hinter der Adresse verbarg sich ein Mehrfamilienhaus.

Horndeich las das Klingelschild. Kaufmann bewohnte die Wohnung unterm Dach. Er klingelte.

Eine weibliche Stimme meldete sich: »Ja, bitte?«

»Hauptkommissar Horndeich. Kripo Darmstadt. Ich hätte ein paar Fragen an Sie«, sagte Horndeich.

»Oh Gott«, hörte er noch. Dann ertönte der Türsummer.

Er stieg in den vierten Stock nach oben. Die Wohnungstür war geöffnet. Im Türrahmen stand eine Frau, etwa vierzig, schätzte Horndeich. Blond, zierlich, sie trug Jeans, eine weiße Bluse, hatte ihr Haar zu einem Pferdeschwanz zusammengebunden. Das Auffallendste an ihr war die Hautfarbe: weiß. Nicht hautfarben mit all seinen tausend Varianten. Sondern fahlweiß. Zugleich registrierte Horndeich, dass sich die Frau am Türrahmen abstützte.

»Ist alles in Ordnung?«, fragte Horndeich, anstatt seinen Begrüßungstext aufzusagen.

»Sie haben ihn gefunden? Ist er tot?«

»Wer?«

»Philipp. Mein Mann.«

»Äh – nein. Wieso? Vermissen Sie ihn?«

»Ja. Das habe ich Ihren Kollegen ja schon am Freitag gesagt.«

»Moment. Sie haben Ihren Mann als vermisst gemeldet?«

»Wollte ich, ja. Sie kommen also nicht, um mir zu sagen, dass er tot ist?«

»Nein.«

»Gott sei Dank!«, sagte die Frau leise. »Gott sei Dank. Kommen Sie herein.«

Horndeich folgte ihr durch den Flur ins Wohnzimmer. Es war gemütlich. Ein Regal war mit Büchern und Schallplatten, der Musikanlage und einem Plattenspieler gefüllt. Zwei Standboxen rahmten einen großen Fernseher ein. Und eine Sofaecke mit rotem Stoffbezug, dazu zwei Sessel in geschwungenem Holzrahmen mit dem gleichen Bezug luden zum Verweilen ein. Der Boden war mit Teppich belegt.

Die Frau ließ sich auf das Sofa fallen und sagte dann von unten herauf zu Horndeich: »Nehmen Sie doch Platz.«

Horndeich hatte Verständnis, denn er hatte den Eindruck gehabt, dass sie im Stehen jeden Moment zusammengeklappt wäre.

»Wo ist er denn? Haben Sie etwas herausgefunden?«

»Frau Kaufmann – Sie sind doch die Frau von Philipp Kaufmann?«

»Ja, seit fünfzehn Jahren. Ich heiße Bettina.«

»Warum haben Sie denn Ihren Mann als vermisst melden wollen?«

Aus dem Flur drang leise Musik. Meredith Brooks, erkannte Horndeich. Jemand hörte *Bitch* – Schlampe. Er mochte das Lied. So von der Musik her …

»Er ist am Freitag nicht nach Hause gekommen. Ich habe noch bis um zehn Uhr abends gewartet. Dann hab ich die Polizei angerufen.«

»Und dann?«

»Na, dann bin ich hin. Mit unserer Tochter. Hätte ich mal besser gelassen.«

»Warum das?«

»Weil die mich nicht ernst genommen haben. Wie auch, wenn es die eigene Tochter nicht tut.«

»Ich verstehe immer noch nicht ganz. Sie sind zu den Kollegen gefahren. Erstes Revier in der Bismarckstraße.«

»Ja. Mit dem Taxi. Denn mein Mann hat ja das Auto. Und dann habe ich gesagt, dass ich meinen Mann vermisse. Dass ihm etwas zugestoßen sein muss.«

»Wie kamen Sie darauf?« Die Takte eines weiteren Liedes drangen herein. Kannte Horndeich auch. Von Placebo? Von Placebo.

»Er ist nicht nach Hause gekommen. Er hatte gesagt, dass er nach dem Unterricht noch etwas erledigen müsse, aber spätestens um drei zu Hause sein würde. Um sechs hab ich angefangen, mir Sorgen zu machen. Ich hatte für uns gekocht. Sollte was Leckeres sein, zum Wochenende. Ein Hasenbraten.«

Slackerbitch. So hieß das Lied von Placebo. Wer auch immer diese Musik hörte, er hatte einen deutlichen Hang zu *bitches*. Wahrscheinlich der vierzehnjährige Sohn im Hormonrausch.

»Ich wusste gleich, dass da was nicht stimmt. Er hätte angerufen und Bescheid gesagt, wenn etwas dazwischengekommen wäre. Aber Ihre Kollegen …«

So lethargisch Frau Kaufmann auch gewirkt hatte, als sie Horndeich, im Türrahmen stehend, begrüßt hatte, so viel Energie hatte sie jetzt. Horndeich ahnte, was kommen würde.

»Ihre Kollegen haben mich gefragt, ob ich eine Ahnung hätte, wo Philipp ist. Nein, hatte ich nicht. Deswegen war ich ja aufs Revier gefahren. Ich hatte die Freundesliste schon abtelefoniert. Aber keiner hatte eine Ahnung, wo Philipp war oder wo er hätte sein können. Nicht einmal Lutz.«

»Lutz?«

»Lutz Steinmeyer. Der Direktor an der Krawinkel-Berufsschule.«

Krawinkel sagte Horndeich etwas. Sie hatten die Schule nach Johann Leopold Krawinkel benannt – einem Spinnereiunternehmer aus dem Bergischen Land –, warum auch immer. Horndeich hatte immer gedacht, wie progressiv seine Wahlheimat-Stadt doch war, dass sie eine Schule nach Kralle Krawinkel, dem Gitarristen der Band Trio, benannt hatten. So konnte man sich irren.

»Lutz – er ist der beste Freund von Philipp. Aber auch er hatte keine Ahnung. Dann fragte mich Ihr Kollege – Ihr sehr junger Kollege –, ob Philipp in eine Straftat verwickelt wäre. Was natürlich Blödsinn ist. Ob er süchtig wäre. Oder ob er in einen Unfall verwickelt sein könnte, ob er hilfsbedürftig und/oder orientierungslos wäre. Mein Gott, ich meldete meinen vierzigjährigen Mann als vermisst, nicht meinen Uropa.«

»Also nichts dergleichen?« Die Musik war verstummt, wie Horndeich registrierte.

»Nichts dergleichen. Aber dann kam der Auftritt meiner Tochter.«

Als ob dies das Stichwort einer Souffleuse gewesen wäre, betrat eine junge Dame, offenbar um die fünfzehn Jahre alt, den Raum. »Und ich hab ihnen dann gesagt, was Sache ist.«

»Und mit wem habe ich jetzt das Vergnügen?«, fragte Horndeich.

»Lis. Die Tochter des Hauses.« Die junge Dame verfügte über deutlich mehr Stimmvolumen als ihre Mutter.

»Lis, was ist denn so Sache?« Horndeich wandte sich der jungen Dame zu. Ihre Garderobe stand im deutlichen Kontrast zum Bekleidungsstil der Mutter. Eher pinkig, um ihre Affinität zur Mischung aus Rot und Weiß auf den Punkt zu bringen.

»Sache ist, dass mein Alter meine Mutter betrügt. Dass er eine andere hat. Dass er nicht verschwunden ist, sondern getürmt. Dass er vielleicht von ihr …«, sie deutete auf ihre Mutter, »… – vermisst wird, sie aber die Einzige ist, die das so sieht.«

Nun glich Lis' Mutter wieder eher der Frau, die Horndeich im Türrahmen der Wohnungstür wahrgenommen hatte.

»Und wie kommen Sie darauf?«, fragte Horndeich.

Lis winkte mit einer großzügigen Geste ab. »Ich weiß es. Und im Gegensatz zu ihr …«, sie deutete abermals auf ihre Mutter, »akzeptiere ich es.«

Damit war sie auch schon wieder verschwunden. Horndeich sagte zunächst nichts. Aus dem Flur drangen dann Fetzen des Liedes *Bitch* von den Rolling Stones. Da verarbeitete jemand seinen Schmerz via iTunes-Playlist, mutmaßte Horndeich.

Nach einer halben Minute des Schweigens sagte Bettina Kaufmann: »Ich habe keine Ahnung, ob sie recht hat. Aber mein Mann ist nicht hier. Das sollte Grund genug sein, nach ihm zu suchen.« Sie stand auf, schloss die Wohnzimmertür und setzte sich wieder.

»Sie sagten, er sei mit seinem Wagen unterwegs.«

»Ja. Er ist mit dem Wagen zur Schule gefahren. Und der Wagen ist nicht da. Das heißt, dass er nach der Schule überwältigt wurde und der Wagen irgendwo in der Pampa steht.«

Oder dass er sich in dem Wagen vom Acker gemacht hat, dachte Horndeich.

»Oder«, sagte Bettina Kaufmann, »dass er sich in dem Wagen vom Acker gemacht hat. Klar. Ich bin ja nicht blöd.«

Horndeich erwiderte nichts.

»Warum sind Sie eigentlich hier?«

Horndeich räusperte sich. »Ich ermittle in ...« Nein. Die Worte *einigen Mordfällen* wollte er jetzt nicht aussprechen. »Ihr Mann war Bundesbruder in einer Burschenschaft«, meinte er nur. *Und jetzt kennst du auch die korrekten Bezeichnungen*, klopfte ihm die innere Stimme virtuell auf die Schulter. Horndeich hasste diesen Besserwisser in seinem Kopf.

»Ja. Er war bei der Ludovica, als er studiert hat.«

»Jetzt ist er es nicht mehr?«

»Doch, doch, natürlich. Jetzt ist er Alter Herr. Zum Glück. Ein Stiftungsfest, zwei, drei Kneipen, nach deren Besuch er entweder auf irgendeinem Sofa auf dem Haus übernachtet – oder aber hier im Gästezimmer. Sie glauben gar nicht, in was für einen Holzfäller drei Liter Bier einen Mann verwandeln können. Na ja, als Student hat er diesen Pegel deutlich öfter gehabt.«

»Kneipen?«

»Na, diese studentischen Veranstaltungen. Mir kam seine Verbindung immer als Männer-WG mit Trinkzwang vor. Und mit dieser Einschätzung bin ich ja nicht allein, es gibt, glaube ich, sogar ein Buch mit dem Titel. Aber nach dem Studium, da war er ja Alter Herr. Wir haben uns am Ende seiner Studienzeit kennengelernt. Da hat er schon nicht mehr auf dem Verbindungshaus gewohnt, sondern in so einem winzigen Einzimmer-Wohnklo.«

»Ich habe ein paar Namen. Und ich möchte wissen, ob die Ihnen etwas sagen.«

»Namen? Von Verbindungsstudenten? Hey, vielleicht sollte ich diese Typen mal anrufen! Vielleicht wissen die ja, wo mein Mann ist.«

Horndeich ignorierte den Vorschlag. »Haben Sie den Namen Till Hansen schon mal gehört?«

»Nein. Ich habe mich aus dem Verbindungsleben immer rausgehalten.«

»Emil Sacher?«

»Nein. Doch. Es gab einen Emil. In der Verbindung – aber ob der Sacher hieß, das weiß ich nicht mehr. Moment, das ist doch der Mann, den sie aus dem Woog geborgen haben, oder nicht?«

»Ja. Und noch ein Name: Richard Wölzer.«

»Richard – ja, ich glaube, da war auch ein Kumpel aus der Burschenschaft, der Richard hieß. Till – ja, auch da klingelt jetzt ein Glöckchen. Ich meine, unter den Studenten damals war auch ein Till.«

»Was wissen Sie über die?«

»Herr Horndeich – nichts. Wenn es sich bei dem Emil damals um Emil Sacher handelt und bei Till um Till Hansen – dann waren das in meinen Augen einfach die Saufkumpel meines Mannes. Nachdem er fertig studiert hatte, ist sein Kontakt zur Ludovica ziemlich eingeschränkt gewesen. Er hat sich immer mal mit anderen aus der Verbindung getroffen. Aber das waren keine Leute, mit denen wir in Urlaub gefahren sind oder die uns freitags zum Spieleabend besucht haben. Und ich war froh darüber. Auch dieser Richard spielte im Leben meines Mannes keine größere Rolle – zumindest nicht außerhalb der Mauern des Verbindungshauses.«

»Haben Sie ein Foto Ihres Mannes – und können Sie ihn mir beschreiben? Dann gebe ich ihn in die Fahndung. Das heißt, wenn irgendwo im Bundesgebiet sein Wagen auftaucht, dann finden wir ihn.«

»Und dann bringen Sie ihn mir zurück?«

»Nein. Wenn wir Ihren Mann finden, wird er gefragt, ob er damit einverstanden ist, dass wir Ihnen mitteilen, wo er ist. Er ist volljährig, und wenn kein Straftatbestand vorliegt, kann er selbst darüber bestimmen, wo er sich aufhalten will. Ob es nett und richtig ist, dass er Ihnen nicht Bescheid sagt, darüber haben wir nicht zu urteilen.«

»Aber Sie würden mir sagen, wenn Sie ihn finden, sodass ich weiß, dass er lebt?«

»Ja. Wenn wir ihn finden, dann sage ich es Ihnen. Mehr kann ich aber nicht tun, wenn er das nicht will.«

»Danke. Ich hole jetzt ein Foto.«

Wieder ertönte Musik, als Bettina Kaufmann die Tür zum Flur öffnete. *The Bitch Is Back* von Tina Turner. Was für eine Überraschung!

Das Foto von Philipp Kaufmann zeigte ihn neben einem Mountainbike in malerischer Landschaft. Er hatte dichtes dunkles Haar, blaue Augen, und es war deutlich zu sehen, dass dieser Mann durchtrainiert war.

»Mallorca, letztes Jahr. Im Mai. Phantastisch.«

Horndeich zog sein kleines Notizbuch aus der Innentasche seines Jacketts. »Wie groß ist Ihr Mann?«

»Ziemlich genau ein Meter fünfundachtzig.«

»Und Ihr Auto?«

Wieder stand sie auf. Kam eine halbe Minute später mit einem Fahrzeugbrief zurück. Offensichtlich funktionierte die Ablage im Hause Kaufmann.

Horndeich griff zum Handy und fotografierte den Brief ab. Bei dem Wagen handelte es sich um einen Rover 75 Tourer in Metallicrot.

Anschließend verabschiedete er sich von Bettina Kaufmann.

Im Auto gab er den Kollegen die Daten von Philipp Kaufmann durch. Betonte, dass es wichtig sei, ihn zu finden, er sei ein wichtiger Zeuge.

Dann wählte er die Nummer von Lutz Steinmeyer, Philipp Kaufmanns Chef.

Und sein bester Freund.

In dem Moment, als Margot die Buchhandlung betreten wollte, signalisierte das Handy, dass eine SMS eingegangen war. Margot rechnete mit einer kurzen Nachricht von Horndeich.

Aber es war eine Nachricht von Nick: *Wie geht es dir?*

Nicht mehr, nicht weniger.

Nick. Der Kollege aus Amerika. An den sie auch jetzt ebenso wenig denken wollte, wie sie es Samstag hatte tun wollen. Margot hatte Nick Peckhard vor eineinhalb Jahren kennengelernt, als sie in einem Fall auf beiden Seiten des Atlantiks ermittelt hatten. Sie hatten sich angefreundet. Platonisch. Margot mochte Nick sehr. Aber sie hatte in keinem Augenblick ihre Ehe gefährden wollen. Und der Mann mit den guten Manieren, dem Charme und der Fähigkeit zuzuhören – er hätte Margots Ehe durchaus gefährden können.

Nick schrieb alle paar Wochen eine kurze Mail oder eine SMS. Meistens antwortete Margot. Manchmal nicht. Nun gab es keinen Grund mehr, nicht zu antworten.

Sollte sie Gleiches mit Gleichem vergelten? Ein Techtelmechtel mit einem Mann beginnen, der auf der anderen Seite des Atlantiks wohnte?

Margot schob all diese Gedanken beiseite und drückte beherzt gegen die Eingangstür zur Buchhandlung. Das Klingeln der Glöckchen war Margot ja bereits vertraut.

Ruth Steiner beriet gerade eine etwa achtzigjährige Kundin, die ein Kinderbuch für ihre Urenkelin suchte. Frau Steiner wandte sich Margot zu, begrüßte sie mit Namen. Margots Gesicht war ihr offensichtlich im Gedächtnis geblieben. »Einen Moment bitte.«

Die Dame überdachte ihre Investition sehr gründlich und hatte sich nach etwa zehn Minuten für ein Werk unter fünfen entschieden, in dem zwar ein Drache vorkam, aber auf keinen Fall ein Prinz die Prinzessin rettete. »Wenn sie das so lernt, dann wird sie im Leben noch sehr enttäuscht werden!«, versicherte die Dame sicher viermal. Recht hat sie, dachte Margot und sah sich ein wenig bei den Krimis um.

Als die Dame den Laden verlassen hatte, war Margot mit Ruth Steiner allein. »Was kann ich für Sie tun? Sie wollen doch bestimmt keinen Krimi kaufen.«

»Nein, eher nicht. Ich habe eine Frage an Sie.«

»Aber nicht wieder zu Dorothee, oder? Das müssen Sie mit ihr ausmachen.«

Warum wollten ihr alle Menschen Nachhilfe in ihrem Umgang mit Doro geben? Margots Tonfall wurde schroffer, als sie es beabsichtigt hatte. »Nein. Ich bin rein dienstlich hier.«

»Okay.«

»Sie haben am 10. Januar einen Vortrag gehalten. Zum Thema ›Darmstadts Geschichte aus Frauenperspektive‹. Bei der Burschenschaft Ludovica in der Wolfskehlstraße.«

»Ja.«

Margot wartete einen Augenblick.

»Ja. Das habe ich. Was ist nun Ihre Frage?«

»Die Frage ist zunächst, ob Ihnen der Name Richard Wölzer etwas sagt.«

»Nein. Da klingelt nichts.«

Margot zog das Handy aus der Tasche. Zeigte Ruth Steiner das Bild des toten Wölzer.

Ruth Steiner zuckte sichtlich zusammen. »Nein. Den kenne ich nicht. Wer ist das? Ich meine – ist das Richard Wölzer?«

»Ja. Er starb ein paar Stunden nach dem Vortrag.«

»Darf ich das Bild noch mal sehen?«

Ruth Steiner warf erneut einen Blick auf das Foto. »Doch, ich erinnere mich an ihn. Er kam nach dem Vortrag kurz zu mir. Ich hatte ein paar Broschüren zu dem Thema dabei. Es gibt da eine ganze Reihe zu diesem Thema. Die habe ich angeboten. Und dieser Mann, er hat eine gekauft – die, auf deren Grundlage ich den Vortrag erarbeitet habe.«

»War irgendetwas an ihm auffällig? War er nervös, oder wirkte er ängstlich?«

»Nein, da war nichts Besonderes. Außer, dass er fürchterlich nach Bier gestunken hat. Hatte wohl schon einiges intus. Aber er hat noch klar geredet.«

»Was denn?«

»Na, dass ihm der Vortrag gefallen habe, dass das Thema gut sei, um dem negativen Image der Burschenschaften entgegenzuwirken. Ein Frauenvortrag, nachdem sie auch schon einen über jüdische Geschichte angeboten hätten. Ich habe erwidert, dass sie aber im Gegensatz zu Frauen wohl auch Juden in ihren Verein aufnähmen.«

Margot konnte sich ein Lächeln nicht verkneifen. »Und was hat er daraufhin gesagt?«

»Er hat mich korrigiert. Es sei kein Verein. Sondern ein Lebensbund. Ich habe mich dann auf keine weitere Diskussion eingelassen.«

»Und das war's?«

»Na ja, es kamen einige der Bundesbrüder, wie sie sich ja nennen, auf mich zu. Den meisten hat der Vortrag gefallen, sie betonten, dass es sie durchaus ein wenig stolz mache, dass die zweite Ärztin, die in Deutschland promovierte, eine Darmstädterin war, Charlotte Heidenreich von Siebold. Sie hat dann auch lange Jahre in Darmstadt praktiziert.«

»Wann sind Sie gegangen?«

»Oh, ich hätte noch bleiben können. Viele der älteren Herren hätten sicher noch gern ein wenig geplauscht und vielleicht auch diskutiert. Aber ich war müde. Also packte ich meine Bücherkiste zusammen – die mir dann sogar zum Wagen getragen wurde.«

»Wie ist man auf Sie als Referentin gestoßen?«

»Ich habe schon einige Vorträge an der Volkshochschule gehalten und bin auch hin und wieder mal in Schulen gegangen. Ich glaube, die Freundin eines der Studenten hat meinen Namen ins Spiel gebracht.«

»Wer hat Sie angesprochen?«

»Einer der Studenten. Sein Name steht auf dem Vertrag.«

»Vertrag?«

»Klar. Glauben Sie, ich halte einen Vortrag umsonst? Und das auch noch in einem Klub, der keine Frauen aufnimmt?«

Das war ein Argument.

Ruth Steiner verschwand kurz in ihrem Büro und kam kurze Zeit später mit einem Ordner wieder heraus. Sie blätterte ein wenig, dann sagte sie: »Helmuth Reißer. Der Senior, wie er unterschrieben hat. Obwohl – so alt wirkte er gar nicht.«

Margot hatte ja nun gelernt, was ein Senior war. Aber sie fühlte sich jetzt nicht berufen, Nachhilfeunterricht in Sachen Verbindungswesen zu geben. »Sagen Ihnen vielleicht auch die folgenden Namen etwas: Emil Sacher?«

Ruth antwortete postwendend. »Nein.«

»Till Hansen?«

Jetzt meinte Margot, ein Zögern wahrzunehmen. Ein kurzes Innehalten, mehr war es nicht, bevor Ruth Steiner sagte: »Nein. Auch den Namen kenne ich nicht.«

Sie zeigte Ruth Steiner Fotos der beiden Verstorbenen – allerdings zwei Aufnahmen, die die beiden noch zu Lebzeiten zeigten.

»Nein. Kenne ich nicht.«

»Gut, dann bedanke ich mich herzlich bei Ihnen.«

In diesem Moment öffnete sich die Tür, und Doro kam herein. »Hallo, Ruth. Hi, Margot.« Die zweite Begrüßung zeugte von Überraschung. Misstrauen schwang in der Stimme mit. »Was machst du denn hier?«

»Ich bin dienstlich hier. Und ich bin schon fertig.« Kurz zögerte sie, dann fügte sie an: »Lust auf ein Süppchen zu Mittag?«

Die Berufsschule lag unweit des Nordbads. Horndeich versuchte, eine freie Bucht auf dem großen Parkplatz zu finden. Eine legale. Nicht einfach. Fast alle Schüler fuhren Autos, ebenso wie die Lehrer. Und dann waren da noch die Besucher des Nordbads, Darmstadts Hallen- und Freibad mit jeweils einer Fünfzigmeterbahn. In Zeiten kommunaler finanzieller Notstände keine Selbstverständlichkeit und daher gut besucht.

Horndeich fand einen Parkplatz an der Stelle, die am weitesten vom Eingang zur Schule entfernt war. Er fragte sich zum Büro des Schulleiters durch. Der hatte vorher am Telefon gesagt, Horndeich solle einfach vorbeikommen.

Als er die Tür gefunden hatte, an deren Rahmen das Namensschildchen mit der Aufschrift *Lutz Steinmeyer* angebracht war, klopfte er.

»Herein«, sagte eine kräftige Stimme.

Horndeich öffnete die Tür. Lutz Steinmeyer schien auf den ersten Blick ein Muskelpaket zu sein, das durch ein paar Fettschichten gut getarnt war.

»Herr Steinmeyer?«

»Ja. Vor Ihnen. Sie sind der Freund und Helfer von der Polizei?«

»Ja, genau der. Hauptkommissar Steffen Horndeich.«

Steinmeyer stieß sich mit seinem rollenden Bürostuhl ab, sodass er vom Computertisch in Richtung Schreibtisch rollte. »Nehmen Sie doch Platz. Was kann ich für Sie tun?«

Horndeich sah sich um. Wie das Gebäude wirkte auch das Büro wie ein Museumsdiorama der Siebziger. Allein der Flachbildschirm und die drahtlose Maus machten klar, dass man sich in der Gegenwart befand.

»Ich hätte da ein paar Fragen. Zu Ihrem Kollegen Philipp Kaufmann.«

»Herr Horndeich – wenn ich Ihnen helfen kann, werde ich es tun. Worum geht es?«

»Philipp Kaufmann wird seit Freitagmittag vermisst.«

»Oh«, bemerkte Steinmeyer nur. Der Mann wog sicher hundert Kilo. Sein Gesicht war glatt rasiert, auch die Kleidung zeigte, dass er sich der passenden Konfektionsgröße bewusst war. Und seine dunklen Augen ließen eine glasklare Wachheit erkennen.

»Sie sind, so sieht es aus, der Mann, der ihn zuletzt gesehen hat.«

»Vergangenen Freitag?«

»Ja. Vergangenen Freitag. Wann haben Sie Philipp Kaufmann am Freitag das erste Mal gesehen, wann das letzte Mal?«

»Möchten Sie einen Kaffee?«, fragte der Direktor, anstatt zu antworten.

»Nein, danke. Einfach nur antworten, dann bin ich auch schon wieder weg.«

»Philipp hatte am Freitag zur ersten Stunde Unterricht. Aber zehn Minuten vor Unterrichtsbeginn rief er mich auf dem Handy an und sagte, dass er Probleme mit seinem Wagen habe. Er würde erst zur zweiten Stunde an der Schule sein.«

»Nicht lustig.«

»Nein, aber kommt vor. Eine Kollegin von der Bereitschaft

hat die Klasse übernommen. Und Philipp war auch rechtzeitig zur zweiten Stunde da. Knapp, aber rechtzeitig.«

»Wann haben Sie ihn dann wiedergesehen?«

»In der zweiten großen Pause. Aber wir haben nicht viel gesprochen.«

»Und dann?«

»Dann rief mich Bettina um halb fünf auf meinem Handy an und fragte, ob ich eine Ahnung hätte, wo ihr Mann sei.«

»Nach der zweiten Pause haben Sie ihn nicht mehr gesehen?«

»Nein. Er hatte am Freitag immer die sechste Stunde. Religion. War sein Lieblingsfach. Hat sich echt einen abgebrochen, die jungen Leute dort abzuholen, wo sie waren, und christliche Gedanken mit diesen Lebenssituationen zu verknüpfen. Es ist ihm auch erstaunlich gut gelungen. Er muss nach der sechsten einfach gegangen sein. Ich habe ihn auf jeden Fall nicht mehr gesehen. Und die letzte Stunde Unterricht hat er sicher gehalten – sonst wäre einer der Schüler zu mir gekommen. Aber das kann ich prüfen.«

»Ja, bitte machen Sie das. Wann sind Sie gegangen?«

»Ich habe um halb vier als Letzter das Gebäude verlassen. Bin zu meinem Wagen. Und Philipps Wagen, der stand definitiv nicht mehr hier auf dem Parkplatz. Der wär mir aufgefallen.«

»Und dann?«

»Dann haben Sie mich vor einer halben Stunde angerufen, ob ich Ihnen Fragen zu Philipp Kaufmann beantworten könnte.«

»Können Sie?«

»Welche Fragen denn?«

»Hatte Philipp eine Geliebte?«

Lutz Steinmeyers Gesicht zuckte. Kurz. Dann nickte er. »Ja. Aber Bettina hat das nicht gewusst. Auch die Tochter nicht.«

Sei dir da mal nicht so sicher, dachte Horndeich. »Wer?«

»Er hat ihren Namen nicht genannt. Ich habe die Befürchtung, es könnte eine der Schülerinnen sein. Aber ich weiß es nicht.«

»Sie wollen es nicht wissen?«

»Nein. Ich weiß es wirklich nicht. Ich habe Philipp gefragt, ob es jemand sei, der seinen oder meinen Job in Gefahr bringen könne. Er sagte Nein. Aber ich weiß nicht, ob er die Wahrheit gesagt hat.«

Horndeich sah, wie sein Gegenüber an seinem Ehering drehte. »Und? Was glauben Sie?«

»Was ich glaube? Ich gehe immer vom Schlimmsten aus. Ich befürchte, dass seine Liebschaft eine unserer Schülerinnen unter achtzehn, nein, viel schlimmer, unter sechzehn ist.«

»Ehrlich?«

»Alles schon da gewesen.«

»Haben Sie einen konkreten Verdacht?«

»Nein. Nicht wirklich. Aber allein die Tatsache, dass Philipp mir die Affäre gebeichtet hat, das zeigt schon, dass da was Ernstes im Busch ist.«

»Haben Sie immer so offen miteinander gesprochen?«

»Ja und nein. Philipp ist eigentlich nicht der kommunikative Typ. Er macht die Dinge mit sich selbst aus. Wenn er jemandem etwas Persönliches erzählt, dann sind für ihn alle Entscheidungen bereits getroffen. Deshalb habe ich seine Beichte, dass er eine Geliebte habe, alles andere als leichtfertig abgetan.«

»Kennen Sie seine Freunde?«

»Welche?«

»Die aus seiner Studienzeit. Emil Sacher, Richard Wölzer und Till Hansen.«

»Emil Sacher? Das ist doch der, den sie vor ein paar Tagen aus dem Woog gefischt haben?«

»Ja.« Horndeich schwieg. Denn seine ursprüngliche Frage war ja noch nicht beantwortet.

»Die beiden anderen Namen – die kenne ich nicht. Wie haben die mit Philipp zu tun?«

»Wissen Sie, dass er ein Mitgl...«, Horndeich verbesserte

sich selbst augenblicklich, »ein Bundesbruder in der Burschenschaft Ludovica ist?«

»Ich weiß, dass er in einer Verbindung ist. Aber ich hatte immer das Gefühl, dass sein Anschluss dahin eher lose war. Ich hatte auch den Eindruck, dass es dort nicht wenige Konflikte gegeben hat. So seit sechs Jahren hat er gar nichts mehr davon erzählt.«

»Hat er heute keinen Unterricht gehabt?«

»Hätte er. Er hätte die erste bis vierte Stunde gehabt. Zwei in Physik, zwei in Reli. Und diesmal hat er sich nicht vorher abgemeldet.«

»Was nicht normal ist?«

»Nein, das ist nicht normal. Ich habe versucht, ihn auf dem Handy zu erreichen, habe aber nur die Mailbox erreicht. Nun – kurz darauf haben Sie angerufen.«

»Und – haben Sie eine Vorstellung, wo er sein könnte?«

»Ach – ich wünsche ihm als Freund, dass er mit seiner Maus einfach abgehauen ist, sechs Wochen genießt und dann auf allen vieren zurückgekrochen kommt. Wissen Sie – Midlife-Crisis, das ist das passende Wort, das mir zu Philipp im Moment einfällt.«

»Gab es dafür irgendwelche Gründe?«

»Herr Horndeich, wenn wir eigentlich ein gutes Leben führen, machen wir uns dann die Gründe nicht selbst?«

»Also ist er getürmt?«

»Ich glaube schon. Er wird in ein paar Wochen wieder auftauchen. Voller Scham und Reue. Aber er wird wieder auftauchen.«

Linsensuppe mit Spätzle und Saitenwürstchen. Offenbar hatte Alex unter den Kunden im Vis à Vis einen Vollblut-Schwaben, dem sie ab und an mal eine kleine Freunde machen wollte. Anders konnte sich Margot nicht erklären, wie es dieses Gericht auf die Speisetafel geschafft hatte.

Sie bestellte sich diese Suppe, Doro war mehr nach Hühnchencurry mit Reis.

Es war Zeit für Frieden, dachte Margot. Doro war schließlich achtzehn. Sie musste wissen, was gut für sie war und was nicht. Und was nicht gut für sie war, würde sie ohnehin nur durch eigene Erfahrung lernen. Margot überlegte kurz, ob ihr Leben anders verlaufen wäre, wenn sie sich an das gehalten hätte, was ihre Mutter ihr an Tipps mit auf den Weg gegeben hatte, oder an die weisen Ratschläge ihres Vaters. Hätte sie dann in erster Ehe vielleicht keinen Alkoholiker geheiratet. Und in zweiter Ehe keinen Egozentriker? In ihre eigenen Gedanken vertieft, bemerkte sie zunächst nicht, dass Doro gar nichts sagte, sondern sie nur ansah.

Alex brachte die Suppe, das Curry und die Flasche Wasser. »Heute mit der Tochter statt dem Kollegen?«, fragte sie gut gelaunt, als sie die Gerichte und das Wasser abstellte.

Die gute Laune war eigentlich angebracht: Die Sonne schien, der Tag war nicht mehr schwül, eine leichte Brise machte die Wärme angenehm.

»Ja«, sagte Margot gleichzeitig mit Doros »Nein«.

Alex hob eine Augenbraue. Dann ging sie.

Margot sah Doro an. Sie erwartete einen feindseligen Blick, aber Doro lächelte nur. »Danke«, sagte sie. Und wenn das ironisch gemeint war, dann fiel es Margot nicht auf.

Margot nahm einen Löffel Suppe mit einem Stück Wurst.

Auch Doro aß die ersten Bissen schweigend. Das kannte Margot nicht von ihr. »Was ist los? Hast du was auf dem Herzen?«

Doro starrte auf das Curry, sagte nichts. Dann sah sie auf. Schwieg aber weiter.

Okay, da war was im Busch.

Dann sagte Doro: »Ich habe ihn heute früh getroffen. Mit Rhonda.«

Margot ließ den Löffel nicht fallen. Was aber nicht an ihrer hervorragenden Körperbeherrschung lag, sondern daran, dass sich der Löffel gerade in der Suppenterrine befand. Margot sah Doro an, aber sie sagte nichts. Irgendwie schien der Scrabble-Beutel mit all den Buchstaben für eine gelungene

Konversation heute seltsam leer. Margot schob einen Löffel Suppe in den Mund, mit drei Wurststückchen, denn dann musste sie kauen. Und lief nicht Gefahr, all das auszusprechen, was ihr gerade durch den Kopf schoss.

»Er hat mir das erzählt mit dem Bier.«

War ja klar, dass er sofort seine Tochter da mit reinzog. Dass er sie auf seiner Seite haben wollte. Dass er sich im Recht fühlte, mit seiner Trulla durch Darmstadt zu flanieren.

»Das war nicht richtig«, sagte Doro in leisem Ton – und sah in Richtung ihres Tellers.

»Weißt du was?«

Doro sah nicht auf.

»Ich glaube nicht, dass es dir zusteht, diese Situation zu beurteilen.«

Doro sah auf, Fragezeichen in den Augen.

»Genau, schau du nur. Es steht dir nicht zu. Dein Vater, der, wie du ja selbst weißt, echt kein Kommunikationsgenie ist, wenn es um zwischenmenschliche Dinge geht, er macht sich vom Acker, schlägt sein neues Zuhause in Amerika auf. Dann hat er für nichts mehr Zeit, nicht für dich, nicht für mich.«

Doro sagte nichts. Brauchte sie auch nicht. Denn jetzt war Margot dran. Deren verbale Lautstärke nun so anstieg, dass nicht nur Doro Zeugin ihrer Worte wurde, sondern auch die anderen Gäste, die an den Tischen saßen, alles glasklar hören konnten. »Dann vögelt dein Vater seine Assistentin. Und nun kommt er her, sagt dir vorher Bescheid – macht dann Sightseeing mit ihr in meiner Stadt – *meiner*, nicht *seiner*, nicht *deiner* und schon gar nicht *die von dieser Schlampe!*« Es gab noch eine Möglichkeit, die Lautstärke zu steigern, sodass nun auch die Clique in der Querstraße zuhören konnte, als Margot schrie: »Und du erzählst mir jetzt, dass es nicht *richtig* ist, dass ich ihm ein Bier ins Gesicht schütte?«

Margots Blick glitt zu ihrem Glas voller Wasser. Sie konnte den Impuls gerade noch unterdrücken, das Glas in Richtung Doro …

Dann erst bemerkte sie, dass alle Gespräche verstummt waren. Aller Augen waren auf sie gerichtet. Hatte sie gerade so sehr die Fassung verloren?

Sie hatte.

Auch Doro sah sie an. Margot sah die Tränen in ihren Augen. Doros Stimme war so leise, dass nur Margot ihre Worte hören konnte: »Das genau ist dein Problem, Margot. Deine Weltsicht ist so festgezimmert, dass du weder zuhörst noch nachfragst. Sondern immer erst lospolterst.«

Margot verstand nicht ganz, worauf Doro hinauswollte.

»Ich verzeihe dir, weil du sicher ziemlich durch den Wind bist, weil Rainer so aufgetaucht ist.«

Margot wollte etwas entgegnen, doch Doro hob nur ganz leicht die Hand und signalisierte, dass sie noch nicht fertig war. »Als ich sagte, das sei nicht richtig, da meinte ich nicht, dass du ihm das Bier ins Gesicht gekippt hast. Was ich dir sagen wollte, war, dass ich es unmöglich von meinem Vater finde, dass er weder dir noch mir gesagt hat, dass er hierherkommt. Dass er mit seiner Tussi auftaucht, ohne uns zumindest zu informieren. Dass du einfach recht gehabt hast. Das habe ich ihm auch gesagt. Auf Englisch, damit seine Rhonda es auch verstehen konnte. Und ganz leise. Denn wer die besseren Argumente hat, der braucht nicht rumzubrüllen. Vielleicht solltest du dir Hilfe holen, Margot. Sonst klappst du noch zusammen.« Eine Träne fiel in das Curry.

Doro stand auf, legte Margot kurz eine Hand auf die Schulter.

Dann verschwand sie, ohne sich umzudrehen.

Margot war sprachlos.

Löffelte in ihrer Suppe.

Konnte nicht begreifen, was da gerade passiert war.

Das Einzige, was sie begriff, war, dass sie Doro fürchterlich unrecht getan hatte.

»Was ist denn mit dir los?« Horndeich sah auf Margots rote Augen.

»Heuschnupfen. Was hast du rausgekriegt?« Margot wusste selbst, dass derzeit kaum Blütenstaub durch die Luft wehte. Aber sie wollte jetzt nichts erklären.

»Kaufmann ist verschwunden«, sagte Horndeich. »Ob freiwillig oder nicht, das ist noch nicht klar. Sein Auto ist auf jeden Fall weg.« Horndeich berichtete seiner Kollegin, was Kaufmanns Frau ausgesagt hatte. Danach schilderte er, was der Direktor von Kaufmanns Schule erzählt hatte.

»Und bei dir?«

Auch Margot gab kurzen Rapport über ihr Gespräch mit Ruth Steiner. Über das mit Doro schwieg sie. »Wir können also davon ausgehen, dass die drei Todesfälle miteinander zu tun haben.«

»Ja. Bleibt die Frage, welche Rolle Philipp Kaufmann spielt.«

»Nun, entweder keine, weil er sich mit seiner Geliebten abgesetzt hat«, schlug Margot vor.

»Oder er ist auch ein Opfer. Ist verschwunden und taucht in gut einer Woche tot wieder auf.«

»Oder er ist der Mann, der seine Freunde getötet hat. Und nun geflüchtet ist. Mit oder ohne Geliebte.«

»Aber was sollte da das Motiv sein?«

Margot sah auf die Tafel. »Fragen über Fragen. Wir müssen noch mehr über die Opfer herausfinden.«

Sie ging zu der Tafel hinüber. Im oberen Bereich fügte sie eine Spalte ein: »Gesetzeskonflikte«. Beim Hamburger Reeder Till Hansen schrieb sie: 2000: *Verkehrsunfall. Fahrlässige Tötung Emma Kruse.*

»Haben die anderen noch was auf dem Kerbholz?«

»Hamburg sagt Nein, Marburg – ich schaue gleich noch mal nach.«

Es kostete Margot ein paar Klicks – und schon gab das Bundeszentralregister Auskunft: »Hui. Das hätte ich jetzt nicht erwartet.«

»Was denn?« Horndeich ging um den Schreibtisch herum.

»Auch Wölzer hat einen Menschen auf dem Gewissen: fahrlässige Körperverletzung mit Trunkenheit, 2002. Ich lass mir mal die Gerichtsakte kommen – dann sehen wir, was genau passiert ist.«

»Dann check doch auch mal unsere Darmstädter Vögel.«

Margot befragte das Datenbankorakel nach Philipp Kaufmann und nach Emil Sacher – aber die beiden schienen unbescholten.

Das Telefon auf Margots Schreibtisch klingelte. Margot sah auf das Display. Eine Hamburger Nummer. Sie nahm ab. »Hesgart?«

»Guten Tag, Frau Hesgart. Karlsson hier.«

»Hallo, Kollege.« Margot war nicht nach Smalltalk zumute. Deshalb entstand eine kurze peinliche Pause.

»Äh. Ja. Also – ich bin da tatsächlich noch auf etwas gestoßen. Sie haben mir doch heute Morgen die Namen der drei anderen Verbindungskollegen von Till Hansen gegeben.«

»Ja?« Karlsson wollte es wohl etwas spannend machen.

»Also – dieser Wölzer, der hat seit Jahren Geld von einer der Firmen bekommen, die Till Hansen gehören.«

»Firmen? Ich dachte, da ist nur die Reederei?«

»Ja und nein. Die Reederei ist das große Dach. Und darunter gibt es ein paar Unterfirmen. Die Hansen-Immo GmbH, das ist die Firma, unter der die ganzen Immobilien laufen. Gehört zu hundert Prozent ›Hansen und Söhne‹. Und Geschäftsführer ist Till Hansen. Wenn Sie mich fragen, dann sind die Unternehmen alle nur Steuersparkonstrukte. Und diese Hansen-Immo, die hat jeden Monat zweitausendfünfhundert Euro an Richard Wölzer in Marburg überwiesen.«

Margot pfiff durch die Zähne. »Sind die also noch enger verbandelt. Wie weit haben Sie das zurückverfolgen können?«

»Wir haben die Bücher der vergangenen vier Jahre hier. Das zieht sich aber von Anfang an durch. Kann also durchaus sein, dass das schon länger geht. Ich habe mir mal eine der Rechnungen angesehen: Es scheint einen Rahmenvertrag zu geben, laut dem Wölzer für Hansen architektonische Beratung leistete – was immer das sein soll. Auf jeden Fall wurden die Zahlungen erst mit dem Tod von Hansen im April eingestellt. Aber nicht bereits im Januar, als Wölzer gestorben ist.«

»Das heißt, das Geld wurde noch überwiesen, obwohl er nicht mehr gelebt hat?«

»Ja, so sieht es aus. Offensichtlich ein Fehler der Buchhaltung bei Hansen-Immo.«

»Können Sie uns da was Schriftliches zukommen lassen? Mail, Fax?«

»Klar, geht gleich raus.«

»Prima, herzlichen Dank!«

»Ja, und wenn ihr im Süden was rausbekommt – lasst es uns wissen.«

»Klar.«

»Und wenn Sie mal wieder in Hamburg sind, lassen Sie es mich auch wissen.«

»Auch klar«, sagte Margot. Aber in ihrer Stimme lag nicht ganz so viel Enthusiasmus wie in der Antwort davor. Sie legte auf.

»Good news?«, fragte Horndeich.

»Hm-mm«, sagte Margot nur, blätterte in einer der Akten, dann wählte sie eine Nummer.

»Anke Wölzer«, meldete sich die Witwe von Richard Wölzer.

Margot telefonierte zwei Minuten mit ihr, bedankte sich und verabredete sich mit der Frau.

»Du willst jetzt nach Marburg fahren?«

»Ja. Wölzer hat regelmäßig Geld von Hansen bekommen. Und ich will wissen, warum.«

»Und das kannst du nicht einfach am Telefon fragen?«

»Das könnte ich. Aber ich glaube, dass das direkte Gespräch hier besser ist. So wie Karlsson es geschildert hat, könnte dahinter auch etwas nicht ganz Hasenreines stecken.«

»Und wenn nicht?«

»Auch dann schadet es sicher nicht, mit Wölzers Witwe persönlich zu sprechen.«

»Und was mache ich?«

»Du könntest versuchen, die Lücken in den Lebensläufen zu füllen. Wir wissen, dass die vier zusammen studiert haben. Aber wo haben sie Abi gemacht? Wo gewohnt? Solche Sachen halt.«

»Soll ich nicht mit nach Marburg?«

»Ne. Mache ich allein.« Damit griff Margot nach der dünnen Sommerjacke und ihrer Tasche und verschwand.

Sicher, es wäre vielleicht ganz nützlich, wenn Horndeich mit nach Marburg fahren würde. Aber Margot wollte allein sein. Immer wieder spürte sie, wie ihr Tränen in die Augen stiegen. Margot riss sich zusammen. Aber Doros Worte klangen immer wieder in ihrem Kopf nach. Zuerst hatte sie sie einfach als altklug abgetan. Und war entsetzt gewesen, wie sich das Mädchen so herablassend hatte verhalten können. Doch mit jeder Minute, die verging, war Margot immer deutlicher geworden, dass die Dinge noch viel, viel schlimmer waren: Das Küken hatte mit der Souveränität einer Erwachsenen reagiert.

Okay, es war an der Zeit, Bernd einzuschalten, befand Horndeich. Bernd Riemenschneider war der Computerexperte im Präsidium. Er hatte den Job vor Jahren von Sandra übernommen, die zuvor die Herrscherin über Bits und Bytes bei ihnen gewesen war. Horndeich hatte sich anfangs schwergetan mit Bernds etwas komplizierter Art. Doch inzwischen schätzte er den Kollegen sehr.

Horndeich nahm die Kaffeetasse mit und begab sich ins Reich des Computerfreaks. Der saß in seinem Büro, in dem besonders die riesigen Monitore ins Auge fielen. Einer davon war größer als Horndeichs Fernseher – und das wollte etwas heißen. Das Büro erinnerte ihn immer an die XXL-Version von Sandras Arbeitszimmer. Klar hatte Horndeich darin auch seinen Laptop untergebracht, schon allein, damit sich der kleine Computer nicht so allein fühlte. Sandra hatte nach wie vor fünf Rechner, einen von Apple, einen mit Linux, ein Tablet … Gemeinhin waren es ja eher die Männer, die einen Hang zu technischem Spielzeug hatten. Aber in ihrer Ehe war ganz eindeutig Sandra der Technikprofi. Wenn Horndeich auch nicht mehr ganz der digitale Analphabet war wie noch vor wenigen Jahren. Falls sie noch einen Sohn bekommen würden – er würde seine Mutter dafür lieben, dass er Netzwerk-Partys schmeißen konnte, ohne dass die Kumpels die eigenen Rechner mitbringen mussten.

»Hast du ein paar Minuten für mich?«, fragte Horndeich nun den Kollegen.

»Was brauchst du?« Bernd Riemenschneider drehte sich auf seinem Bürostuhl um und sah Horndeich direkt an. Riemenschneider war größer als Horndeich, von der Figur her ein kräftiger Athlet, vom Gemüt her eher ein Bär. Letzteres wurde auch äußerlich unterstrichen, seit er sich den Vollbart stehen ließ und seine Liebe zu Karohemden entdeckt hatte.

»Inzwischen haben wir drei andere Männer, die mit unserem Toten Emil Sacher zu tun hatten. Die kannten sich alle seit dem Studium. Und wir gehen davon aus, dass ihr Tod mit irgendwas zu tun hat, was alle vier verbindet. Es gibt noch einige Lücken in den Lebensläufen. Und ich würde jetzt gern von dir wissen, ob wir mit deinen tollen Kisten hier kurzfristig ein paar der Lücken schließen können.«

»Klar. Können wir.«

»Und wie?«

»Du weißt doch, die Polizei, dein Freund und Helfer.«

»Schon klar. Und du meinst, du kannst mir jetzt freunden und helfen, etwas über die Jungs rauszubekommen?«

»Wir sind der Freund von jedem«, meinte Riemenschneider, »ob er will oder nicht.«

»Ich versteh dich nicht ganz«, sagte Horndeich.

»Facebook«, stellte der Kollege knapp fest.

Horndeich war nicht bei Facebook präsent. Er mochte einfach keine Freunde, die er im echten Leben nicht sehen konnte. Und die er nicht persönlich regelmäßig traf. So wie Hendrik. Mit dem ging er immer wieder mal ein Bierchen trinken, im Green Sheep, seit er neben Hefeweizen auch Guinness vom Fass hatte schätzen lernen. Sandra war bei Facebook. Und sie übernahm die schriftliche Bekanntenpflege via Internet. Wenn es irgendetwas Interessantes gab, teilte sie ihm das mit. Das nannte Horndeich effizientes News-Management.

»... und StayFriends.«

Auch davon hatte Horndeich schon gehört. Diese Plattform, auf der man sich mit ehemaligen Klassenkameraden in Verbindung setzen konnte. So was Ähnliches wie Facebook, nur eben bezogen auf Schulen und Jahrgänge. »Und dort finden wir die Infos, die uns noch fehlen?«

»Ja. Und vielleicht auch noch bei Google Plus. Und bei Xing.«

»Xing?«

»Facebook für Berufstätige.«

»Und Google Plus?«

»Facebook für Google-Fans. Auch wenn Google das nicht gern hört.«

»Na, dann leg mal los.«

»Nimm dir einen Stuhl.«

Horndeich tat, wie ihm geheißen. Er setzte sich auf einen freien Bürostuhl und rollte neben Bernd, der inzwischen vor einem anderen Monitor und einer anderen Tastatur saß.

»Gut. Dann lass mal hören. Wie heißt die Nummer eins?«

»Till Hansen. Aus Hamburg. Jahrgang 72.« Horndeich reichte Bernd den Ausdruck mit den Daten, die sie von Hansen schon angelegt hatten.

Bernd Riemenschneider überflog den Ausdruck. »Na, dann wollen wir mal«, sagte er. »Mal sehen, was er noch so kundgetan hat.«

Er fuhrwerkte mit der Maus umher und hackte so auf der Tastatur herum, dass Horndeich sich fragte, ob es eigentlich auch Crashtests für diese Produkte gab. Wenige Minuten später hatte Bernd ein paar Fenster auf den großen Monitor gezaubert. Dann hielt er inne.

»Also?«, fragte Horndeich.

»Hansen war bei Facebook aktiv. Er hatte knapp hundertfünfzig Freunde.«

... oder was man so Freunde nennt auf Neudeutsch, dachte Horndeich. Er sinnierte kurz über seinen eigenen Status und kam auf eine Freundeszahl von vier. Und eine Bekanntenzahl, die vielleicht um den Faktor zehn höher war. Er schüttelte den Kopf.

»Von diesen hundertfünfzig waren fünfundachtzig Prozent weiblich. Aber er war nicht wirklich aktiv auf Facebook. Jeden Monat vielleicht mal einen Eintrag.«

»Und? Was schreibt er über seine Biografie?«

»Geboren 1972 in Hamburg. Nächster Eintrag: Abi 1991 in Hamburg. Dann Wehrdienst in Gießen. Und dann folgt das Studium in Darmstadt mit Diplom in Wirtschaftsinformatik. Das war's dann auch schon an biografischen Daten. Beziehungsstatus: Single.«

Nun, das alles war für Horndeich nichts Neues. »Irgendwas auf dieser Schulplattform StayFriends?«

»Fehlanzeige. Auch bei Google Plus ist nichts zu finden. Aber auf Xing.«

»Okay, was verbreitet er da?«

»Eine Auflistung seiner Karriere in der Firma seines Vaters. Schau.« Bernd deutete auf die Einträge. Horndeich las. Hansen hatte akribisch alle seine Funktionen in der Firma aufgeführt, bis zu dem Tag, an dem er in die Geschäftsführung aufgenommen worden war. Vom Vertriebsassistenten zum Millionär – die norddeutsche Variante des amerikanischen Traums.

»Das war's?«

»Ja. Auch wenn es auf den ersten Blick nicht so aussieht: Till Hansen war recht zurückhaltend, was sein mediales Mitteilungsbedürfnis angeht.«

»Okay, dann schauen wir uns einfach die Nummer zwei an. Aber die Freundesliste solltest du speichern. Auch die der Kontakte auf dieser Business-Plattform.«

»… Xing.«

»… wie auch immer. Der Nächste ist Richard Wölzer. Aus Marburg, geboren in München.«

»Der?«, fragte Bernd Riemenschneider nach weniger als zwei Minuten. Der Monitor zeigte die Facebook-Seite mit Foto.

Das war Wölzer. »Jepp.«

Riemenschneider zauberte wieder mit Maus und Tastatur. Dann sagte er: »Okay, der war etwas mitteilsamer.«

»Das heißt?«, fragte Horndeich.

»Das heißt, dass er seine Heimat offensichtlich geliebt hat. Er kam aus München, wie du gesagt hast.« Riemenschneider zeigte auf einen Ausschnitt der Facebook-Seite. »Ist auch in München eingeschult worden. Dann ein paar Bilder aus der Grundschulzeit. Wanderung mit den Eltern in den Alpen. Und der Ausflug zum Bodensee. Und zu den Königsschlössern von Ludwig II. von Bayern.«

»Okay. Und dann?«

»Dann kommt das große Nichts. Bis zum Abi.«

»Wo hat er Abitur gemacht?«

»In Ingolstadt. Auf einem Internat. Er hat sogar seinen Schnitt veröffentlicht. Mutig.«

Horndeich sah auf die von Riemenschneider markierte Stelle. 3,1. Nicht berühmt. Aber ausreichend. Es gab also Leute, die beim Abi noch mehr Schwierigkeiten gehabt hatten als er, dachte Horndeich. Er erinnerte sich an seinen eigenen Schnitt von 2,9 …

»Dann kommt der Wehrdienst. Wo das war, teilt er nicht mit. Dann folgt das Studium in Darmstadt, aber das weißt du ja.«

»Ja. Und danach?«

»Hat er sich als Architekt selbstständig gemacht.«

»Und dann?«

»Nichts, was er hier mitteilt. Auch auf StayFriends, Google Plus oder auf Xing – nichts.«

»Hoffentlich sind die nicht alle so zurückhaltend«, dachte

Horndeich laut. Er selbst war ja nicht besser. Aber dass alle Mordopfer die gleiche Einstellung zu haben schienen, das war, nun – kontraproduktiv.

»Mal sehen. Wer ist die Nummer nächst?«

»Emil Sacher. Kam aus Darmstadt und wohnte bis zu seinem Ableben in Darmstadt.«

Riemenschneider zog sich wieder für zwei Minuten zurück, hinter die Wand von Klicken und Klacken. Dann sagte er: »Der war deutlich mitteilsamer.«

»Das heißt im Klartext?«

»Eltern aus Darmstadt. Einschulung in Darmstadt. Dann auf die Viktoriaschule. Bis einschließlich achte Klasse. Dann auf das Internat Rimdidim in Fischbachtal im Odenwald. Dort hat er auch das Abi gemacht. Hat sogar einen Haufen Fotos aus der Zeit online gestellt.«

»Und danach?«

»Dann wird es dünn. Hat nichts zu Wehrdienst oder Studienzeit geschrieben. Aber hat ein ›I like‹ zu seiner Studentenverbindung gepostet.«

»Also zu der Ludovica?«

»Jepp. Die haben auch eine Seite bei Facebook.«

»Kannst du mir die mal zeigen?«

Statt einer verbalen Antwort klickte Bernd Riemenschneider sich durch die Menüs der Webseiten. Dann sagte er: »Hier.«

»Erst Zimmer – dann Studieren«, so lautete der Slogan der Seite. Ganz klar, über welche Schiene sich die Bundesbrüder den Nachwuchs zogen …

»Hat er noch etwas zu seiner Karriere veröffentlicht?«

»Ja. Aber nicht auf Facebook, sondern auf Xing. Hier können wir seinen Werdegang ziemlich genau verfolgen.«

Horndeich sah den Verlauf vom wissenschaftlichen Mitarbeiter zum stellvertretenden Leiter des Fachbereichs. Aber er entdeckte keine besonderen Einschnitte im Lebenslauf.

»Sieht auch nicht wirklich prickelnd aus.«

»Nope. Deine Kandidaten sind auf jeden Fall keine Cyberspace-Junkies. Das haben sie gemeinsam.«

Horndeich nickte. Unterm Strich war das alles etwas frustrierend.

»Und – der Nächste im Bunde?« Riemenschneider neigte ein wenig zum Prosaischen …

»Philipp Kaufmann. Wohnt auch in Darmstadt. Jahrgang …«

»… 1972. Geboren in Darmstadt. Hab ihn«, meinte Riemenschneider bloß.

Horndeich schaute auf das Foto. Ja. Das war Kaufmann.

Wieder spielte Riemenschneider seine Cyber-Spielchen. Aber nur kurz. »Der hat aber breit ausgeteilt. Google, Facebook, StayFriends – nur nichts auf Xing.«

Wenn Horndeich das richtig verstanden hatte, dann war Xing für Geschäftsleute eine interessante Plattform, um neue Geschäftskontakte zu knüpfen. Was für einen Berufsschullehrer sicher nicht an erster Stelle stand. »Also?«

»Der kleine Philipp wurde in Darmstadt geboren. Ging in den ersten vier Jahren seines Schullebens auf die Christian-Gude-Schule im Martinsviertel.«

Da klingelte ein Glöckchen in Horndeichs Kopf. Vor knapp einem Jahr hatten sie einen Fall gehabt, bei dem eine Lehrerin dieser Schule zusammen mit ihrem Mann ermordet worden war.

»Dann war er auch auf dem Ludwig-Georg-Gymnasium. Kam dann auf ein Internat. Na, schau an.«

»Was?«

»Das ist dasselbe Internat, auf das auch Sacher gegangen ist.«

»Dieses komische Rimini?«

»Rimdidim heißt es. Ja. In Fischbachtal.«

»Das heißt, die beiden haben sich vorher schon gekannt? Bevor sie zur selben Studentenverbindung gegangen sind?«

Riemenschneider hatte die wichtigen Daten bereits in eine Tabelle eingegeben. »Wahrscheinlich. Sie waren wohl auch in derselben Jahrgangsstufe. Ob sie in denselben Klassen waren, das kann ich hier nicht sehen.«

»Und danach?«

»Auch ziemlich dünn. Zivildienst – keine Ahnung, was und wo, Studium, dann Referendariat an der Krawinkel-Berufsschule. Und dann dort Lehrer.«

Riemenschneider klickte noch ein wenig herum. »Da. Hier ist ein Klassenfoto aus der Internatszeit.«

»Wie heißt das Internat noch mal?«

»Einfach nur Rimdidim«, sagte Riemenschneider.

Das Haus, in dem Richard Wölzer mit seiner Familie gewohnt hatte, lag im südlichen Teil der Frankfurter Straße in Marburg, in der Nähe des als »Affenfelsen« titulierten Hochhauses. Margot fand sogar gleich einen Parkplatz.

Dem Altbau hätte eine Renovierung gutgetan. Ein paar Töpfe Farbe zumindest. Als Margot näher trat, sah sie die Stellen, an denen der Putz abgebröckelt war. Und der Stuck. Musste einstmals ein ehrwürdiges Haus gewesen sein.

Margot mochte Marburg. Wahrscheinlich, weil es noch so viele schöne alte Häuser gab. Hier waren die Bomber der Alliierten gnädiger gewesen als in ihrer Heimatstadt.

Margot drückte den Klingelknopf neben dem Namensschild: *Richard Wölzer – Architekt.* Alle Klingelschilder hatten die gleiche Größe. Aber nur das von Wölzer war aus Messing. Wenn auch an diesem der Zahn der Zeit schon ein wenig genagt hatte.

Der Türöffner summte. Margot trat ins Treppenhaus. Hier verstärkte sich der Eindruck, dass dem Haus eine Sanierung gut angestanden hätte. Margot war keine Architektin. Aber die schwarzen Ränder am noch vorhandenen Putz ließen auf ein Feuchtigkeitsproblem schließen. Wie auch der Geruch.

Das Klingelschild war das oberste gewesen, und so erklomm Margot die Stufen. Die Wohnung lag im vierten Stock.

Im Türrahmen stand eine kleine, etwas untersetzte Frau, um Margot zu empfangen. Sie trug einen dunkelroten Rock und eine passende Bluse in einem beigefarbenen Ton. Das schwarze Haar war kurz geschnitten. Sie war dezent geschminkt und hatte die Nägel lackiert. »Frau Hesgart?«

»Ja«, sagte Margot. Und musste sich eingestehen, dass sie, nachdem sie die vier Stockwerke hinaufgestiegen war, einen leichten Nachholbedarf an Sauerstoff hatte. Die Treppen führten sogar noch weiter nach oben, offenbar ins Dachgeschoss.

»Man gewöhnt sich dran«, sagte Anke Wölzer lächelnd und bat Margot mit einer Geste in die Wohnung.

Im weitläufigen Flur hingen ein paar Fotografien an den Wänden. Es schien sich um Familienbilder zu handeln. Frau Wölzer, Herr Wölzer und zwei Mädchen im Grundschulalter, offensichtlich im Urlaub.

So dunkel der Flur war, so hell war das große Wohnzimmer. Es maß sicher dreißig Quadratmeter. Die Wohnung wirkte aufgeräumt, sauber, aber auch hier hätten ein paar neue Tapeten und ein wenig frische Farbe das Ambiente verschönert. Auch die Fenster waren schon älter. Schmale Risse neben den Rahmen zeugten davon, dass die Mauern des Hauses arbeiteten.

Anke Wölzer entgingen Margots Blicke nicht: »Ja. Es müsste viel gemacht werden. Wir bearbeiten – ich bearbeite den Vermieter schon ewig wegen neuer Fenster und den Rissen in den Wänden. Bevor das nicht gemacht ist, will ich keine neuen Tapeten anbringen. Aber jetzt – ach, vielleicht ziehe ich doch aus.«

Die Möbel waren stilvoll, aber eindeutig Zeugnisse der Flower-Power-Zeit. Die Stehlampe mit Leuchtkugel in Orange würde heute sicher für einen guten Preis verkauft werden können.

»Nehmen Sie doch Platz.«

Margot ließ sich auf einem der beiden Ledersofas nieder.

»Kaffee? Tee?«

»Gern. Kaffee.«

Während Frau Wölzer den Kaffee zubereitete, sah sich Margot weiter um. Eine Wand war von einem braunen Massivholzregal bedeckt – eindeutig aus der Zeit, bevor der schwedische Möbelriese deutsche Wohnzimmer erobert hatte. Auf dem Regal waren zwei große Regalboxen installiert. Margot musste schmunzeln: Ihr Vater hätte die Augen verdreht und einen Vortrag darüber gehalten, dass man durch den falschen Standort den Klang der besten Lautsprecherboxen ruinieren konnte. Was bei dieser Platzierung sicher zutraf.

Der Boden war mit Teppich bedeckt, der sicher auch schon bessere Jahrzehnte gesehen hatte. An einer Stelle sorgte ein Flokati für Abwechslung.

Anke Wölzer kam mit Kaffeegeschirr zurück, stellte es auf dem hölzernen Couchtisch ab, schenkte Margot ein. »Zucker? Milch? Bedienen Sie sich.«

Sie ließ sich auf dem anderen Sofa nieder.

Margot nahm den obligatorischen halben Löffel Zucker und legte dann noch eineinhalb Löffel nach.

»Was möchten Sie wissen, Frau Hesgart?«

»Frau Wölzer, es gibt ein paar konkrete Fragen, die ich habe, denn wir ermitteln in einem Mordfall, der im Zusammenhang mit dem Tod Ihres Mannes stehen könnte.«

»Mein Mann ist also doch keines natürlichen Todes gestorben?«

»Doch. Das ist er, soviel wir wissen. Dennoch möchte ich Sie nochmals fragen, ob Ihnen irgendetwas Außergewöhnliches aufgefallen ist?«

»Abgesehen davon, dass ihm seine Kleider fehlten, seine Brille, abgesehen davon, dass er bereits zwei Tage tot war, bevor er am Fundort abgelegt wurde? Abgesehen davon, dass unsere Kinder an der Schule keine ruhige Minute mehr hatten? Nein. Abgesehen davon ist mir überhaupt nichts aufgefallen.«

Okay. Die Frage, auf diese Art gestellt, war wenig zielführend gewesen. Also schlug Margot einen anderen Weg ein. »Es hat weitere Todesfälle gegeben. Menschen, die Ihr Mann kannte.«

»Wen?«

»Sagen Ihnen die Namen Till Hansen, Emil Sacher und Philipp Kaufmann etwas?«

»Sind sie alle tot?«

»Nein.« Mehr sagte Margot nicht.

Es dauerte ein paar Sekunden, bis Anke Wölzer erkannte, dass die Polizistin nicht mehr preisgeben würde. »Ja. Ich kenne alle drei. Kaufmann war sogar noch mal hier, ist vielleicht zwei Jahre her. Alle drei waren in derselben Studentenverbindung. Also, Hansen nicht mehr. Der ist vor sechs Jahren ausgetreten. Seitdem ist der Kontakt zu ihm abgerissen. Sacher – den habe ich das letzte Mal vor über vier Jahren gesehen. Richard hatte mich gebeten, ihn zum Stiftungsfest zu begleiten. Das habe ich getan – aber diese Verbindungen – das war mehr sein Ding.«

Margot dachte kurz nach. Seit sechs Jahren hatte es angeblich keinen Kontakt mehr zu Till Hansen gegeben. Nur dass Geld geflossen war. Margot entschied sich, das Thema noch nicht gleich anzusprechen. »Kennen Sie die drei Herren näher?«

»Nein. Ich habe sie immer nur bei solchen Anlässen gesehen. Sie waren wohl mal dickste Freunde. Richard hat mir nie genau erzählt, was sie verbunden hat. Aber seit etwa zehn Jahren gab es da nicht mehr viel. Wie gesagt – spätestens, nachdem Hansen ihnen den Rücken zugewandt hatte, war der Kontakt nur noch sehr lose.«

»Frau Wölzer – Emil Sacher und Till Hansen sind ebenfalls tot. Sie wurden ermordet.«

Anke Wölzer riss die Augen auf: »Emil auch?«

»Sie wissen also, dass Till Hansen tot ist?«

»Ja.«

»Woher?«

»Ach, das ging doch durch die Zeitungen.«

Das klang für Margot ein wenig dünn. Sie hatte da eine andere Theorie. »Seit wann hat Ihr Mann von Hansen regelmäßig Geld bekommen? Und wofür?«

Anke Wölzer sah zu Boden. Dann richtete sie den Blick direkt auf Margot. »Dass Hansen tot ist – deswegen habe ich keine Träne vergossen. Er war ein überhebliches Arschloch. Aber ein solventes überhebliches Arschloch. Im Gegensatz zu

Richard. Der war ein gutmütiger Mensch. Ein warmherziger, gutmütiger Mensch. Ein Mensch, der Visionen hatte, aber nicht wirklich geschäftstüchtig war.«

»Und wofür hat Till Hansen Ihren Mann bezahlt?«

»Mein Mann hatte einen Beraterauftrag.«

»… obwohl die beiden seit Hansens Austritt aus der Ludovica keinen Kontakt mehr hatten?«

»Nun, keinen privaten jedenfalls.« Wieder sah Anke Wölzer zu Boden.

Margot beschloss, abermals das Terrain zu wechseln. Sie hatte vorhin im Büro gelesen, dass sowohl Wölzer als auch Hansen angetrunken Auto gefahren waren, wenn Wölzer dabei offenbar auch niemanden zu Tode gefahren hatte. »Frau Wölzer, Ihr Mann hat vor zehn Jahren betrunken einen Verkehrsunfall verursacht, mit Körperverletzung.«

»Sie wissen ja doch schon alles, weshalb fragen Sie also noch?« Aus Anke Wölzers Blick und auch aus ihrer Stimme sprach nun eine gewisse Feindseligkeit.

»*Was* weiß ich?«

»Jetzt tun Sie doch nicht so. Was sollen diese Psychospielchen denn noch? Sie wissen von Hansens Sauftour mit Folgen vor zehn Jahren. Ich weiß es auch. Also bitte. Ersparen Sie sich das. Und mir.«

»Sie meinen, die Sauftour vor zwölf Jahren.«

»Ja, die natürlich auch.«

Margot konnte ihre Verwirrung nicht verbergen. »Vor zehn Jahren ist doch Ihr Mann verurteilt worden, weil er im betrunkenen Zustand einen Mann mit dem Wagen angefahren hat.«

Anke Wölzers Blick schickte noch ein paar Blitze auf die Reise. Dann veränderte sich ihr Ausdruck. »Sie wissen es *nicht*?«

»*Was* weiß ich nicht?«

»Mein Mann ist verurteilt worden. Das war der Deal. Aber er ist nicht gefahren.«

»Das verstehe ich jetzt nicht.«

»Hansen ist beide Male gefahren.«

»Auch vor zehn Jahren?«

Anke Wölzer lachte auf. »Und ich habe gedacht, Sie wissen das alles. Jetzt habe ich mich aber reingeritten. Richard – er war zu gutmütig. Und Hansen, er war zu reich. Sie wollen die Geschichte hören?«

»Ja. Ich bitte darum.«

Anke Wölzer schenkte Margot und sich selbst Kaffee nach. »Till Hansen hatte schon immer ein Faible für schnelle Wagen, die für sein Gemüt immer viel zu viel PS hatten. Und wenn er einen gewissen Alkoholpegel erreicht hatte, dann konnte er nicht mehr aufhören zu saufen. Sein Vater hatte Einfluss, und er hat für ihn oft die Kartoffeln aus dem Feuer geholt. Wenn Till betrunken war, dann hat er damit geprahlt, dass für die Hansens andere Gesetze gälten. Er war ein Aufschneider, keine Ahnung, ob es wirklich in ihrer Macht gelegen hat, die Justiz zu bestechen. Drei Monate nachdem Richard und ich geheiratet hatten, da hatte Hansen zwei Promille inne, als er mit hundertzwanzig über die Landstraße von Hamburg nach Ahrensburg gebrettert ist. Und er die Radfahrerin einfach von der Straße gestoßen hat. Angeblich war das Rad nicht beleuchtet gewesen. Unstrittig war auf jeden Fall, dass sie einen Reflektorgurt getragen hat. Und es gab Zeugen, die ihr bescheinigten, dass sie im Freundeskreis jeden darauf hingewiesen hat, wenn mal irgendwo ein Licht am Fahrrad der Freunde nicht funktionierte. Emma Krause war auf der Stelle tot.

Da Till Hansen sich bis zu diesem Tag – zumindest offiziell – nichts hatte zuschulden kommen lassen, kam er mit einem blauen Auge davon. Zwei Jahre Knast auf drei Jahre Bewährung. Irgendeine Geldstrafe für irgendwelche sozialen Projekte. Und der Führerschein war eine Weile weg. Lächerlich wenig für ein Menschenleben, nicht wahr?«

Margot schluckte. Sie war froh, dass ihr Job das Ermitteln und nicht das Richten war. Sie mochte nicht in der Haut eines Richters stecken, der ein Urteil sprechen musste und dabei so sehr an die Rahmen der Gesetze gebunden war.

»Nun, die Katze lässt das Mausen nicht. Und Till soff weiter.

In dem führerscheinlosen Jahr fuhr er Taxi. Dabei hätte er bleiben sollen. Kaum wieder im Wagen, baute er den nächsten Unfall. Betrunken. Aber er konnte abhauen. Ich weiß das nur, weil Richard es mir erzählt hat. Und der weiß es nur, weil Sacher mit im Wagen saß, ins Lenkrad gegriffen und so das Schlimmste verhindert hat. Aber Till trat sofort wieder aufs Gas. Es war nur Sachschaden, der Wagen war lädiert. Aber die Polizei kam ihm nicht auf die Spur.«

Anke Wölzer stand auf. »Ich brauche jetzt einen Cognac. Sie auch?«

Margot lehnte ab.

»Ich habe Urlaub im Moment. Deshalb bin ich heute zu Hause. Die Mädchen sind bei einer Freundin.« Anke Wölzer ging zu einer Hausbar. Gut sortiert, nahm Margot wahr.

»Wie heißen Ihre Töchter?«

»Maria und Yvonne. Sie sind sieben und neun.«

»Wo arbeiten Sie?«

»Ich bin Bibliothekarin. Arbeite in der Stadtbücherei. Ein schöner Beruf, aber schlecht bezahlt. Vielleicht ist es sogar ganz gut, dass der Vermieter die Fenster nicht macht, dann kann er auch die Miete nicht erhöhen. Für eine Alleinerziehende mit zwei Kindern ist das ganz schön teuer. Und Richards Geld habe ich ja nun auch nicht mehr.«

Mit einem Cognacschwenker in der einen und einer Flasche in der anderen kam Anke Wölzer zurück. Sie schenkte sich ein Glas ein, hob es, prostete Margot zu. Dann fuhr sie mit ihrer Erzählung fort: »Dann kam der 4. Februar 2002. Richard war bei Till in Hamburg. Der hatte ihm am Telefon den Mund wässrig gemacht, er würde ihm ein großes Projekt zuschanzen. Richard sollte das neue Firmengebäude der Reederei entwerfen. De facto hieß das für Richard: nach Hamburg fahren und eine Sauftour mit Till absolvieren. Dabei würden sie über das neue Gebäude sprechen, Richard würde Skizzen malen, auf die Till seinen Korn sabbern würde. Richard wollte nie begreifen, dass Till sich für Architektur genauso wenig interessierte wie für Volkstanz. Er war zu der Zeit wahrscheinlich einfach einsam, wie so oft in den Phasen kurz vor der Trennung von einer seiner Freundinnen. Also rief er Richard zu sich, er wusste ja, wie er ihn ködern konnte.

Nach der Zechtour fuhr Till. Er konnte richtig aggressiv werden, wenn man ihm den Autoschlüssel wegnehmen wollte. Der Wagen rauschte auf den Bürgersteig, unmittelbar vor einer Kneipe. Und bügelte einen Mann um, der gerade aus der Kneipe kam.

Till war von einem auf den anderen Moment stocknüchtern. Blaffte Richard an, er solle sich ans Steuer setzen. Er, Till, würde alles bezahlen. Dann ist er weggerannt.

Richard tat, wie ihm geheißen. Ich weiß nicht, ob es blinder Gehorsam war oder ob er Till richtig eingeschätzt hat. Auf jeden Fall wurde Richard der Prozess gemacht. Da der Mann überlebt hatte und Richard über sein Handy sogar selbst den Rettungsdienst angerufen hatte, wusste er, dass auch er mit Bewährung davonkommen würde.«

»Das Urteil war ein Jahr mit einem Jahr Bewährung.«

»Richtig. Und Till wäre stattdessen auf direktem Weg ins Gefängnis gegangen ...«

»Und was hat Ihr Mann dafür von Hansen bekommen?«

»Till hat die Schulden beglichen, die Richard gemacht hat, um sich selbstständig zu machen. Dabei ging es um etwa fünfzehntausend Euro. Und dann hat er den Dauerauftrag eingerichtet. Also den Beratungsauftrag. Wahrscheinlich hat Till das so gedreht, dass er bei den zweieinhalbtausend im Monat mindestens die Hälfte an Steuern sparen konnte. Was weiß ich. Nun, jetzt ist Hansen tot, und das Geld ist weg.«

»War Ihr Mann als Architekt erfolgreich?«

Anke Wölzer lachte auf. »Er war ein Künstler. Er hatte tolle Ideen, hat kühne Entwürfe gemacht. Ich glaube, als Kulissenarchitekt für Science-Fiction-Filme – da hätte er richtig Geld verdienen können. Nein, sein Beratervertrag und mein Job – das hat uns ernährt. Er hat angefangen, Gitarre zu spielen. In mehreren Jazzcombos.«

Sie deutete auf drei Gitarren, die auf Ständern in der anderen Ecke des Raumes standen. Eine Konzertgitarre und zwei Halbresonanzgitarren mit flacherem gewölbtem Korpus, eine davon aus Metall.

»Ich habe mich noch nicht dazu entschließen können, sie wegzugeben. Richard war gut – wenn man für diese Art Musik etwas übrig hat. Aber Geld hat das auch nicht eingebracht. Es war eher so, dass die Auftritte höchstens die Hälfte dessen eingebracht haben, was er für Technik und Gitarren ausgeben musste, um überhaupt auftreten zu können.«

Sie hielt kurz inne.

»Wissen Sie, ich glaube, für Richard war das Leben, so wie er es gelebt hat, das denkbar schönste. Sicher, er hat sich verurteilen lassen. Wohl wissend, dass das keine einschneidenden Konsequenzen für ihn haben würde. Er ist nie gefahren, wenn er auch nur ein Glas Bier getrunken hat. Und so konnte er in den vergangenen zehn Jahren leben und das tun, wozu er am meisten Lust hatte, da er wusste, dass das Grundsalär immer gedeckelt war. So hatte er auch immer Zeit für die Kleinen. Er war ein guter Papa.«

»Haben Sie nie Angst gehabt, dass Till Hansen die Zahlungen einfach irgendwann einstellen würde?«

Anke Wölzer überlegte kurz. »Nein. Nie. Komisch, jetzt, da Sie das ansprechen. Hansen war unsympathisch und überheblich durch und durch. Aber ein Wort, das er meinem Mann gab, das war für mich – wie auch für Richard – wie in Stein gemeißelt.«

Horndeich war fleißig gewesen. Hatte sich die Finger wund gemailt und das Ohr taub telefoniert. Er rollte mit dem Stuhl ein wenig zurück, sah auf die weiße Tafel, auf der er inzwischen ein paar Punkte hinzugefügt hatte. Alle Informationen, die ihm Bernd Riemenschneider besorgt hatte, hatte er eingetragen.

Dass Sacher und Kaufmann auf demselben Internat gewesen waren, das war interessant. Leider hatte es Horndeich nur fünf Minuten Recherche gekostet, um herauszufinden, dass das Internat noch vor der Jahrtausendwende komplett abgebrannt war.

Jetzt, da Horndeich googelte, erinnerte er sich, wo er den Begriff Rimdidim schon mal gehört hatte. Sein Freund Hendrik hatte erzählt, dass er in den frühen Achtzigern mit der Schulklasse eine Klassenfahrt dorthin unternommen hatte. Und er dort zum ersten Mal ein Mädchen geküsst hatte. Birte, fiel es Horndeich in diesem Moment wieder ein.

Auf der Internetseite der Gemeinde Fischbachtal konnte er mehr über das Gebäude erfahren. Mitte der Achtziger war aus dem ehemaligen Schullandheim ein Internat geworden. Offensichtlich mit gutem Erfolg, denn die Schule war voll belegt gewesen, wie die Internetseite über das Gebäude verriet. Mitte der Neunziger war der Bau dann ausgebrannt. Als die Feuerwehr kam, war bereits alles gelaufen gewesen. Die Feuerwehrleute hatten auf dem Berg nicht genügend Löschwasser gehabt, also mussten sie Schlauchleitungen zum Meßbach und zur Steinau führen. Tanklöschfahrzeuge hatten im Pendelverkehr Wasser zur Brandstelle gebracht. Die Nachlösch- und Aufräumarbeiten durch die Freiwillige Feuerwehr Fischbachtal hatten dann noch einen weiteren Tag gedauert. Aber es war nichts mehr zu retten gewesen.

Super, dachte Horndeich. Denn mit dem Brand waren sicher auch alle Schulunterlagen vernichtet worden.

Inzwischen hatte Horndeich auch noch die Infos zu dem Seil bekommen, mit dem Sacher gefesselt worden war: ein stinknormales Nylonseil, das man in jedem Baumarkt kaufen konnte. Das brachte sie also auch nicht weiter. Aber immerhin – die frühe Verbindung von Emil Sacher und Philipp Kaufmann, das konnte eine neue Spur sein. Horndeich fuhr den Rechner herunter. Er war zufrieden mit sich. Vielleicht würde es sich lohnen, morgen bei den Einwohnermeldeämtern zu checken, ob die Eltern der drei Toten noch lebten. Und die von Kaufmann natürlich auch. Möglicherweise waren auf dem Weg noch zusätzliche Informationen zu bekommen, die etwas Erhellendes über die Viererclique zutage fördern könnten.

Der Rechner machte keinen Pieps mehr. Dennoch stand Horndeich nicht auf. Er seufzte. Öffnete seine Tasche. Entnahm ihr einen Brief. Den Brief, den er vor ein paar Tagen erhalten hatte. Und auf den er endlich reagieren musste.

Er entfaltete ihn. Obwohl er den Inhalt inzwischen auswendig kannte.

Es war ein verlockendes Angebot. Von einer Sicherheitsfirma in München – SecProtec, einer renommierten Firma auf dem Gebiet. Nein, Horndeich sollte nicht mit schwarzer Uniform auf Rundgängen Schlösser kontrollieren. Vielmehr arbeitete die SecProtec daran, individuelle Lösungen zu konzipieren und das Komplettangebot aus Konzept, Technik und Wachpersonal als Paket anzubieten. In Norwegen hatte das Stammhaus schon gute Erfahrungen damit gemacht. Jetzt sollte das Ganze in Deutschland vorangetrieben werden. Und dazu brauchte man intelligente Köpfe, die aus der Praxis kamen. Leute wie Steffen Horndeich eben.

So vieles sprach dafür. Vor eineinhalb Jahren war Horndeich angeschossen worden, als er ein Kind retten wollte. Das Kind war nicht getroffen worden, aber er. Es hatten ihn nur Millimeter vom Tod getrennt. Ein Jahr davor hatte ihn ein ehemaliger Fremdenlegionär verprügelt – auch kein Vergnügen. Der Job bei SecProtec würde geregelte Arbeitszeiten gewährleisten. Und keine Präsenz an vorderster Front mehr erfordern. Ach ja, die Bezahlung lag denn auch deutlich über dem, was er hier bei der Polizei verdiente.

Doch warum hatte Horndeich solche Manschetten davor, mit Sandra darüber zu sprechen? Weil sie in diesem schnuckeligen Häuschen wohnten, das Sandra sicher nicht würde aufgeben wollen? Oder weil Sandra plante, wieder in Wiesbaden zu arbeiten? Oder weil Sandras Eltern gerade in die Nähe gezogen waren? Nun, Horndeich hatte sie nicht darum gebeten.

Er musste Sandra endlich reinen Wein einschenken. Doch wusste er denn selbst, was er wollte? Wollte er nach Bayern ziehen? Wollte er wirklich den Polizeidienst quittieren?

Immer wieder tauchte bei diesen Überlegungen das Bild seiner kleinen Tochter Stefanie auf. Und der Moment, in dem ihn die Kugel getroffen hatte. Als er das Leben des anderen Mädchens gerettet hatte, hatte er riskiert, seine Tochter niemals kennenzulernen.

Er seufzte.

Er seufzte ganz schön oft in letzter Zeit.

Das sollte nicht zur Gewohnheit werden.

Margot war gerade auf die gut ausgebaute Bundesstraße hinter Marburg aufgefahren, als ihr Vater sie angerufen hatte. »Magst du nicht noch kurz vorbeikommen?«, hatte er gefragt.

Er saß mit seiner Freundin – oder nannte man das jetzt doch Lebensgefährtin? – in der Wohnung in der Erbacher Straße 8. Margot war lange nicht mehr dort gewesen. Seit ihr Vater vor eineinhalb Jahren seine Zelte bei seiner Jugendliebe Chloe in Amerika aufgeschlagen hatte, war er nicht mehr in Darmstadt gewesen.

Margots Vater hatte seiner Exlebensgefährtin Evelyn mitgeteilt, dass er nicht mehr zurückkommen würde und sie so lange in der gemeinsamen Wohnung bleiben könne, wie sie wollte. Margot hatte Evelyn nie gemocht, aber die Art, wie ihr Vater mit ihr umgesprungen war, konnte sie auch nicht gutheißen. Doch ihr Vater ging stramm auf die achtzig zu. Da entbehrten Worte wie »ich muss auf den, die oder das noch so und so lange Rücksicht nehmen« jeder Grundlage. Und Margot hatte es ihrem Vater gegönnt. Evelyn hatte von Anfang an nicht zu ihm gepasst. Schlimm, wenn das die Kinder zuerst und in voller Klarheit begreifen. Und so hatte Margot Evelyn vor einem halben Jahr geholfen, ihre Sachen zu packen und die Wohnung zu verlassen. Sie hätte nie gedacht, dass sie diese kühle, dominante Frau einmal weinen sehen würde. Aber für Dominanz brauchte es den Gegenpart, dem gegenüber man dominant sein konnte.

Nun, Sebastian Rossberg hatte in den Staaten seine Jugendliebe wiedergetroffen. Und das war nicht die Mutter von Margot gewesen. Aber das war ein anderes Kapitel… Eine Reinigungskraft hatte danach alle zwei Wochen nach dem Rechten geschaut, gelüftet, die Heizungen hoch- und runtergedreht und die Pflanzen gegossen. Seit rund vier Wochen war Sebastian Rossberg nun mit seiner Liebe in Deutschland. Er hatte ihr alle Orte in diesem Land gezeigt, die er selbst liebte. Vom Heidelberger Schloss über die Schlösser des Märchenkönigs in Bayern, bis hin zur Nordseeküste und Warnemünde an der Ostsee.

Und nun hatten sie wohl gerade einen Zwischenstopp in Darmstadt eingelegt.

Natürlich würde sie jetzt noch zu ihnen fahren. Wer oder was erwartete sie auch zu Hause? Margots Vater wohnte gegenüber von drei Kneipen. Das Green Sheep kannte Margot gut. Ebenso wie ihr Vater. Dort hatte sie mit ihm schon den einen oder anderen Whiskey getrunken. Wegen der Kneipen waren die wenigen verfügbaren Parkplätze abends meist alle besetzt. Doch Margot hatte Glück, dass ein Kneipengast gerade seinen Parkplatz vor dem Haus räumte.

Die Wohnung lag im zweiten Stock.

»Hallo, meine Liebe«, sagte ihr Vater, nahm sie in den Arm und wollte sie kaum mehr loslassen.

Chloe drückte sie ebenfalls, als ob sie die verlorene Tochter wäre. Die Dame war älter geworden, seit Margot sie vor eineinhalb Jahren das letzte Mal gesehen hatte. Aber immer noch strahlte sie Wärme und Würde aus.

Margot betrat die Wohnung. Und erkannte sie kaum wieder.

Ein schelmisches Lächeln umspielte die Lippen ihres Vaters. »Du glaubst gar nicht, wie schnell man heutzutage eine Wohnung einrichten kann.«

Evelyn hatte während der Zeit ihrer Regentschaft die Wohnung durch ihren minimalistischen Stil geprägt. Alte Möbel und »Stehrummchen«, wie sie es immer genannt hatte, waren gnadenlos ausgemerzt worden.

»Wir haben ganze Arbeit geleistet, was?«, fragte Sebastian.

Im Wohnzimmer dominierte eine Ledergarnitur, die Margot noch nie gesehen hatte. Daneben stand ein dunkler Wohnzimmerschrank. Darin eine Heimkinoanlage. Margot sah sich um. Okay, auch die Boxen waren vorhanden. Dann ein Flachbildschirm mit einer Diagonale von sicher eins fünfzig. Den Boden zierte ein schöner Teppich.

»Well, organisieren könnt ihr Deutschen«, schmunzelte Chloe.

Eine Viertelstunde später saßen sie auf der Ledergarnitur. Chloe hatte ein Glas Bier vor sich, Sebastian Rossberg, bis auf Tuchfühlung an seine Liebste herangerückt, hatte sich einen Cougar-Whiskey eingeschenkt, Margot eine Cola. Ihr Vater hatte erzählt, dass sie in der vergangenen Woche die Möbel bestellt und die Lieferdienste koordiniert hätten. Und seit zwei Tagen lebten sie nun in der Wohnung, die sie sich gemeinsam eingerichtet hatten.

Margot sah ihren Vater an. Und sie war glücklich in diesem Moment. Glücklich, dass ihr Vater die Liebe seines Lebens gefunden hatte, so kitschig das auch klang, und dass er und seine Frau – ja, vielleicht sollte sie Chloe in Gedanken wirklich so nennen –, dass die beiden jede Sekunde genossen, die sie zusammen verbringen konnten. Dass sie in Darmstadt eine komplette Wohnung eingerichtet hatten, obwohl Chloe drüben, auf der anderen Seite des großen Teichs, ein voll ausgestattetes Haus hatte. Inklusive der JBL-Boxen, die ihr Vater so liebte.

»Wir wollen vorerst hier in Darmstadt bleiben«, sagte Chloe. »Nicks Schwester hilft uns, das Haus drüben zu verkaufen.«

»Und Ihre Boxen?«, fragte Margot, ohne nachzudenken.

»Oh«, sagte Chloe, »morgen musst du diese Anlage hören. Erstaunlich, welchen Klang auch die modernen Systeme zaubern!«

»Aber, Sie haben doch ein ganzes Haus voller – Dinge?«

Chloe schmunzelte. »Wir waren schon mal beim ›Du‹. Seb hat anderthalb Jahre bei mir gewohnt. Jetzt ist es an der Zeit, mein Leben mit ihm hier zu teilen. Ich habe keine Familie mehr. Und er sehnt sich nach seiner, nicht wahr, Seb?«

Sebastian Rossberg nickte und sagte zu Margot nur: »Sie hat recht.« Mit einem Lächeln im Gesicht fuhr er fort: »Rainer hat sich mit mir in Verbindung gesetzt.« Die Leichtigkeit, mit der er über die Einrichtung einer Wohnung gesprochen hatte, war wie weggewischt.

Margot spürte, wie sich in ihrem Innern alles verkrampfte. Sie war kurz davor, mit einer schnippischen Entgegnung darauf zu regieren. Doch dann erinnerte sie sich der Szene am Mittag, bei der sie Doro so brüskiert hatte. Vielleicht sollte sie erst einmal hören, was ihr Vater noch zu sagen hatte.

»Und?«, fragte sie – ein gangbarer Kompromiss zwischen Anschiss und Schweigen. Schließlich war es ihr Vater gewesen, der sie und Rainer letztlich wieder zusammengebracht hatte? Nach Jahren des ewigen Hin und Her, währendessen mal sie, mal er verheiratet gewesen war – allerdings jeweils mit anderen Partnern.

»Er hat mir von eurer Hefebegegnung berichtet.«

Margot schwieg.

»Ach, Margot-Maus, mach es mir doch nicht so schwer!«

Margot hatte keine Ahnung, wovon ihr Vater sprach.

»Ja. Du hattest recht. Offensichtlich passt ihr wirklich nicht zueinander. Nicht, weil einer von euch schlecht wäre, sondern weil eure Charaktere – ach, dumm gelaufen. Entschuldige.«

»Entschuldigen? Was denn?«

»Na, dafür, dass ich … dass ich euch …«

Jetzt erst begriff Margot: Ihr Vater fühlte sich schuldig. Dafür, dass die Ehe mit Rainer schiefgelaufen war.

»Papa. Ich habe dir doch immer unter die Nase gerieben, dass ich ein großes Mädchen bin. Dass ich meine Entscheidungen selbst treffen kann. Und muss. Und will. Und treffe. Und getroffen habe. Also …«

Tränen standen in Sebastian Rossbergs Augen. Und in Margots.

Chloe rettete die Situation. »*Cheers. To wisdom.*«

Sie stießen an.

Sebastian stellte sein Glas ab. Es war leer. Irgendwie wirkte er immer noch nicht befreiter. »Es hat mich noch jemand angerufen.«

»Wer?«, fragte Margot. Aber sie wusste es.

»Doro. Sie leidet am meisten unter dieser ganzen – Scheiße.« Sebastian Rossberg war wahrlich kein Freund von Kraftausdrücken. Aber nun war auch er an der Grenze seiner Ausdrucksfähigkeit angelangt.

Margot wurde verlegen.

»Geh auf sie zu, Margot. Sie hat nur dich. Rainer ist so darin verstrickt, sein Leben nicht zu leben, dass für sie niemand mehr da ist. Außer mir natürlich!«

Margot lachte. »Darauf!«

Sebastian Rossberg hatte auch Margot ein Whiskeyglas hingestellt.

»Ich bleibe bei Cola, bitte.«

Sie stießen an. Dann registrierte Margot, wie Chloe ihren Vater von der Seite ganz sanft in die Rippen stieß.

Der räusperte sich. »Margot, was ich dich eigentlich fragen wollte …« Margot kannte diesen Tonfall ihres Vaters. Gleich würde eine Bombe platzen.

»Ihr habt das Haus doch aufgestockt. Jetzt können drei bis vier Parteien darin wohnen, wenn ihr die Souterrainwohnung nutzt. Also wenn du sie nutzt.«

»Ja«, sagte Margot nur.

»Chloe und ich – wir werden beide nicht jünger. Zweiter Stock Altbau – das ist schon eine Hausnummer für uns. Besonders mit Einkäufen.«

»Und?« Langsam begann sich in Margots Kopf ein Bild zu formen.

Chloe übernahm: »Margot, wir wollten dich fragen – wir würden gern bei dir im Erdgeschoss einziehen.«

»Natürlich gegen Miete«, fügte ihr Vater sofort an.

Margot war sprachlos. Sie saß mit ihrem Vater in der Wohnung, in der sie groß geworden war. In der sie als Familie gewohnt hatten, bis ihre Mutter gestorben war. Und das wollte ihr Vater – »… und dann zieht hier – irgendjemand anderes ein?«

Sebastian Rossberg lächelte. »Nein, nicht irgendwer. Wenn ich, wenn wir hier ausziehen, dann würden Sandra, Steffen und Stefanie hier einziehen. Sie wollen in die Stadt.«

Horndeich? Davon hatte er noch gar nichts erzählt. Und das konnte nur heißen, dass Sebastian das getan hatte, was er am besten konnte: Fäden spinnen. »Davon weiß allerdings Horndeich noch nichts, oder?«

»Nein. Ich habe nur mit Sandra gesprochen. Ihr Mann muss ja die ganze Zeit arbeiten.«

Klang fast wie ein Argument, dachte Margot. »Ich glaube, ich brauche jetzt doch auch einen Cougar«, meinte sie.

Es wurde ein schöner Abend, an dem Sebastian Rossberg zahlreiche Anekdoten aus seinem Leben in den USA erzählte. An dem sie die neue Musikanlage doch noch – dezent – einweihten.

Sebastian Rossberg und seine Chloe zogen sich um halb elf ins Schlafzimmer zurück. Margot wollte nach dem Genuss der Cougars nicht mehr Auto fahren. Sie hatten beschlossen, dass sie das neu gekaufte Gästebett einweihen würde.

Da sie nicht schlafen konnte, recherchierte sie noch ein wenig mit ihrem Tablet-Computer zum Thema Studentenverbindungen. Sie erfuhr, dass es ganz unterschiedliche gab, singende, turnende, christliche. Dass heute nur noch die wenigsten mit Korbschlägern fochten. Sie lernte auch, dass fast alle Bundesbrüder farbige Bänder und Mützen trugen. Und sie las, dass es auch Burschenschaften gab, die man sehr wohl und sehr deutlich dem rechten Spektrum zuordnen durfte.

DIENSTAG, 26. JUNI

Margot wollte nur eine Tasse Kaffee trinken und dann nach Hause fahren, um sich frisch zu machen und saubere Kleidung anzuziehen. Kaffeeduft drang bereits ins Zimmer.

Sie zog sich an und ging in die Küche.

»Guten Morgen«, begrüßte sie Chloe. Sie trug ein sommerliches Kleid, hatte das Haar zu einem kleinen Knoten gebunden und war dezent geschminkt. Außerdem hatte sie bereits den Frühstückstisch gedeckt. In diesem Moment hörte Margot, wie der Schlüssel im Schloss der Wohnungstür umgedreht wurde. Ihr Vater hatte frische Brötchen geholt.

Fünf Minuten später saßen sie um den Esstisch herum. Margot hatte nun doch richtig Hunger und griff beherzt zu.

»Erzähl doch mal, woran ihr gerade arbeitet.«

Chloe legte ihre Hand auf die von Margots Vater. »Wenn deine Tochter darauf antwortet, dann werdet ihr hier sicher noch eine halbe Stunde fachsimpeln. Ihr entschuldigt mich? Dann kümmere ich mich um den Balkon.« Sie erhob sich vom Tisch, hauchte ihrem Sebastian noch einen Kuss auf die Stirn und verließ den Raum.

»Sie liebt den Balkon«, meinte Margots Vater lächelnd. »Der hat sich in zwei Tagen zu einer richtigen grünen Oase entwickelt. Aber jetzt erzähl!«

Margot hatte oft mit ihrem Vater über aktuelle Fälle gesprochen. Er war früher Rechtsanwalt gewesen. Von Zeit zu Zeit hatte er Margot und Horndeich unterstützt – zum einen, weil er so etwas wie ein wandelndes Stadtlexikon war. Und zum anderen, weil er ihnen immer mal wieder mit irgendwelchen alten technischen Geräten ausgeholfen hatte, die so seltsame Dinge wie Super-8-Filme auf Zelluloid abspielen konnten oder Videokassetten, deren Format kein Mensch mehr kannte. Leider war in der Evelyn-Zeit auch sein Technikmuseum entsorgt worden.

Zwar war sich Margot sicher, dass die Frage ihres Vaters auch den Versuch darstellte, wieder näheren Kontakt zu ihr und ihrem Leben zu bekommen, dennoch konnten seine Ideen vielleicht eine neue Perspektive in diesem vertrackten Fall aufzeigen. Sie erzählte ihrem Vater knapp, was der Stand der Dinge war.

»Vier – und alle in derselben Studentenverbindung?«

»Ja.«

»Was für eine?«

»Burschenschaft Ludovica.«

»Ach, das sind alles Ludovicen? Oder waren es?«

»Sagt dir die was?«

»Äh. Ja. Sagt mir was.«

»Wieso? Du hast doch in Frankfurt studiert.«

»Ja.«

Margot konnte sich des Eindrucks nicht erwehren, dass ihr Vater gleich mit einer neuen Überraschung aufwarten würde. »Also?«

»Die Ludovica ist eine befreundete Burschenschaft von den Alberaten in Frankfurt.«

»Und wer sind die Alberaten?«

»Das ist eine fakultativ schlagende Burschenschaft in Frankfurt. Zufällig die, der ich angehöre.«

»Du bist ein Burschenschaftler?«

»Ich bin Burschenschafter, ohne ›l‹. Mit ›l‹, das ist eine Beleidigung.«

»Du hast mit anderen Studenten gefochten?«

»Ja. Ich habe eine Mensur geschlagen.«

»Und wo sind deine Schmisse?«

»Ich habe keinen Schmiss, denn ich war gar nicht schlecht mit dem Korbschläger.«

»Ich glaub's nicht. Du warst bei so einem rechten Verein?«

»Nein. Das waren und das sind sie nicht.«

»Keiner der Vereine, die meinen, dass Österreich besser ein deutsches Bundesland wäre als ein eigenes Land?«

»Margot, was soll das denn? Was hast du denn für ein Weltbild?«

»Na, ich hab mich ein bisschen schlaugemacht. War das nicht der Dachverband ›Deutsche Burschenschaft‹, der wieder einen Ariernachweis für seine Mitglieder einführen wollte?«

»Die ›Deutsche Burschenschaft‹. Ja. Der Verband ist ziemlich rechts, einige der Burschenschaften darin gehören wirklich ganz an den rechten Rand.«

»Aber ihr nicht?«

»Margot, nur weil es rechte Parteien gibt, heißt das doch nicht, dass alle Parteien rechts sind.«

»Hm.«

»Du wirst es nicht glauben, aber als ich in Frankfurt in der Verbindung war und dort zwei Jahre auf dem Verbindungshaus gelebt habe, das war eine Art Unterricht in Basisdemokratie.«

»Das ist jetzt ein Witz, oder?«

»Nein. Das ist kein Witz. Wir haben alle Dinge auf dem Haus in Eigenregie gemanagt, wie man heute sagt. Von der Bierkasse bis zum Putzdienst. War ja keine Putzfrau da, also mussten wir selbst ran. Und wir haben wirklich über jeden Mist abgestimmt. Zu einer Zeit, als sich das ganze Land erst sehr mühsam an die Demokratie gewöhnt hat.«

»Aber ist das nicht eine korrupte Pöstchenschieberei – der Alten Herren untereinander oder gegenüber aktiven Studenten?«

»Ich sehe das nicht anders, als es in jeder Art Verein auch ist: Wen du kennst, zu dem hast du eher Vertrauen. Das ist auch im Kleingartenverein der Fall. Oder im Sportverein.«

»Nur dass es da keine Pöstchen zu schieben gibt.«

»Ich sehe den Wert der Verbindung auf einer ganz anderen Ebene.«

Jetzt war Margot gespannt.

»Hast du dich mal gefragt, warum die Verbindungen die Achtundsechzigerzeit überstanden haben?«

»Nein. Ich habe mich, offen gestanden, mit den Fechtern erst auseinandergesetzt, als wir drei davon tot rumliegen hatten.«

Sebastian Rossberg ignorierte die Spitze. »Mein Vater war ein strenger Mann. Er gab mir die Möglichkeit, zu studieren. Aber er blies mir das Geld nicht – nun, hinten rein. Ich musste mit wenig haushalten. Und da war ich dankbar für das billige Zimmer auf dem Haus. Und für die Kameradschaft meiner Verbindungsbrüder.

Ich musste das Fechten lernen. Und du glaubst gar nicht, wie anstrengend das ist. Es ist Sport – und solange du mit stumpfen Waffen und Schutz kämpfst, ist es genau das und nicht mehr. Dass ich meine Mensur geschlagen habe – man hat mich dazu nicht gezwungen. Ich weiß nicht, ob ich es heute genauso machen würde. Damals hielt ich es für eine gute Idee.«

»Und was hat das jetzt mit den Achtundsechzigern zu tun?«

»Es hat etwas damit zu tun, dass du, wenn du auf so einem Haus wohnst, eines ganz schnell begreifst: Wenn du die Ausgewogenheit zwischen der Leistung des Einzelnen und Gegenleistung der Gemeinschaft angetastet hättest, wäre die Gemeinschaft zerfallen. Oder, um es einfacher zu sagen: Wir waren eine Wohngemeinschaft, als es das Wort noch gar nicht gab. Und wir mussten unser Zusammenleben organisieren. Basisdemokratisch. Und mit der Kasse haushalten. Nun, du weißt, wie zäh solche Prozesse sein können. Und dennoch merkt man dabei, dass es keine Alternative zur Demokratie gibt.«

»Und das haben die Achtundsechziger nicht kapiert? Ich denke, die haben eine ganze Menge aufgedeckt.«

»Sicher. ›Unter den Talaren, Muff von tausend Jahren‹. Das große Verdienst ist sicher, dass das Thema Nationalsozialismus endlich auf den Tisch kam. Aber die Kommune 1 – das war auch nicht unbedingt das Vorzeigemodell einer demokratisch organisierten WG mit Rechten und Pflichten.«

»Und warum nehmt ihr keine Frauen auf? Ich finde das frauenfeindlich.«

»Nein. Wir nehmen keine Frauen auf. So wie der Deutsche Evangelische Frauenbund keine Männer aufnimmt. Ebenso wenig die Soroptimisten oder etwa der Verein Courage. Oder die Damenverbindungen – die es auch schon seit über hundert Jahren gibt. Es spricht meiner Meinung nach überhaupt nichts dagegen, dass es Vereinigungen gibt, bei denen die Geschlechter unter sich sind. Und frauenfeindlich? Ich zumindest wusste immer, mich Frauen gegenüber zu benehmen. Schau, wenn du und Cora Mädelsabend macht – da wollt ihr doch auch keine Männer dabeihaben.«

Mit Cora hat es schon viel zu lange keinen Mädelsabend mehr gegeben, dachte Margot. »Das ist was ganz anderes.«

»Nein. Das sehe ich nicht so.«

Margot wollte das Thema nicht vertiefen. »Und du hast nie überlegt, aus deiner Verbindung auszutreten?«

»Austreten? Wie meinst du das?«

»Na, austreten. Die Mitgliedschaft kündigen.«

»Warum denn? Margot, die Alberaten – das ist ein Lebensbund. Kein Briefmarkensammlerverein. Da tritt man nicht aus. Es ist das Prinzip, dass man ein Leben lang dazugehört.«

»Till Hansen ist ausgetreten.«

»Aus der Ludovica? Wann?«

»Vor sechs Jahren.«

»Nicht freiwillig.«

»Wie meinst du das?«

»Na, wie ich es sage. Du kommst als Student zur Verbindung. Dann wirst du Fuchs. Also Mitglied auf Probe, um es mal so zu formulieren. Und wenn du dann dazupasst und es willst, dann wirst du Bursche. Mitglied. Und das ist eine Entscheidung fürs Leben. Da gab es welche, die nach einem Jahr dann doch gegangen sind. Aber danach? Und als Alter Herr – nun, da hast du wirklich keinen Grund mehr auszutreten.«

»Du musst bezahlen.«

»Ja. Aber das weißt du vorher. Wenn du ein paar Jahre Alter Herr bist und nicht gerade Privatinsolvenz anmeldest, dann trittst du nicht aus. Und wenn du tatsächlich Privatinsolvenz anmeldest, dann hast du Bundesbrüder, die dich unterstützen. Ein Lebensbund eben.«

»Hansen ist aber vor sechs Jahren ausgetreten.«

»Dann ist da was faul.«

»Wie was faul?«

»Richtig faul. Da lohnt das Nachhaken ganz bestimmt.«

Margot hatte Horndeich angerufen und ihm mitgeteilt, was ihr Vater ihr über den Austritt eines Burschenschafters aus der Gemeinschaft erzählt hatte. Sie hatte angekündigt, dass sie etwas später im Präsidium aufschlagen würde, und Horndeich gebeten, schon mal herauszufinden, was es mit Till Hansens Austritt auf sich hatte. Dementsprechend saß er nun wieder mit Ralf Ritter im Verbindungshaus. Ritter hatte tatsächlich gleich Zeit gefunden, mit Horndeich zu sprechen. Diesmal saßen sie in einem anderen Saal im ersten Stock. Ein langer Holztisch in der Mitte nahm den größten Teil des Raumes ein. Ralf Ritter saß – diesmal ohne Sekundanten – am Kopfende des Tisches. »Darf ich fragen, was Sie noch von mir wissen wollen?«

»Herr Ritter, Sie sind nicht nur irgendein Alter Herr, sondern Sie sind seit fast zehn Jahren im Vorstand des Vereins der Alten Herren der Ludovica, nicht wahr?«

»Ja. Warum? Das ist doch kein Geheimnis.«

»Damit sind Sie auch mit Eintritten und Austritten befasst, die die Ludovica betreffen.«

»Ja. Aber worauf wollen Sie hinaus?«

Das wirst du gleich erfahren, dachte Horndeich. Ihm war dieser Mann nicht sehr sympathisch. Genauso wie die Vorstellung, in so einem Verein Mitglied zu sein. Außerdem fand er es nicht lustig, dass Margot ihn hier allein mit diesem Alten Herrn reden ließ. »Wie viele Alte Herren hat die Ludovica derzeit?«

»Da müsste ich nachschauen. Ich denke, so um die zweihundertfünfzig. Warum fragen Sie mich das?«

Horndeich sah sich im Raum um. An zwei Wänden hingen lauter Schwarz-Weiß-Porträts von Männern, gerahmt, etwa in der Größe eines Taschenbuchs. Horndeich machte eine ausladende Armbewegung. »Die gehören alle zu Ihrem Club?«

»Ja, das sind alle Bundesbrüder unserer Verbindung – auch die Verstorbenen.«

»Eine ganze Menge.«

»Ja. Es sind heute genau siebenhundertachtundvierzig.«

»Und jedes neue Mitglied – sorry, ich meine, jeden neuen Bundesbruder verewigen Sie dort?«

»Ja. Auf der Rückseite steht das Datum, an dem er eingetreten ist. Und bei den Verstorbenen, da steht dann auch das Sterbedatum.«

»Wie nennt sich solch ein Raum? Ahnengalerie?«

»Nein. Das hier ist das Conventszimmer, weil hier normalerweise die Convente der Aktivitas abgehalten werden.«

»Bier trinken?«

»Um in Ihrer Sprache zu sprechen: Der Convent ist die Mitgliederversammlung, auf der basisdemokratisch Entscheidungen getroffen werden.«

Horndeich ließ den Blick über die Wände wandern, vom ersten Bild bis zum letzten. »Kann ich eigentlich auch bei Ihnen Mitglied werden?«

Horndeich erwartete eigentlich ein klares Nein, doch Ritter überraschte ihn mit einem »Haben Sie studiert?«.

Natürlich hatte Horndeich auf der Polizeihochschule studiert, sonst wäre er jetzt nicht Hauptkommissar bei der Kripo. »Ja. Habe ich.«

»Nun, wenn Sie sich den Statuten der Ludovica verpflichtet fühlen, wenn Sie sich verpflichten, den Comment einzuhalten – also unser Regelbuch der Verbindung –, dann könnten wir Sie durchaus in den Bund der Ludovicen aufnehmen.«

»Und dann?«

»Wie – und dann?«

»Was wäre die Konsequenz?«

»Nun – monetär würden Sie im Jahr dreihundertfünfzig Euro bezahlen –, das ist es doch, was Sie wissen wollen, oder?«

»Ja. Natürlich muss ich löhnen. Aber was wäre – nun, formulieren wir es ganz deutlich: Was würde ich dafür bekommen?«

»Bekommen? Sie wären Teil einer Gemeinschaft, die sich Verbundenheit für das ganze Leben geschworen hat.«

»Geschworen?«

»Ja. Bei uns gilt der Schwur.«

»Ich schwöre, dem Bund … – nun, was würde ich eigentlich schwören?«

»Sie schwören, für den Rest Ihres Lebens ein Teil dieses Bundes zu sein, den Comment einzuhalten, die Mitglieder zu respektieren, zu unterstützen und den Bund nach außen hin positiv zu repräsentieren.«

»Und das hat jeder geschworen?«

Ritter zögerte keine Sekunde. »Ja. Das hat jeder geschworen.«

»Auch Till Hansen?«

»Ja, natürlich.«

»Und warum ist er dann nicht mehr bei Ihnen?«

»Er ist ausgetreten.«

»Ausgetreten?«

»Ja.« Ritters Stimmlage allein machte deutlich, dass er alles andere als begeistert von dem Thema war.

»Er hat den Bettel hingeworfen. Hatte keinen Bock mehr auf Lebensbund, Comment und Co.?«

»Ja, wenn Sie es so nennen wollen.«

»Gibt es viele, die austreten? Denen das Lebensbundprinzip von einem auf den anderen Tag völlig egal ist, die nur noch rauswollen, koste es, was es wolle?«

Ritter biss die Zähne zusammen. Daher zischte er mehr, als er sprach: »Nein. Gibt es nicht.«

Horndeichs Blick schweifte wieder über die Bildergalerie.

»Wenn jemand austritt – was passiert dann mit seinem Bild? Wird dann das Austrittsdatum vermerkt?«

»Nein. Wenn jemand tatsächlich austritt, dann wird das Bild abgenommen.«

»Verstehe ich das richtig? Wenn jemand geht, der schon ein paar Jahre dabei ist, dann haben die Füchse eine Nachmittagsaufgabe: Ein Bild fehlt, und alle anderen Bilder müssen eine Position zurückrücken. Und der Letzte reißt den Nagel raus – sozusagen? Denn ich sehe nirgendwo eine Lücke.«

»Ja. Genau so ist es. Die Füchse rücken die Bilder zurecht.«

Das Bild, sie rücken das Bild zurecht, dachte Horndeich. »Okay. Was war los?«

»Was war wie los?«

»Herr Ritter, hören wir auf mit den Spielchen. Drei Ihrer Alten Herren sind tot. Der vierte im Bunde ist nicht aufzufinden. Und einer von den vieren hat den Club verlassen. Ich möchte wissen, warum.«

Ritter schwieg.

Horndeich legte nach. »Wenn ich das eben richtig verstanden habe, dann geht man nicht einfach so. Man hat Treue geschworen. Und verständlicherweise haben weder die Füchse noch die Alten Herren große Lust, jeden zweiten Tag die Ahnengalerie auf den neuesten Stand zu bringen.«

Ritter schaute auf den Tisch. Zögerte. Blinzelte. Und sagte dann: »Ja. Da war was.«

»Und was?«

Wieder zögerte Ritter. War wohl nicht einfach für ihn. Offenbar erschütterte so ein Austritt auch das Weltbild. Zumindest ein bisschen. »Hansen ist nicht freiwillig gegangen.«

Horndeich wurde hellhörig. »Sie meinen, er wurde gegangen? Er wurde genötigt, den Lebensbund aufzukündigen?«

»Nein. Ja. Ich weiß es nicht.«

»Also, was wissen Sie?«

Dass Ritter nicht anfing, an seinen Fingernägeln zu knabbern, war alles. »Ja, jemand legte ihm nahe, zu gehen.«

»Wer?«

»Philipp Kaufmann.«

»Wie? Einer von der Viererbande? *Der* Philipp Kaufmann?«

»Ja. *Der* Philipp Kaufmann.«

»Und warum?«

»Keine Ahnung. Die Sitzungen des Ehrenrates sind nicht öffentlich.«

»Was heißt das denn jetzt schon wieder?«

Ralf Ritter sank förmlich in sich zusammen. »Kaffee? Bier? Schnaps? Ich könnte jetzt einen vertragen.«

Horndeich schüttelte nur den Kopf.

Ritter sprach weiter. »Es war im Sommer 2006. Im Juni. An dem Wochenende, an dem die Fußball-WM losging. Till und die anderen drei fuhren nach Heidelberg. Privat.«

»Was ist dort passiert?«

»Ich weiß es nicht.«

»Aber …?«

»Nach dieser Reise – sie waren nicht mehr dieselben. Till und Philipp – nun, unter Mädchen würde man wohl sagen, sie haben sich angezickt. Und auch Emil und Richard – irgendetwas hatte das Quartett gespalten. Vor allem Till und Philipp haben in der Öffentlichkeit nur mühsam die Contenance bewahrt. Und im Juli, bei der Kneipe – nun, da eskalierte der Streit. Die beiden haben sich geprügelt. Coram publico, vor allen anderen. Sie haben richtig heftig aufeinander eingeschlagen. Ein paar der Aktivitas haben sie getrennt. Sie haben sich angeschrien. Und dann forderte Till Philipp zu einer Persönlichen Contrahage auf. Er hat in die Innentasche seines Jacketts gegriffen, eine Visitenkarte herausgenommen, sie eingerissen und Philipp übergeben.«

»Contrahage? Visitenkarte? Verstehe ich nicht.«

»Wenn Sie als Burschenschafter von einem anderen Mitglied einer schlagenden Studentenverbindung beleidigt werden, können Sie das ausfechten, im wahrsten Sinne des Wortes. Aber das hat hier keinen Sinn gemacht.«

»Warum nicht? Schlagen sich Verbindungsbrüder nicht gern?«

»Herr Horndeich – wenn Sie wissen wollen, was passiert ist, dann sollten Sie Ihre Vorurteile und Spitzen für die nächste Viertelstunde einfach mal im Schrank lassen.«

Der Mann hatte recht. Horndeich war nicht objektiv. Vielleicht sollte er sich wirklich ein bisschen zusammenreißen. Auch wenn Ritter ihm nicht sympathisch war, konnte er schließlich nichts dafür, dass Horndeich sich von Margot im Stich gelassen fühlte. »Okay. Warum hat es keinen Sinn gemacht?«

»Ganz einfach. Erstens übergibt man niemals – ich betone: *niemals* – ein eingerissenes Kärtchen an einen Bundesbruder. Wenn es interne Konflikte gibt, dann löst man sie intern. Innerhalb der Burschenschaft gibt es keine Persönlichen Contrahagen. Im schlimmsten Fall wird der Ehrenrat angerufen.«

»Was ist denn das schon wieder?«

»Betrachten Sie ihn als ein höchst demokratisches Gremium, in dem interne Konflikte beigelegt werden. Ohne Waffen. Nur mit Worten. Und nach einer solchen Schlichtung – nun, dann sind die Differenzen ausgestanden. Ohne schlechten Nachgeschmack.«

»Okay, und diesen Ehrenrat, den haben die beiden nicht angerufen?«

»Nein, zunächst nicht. Aber Till – nun, er tat sich keinen Gefallen mit dieser Aufforderung. Denn Philipp war einfach ein verdammt guter Fechter. Der beste, den die Ludovica je hatte. Till hätte keine Chance gehabt. Heute sind Mensuren reglementiert, und Sie können sich kaum ernstlich verletzen. Aber eine persönliche Contrahage – Till musste gewusst haben, dass ihn das Blut kosten würde.«

»Ich denke, Ihre Verbindung ist nicht schlagend?«

»Nein, sie ist freischlagend. Das heißt, niemand muss das Fechten lernen. Aber wer will, der kann. Wir haben keinen Paukboden – also keinen Fechtübungsraum. Aber wir haben eine Kooperation mit den Rugen in der Wiener Straße. Die sind fakultativ schlagend. Das heißt, bei denen muss man das

Fechten lernen, auch wenn man keine Mensur mit scharfen Waffen ficht.«

»Und Philipp Kaufmann – er hat das Fechten gelernt?«

»Aber hallo. Er war eine Legende. Till hat es auch gelernt. Aber nie eine Mensur gefochten. Emil und Richard, die haben das Fechten nicht gelernt – wie inzwischen die meisten von uns. Aber Philipp – der hat keine Gelegenheit zu fechten ausgelassen.«

»Gegen wen denn? Ich meine, wenn alle anderen nicht fechten?«

»Er hat gegen Studenten aus anderen Verbindungen gefochten. Also wenn man *will*, dann *kann* man fechten. Es werden Mensuren verabredet. Aber man kann sich auch von jedem in seiner Ehre angegriffen fühlen – und dann …«

Horndeich rieb sich die Augen. Das alles war eine fremde Welt für ihn. »Philipp Kaufmann hat also viel gefochten?«

»Ja. Er war als Student regelrecht fechtgeil. Anders kann man das nicht sagen. Ich habe es nie verstanden. Philipp, er war ein sehr sozialer Mensch. Er trat immer für die ein, die schwächer waren. Er war der, der sagte – auch wenn es keiner mehr hören wollte: Seht doch auch die andere Perspektive. Er war unglaublich verständnisvoll. Das meine ich nicht abwertend, überhaupt nicht. Er hat die Menschen und das, was sie antreibt, wirklich verstanden. Wie oft habe ich gestaunt, wenn er sagte, seht das doch mal so und so. Aber dann – dann war da diese andere Seite an ihm. Und die hat gefochten, als ob es um sein Leben ginge.«

»Wie meinen Sie das?«

»Ich weiß nicht, ob Sie so einen Schläger zum Fechten schon mal in der Hand hatten. Der wiegt fast ein Dreiviertelkilo.«

Das konnte sich Horndeich durchaus vorstellen.

»Philipp hat trainiert, jeden Tag zwei Stunden, Semester hin oder her. Und er hat, glaube ich, an die zwanzig Mensuren gefochten. Scharfe Mensuren. Er war schlimmer als jeder Korpsstudent des neunzehnten Jahrhunderts. Ich habe das nie unter einen Hut bekommen, diese Fechtsucht auf der einen und sein eher zartes Gemüt auf der anderen Seite. Er war wie besessen – so hat das auf mich gewirkt.«

»Sie waren schon mal dabei, als er gefochten hat?«

»Ja. Öfters. Als sein Sekundant.«

»Und dann hat Philipp Till beim Fechten verletzt – und daraufhin ist der ausgetreten.«

»Nein. Philipp hat nicht mit Till gefochten. Er hat den Ehrenrat angerufen. Und darauf bestanden, dass auch Emil und Richard mitgingen. Die hingen da auch irgendwie mit drin.«

»Und was passierte da?«

»Ich weiß es nicht. Was dort verhandelt wird, dringt nicht nach außen.«

»Gibt es jemanden, der uns sagen kann, was da passiert ist?«

»Gereon Fichter. Er war damals der Vorsitzende des Ehrenrates.«

Ihr Vater in ihrem Haus? Mit Chloe? Ob das eine gute Idee war?

Die ganze Zeit hatte Margot darüber nachgedacht. Als sich abgezeichnet hatte, dass das Frühstück doch noch etwas länger dauern könnte, hatte sie Horndeich mitgeteilt, dass sie etwas später ins Präsidium kommen würde. Schließlich war sie am vergangenen Wochenende unterwegs gewesen, um zu ermitteln, auch wenn sie das kaum auf die Überstundenliste setzen konnte.

Nach dem Frühstück war sie nach Hause gefahren, hatte geduscht, sich saubere Kleidung angezogen. Als sie wenig später gerade das Präsidium betrat, hörte sie das Geräusch eines mit einem Plopp abspringenden Kronenkorkens aus ihrer Tasche. In einem Anfall von Humor hatte ihr Doro vor einigen Wochen diesen Signalton für eingehende SMS eingestellt. Es war weniger der Gag des Geräusches, der sie diesen Ton hatte behalten lassen, als vielmehr die Erinnerung an den völlig unbeschwerten Abend.

Margot hatte das Handy in der Erwartung aus der Tasche genommen, dass die SMS von Horndeich stammte.

Aber der Absender war ein anderer. Sie traute ihren Augen kaum: Die SMS war von Rainer. Trotz ihres Widerwillens siegte die Neugier. Sie öffnete die Nachricht. *Muss mit dir reden. Wann? Wo? Rainer.*

Sie schloss die Nachricht. Ließ das Handy wieder in die Tasche gleiten. Stieg die Treppe hinauf. Was in aller Welt sollte das?

Als sie sich an ihren Schreibtisch setzte, spürte sie ein Stechen im Magen. Ihr wurde übel. Dann klingelte das Telefon. Horndeich war dran. »Ja, hallo?«, meldete sie sich.

»Margot?«

»Ja. Klar. Wer sonst.« Wieder ein Stich.

»Ich war eben bei den Ludovicen. Und du hattest recht. Der Austritt von Hansen war höchst dramatisch.«

»Okay.«

»Ich gehe jetzt noch zu einem anderen Alten Herrn der Ludovicen, vielleicht erfahre ich noch ein paar Details.«

»Gut.« Margot konnte ein leichtes Stöhnen nicht unterdrücken.

»Ist alles in Ordnung?«

Nichts war in Ordnung. »Ja, klar, warum?«

»Du – du klingst so komisch.«

»Nein, alles okay.« Das Stechen ebbte langsam ab. Endlich. Aber die Übelkeit blieb.

»Gut. Kannst du etwas checken? Unsere vier waren wohl am zweiten Wochenende im Juni 2006 in Heidelberg. Vielleicht haben die Kollegen dort ja was in den Akten, was das komische Verhalten der vier danach erklären könnte.«

»Ja. Mach ich.«

»Gut. Bis gleich – ist wirklich alles in Ordnung?«

»Jaja. Ich kümmere mich um Heidelberg. Bis gleich.« Margot stand auf und ging zur Toilette. Sie schaffte es gerade noch rechtzeitig, bevor das Frühstück sich endgültig entschlossen hatte, den Rückweg anzutreten.

Fünf Minuten später saß sie wieder an ihrem Schreibtisch.

Sie suchte die Nummer des Heidelberger Polizeireviers heraus. Kriminalinspektion Heidelberg. Kommissariat K1: Vermisste, Todesermittlungen, Gewalt gegen Frauen und Sexualdelikte. Der Kollege auf Augenhöhe war Polizeihauptkommissar Frank Fischer. Sie wählte die Durchwahl.

»Kriminalinspektion Heidelberg. Kommissariat K1, Fischer. Ja, bitte?«

»Guten Tag, Kollege. Hier spricht Margot Hesgart. Polizeipräsidium Südhessen in Darmstadt. Ich hätte da eine Frage.«

»Kollegin Hesgart, was kann ich für Sie tun?«

Margot schilderte knapp den aktuellen Fall. »Die drei Toten und ein vierter Verbindungsbruder, die waren am zweiten Juniwochenende 2006 in Heidelberg. Das war das Wochenende, an dem die Fußball-WM begann. Es gibt Hinweise darauf, dass dort etwas vorgefallen sein könnte, was die Truppe aufgemischt hat. Gab es damals Straftaten, die noch nicht aufgeklärt worden sind? Wahrscheinlich mit vier männlichen Beteiligten. Als Opfer, als Täter oder vielleicht auch einen Streit der vier untereinander.«

»Geben Sie mir ein paar Minuten, ich werde mal unser Archiv befragen. Ich rufe Sie gleich zurück.«

Margot bedankte sich und legte auf.

Nach kaum fünf Minuten meldete sich Fischer wieder bei ihr.

»Ich glaube, Sie haben ins Schwarze getroffen, Frau Hesgart. Wir haben hier einen Cold Case, einen alten Fall, der nach wie vor offen ist.«

Fischers Worte verdrängten alle Gedanken an Rainer, die Margot in den vergangenen Minuten beschäftigt hatten. »Ich höre.«

»Die kurze Zusammenfassung: Am Samstagabend an diesem Wochenende ist eine junge Frau fast vergewaltigt worden. Sie jobbte in einer Kneipe in der Altstadt. Dort wurde gerade das Spiel Argentinien gegen die Elfenbeinküste übertragen. Als sie im Hinterhof Abfall wegkippen wollte, wurde sie von drei Männern angegriffen. Zwei hielten sie fest, pressten sie mit dem Bauch an die Wand. Einer machte sich an ihrem Rock zu schaffen. Sekunden später kam ein vierter hinzu. Der hat die anderen drei wohl davon abgehalten weiterzumachen. Alle vier konnten entkommen.«

»Hat die Frau jemanden erkannt?«

»Ja. Einen. Und sie hat gesagt, dass alle vier farbige Bänder um den Oberkörper trugen, solche Schärpen. Genaues hat sie nicht gesehen. Sie meinte nur, an einem der Bänder eine Medaille mit einem Löwen drauf erkannt zu haben. Alles sehr vage. Aber so ein Band – das ist ja typisch für Verbindungsstudenten.«

»Wie weit sind Sie in dem Fall gekommen?«

»Wir hatten ein Phantombild von dem einen, den das Opfer gesehen hatte. Das haben wir auch auf unserer Homepage veröffentlicht. Und wir haben alle Verbindungen abgeklappert, die solche Bänder tragen. Ohne Erfolg.«

»Können Sie mir das Phantombild schicken?«

»Ja. Ich schiebe Ihnen mal alles rüber, was wir so an digitaler Ablage haben. Von dem Papierkram scanne ich die wichtigen Dinge ein. Kann etwas dauern, wir haben jetzt gleich noch drei Zeugenvernehmungen. Vier Täter – das wär ja was, wenn wir das jetzt doch noch lösen würden.«

Fichter wohnte in einer großen Altbauwohnung im Johannesviertel. Aus dem Fenster des Wohnzimmers konnte man auf die Johanneskirche sehen. Horndeich hatte auf dem Haus der Ludovicen erfahren, dass Fichter Lehrer gewesen war, aber bereits zehn Jahre zuvor pensioniert worden war.

Fichters Frau hatte Kaffee gekocht, ein paar Kekse auf den Esstisch gestellt – und sich dann dezent zurückgezogen.

»Mathe, Deutsch und Altgriechisch, das waren meine Fächer«, sagte der ältere Herr. Er trug einen perfekt sitzenden Anzug und ein Tuch um den Hals. Auf Horndeich wirkte er wie ein Diplomat. »Am LGG. Gut, dass es wenigstens noch eine Schule gibt, an der man diese wichtige Sprache unterrichtet.«

»Herr Fichter, Sie waren im Ehrenrat der Ludovica«, begann Horndeich den offiziellen Teil der Befragung.

»Ja, Ralf hat mich schon informiert, dass Sie Dinge wissen möchten, über die ich nicht reden kann.«

Horndeich wusste, dass er hier nur mit Verständnis weiterkam. »Ja. Das weiß ich. Ich möchte Sie aber bitten, die Umstände zu betrachten und dann abzuwägen, ob Sie mir nicht vielleicht doch helfen können.«

»Lassen Sie hören.«

»Till Hansen ist tot. Er wurde ermordet. Emil Sacher ist tot, auch er wurde ermordet. Richard Wölzer ist tot – ob ermordet oder nicht, ist nicht ganz klar. Sicher ist, dass allen dreien nach ihrem Tod Wunden zugefügt worden sind. Es handelt sich offenbar um denselben Täter. Die Ludovica ist das verbindende Element in diesen Fällen. Und Philipp Kaufmann, der Vierte im Bunde, ist verschwunden. Wir möchten, dass der Mörder von Hansen und Sacher gefunden wird und der, der alle nach ihrem Tod noch gedemütigt hat.«

Horndeich musste nicht weitersprechen, er war sicher, dass Fichter über die Umstände von Sachers Tod informiert war. Doch der Alte Herr sagte nichts.

»Ich weiß von dem Eklat im Juli 2006. Da gab es einen Konflikt. Und der Ehrenrat wurde angerufen. Ich muss wissen, was da passiert ist.«

Fichter seufzte. »Ich kann Ihnen nicht viel sagen.«

Horndeich wollte schon einen Einwand vorbringen, doch Fichter sah ihn direkt an und hob die Hand. »Nicht, weil ich Ihnen nicht helfen will, sondern weil ich Ihnen nicht viel sagen kann, weil damals nicht viel gesprochen wurde.«

»Wie darf ich das verstehen?«

»Wie ich es Ihnen sage. Der Ausschuss besteht aus drei gewählten Personen. Er setzt sich immer aus zwei Alten Herren zusammen, die nicht mehr im Berufsleben stehen, und einer Person, die auch aus der Aktivitas stammen kann. Nun, bei uns war der Dritte auch ein Alter Herr, aber einer von den jüngeren. Die Namen tun nichts zur Sache.

Der Ausschuss tagte im Conventszimmer, in dem Sie heute mit Ralf Ritter gesprochen haben. Wir vom Ehrenrat saßen damals am einen Ende des Tisches, die vier auf der anderen Seite: Till und Philipp uns gegenüber an der Stirnseite des Tisches, neben ihnen, jeweils an der Längsseite, Emil und Richard. Wir forderten zunächst Till auf, uns den Sachverhalt aus seiner Perspektive zu berichten, er hatte ja eine Persönliche Contrahage gefordert. Doch Till schwieg. Wir fragten Philipp – er hatte schließlich den Ehrenrat angerufen. Aber auch er sagte nichts. Es war ziemlich seltsam. Richard wollte etwas sagen, doch ein Blick von Till brachte ihn zum Schweigen. Und auch Emil sagte nichts. So saßen wir für drei Minuten schweigend am Tisch. Zwischen den vieren wurden nur Gesten und Blicke ausgetauscht. Und das war's. Ich bin ein geduldiger Mensch, aber das war einfach nur ein großes Theater. Ich setzte gerade dazu an, laut zu werden, an die Ehre zu appellieren, daran, dass ein Ehrenrat kein Kindergarten ist, als Philipp aufstand und auf Till hinabsah. Er bat um das Wort. Ich gewährte es ihm. Er sagte nur zu Till: ›Es ist besser, du gehst. Aus diesem Raum, aus diesem Haus, aus unserem Leben. Oder ich sehe mich gezwungen zu reden.‹«

Fichter machte eine Pause.

»Was hat er damit gemeint?«

»Das habe ich ihn in den vergangenen Jahren mindestens viermal gefragt. Auch Emil und Richard habe ich gefragt. Aber keiner hat etwas gesagt.«

»Und Till Hansen?«

»Till Hansen stand auf, nachdem Philipp sich wieder gesetzt hatte. Dann ging er zu der Wand, an der die Bilder hängen. Er nahm das seine ab, warf es auf den Boden, trat darauf. Dann sagte er: ›Okay, du Arschloch. Ich bin kein Ludovice mehr.‹ Dann verließ er das Haus. Und seitdem hat ihn keiner mehr hier in Darmstadt gesehen. Wenn einer der Bundesbrüder ihn anrief – und das waren einige –, dann ließ er sich verleugnen oder er legte einfach auf, sobald er erkannte, dass einer der unseren dran war.«

Fichter trank einen Schluck Kaffee. Sagte nichts.

»Gehe ich recht in der Annahme, dass solch ein Verhalten nicht häufig vorkommt?«

»So etwas kommt *nie* vor. Ich hätte es überhaupt nicht für möglich gehalten! Niemals. Ich verstehe es bis heute nicht, und ich werde es niemals verstehen.«

Als Horndeich wenig später am Tisch im Präsidium saß, berichtete ihm Margot über das, was sie erfahren hatte. »Das alles würde ja unterm Strich Sinn ergeben: Die vier fahren nach Heidelberg – warum auch immer –, lassen dort die Sau raus. Die Burschis sind ja hart im Nehmen. Lassen sich volllaufen und krallen sich dann die Bedienung auf dem Hof.«

»Drei, wie gesagt.«

»Okay. Und einer kommt dann dazu und beendet den Spuk. Vielleicht Wölzer? Der scheint mir noch der Zartfühlendste zu sein.«

»Aber was war das dann zwischen Philipp Kaufmann und Till Hansen?«

»Keine Ahnung.«

Ein Piepton verkündete eine E-Mail an Margot. Sie sah kurz in Richtung Bildschirm. »Ah, Fischer meldet sich.«

Margot rollte vor die Tastatur, griff zur Maus, klickte. »Er hat uns das Phantombild zugeschickt.«

Margot öffnete die entsprechende Datei. Sah auf den Bildschirm. Dann auf die weiße Tafel. Wieder auf den Monitor. »Treffer?«, fragte sie.

Horndeich trat hinter sie. Auch sein Blick wechselte kurz zwischen Monitor und Tafel. »Wenn das einer von unseren Jungs ist, dann Philipp Kaufmann. Eine gewisse Ähnlichkeit besteht. Aber ob er das wirklich ist …?«

»Gehen wir für einen Moment mal davon aus.«

»Okay. Hansen, Kaufmann und Sacher wollen im Hinterhof die Frau vergewaltigen. Unser Fechtkönig Kaufmann ist der Hengst, die beiden anderen halten die Frau fest. Dann kommt Richard Wölzer dazu. Hindert sie daran. Alle vier hauen ab.

Klar, dass sie damit vor ihren Bundesbrüdern nicht prahlen. Jahre später muss Kaufmann aus irgendeinem Grund fürchten, dass Wölzer ihn doch verpfeift. Also bringt er ihn um. Natürlich erfahren das die beiden anderen, Hansen und Sacher. Und die wissen auch, wer Wölzer auf dem Gewissen hat. Also müssen auch sie dran glauben.«

»Und warum verschwinden Hansen und Sacher für zwei Wochen?«

»Keine Ahnung.«

»Und warum diese Verstümmelungen post mortem?«

»Auch keine Ahnung.«

»Auf jeden Fall haben wir jetzt eine Erklärung, warum Philipp Kaufmann sich abgesetzt hat. Er hat Angst, dass wir ihn hochnehmen.«

»Es scheint, als bewegten wir uns in die richtige Richtung.«

»Okay, ich gebe Kaufmann in die bundesweite Fahndung, als Verdächtigen.«

Horndeichs Handy klingelte. Er ging dran. »Ja, Herr Schurgbaum?«

Der Mann am anderen Ende der Leitung sprach schnell und laut, sodass auch Margot fast alles verstehen konnte. Offenbar war da jemand aus der Werkstatt am Apparat, in der Horndeichs Wagen gerade stand. »Herr Horndeich, Sie wissen doch, wie das bei mir ist: Ich will die Wagen so schnell wie möglich runter haben vom Hof«, hörte Margot.

Horndeich sah auf die Uhr. »Alles klar, ich komme sofort vorbei.«

»Sehen Sie, Chef, das mag ich so an Ihnen: Sie verstehen, was ich meine.«

Horndeich beendete das Gespräch. Dann sagte er zu Margot: »Ich hole eben meinen Wagen ab.«

»Ist gut, und ich sichte schon mal, was uns Fischer aus Heidelberg so geschickt hat.«

Die Werkstatt befand sich in der Heidelberger Straße an der Ecke zur Eschollbrücker Straße. Unverfehlbar, denn die Werkstatt lag direkt zu Füßen des vor wenigen Jahren renovierten Hochhauses, in dem jetzt Studenten eine Bleibe fanden. Von außen war das Gebäude in einer selten hässlichen Kombination aus Rosa und Orange gestrichen worden. Das wurde in Darmstadt nur noch von dem Haus in der Erbacher Straße schräg gegenüber vom Green Sheep getoppt. Das war in Kadmiumgrün gestrichen. Horndeich fragte sich, ob man in solchen Fällen als Nachbar auf Schmerzensgeld klagen konnte.

Er betrat das Werkstattbüro. Das war in einem runden Bau untergebracht, mit Oberlicht – so gar nicht das Ambiente einer Schrauberwerkstatt.

»Ha, der Herr Horndeich«, begrüßte ihn Frau Schurgbaum. »Der Bodo – er hat Ihren Wagen wieder fit gekriegt. War nicht einfach, eine Benzinpumpe zu bekommen. Aber in Hamburg, da war einer, der hatte sogar noch eine ganz neue. Das sollte jetzt also das letzte Teil sein, das in Ihrem Wagen kaputtgehen wird.«

Die Frau strahlte ihn an. Bodo Schurgbaum hatte ihm erzählt, dass er selbst mal einen Mercedes W111 Kombi gefahren hatte. »Gefühlt mehr Platz als in einem Omega«, hatte er gesagt. In dem Moment betrat der Mechanikermeister selbst den Büroraum. Seine Stirn war von Furchen durchzogen. Zeichen dafür, dass wieder irgendwas nicht so klappte, wie es sollte.

»Hallo, Herr Horndeich«, grummelte er, trat zu seiner Frau, grummelte weiter: »Ich brauch das Telefon.«

Seine Frau rollte mit dem Stuhl ein Stück nach hinten. Sie blinzelte Horndeich zu, dann warf sie ihm einen vielsagenden Blick zu: Jetzt besser nicht ansprechen …

Bodo Schurgbaum wählte eine Nummer. Dann blaffte er in die Sprechmuschel: »Wischerblätter für den Golf III, habe ich gesagt. Nicht für den Golf VI. Könnt ihr nicht rechnen? Die Hälfte vom Golf VI. Wenn ich dir nur die Hälfte bezahle, dann merkst du das ja auch!« Bodo Schurgbaum rollte mit den Augen. Er legte die Fingerpistole an die Sprechmuschel und zog dreimal durch. »Ja. Aber ein bisschen dalli. Dalli Dalli – ja, genau, dann ist das spitze!«

Er ließ den Hörer auf die Gabel fallen.

»Mann-Mann-Mann. Lesen, Schreiben und die Grundrechenarten – mehr muss man im Büro doch gar nicht können …«, sagte Bodo Schurgbaum zu niemand Bestimmtem.

Er ging um den Schreibtisch herum. »Herr Horndeich, ich bräuchte mehr Kunden wie Sie. Ich ruf Sie an, und eine halbe Stunde später holen Sie Ihren Wagen ab. Ich hab manchmal den Eindruck, einige Kunden entgehen dem Darmstädter Parkplatzchaos dadurch, dass sie ihre Wagen einfach bei mir zwischenlagern. Als ob die ihre Autos nicht zurückhaben wollen.«

Was sollte Horndeich dazu sagen. Er war froh, dass er seinen Benz schnell wiederbekam.

»Kommen Sie mit«, sagte Bodo Schurgbaum.

Horndeich folgte ihm quer über den Hof.

»Ihr Wagen steht hinten. Vorn, da stehen die Wagen, die da eigentlich nicht mehr stehen sollten. Ich sag Ihnen, immer schnell, schnell, schnell, am besten vorgestern soll die Karre fertig sein. Und dann – dann kommen die einfach nicht bei, um ihr Blech abzuholen.«

Bodo Schurgbaum zeigte auf einen schwarzen Chrysler Crossfire. »Die hat um Stunden gefeilscht. Am Donnerstag. Seit Freitag steht der Wagen hier. Und dann ruft sie vor einer halben Stunde an, sie hätte einen wichtigen Termin. In München. Also manchmal, manchmal …«

Sie kamen zu Horndeichs Benz. Als ob der Anblick des Wagens einen Schalter betätigt hätte, erhellte ein Lächeln Schurgbaums Gesicht. »Das ist ein schönes Stück. Wirklich. Da werden Sie noch viele Jahre Freude dran haben. TÜV ist da echt kein Problem für die nächsten Jahre. Und die Pumpe – ich hätt auch in Heidelberg eine bekommen können. Wiederaufgearbeitet. Aber genauso teuer wie die, die ich jetzt eingebaut habe. Hamburg. Der Kollege hat eine Werkstatt vom Großvater übernommen. Und einige Schätze in den Regalen gefunden. Hab gleich dazu günstig zwei Scheinwerfer geschossen – man weiß ja nie.«

Horndeichs Blick fiel auf die beiden Wagen, die hinter seinem Benz standen. Ein roter Golf III mit glänzendem Lack. Und ein Rover 75 Tourer. Metallicrot.

»Sagen Sie, der Rover …«

»Lichtmaschine. Auch so ein Vogel, der Besitzer. Kam am Freitagmorgen zu mir, weil auf der Fahrt zur Schule das Batterielämpchen aufgeleuchtet hat. Lichtmaschine kaputt. Mann, ich habe es tatsächlich geschafft, am selben Tag eine Lichtmaschine für diesen Exoten aufzutreiben. Ja, wie immer schnell, schnell, ganz schnell. Und jetzt – jetzt telefoniere ich dem Typen seit Freitagmittag hinterher. Samstag dreimal, gestern noch mal. Und heute früh auch schon einmal. Immer die Handy-Mailbox. Glauben Sie, der Typ würde auch nur einmal zurückrufen? Also manchmal, manchmal …!«

Horndeich erinnerte sich nicht an das Kennzeichen des Wagens. Dennoch meinte er, den Halter zu kennen. »Der Besitzer des Wagens – ist das ein gewisser Philipp Kaufmann?«

»Herr Horndeich, ich weiß ja, dass Sie bei der Polizei sind. Aber das erstaunt mich jetzt schon. Woher wissen Sie denn das? Haben Sie alle Kennzeichen Darmstadts im Kopf? Ja, das ist Philipps Wagen. Er kommt schon seit Jahren zu mir. Erst mit dem BMW, danach mit dem Lancia. Und jetzt mit dem Rover.«

Horndeich hörte schon nicht mehr richtig zu. Er telefonierte: »Baader? Ich habe den Wagen von Philipp Kaufmann gefunden. Ohne Kaufmann drin. Ja, die ganze Truppe hierher.«

Eine Stunde später saßen Margot und auch Horndeich wieder gemeinsam in ihrem Büro.

»Schon was Verwertbares aus Kaufmanns Wagen?«, fragte Margot.

»Nein, nichts. Keine Blutspuren, keine Hinweise auf einen Kampf. Ist auch eher unwahrscheinlich: Als Kaufmann den Wagen in der Werkstatt abgegeben hat, da hat er ja noch mit Schurgbaum gesprochen, und die beiden haben sich die Sache gleich angeschaut.«

»Kann aber auch sein, dass das nur ein Täuschungsmanöver war«, gab Margot zu bedenken.

»Täuschungsmanöver?«

»Ja. Er gibt den defekten Wagen ab und weiß, dass der erst mal nicht mehr auftaucht. Bis Schurgbaum die Polizei von sich aus eingeschaltet hätte, wäre sicherlich noch eine Woche vergangen. Kaufmann hätte also genug Zeit gehabt unterzutauchen.«

»Halte ich für abwegig. Denn dafür hätte er eine funktionierende Lichtmaschine gegen eine defekte austauschen müssen. Oder die eigene Lichtmaschine ausbauen, kaputtmachen und wieder einbauen müssen. Die war durchgeschmort – nichts, was Kaufmann mit vertretbarem Aufwand hätte basteln können. Ich war vorhin noch bei Frau Kaufmann und habe ihr erzählt, dass wir den Wagen gefunden haben. Und sie meinte, sie sei am Tag vor dem Verschwinden noch mit dem Wagen gefahren. Kaufmann hätte das alles also in der Nacht erledigen müssen – kaum realistisch.«

»Das bedeutet im Umkehrschluss: Mit einer kaputten Lichtmaschine wäre er auch noch bis zu seiner Schule gekommen, falls er vorgehabt hätte, von dort aus abzuhauen. Und wenn er den Wagen auf dem Weg zur Schule zur Werkstatt gefahren hat, dann wollte er ihn auch wieder abholen. Also ist Kaufmann wohl kaum freiwillig verschwunden.«

Horndeich nickte. »Ja. Das sehe ich auch so.«

»Und was bedeutet das?«

Margot und Horndeich sahen sich an.

»Das bedeutet: Kaufmann ist nicht verschwunden, er wurde verschwunden, sozusagen. Und reiht sich damit in die Riege seiner beiden Verbindungskollegen Sacher und Hansen ein, die ebenfalls zwei Wochen verschwunden waren, bevor sie tot wieder auftauchten.«

»Aber was soll das? Wo waren die in dieser Zeit, und wo ist Kaufmann jetzt?«

»Da, wo der spätere Mörder sie hingeschleppt hat.«

»Aber wo?«

»Da, wo Hansen sich die Erdteilchen unter den Fingernägeln eingefangen hat. Und das kann überall sein. Ein Keller in einem Altbau, ein Schuppen neben einem Ferienhaus, eine Garage oder ein Schober auf dem Bauernhof.«

Es klopfte am Türrahmen. »Margot Hesgart?«

Im Türrahmen stand ein hochgewachsener Mann, circa fünfunddreißig Jahre alt. »Ja?« Margot kam die Stimme bekannt vor.

»Hauptkommissar Frank Fischer. Kripo Heidelberg.«

Margot erhob sich, nickte dem Mann zu und wollte ihm die Hand geben. Doch der hielt mit beiden Händen einen größeren Pappkarton vor der Brust. »Sorry, kann ich das irgendwo abstellen?«

»Ja, natürlich«, sagte Margot. Schwierig nur, das in die Tat umzusetzen. Wieder war ihr Schreibtisch überfüllt. Sie sah hilflos zu Horndeich hinüber.

Der machte eine großzügige Handbewegung. »Hier, bitte.«

Margot machte die beiden miteinander bekannt.

»Ich habe einiges gefunden zu dem Fall – und nur weniges davon digital. Mir liegt daran, diese Typen zu fassen. Und wenn ich dafür nach Hessen fahren muss – sei's drum.«

»Einen der vier konnten wir identifizieren. Wenn wir richtigliegen, dann ist es ein Mann aus Darmstadt.«

»Super. Habt ihr ihn schon hier? Ich würde gern bei der Vernehmung dabei sein.«

»Tja, das würden wir auch«, sagte Horndeich. »Er wird seit Freitag vermisst.« Horndeich gab dem Heidelberger Kollegen einen kurzen Abriss über den Stand der Dinge in dem Fall. Wozu er gut fünfzehn Minuten benötigte. Einfach ging anders.

»Und jetzt geht ihr davon aus, dass das mit dem Verbrechen in Heidelberg zusammenhängt?«

»Wir suchen einfach alles, was die vier miteinander verbindet. Dass jetzt auch Kaufmann verschwunden ist, deutet sehr, sehr stark darauf hin, dass wirklich alle vier im Visier des Mörders standen und stehen.«

»Was haben Sie – oder besser, was hast du für uns?«

Fischer nickte nur. Er griff in den Karton und holte drei Schnellhefter hervor.

»Hier seht ihr zunächst die Fotos vom Tatort. Von oben, dank Google-Earth.«

Er nahm ein paar Farbfotografien aus einem der Hefter, rückte den Karton auf Horndeichs Schreibtisch zur Seite und legte sie nebeneinander.

»Die Kneipe liegt in einer kleinen Straße, die von der Hauptstraße abgeht, mitten in der Kernaltstadt. Hier links, das ist der Hinterhof.« Das Bild zeigte einen kleinen Hof hinter einem Haus. An der rechten Wand, offensichtlich einer Mauer, standen ein paar Müllcontainer. Auf diese deutete Fischer: »Hier ist es passiert.«

»Ist das da eine Einfahrt?«

»Ja. Man kommt durch die Hintertür auf den Hof oder eben über die Einfahrt neben dem Haus.«

»Was genau ist damals passiert?«

»Das Opfer heißt Petra Schöffer. Sie war damals erst neunzehn. Sie hat in der Kneipe hier gejobbt. Hieß damals ›Dreiohrhase‹ – übrigens lange, bevor Til Schweigers Film mit dem ohramputierten Hasen in die Kinos kam. Vielleicht hat Til sich ja inspirieren lassen.«

Margot und Horndeich sahen Fischer verwirrt an.

»Nichts für ungut. Petra Schöffer hat an dem Abend dort gearbeitet, als Bedienung, zusammen mit einer gewissen Silke Feuerbach, damals siebenundzwanzig. Die Vierergruppe saß an einem Tisch in dem Bereich, in dem Silke Feuerbach bedient hat. Sie konnte aber auch keine genaue Beschreibung der Männer geben. Das lag daran, dass sie mit der falschen Brille auf der Nase gearbeitet hat: Sie hatte nur die falsche Brille dabei, weil sie bis kurz vor ihrem Dienst noch am Computer gearbeitet hatte. Sie war schon in der Kneipe, als sie es gemerkt hat. Und ganz ohne Brille war sie blind wie ein Maulwurf.«

Margot war nun doch ein wenig irritiert über die seltsamen Randbemerkungen des Kollegen aus Heidelberg.

»Nun, drei von denen sind in Richtung Toilette marschiert. Die Klos liegen im hinteren Teil der Kneipe, rechts von dem kleinen Gang, der zum Hinterhof führt. Petra Schöffer hatte gerade eine Abfalltüte nach hinten getragen, kam vom Hof zurück, als die drei gleichzeitig aus dem Toilettenraum traten. Es ging alles rasend schnell.

Zwei haben sie gepackt, die Nummer drei hat ihr den Mund zugehalten. Sie haben einen der Container zur Seite geschoben, sie von hinten an die Mauer gepresst, ihr mit den Füßen die Beine gespreizt. Zwei haben sie festgehalten, einer hat ihr das Kleid und den Slip zerrissen. Kurz vor dem gänzlichen Vollzug der Tat kam jemand auf den Hinterhof. Er schrie ›Stopp‹. Da haben die anderen von ihr abgelassen. Petra Schöffer drehte sich um, konnte aber nicht viel sehen. Der ganze Hof wird nur von einer einzigen Glühbirne beleuchtet – wenn man da von leuchten sprechen kann. Sie hat den einen für einen Moment gesehen, er stand so, dass ein paar Lichtstrahlen sein Gesicht erhellten. Das ist der, von dem ich euch das Phantombild geschickt habe.«

»Ja. Das könnte Philipp Kaufmann sein. Aber ganz sicher ist das nicht.«

»Und niemand sonst war in dem Hinterhof? Niemand ist da rausgegangen? Mal eine rauchen oder so? Bietet sich doch an, wenn da auch die Klos sind.«

»Nein. Das lag daran, dass gerade das Fußballspiel lief. Im Raum waren drei Bildschirme aufgehängt, die Bude war rappelvoll. Und alle haben sich auf das Spiel konzentriert – ganz besonders, da die Elfenbeinküste eine Minute zuvor den Anschlusstreffer erzielt hatte. Es stand 2:1 für Argentinien, und es waren keine zehn Minuten mehr zu spielen. Hätte die Elfenbeinküste aufgeholt, wär's in die Verlängerung gegangen. Alle hingen gebannt an den Bildschirmen.«

»Und wie war das jetzt genau mit diesen Bändern, die das Opfer gesehen hat?«

»Als die drei sie schnappten, da hat sie nicht in die Gesichter geschaut, aber sie hat an allen dreien ein grünes Band gesehen, das sie um den Oberkörper trugen, über eine Schulter gelegt wie eine Schärpe, an der anderen Seite auf der Hüfte mit irgendeiner Medaille oder Ähnlichem verbunden. Wir haben auf Studentenverbindung getippt, aber damit sind wir nicht weitergekommen.«

»Tragen alle Verbindungsbrüder solche Bänder?«

»Nein, aber die meisten. In Heidelberg gibt es vierunddreißig Verbindungen. Eine davon ist eine reine Frauenkorporation.«

»So was gibt es auch?«

»Ja. Statt Burschis Mädlis.«

Horndeich verstand die Welt nicht mehr. »Fechten die auch?«

»Die Heidelberger nicht. Meines Wissens gibt es in Leipzig eine Damenverbindung, bei der fakultativ geschlagen wird. Das heißt …«

»… man muss es lernen, aber man muss nicht mit scharfen Waffen eine Mensur fechten.« Horndeich hatte seine Nachhilfe ja inzwischen gehabt.

»Sie können keine Mensur fechten, denn es ist in Deutschland die einzige Damenverbindung, die ficht. Und gegen Männer wollen sie nicht. Wobei ich nicht weiß, ob das die Männer oder die Damen nicht wollen.«

»Bleiben dreiunddreißig Verbindungen«, kam Margot wieder auf den Punkt.

»Ja. Und von denen tragen neun Verbindungen die Farbe Grün im Band. Aber es gibt keine, die ein rein grünes Band hat. Wir haben die alle aufgesucht – aber Fehlanzeige.«

Horndeich lenkte wieder auf die ursprünglichen Fragen zurück. »Gibt es Belege dafür, dass Petra Schöffer die Wahrheit gesagt hat?«

»Was? Bezüglich des Angriffs? Nun, als ihre Kollegin sich wunderte, wo Petra Schöffer blieb – sie dachte, sie würde heimlich eine rauchen, und das, wo der Laden so was von voll war –, ist sie raus auf den Hof gegangen. Da saß Petra dann mit zerrissenen Klamotten heulend auf dem Boden.«

Fischer kramte in der Kiste und holte noch einen Umschlag heraus. Wieder legte er Bilder auf den Schreibtisch.

»Die wurden gemacht, nachdem die Kollegin Silke Feuerbach das Opfer ins Krankenhaus gefahren hat.«

Die Bilder zeigten, dass da jemand mit viel Gewalt zugegriffen hatte: dunkle Hämatome an beiden Oberarmen, ebenso am Oberschenkel. Schürfwunden im Gesicht und am Oberkörper.

»Die haben sie wie im Schraubstock gehalten. Und Gesicht und Brust an die Mauer gepresst. Sommer, heißes Wetter – das dünne Kleid bot nicht so viel Schutz wie eine Kevlar-Weste …«

»Gut«, sagte Horndeich sachlich, »dann ist das geklärt.«

Margot dachte, dass die Frage, die Horndeich gestellt hatte, nicht wirklich von Feingefühl zeugte. Aber definitiv vom Drang herauszufinden, was wirklich passiert war.

»Gibt es in der Kneipe eine Überwachungskamera?«

»Ja. Eine. Die ist auf den Tresen gerichtet, sodass niemand unbemerkt in die Kasse greifen kann. Das hat unser Quartett aber auch nicht getan.«

»Hat Petra Schöffer damals gesagt, dass der, den sie für das Phantombild beschrieben hat, der war, der versucht hat, sie zu vergewaltigen?«

»Nein. Sie hat ihn erst gesehen, nachdem der vierte Mann durch den Hinterausgang auf den Hof gekommen war. Sie konnte weder sagen, ob er der Vergewaltiger gewesen war oder einer von denen, die sie festgehalten hatten, noch, ob es der gewesen war, der der Sache ein Ende bereitet hat. Die vier sind sofort über den Hofeingang abgehauen.«

Wieder das Geräusch des ploppenden Kronenkorkens aus Margots Handy. »Sorry«, meinte sie. Sie griff nach dem Telefon und sah aufs Display. Wieder eine SMS von Rainer. Kurz überlegte sie, das Handy einfach zurückzulegen. Aber dann würde sie sich nicht mehr konzentrieren können und die ganze Zeit darüber nachdenken, was er wohl geschrieben hatte. Sie las: *Margot, ich meine es ernst. Wir müssen reden!!!*

Wieder stach die kleine Nervensäge im Magen zu. Margot

legte das Handy auf den Tisch, dann wandte sie sich wieder den beiden Männern zu und versuchte, sich zu konzentrieren. Horndeich warf ihr einen fragenden Blick zu. Aber sie reagierte nicht darauf. Meinte zumindest, nicht darauf zu reagieren.

»Gab es noch andere Zeugen?«

»Ja. Wir haben zwei junge Männer ausfindig gemacht, die das Quartett auch gesehen haben. Die haben sich aber auch nur an die Bänder erinnert. Und dass sie keine Mützen trugen.«

»Mützen? Im Juni?« Das verstand Horndeich nicht.

»Ja, die Mützen und die Bänder gehören zusammen. An den Mützen ist normalerweise eine Borte in den gleichen Farben.«

»Und die nimmt man im Sommer nicht ab?«

»Nicht, wenn man in offizieller Montur ausgeht«, erwiderte Fischer. Er hatte sich wohl auch schon intensiver mit den Gebräuchen und Sitten der Farben tragenden Verbindungen auseinandergesetzt.

»Also auch keine Phantombilder?«

»Nein. Als wir die beiden jungen Männer getrennt vernommen haben, konnten sie nicht mal eindeutig sagen, wie viele es waren oder ob welche von ihnen Bärte hatten oder nicht. Die waren auch nicht mehr nüchtern gewesen. Unsere vier auch nicht. Die unbezahlte Rechnung war nicht ohne: jeder fünf große Bier und etliche Kurze.«

»Haben Sie die Adresse von Petra Schöffer?«

»Nein. Ich habe mir die Akte vor vier Jahren noch mal vorgenommen. Aber da wohnte sie schon nicht mehr unter der angegebenen Adresse. War auch nicht dort gemeldet. Und unter der Adresse, die in ihrem Perso stand, lebte sie auch nicht mehr.«

»Handynummer?«

»Nein. War eine Prepaidkarte.«

»Irgendein Ansatz, wie wir sie finden könnten?«

»Nein. Der Name Schöffer ist nun auch nicht gerade selten in Deutschland.«

Dennoch ließ sich Margot die Adresse geben, unter der Petra Schöffer seinerzeit offiziell gemeldet gewesen war. Es war eine Adresse aus Lindau.

Am frühen Abend hatte Margot ihren Singlestatus durch den Kauf der entsprechenden Kaffeemaschine unterstrichen. Nespresso hieß das Zauberwort, jede Tasse eine eigene, stets frische Portion Kaffee in den unterschiedlichsten Varianten. Der Gipfel des Individualismus. Passte ja jetzt perfekt. Also hatte sie sich auch gleich fünf verschiedene Geschmacksrichtungen mitgenommen. Mal sehen, ob sie Präferenzen entwickeln würde.

Mal sehen, ob ihr Magen ihr den Kaffee gönnen würde.

Tat er nicht. Er krampfte.

Sie versuchte, ein Brot zu essen.

Es wollte wieder heraus.

Sie versuchte fernzusehen. Ebenfalls Fehlanzeige.

Obwohl sie todmüde war, konnte sie vor der Glotze nicht abschalten. Sie hatte eine Flasche Wein geöffnet. Ein Glas getrunken.

Der Wein fühlte sich ebenso wenig wohl in ihrem Körper wie zuvor das Käsebrot.

Sie trank einen Tee. Saß am Esstisch. Und ohne dass sie es verhindern konnte, fielen Tränen auf das Holz der Tischplatte. Kein Sturzbach. Eher die Kategorie »undichter Wasserhahn«.

Sie stand auf, überlegte, ob sie ins Bett gehen sollte. Doch in ihrem Inneren stand alles auf Sturm.

Es war eine spontane Eingebung, sich ins Auto zu setzen und in Richtung Bessunger Forst zu fahren. Margot stellte den Wagen auf dem Parkplatz ab, dort, wo sie bereits vor einer Woche geparkt hatten, als sie den Neuen Hexen einen Besuch abgestattet hatten.

Sie ging zu Fuß zu dem Ort, dem ihre Stieftochter magische Energien zusprach. Margot war ein viel zu rationaler Mensch, als dass sie diesem Unfug auch nur einen Deut hätte abgewinnen können. Doch sie musste zugeben, dass die Gegend um die Scheftheimer Wiesen idyllisch war.

Als sie an der Menhiranlage ankam, rauschte der Wind durch die Bäume, eine leichte Brise nur, die nach der Hitze des Tages guttat. Die Sonne stand bereits tief im Westen. Das warme Licht tauchte die Flora in einen orangefarbenen Schimmer.

Vor ein paar Jahren hatte man neben den Menhiren eine Bank aufgestellt. Margot setzte sich, wandte sich so, dass die Sonne auf ihr Gesicht schien.

Sie genoss den Moment. Und wenn er auch keinen inneren Frieden brachte, so doch einen Augenblick der Ruhe.

Es war ein schöner Ort. Margot öffnete die Augen und stellte fest, dass, abgesehen von der Feuerstelle, von dem Hexenritual keine Spuren mehr zu sehen waren. Das Gras hatte sich an den Stellen, an denen es niedergetrampelt worden war, wieder aufgerichtet. Margot verstand nicht, was man solchen Ritualen abgewinnen konnte. Um Feuer tanzen, laut zu singen oder zu summen, Beschwörungsformeln aufzusagen – schon in der Kirche tat sie sich schwer beim Vaterunser. Für sie waren es einfach nur Worte. Von Menschen erdacht, für Menschen gemacht. Sie hatte keinen Bezug dazu.

Sie kannte Menschen, denen es anders ging, denen Beten oder ein Gottesdienst tatsächlich zu Ruhe und Gelassenheit, zu Kraft und Stärke verhalfen. Insgeheim war sie ein wenig neidisch auf diese Menschen. Und damit auch auf Doro, die in diesem Kreis mit seinen Ritualen Kraft tanken konnte.

Ganz leicht schüttelte sie den Kopf. Ruth Steiner hatte recht gehabt. Es passierte nichts Schlimmes, wenn Doro sich in diesem Umfeld bewegte. Und vielleicht sollte sie Doro auch einfach mehr zutrauen. Vielleicht war sie wirklich schon viel erwachsener, als Margot es sich eingestehen wollte. Und vielleicht wusste Doro tatsächlich besser als sie, Margot, die sie so viel älter war, was sie wollte.

Das führte Margots Gedankengang unweigerlich zu Rainer. Und wieder krampfte ihr Magen. Offensichtlich gab es da tatsächlich einen kausalen Zusammenhang. Jetzt war er schon nicht mehr in ihrem Leben und sorgte doch, allein durch Gedanken, dafür, dass sie Schmerzen hatte. Wer sagte, dass das Leben gerecht war?

Dann wanderten ihre Gedanken zu Horst, ihrem ersten Ehemann, der sich totgesoffen hatte. Ihr Magen legte noch ein bisschen an Säureproduktion zu.

Bei den Männern in deinem Leben hast du wirklich kein gutes Händchen gehabt, sagte das innere Stimmchen, das immer für einen zynischen – oder in diesem Fall ehrlichen – Kommentar gut war. *Außer bei Ben,* ergänzte es gnädigerweise. Ihr Sohn war schon lange aus dem Haus. Hatte eine Frau, Iris, mit der Margot nicht warm wurde, hatte zwei Kinder, die Margot selten sah – er lebte sein Leben, seit Anfang des Jahres in Berlin. Margot erinnerte sich an den letzten Besuch bei der kleinen Familie. Sie hatte sich gefühlt wie das fünfte Rad am Wagen. Iris und Ben waren ein eingespieltes Team, untereinander und auch im Umgang mit den Kindern. Mit einem Mal wurde Margot bewusst, dass hinter dem Gefühl, überflüssig zu sein, eine große Portion Neid steckte, Neid auf ein funktionierendes, bereicherndes Familienleben, das ihr selbst nie vergönnt gewesen war. Gleichzeitig dachte sie daran, dass Ben das geglückt war, was ihr nicht gelungen war. Und dass sie bei ihrem Sohn nicht alles falsch gemacht haben konnte, wenn er nun solch ein harmonisches Familienleben führte. Er war nicht drogenabhängig geworden, kein Alkoholiker, nicht einmal ein Raucher. Er war seinen Weg gegangen, hatte das studiert, was er wollte, sich dabei auch erfolgreich gegen sie, seine Mutter, durchgesetzt.

Und auch Doro ging ihren Weg. Auch wenn die vergangenen Jahre, in denen sie die junge Dame auf dem Weg zum Erwachsenwerden begleitet hatte, alles andere als leicht gewesen waren, so musste Margot auch hier feststellen: Doro war nicht abgerutscht. Sie würde es schaffen.

Sie schloss die Augen. Innerer Frieden war was anderes. Aber die Ruhe der Erkenntnis, dass sie sich wenigstens keine

Sorgen um ihre Kinder machen musste – und sie zählte Doro jetzt einfach mal dazu –, diese Ruhe tat für den Moment gut.

Margot döste ein und erwachte, weil sie fror. Es war dunkel. Zum Glück erhellten die Sterne und der Mond das Szenario. Sie fand den Weg zum Auto.

Als sie einstieg, sah sie, dass sie das Handy auf dem Beifahrersitz hatte liegen lassen.

Sie nahm es auf. Acht neue Mitteilungen. Neun Anrufe in Abwesenheit. Die erste SMS von ihrem Sohn: »Hi Ma, wann kommst du uns mal wieder besuchen? Ben.« Sie lächelte.

Sieben Nachrichten von Rainer. Neun der neun Anrufe auch von ihm.

Das Lächeln verschwand.

Warum, zur Hölle, konnte er sie nicht einfach in Ruhe lassen?

Das fragte sich auch ihr Magen.

Eindringlich.

Gerade noch rechtzeitig riss Margot die Fahrertür auf.

MITTWOCH, 27. JUNI

Margot saß in ihrer Küche, hatte sich ein kleines Frühstück zubereitet: eine Scheibe Brot, bestrichen mit etwas Margarine. Auch wenn ihr Hunger etwa so ausgeprägt war wie der Wunsch nach Durchfall, wusste sie doch, dass sie etwas essen musste.

Vor ihr dampfte ein Nespresso-Kaffee. Mit zwei Löffeln Zucker. *Ein halber Löffel gegen die Bitterkeit.* Mal sehen, ob sie diesen Status in ihrem Leben jemals wieder erreichen würde.

Auch das Internetradio war gestern im Kaufrausch noch in der Klappbox gelandet. Sie hatte sich einen netten Klassiksender eingestellt und hörte das Klarinettenkonzert von Mozart. Sie mochte es sehr gern, besonders das Adagio. Das Konzert war das letzte Instrumentalstück, das Wolfgang Amadeus in seinem Leben komponiert hatte.

Margot hörte Geräusche im Flur. Vielleicht kam Doro. Vielleicht ging sie. Nun, die Küche würde sie sicher nicht betreten.

Doro betrat die Küche. »Morgen.«

Hoppla! »Guten Morgen.«

»Das soll ein Frühstück sein?« Doro ging zum Kühlschrank, stellte Käse, Wurst und zwei Konfitüregläser auf den Tisch. Dann fand sie auch den Hirtenkäse und Salami.

Sie ging zum Brotkasten. »Du auch noch eine Scheibe?«

»Nein, danke. Mein Magen zickt ein bisschen.« Margot hatte irgendwie das Gefühl, im falschen Film zu sitzen. Sie hatte ein Ticket für einen Horrorschocker gelöst und war unversehens in einem Pilcherfilm gelandet. Aber nachtragend war Doro nie gewesen.

»Neue Kaffeemaschine?«

»Ja. Gestern gekauft.«

Doro lächelte Margot an. »Du weißt schon, dass in jedem

dieser Käpselchen mehr als ein Gramm Alu steckt? Man schätzt den Jahresverbrauch durch Nespresso auf sechstausend Tonnen Metallabfall. Das entspricht einem Schrotthaufen, der entstehen würde, wenn man den Eiffelturm zersägt.«

Doro drehte sich wieder um.

Noch bevor Margot Luft holen konnte, um zu einer Entgegnung anzusetzen, sah sie, wie Doro eines der Käpselchen in die Maschine steckte – und es sah nicht so aus, als ob sie das zum ersten Mal machte.

»Aber mit der richtigen Sorte schmeckt er halt schon nicht schlecht«, meinte sie und drückte auf die Start-Taste. Dann wandte sie sich wieder Margot zu, und diese konnte keinerlei Feindseligkeit in Doros Blick erkennen. »Kennst du dich aus in Versicherungen?«

Margot wurde hellhörig. »Warum?«

Doro schaute wieder zur Kaffeemaschine und sagte nichts. Als der Kaffee durchgelaufen war, nahm sie die Tasse und setzte sich an den Tisch. Sie schmierte sich ein Brot.

Margot genoss das Gefühl, dass Doro sie um Rat fragte und dafür sogar ihr ökologisches Gewissen hintenanstellte.

»Ich meine, so mit Autoversicherungen. Und mit Haftpflicht.«

»Hui, das scheint sich um eine sehr teure Frage zu handeln. Was ist denn passiert?«

»Also mal theoretisch: Wenn ich dein Auto gefahren habe, und dabei ist mir, sagen wir mal, ein kleines Malheur passiert. So was von ›echt dumm gelaufen‹. Hätte ich dann eine Versicherung? Haftpflicht oder wie das heißt?«

Margot konnte nicht umhin zu schmunzeln. Das fiel ihr leicht, denn sie wusste, dass Doro in der vergangenen Nacht nicht in ihrem Mini unterwegs gewesen war. Wessen Auto auch immer sie zu Schrott gefahren hatte, es war zumindest nicht ihres. »Ich fürchte, deine Haftpflicht übernimmt so was nicht. Die greift nicht für Schäden, die an geliehenen Gegenständen entstehen. Und die greift auch nicht für Schäden, die durch das Führen eines Autos entstehen.«

»Hab ich denn eine Haftpflicht?«

»Ja, dein Vater hat für dich eine abgeschlossen. Alle Unterlagen sind im Ordner in meinem Arbeitszimmer.« Als sie den Satz ausgesprochen hatte, wurde ihr klar, dass eigentlich alles, was zur Organisation des täglichen Lebens ihrer Stieftochter gehörte und nicht in Doros Schrank weilte, in ihrem, Margots, Arbeitszimmer stand.

»Aber die zahlt nicht?«

»Was ist denn passiert, Doro?«

»Diese Scheiß-Straßenlaterne!«

»Wo? Wann? Und vor allem – mit welchem Wagen?«

Doro nahm einen großen Schluck Kaffee. »Heute Nacht. Ich hatte den Wagen auf der Straße bei Katja in die falsche Richtung geparkt. Und dann hab ich beim Ausparken nicht richtig geschaut und – deng – den Mast der Straßenlaterne übersehen.« Margot sah, dass eine Träne in Doros Auge glitzerte. »Das wird richtig teuer …«

»Die Laterne steht aber noch gerade? Ich meine, genau genommen ist es Fahrerflucht, was du …«

»Die Laterne steht noch an derselben Stelle, gerade, mit einem Kratzer mehr, leuchtet noch und hat mich sogar frech angegrinst.«

»Welcher Wagen?«

»Ruths Auto. So ein Pick-up. Fast ein Laster. Ein Ford F-150. Metallicrot. Scheiße.«

»Steht draußen?«

»Ja. Steht draußen.«

»Anschauen?«

»Ja. Anschauen.«

Gemeinsam gingen die beiden Frauen vor die Tür. Doro hatte den Wagen in Fahrtrichtung abgestellt. Die Frontpartie und die rechte Seite des Minilasters schienen keine Delle aufzuweisen.

»Andere Seite«, meinte Doro.

Margot ging um den Wagen herum, Doro blieb auf dem Bürgersteig stehen. Dann sah Margot die Bescherung: Die

Fahrertür war eingedrückt. Ein Zustand, der den Begriff »richtig fette Delle« absolut rechtfertigte. Margot war keine Kfz-Expertin – aber die Reparatur würde auf jeden Fall nicht billig werden.

Margot ging wieder zu ihrer Stieftochter. »Es gibt zwei Möglichkeiten: Wenn Ruth eine Vollkaskoversicherung hat, dann kann man das über ihre Versicherung laufen lassen. Sie wird dann eine Selbstbeteiligung haben, die aber sicher niedriger liegt als die Reparaturkosten. Und sie wird dann in der Versicherung hochgestuft. Und wenn sie keine Vollkasko hat – nun, dann bleibt der Schaden erst mal an dir hängen.«

»Neinneinnein«, wimmerte Doro und fing nun richtig an zu weinen.

»Hey, keine Panik«, sagte Margot und nahm Doro in den Arm.

»Was kostet das denn? Zweitausend Euro? Viertausend? Fünftausend?«

»Das werden wir rausfinden. Und dann sehen wir weiter.«

»Wie denn? Ich habe genau tausendfünfhundert gespart. Dafür kriegt man für diese fette Kiste wahrscheinlich nicht mal 'nen Rückspiegel …«

»Soll ich mit dir zu Frau Steiner fahren?«

Doro sah Margot an. Nickte.

»Gut. Dann iss jetzt noch dein Frühstück. Danach fahren wir zu Ruth.«

Auf dem Weg ins Haus ploppte Margots Handy. Rainer. Es nervte. Sie löschte die SMS, ohne sie zu lesen.

»Wer war das?«

»Egal. Das Auto ist jetzt wichtig.«

Margot hatte Horndeich angerufen, dass es ein wenig später werden würde. Sie müsse noch etwas mit Doro erledigen. Also war Horndeich vom Präsidium aus allein zum Haus von Angelika Sacher und ihrem Sohn Bruno gefahren.

Angelika Sacher öffnete die Tür nach dem ersten Klingeln.

»Herr Horndeich?«

»Guten Morgen, Frau Sacher. Würden Sie uns bitte noch ein paar Fragen beantworten?«

»Kommen Sie doch rein.« Sie geleitete Horndeich in das ihm schon vertraute Wohnzimmer.

Horndeich setzte sich. »Frau Sacher, Sie haben uns nicht erzählt, dass Ihr Mann in einer Studentenverbindung war.«

»Ist das wichtig? Er war auch Mitglied im Alpenverein und beim Roten Kreuz.«

»Ist Ihnen irgendetwas über seine Mitgliedschaft bei der Burschenschaft Ludovica bekannt?«

Auch Frau Sacher setzte sich nun. »Nein. Er ist da ein- bis zweimal im Jahr hingegangen. Und bei diesen Gelegenheiten hatte er auch immer ziemlich getankt.«

»Wissen Sie um Konflikte, die er innerhalb der Verbindung gehabt haben könnte?«

»Nein. Wenn es welche gegeben hat, hat er mit mir nicht darüber geredet.«

»Keine Ahnung, was er dort gemacht hat?«

»Doch.«

»Ja?«

»Bier getrunken und große Reden gehalten.«

Horndeich sah sich um. Schlecht lebte Frau Sacher hier nicht. Er fragte sich, wie viel sie wohl erben würde. »Ich würde mich gern etwas umsehen – im Arbeitszimmer Ihres Mannes. Und ich würde auch gern einen Blick in seinen Kleiderschrank werfen.«

»Meinetwegen. Kommen Sie mit.«

Angelika Sacher führte Horndeich in den ersten Stock. »Hier links ist sein Arbeitszimmer. Rechts ist sein Schlafzimmer. Wir haben noch nichts verändert, in keinem der beiden Räume.«

Horndeich nickte.

»Wenn Sie etwas brauchen, lassen Sie es mich wissen. Ich bin unten.« Damit stieg sie die Treppe wieder hinab.

Zuerst ging Horndeich in das Arbeitszimmer. Am Wochenende waren bereits ein paar Beamte durch den Raum gepflügt, hatten Ordner und den Rechner mitgenommen. Aber Horndeich suchte nach etwas anderem. Er schaute in die Schubladen, warf einen Blick in die Fächer der Kommode. Nichts, was ihn irgendwie weiterbringen würde.

Er ging ins Schlafzimmer. Sacher hatte ein ein Meter vierzig breites Bett. Und einen sicher drei Meter breiten Kleiderschrank.

Anzüge in zahlreichen Farbvarianten, von Schwarz über Anthrazit bis hin zu beigefarbenen Sommeranzügen, hingen in Reih und Glied, dazu die passenden Hemden und Krawatten.

Ganz rechts im Schrank stieß er auf eine Reihe Schubladen, darin Strümpfe, Unterhemden, T-Shirts und Unterhosen. In der zweitletzten Schublade befanden sich das Band und die Mütze der Ludovica. Und in der untersten Schublade fand er, wonach er gesucht hatte: ein grünes Band. Es glich einer edlen Borte, wie sie an Gardinen angebracht werden. Das Band war an den Enden mittels eines Druckknopfes verbunden. Daran war eine Plakette befestigt. Die Prägung zeigte ein Wappen. Darin ein stehender Löwe mit langer Zunge, ähnlich dem hessischen Wappentier. Offenbar hatte Petra Schöffer doch das entscheidende Detail richtig wahrgenommen. Hier lag ein starkes Indiz dafür, dass die versuchte Vergewaltigung in Heidelberg tatsächlich von den vier Ludovicen begangen wurde.

Als Horndeich später wieder in Richtung Präsidium fuhr, hielt neben ihm an der Ampel ein Wagen der Firma SecProtec. Es wurde Zeit, dass er eine Entscheidung traf.

Margot parkte ihren Mini vor dem Pick-up, der fast eineinhalb der beiden Kundenparkplätze vor der Buchhandlung einnahm. Die Beule in der Fahrertür war wirklich hässlich.

Doro ließ Margot den Vortritt, als sie die Buchhandlung betraten. Das wohlbekannte Klingeln des Glöckchens verkündete ihren Eintritt.

Ruth Steiner trat aus dem kleinen Büro heraus. »Ah, Frau

Hesgart, was verschafft mir die Ehre?« Der Tonfall war sarkastisch. Erst als Ruth Steiner die verschüchterte Doro wahrnahm, schwang Irritation in ihrer Stimme mit: »Doro? Du hast doch heute früh gar keinen Dienst.«

»Frau Steiner …«, versuchte Margot das Gespräch einzuleiten.

Doch Doro konnte offenbar die Spannung, die in der Luft lag, nicht mehr aushalten. Sie trat vor Margot und brach in Tränen aus: »Ich habe deinen Wagen geschrottet! Er ist kaputt. Und ich weiß nicht, ob du versichert bist oder nicht oder ob ich das alles bezahlen kann und wie ich das bezahlen soll, und diese Scheißlaterne …«

Ruth war bleich geworden. »Wo ist der Wagen denn?«, unterbrach sie.

Während Doro schluchzte, sagte Margot: »Er steht vor der Tür. Die Fahrertür hat eine fette Delle. Der untere Rahmen vielleicht auch.«

»Aber der Wagen fährt?«

»Ja, Doro hat ihn ja gerade hergefahren«, sagte Margot.

Ruth verließ die Buchhandlung, und Margot und Doro folgten ihr.

Zuerst wurde Ruth Steiner noch bleicher, als sie den Wagen sah. Dann fing auch sie unvermittelt an zu heulen. Es dauerte ein paar Sekunden, bis Margot begriff, dass Ruth Steiner nicht weinte, sondern lachte. Doro und Margot sahen sich irritiert an. »Entschuldigen Sie, aber genau so hat der Wagen auf der anderen Seite ausgesehen, vor vier Jahren, als *ich* eine Straßenlaterne erwischt hatte.«

»Du auch?«

»Ja. Ich auch.«

Doros Schluchzen ging nun auch in ein Lachen über.

Fünf Minuten später saßen die drei Frauen im Büro der Buchhandlung. Ruth eröffnete, dass der Wagen natürlich nicht vollkaskoversichert war, also selbst verschuldete Schäden am Wagen nicht bezahlt wurden. »Bei dem Alter lohnt sich das nicht mehr.« Doros Gesichtsfarbe wurde wieder kalkweiß.

»Aber es gibt eine gute Nachricht: Mein Onkel hat eine kleine Autowerkstatt in Brensbach. Das ist bei Fränkisch-Crumbach. Da wohnt meine Familie. Ich muss am Wochenende sowieso dahin fahren. Dann frage ich ihn. Der kriegt das wieder hin. Und das kostet dann nicht mehr als das Material, das er braucht.«

Doro fiel ihrer Chefin um den Hals.

Margot musste schmunzeln. Fränkisch-Crumbach sagte ihr was. Wie oft war sie mit Rainer in die dortige Dorfdisco gefahren, das Red-Stone? Von Darmstadt aus dreißig Kilometer in den Odenwald – aber das war's wert gewesen. Und es war lange her. Und Rainer war damals noch ein ganz anderer gewesen. »Wie kommt man als Buchhändlerin zu so einem Wagen?«, fragte Margot, um sich selbst abzulenken.

»Das ist ganz einfach: indem man den eigenen Wagen kaputt fährt. Und einem der Vater den Wagen günstig überlässt, den er ohnehin gerade abstoßen will.«

Margots Job war damit erledigt.

Als sie ging, sagte Doro leise: »Danke.«

»Passt schon.«

»Ich habe das grüne Band gefunden«, sagte Horndeich und hielt die Trophäe im durchsichtigen Plastikbeutel in die Höhe.

Margot saß sinnierend über einer Tasse Tee am Schreibtisch. Sie sah auf. »Prima.«

Horndeich setzte sich an seinen Platz gegenüber von Margot. »Dann müssen wir jetzt noch die Kollegen in Marburg anrufen – und die in Hamburg. Und Frau Kaufmann. Die sollen alle ebenfalls nach den grünen Bändern bei unseren Kandidaten schauen.«

»Hmm«, grummelte Margot.

»Du trinkst ja Tee – ist was los?«

»Ne.«

»Nicht so gesprächig heute, was?«

»Der kann mich mal kreuzweise«, fauchte Margot.

Diese Ausdrucksweise war Horndeich eher nicht von seiner

Kollegin gewohnt. Das Fauchen war zudem mit einem leichten Tremolo unterlegt, wie Horndeich registrierte. »Kann ich dir irgendwie helfen?«

Margot sah ihn direkt an. »Hast du eine Ahnung, wie man den SMS-Eingang blockieren kann?«

Seit einem halben Jahr hatten Margot und Horndeich das gleiche Handymodell. Horndeich hatte sein Android-Smartphone sorgfältig ausgesucht. Und Margot hatte genommen, was er für tauglich befunden hatte.

»Klar«, meinte Horndeich. Sein Handy war eine tragbare Sammlung an kleinen Zusatzprogrammen, Apps genannt. Er wunderte sich selbst immer wieder, was dieser kleine Computer, mit dem man auch telefonieren konnte, an Fähigkeiten bewies. Neulich war er in Bern in der Schweiz gewesen. Dank Fahrplan-App hatte er sich bestens bei Bus und Bahn orientieren können. »Soll ich dir das passende App installieren?«

»Gern.«

Margot reichte Horndeich das Handy. »Ich kann schon mal in Marburg anrufen. Vielleicht findet sich im Kleiderschrank von Richard Wölzer auch so ein Band.«

Horndeich installierte das SMS-Blocker-App, während Margot mit Wölzers Frau telefonierte. Als sie auflegte, war das App startklar.

»Hier«, sagte er und reichte Margot das Gerät.

»Und wie geht das jetzt?«

»Das App hält dir alle Werbe-SMS vom Hals. Das wolltest du doch, oder?«

»Nein. Ich will eine bestimmte Nummer blockieren.«

Horndeich stand auf, ging um den Tisch herum und sah Margot über die Schulter. »Da ist ein Menüpunkt. Der heißt ›Block-My-Ex‹. Da kannst du dann auch eine einzelne Nummer eingeben, die blockiert werden soll. Die SMS von dem Adressaten landen dann im virtuellen Mülleimer.«

Horndeich war erstaunt, ein Lächeln auf Margots Gesicht zu sehen. »Na, dann passt das doch perfekt«, meinte sie. Sie öffnete das Menü und gab eine Nummer ein. Horndeich schaute diskret zur Seite. Doch ihm entging nicht, dass Margot zitterte.

In dem Moment erschien auf Margots Computerbildschirm die Mitteilung, dass eine neue Mail eingegangen war.

Margot legte das Handy zur Seite. Dann öffnete sie die Nachricht.

Horndeich saß wieder auf seinem Platz, als Margot sagte: »Bingo. Auch Anke Wölzer hat eine grüne Schärpe gefunden.« Sie klickte mit der Maus. »Sie hat ein Handyfoto gemacht.« Margot drehte ihren Monitor so, dass auch Horndeich einen Blick drauf werfen konnte.

Das Bild zeigte ein identisches Band mit identischer Löwenplakette daran. »Dann ist also geklärt, dass unsere vier in Heidelberg eine Bedienung vergewaltigen wollten. Also drei, und einer gab den Ritter«, präzisierte Horndeich.

»Ja.«

»Also eine verschworene Gemeinschaft, die vier.«

»Offenbar. Keine Anzeige bei der Polizei. Obwohl drei austicken, kann der Vierte es beenden. Aber er gibt nach außen keinen Laut von sich.«

»Verschworen eben. Alles, was innerhalb des Zirkels geschieht, bleibt auch innerhalb des Zirkels.«

Margot nickte. Dann schüttelte sie den Kopf. »Nein, das stimmt nicht ganz. Kaufmann zwingt Hansen ja dazu, die Burschenschaft zu verlassen.«

»Aber das geschieht ja auch innerhalb des Zirkels.«

»Nein. Tut es nicht. Die vier waren privat unterwegs. Das hatte mit der Burschenschaft nichts zu tun. Hansen hat später das Kärtchen zerrissen. Aber der Konflikt – der hat mit der Burschenschaft nichts zu tun. Irgendwie passt das alles nicht so recht zusammen. Es macht keinen Sinn. Wenn Wölzer der Retter ist und Hansen der, der vergewaltigen wollte – warum geht Kaufmann nicht zur Polizei? Oder erpresst Hansen? Warum trägt er das vor dieses Ehrengremium? Wenn Kaufmann der Retter ist – was ja auch möglich ist –, warum geht er dann nicht zur Polizei?«

»Vielleicht hat er die Schnauze voll, weil Hansen sich auch sonst nicht so ehrenvoll verhält, wie es doch die Statuten der Burschenschaft fordern. Etwa bei der Geschichte, als er Wölzer seinen Unfall ausbaden lässt.«

Margot schüttelte den Kopf. »Ich finde es komisch.«

»Ja, so geht's mir auch. Aber die Antworten auf unsere Fragen führen uns nicht zum Motiv der Morde.«

»Und es bleiben noch mehr offene Fragen: Warum starb Wölzer eines natürlichen Todes? Oder warum wurden den Toten diese Wunden zugefügt?«

»Da gibt es nur zwei Möglichkeiten.«

»Die da wären?«

»Entweder war der Tod natürlich. Dann war es ein zufälliger Anfang, ein Versehen, ein Unfall. Auf jeden Fall läutete er den Beginn des Ganzen ein, der darin bestand, den Leichnam zu verstümmeln. Was zu dem Vorsatz führte, auch die anderen umzubringen. Oder aber Wölzer ist doch umgebracht worden, und der Gerichtsmediziner hat etwas übersehen oder nicht erkennen können. Jedenfalls hat mit Wölzer alles angefangen. Und alles andere war die logische Folge. Nach Wölzer hat unser Mörder einfach weitergemacht.«

»Und wo waren Hansen und Sacher zwischen ihrem Verschwinden und ihrem Tod? Und wo ist Kaufmann jetzt?«

»Irgendwie drehen wir uns im Kreis.«

»Ja. Den Eindruck habe ich auch.«

»Also wieder die alte Methode.«

»Ja. Seh ich genauso.«

Die alte Methode war klar definiert: Alles, was sie bisher an Informationen gesichtet hatten, musste nochmals gesichtet werden. Und dabei sollte sich jeder immer das vornehmen, was er vorher nicht persönlich bearbeitet hatte. So lagen die Chancen höher, auf neue Zusammenhänge zu stoßen, die der andere zuvor übersehen hatte oder nicht hatte erkennen können.

Es wurde nicht besser mit dem Magen. Margot war übel wie am Vortag. Sie fühlte sich an die Zeit erinnert, als sie mit Ben schwanger gewesen war. Daran war auch Rainer schuld gewesen, zumindest zu fünfzig Prozent.

Wie, zur Hölle, sollte man sich da auf seine Arbeit konzentrieren?

Horndeich saß ihr gegenüber. Er hatte sich die Akten aus Marburg vorgenommen, den Fall Richard Wölzer.

Sie selbst saß über dem, was sie zum Mordfall Emil Sacher zusammengetragen hatten. Gemeinhin sagte man ja, dass die ersten achtundvierzig Stunden bei der Suche nach einem Mörder entscheidend waren. Das mochte auf normale Fälle zutreffen. Die, in denen der Ehemann die Ehegattin umbrachte, der Enkel die Oma oder der Lover den Ehemann oder umgekehrt. Doch hier hatten sie drei Mordfälle, die irgendwie zusammenhingen, aber gewiss nicht über familiäre Bande. Und Kaufmann – der schwebte mit ziemlicher Sicherheit in Lebensgefahr. Sie hatten Taschke dazu verdonnert, das Umfeld von Kaufmann noch mal genauestens zu durchleuchten. Mal sehen, was das brachte.

Horndeich war ganz konzentriert. Er blätterte, sah auf den Monitor, blätterte wieder. Vielleicht würde ihm etwas auffallen, was ihr, Margot, entgangen war.

Zweimal hatte sie sich heute noch übergeben, obwohl der Magen kaum mehr etwas hatte, was er der Kloschüssel noch bieten konnte. Es musste endlich ein Ende haben. Rainers SMS waren blockiert. Mögliche Anrufe auch. Sollte er sein Schnucki nehmen und möglichst schnell wieder nach Amerika fliegen. Sechstausendfünfhundert Kilometer Luftlinie, das schien ihr der rechte Abstand zu sein.

Margot riss sich vom Anblick ihres konzentriert arbeitenden Kollegen los. Sie hatte schließlich selbst noch jede Menge zu erledigen. Vor ihr lag die Liste mit den Zeugenaussagen, die die Kollegen der Schutzpolizei bei der Befragung der unmittelbaren Anwohner des Badesees Woog, in dem Sacher gefunden worden war, eingesammelt hatten. Horndeich hatte das alles schon durchgeackert, gleich nachdem die Kollegen die Liste vorgelegt hatten.

Wieder ploppte ein Kronenkorken. Wieder eine SMS.

»Na, funktioniert der Blocker nicht?«, fragte Horndeich.

Margot sah auf das Display. »Doch, doch, alles okay.«

Horndeich widmete sich wieder der Akte.

Und Margot sah auf die SMS. *Wenn du nicht antwortest, heißt das, dass es dir nicht gut geht. Nick.*

Sie hatte völlig vergessen, ihm zu antworten. Mit einem Blick auf das Display dachte sie an den vergangenen Abend. An dem sie eine glückliche und eine bittere Erkenntnis gewonnen hatte: Die glückliche war die, dass sie bei ihren Kindern nicht alles falsch gemacht hatte. Die bittere: Für ihre Männer galt das nicht. Sie nahm das Handy und tippte: *Nein. Mir geht es nicht gut. Ich melde mich wieder, wenn es mir besser geht. Margot.*

Sie drückte auf den »Senden«-Button. Würde noch eine Weile dauern, bis sie sich wieder melden würde. Mal sehen, wie lange allein ihr Magen ihr einen Strich durch die Rechnung machen würde.

Sie versuchte erneut, sich auf die verdammte Liste zu konzentrieren.

Viele Zeugen meinten, in der Nacht, in der Emil Sacher im Woog abgeladen worden war, etwas Wichtiges gesehen zu haben. Die meisten schwärzten ihre Nachbarn an. Da war etwa die Familie mit den drei Kindern in der Heinrich-Fuhr-Straße 13, die offenbar irgendwelchen Nachbarn ein Dorn im Auge war. Und dann gab es die Leute, die schon immer die Nummern der parkenden Wagen aufgeschrieben hatten, die nicht in die Nachbarschaft gehörten. Etwa des vermeintlichen Zuhälter-BMWs, den eine Frau schon viermal der Polizei gemeldet hatte. Die Kollegen hatten die Anwohner befragt und unendliche Geduld bewiesen, wenn diese ihre Geschichten erzählten. Um sich wichtig zu machen, um dem Nachbarn eine reinzusemmeln – das Potpourri der skurrilen Aussagen und deren Überprüfung durch die Kollegen der Schutzpolizei füllte fünfunddreißig Seiten. Margot war bereits auf Seite zweiunddreißig, als sie stutzig wurde. Eine Frau aus der Heinrich-Fuhr-Straße 3 hatte angegeben, dass direkt an der Ecke zur Beckstraße ein großer Pick-up gestanden habe, der dort sonst nicht stand.

Diese Straßenecke lag unweit der Stelle, an der Sacher im Woog versenkt worden war.

Die Frau hatte keine Ahnung von Automarken. Sie wusste nur, dass die Farbe Rot gewesen war. Was aber noch viel interessanter war: das Kennzeichen. Margot hatte es erst an diesem Morgen gesehen. Es war das Kennzeichen des Ford F-150 von Ruth Steiner.

Margot las die Aussage noch einmal: *Die Zeugin sagte aus, der Wagen habe um 2 Uhr in der Nacht an der Ecke Heinrich-Fuhr-Straße und Beckstraße gestanden. Sie habe ihren Hund Gassi geführt, der etwas an der Blase hatte, weshalb sie alle vier Stunden mit ihm rausmusste. Am Freitag um 22 Uhr habe der Wagen noch nicht dort gestanden. Am Samstag um 6 Uhr nicht mehr.*

Die Halterin, Ruth Steiner, wohnte gut drei Kilometer entfernt in der Wielandstraße im Stadtteil Arheilgen. Die Kollegen hatten sie gefragt, was ihr Wagen um diese Zeit dort zu suchen gehabt habe. Die Befragte habe geantwortet, so stand es im Protokoll, dass sie eine Freundin besucht habe, die in der Beckstraße wohne. Die benannte Freundin, Silvia Lutter, hatte das bestätigt.

Ruth Steiner war also in der Nacht, in der Emil Sacher im See versenkt worden war, unmittelbar in der Nähe gewesen? Das war nun mehr als seltsam.

Margot wollte Horndeich ansprechen, da ploppte wieder ein Kronenkorken in ihrem Handy. Sie sah auf das Display: *Schade. Ich fahre bald nach Europa, um die Alte Welt kennenzulernen. Begleitest du mich? Nick.*

Margot war sprachlos. Eine Reise mit Nick durch Europa? Sie wusste nicht mal aus dem Stand, wie viel Urlaub sie überhaupt noch hatte. Und den könnte sie sicher nicht von einem auf den anderen Tag nehmen. Was dachte sich dieser Nick? Was bildete er sich ein?

Und überhaupt. Mit Männern hatte sie kein Glück. Und Glück, das war es, was sie Nick wünschte. Und damit fiel sie als Partnerin bei Was-auch-immer aus. Was zumindest für den Moment wie eine stringente, logische Schlussfolgerung klang.

Sie sah Horndeich an.

Der war immer noch hundertzehnprozentig konzentriert. Ob er in den Marburg-Akten noch etwas finden würde? »Kollege, ich bin da auf was gestoßen.«

Horndeich sah auf. »Auf was?«

»Schau mal. Unsere Ruth Steiner, die den Vortrag bei der Burschenschaft gehalten hat – sie war in der Nacht, in der Emil Sacher im Woog versenkt wurde, genau dort in der Gegend.«

Horndeich stand auf und ging um den Schreibtisch herum. »Nee.«

»Doch. Aber das ist uns nicht aufgefallen, weil wir bis dahin noch gar nicht wussten, dass die Dame diesen Vortrag gehalten hat, dort, wo die Fäden von drei Todesopfern und einem Vermissten zusammenlaufen.«

Horndeich sah auf die markierte Passage der Seite. »Mist.« Schließlich war er es gewesen, der diese Seiten das erste Mal durchgeackert hatte.

»Nun, sehen wir es mal so: Unsere Methode bewährt sich gerade einmal wieder.«

Das Telefon auf Margots Tisch klingelte. Die Pforte rief an.

Sie nahm ab: »Hesgart – ja?«

»Ei, Frau Hesgart, hier is' die Frau Zupatke. Ihne Ihr'n Mann, den hab isch grad zu Ihne' hochgeschigd.«

Margot legte den Hörer auf und wurde blass. Das registrierte Horndeich sofort.

Dann sah sie Horndeich an. »Er ist hier«, sagte sie und wurde noch blasser. Das sieht nicht gut aus, dachte Horndeich.

»Wer?«, fragte Horndeich. Margot sah aus, als hätte Frau Zupatke Jack the Ripper angekündigt.

»Er«, sagte Margot nur. Und Horndeich sah, dass ihre Hände zitterten.

Es dauerte keine halbe Minute mehr, bis es am Türrahmen klopfte. Dort stand Rainer Becker, Margots Mann.

»Rainer?«, fragte Horndeich, dem sofort bewusst wurde, dass hier irgendetwas gar nicht in Ordnung war.

»Rainer«, japste Margot und stand auf.

»Margot. Du antwortest ja nicht. Wir müssen reden. Ich muss mit dir reden. Das mit mir und Rhonda – das ist alles nicht so, wie …«

Weiter kam er nicht.

Margot schien auf einmal um fünf Zentimeter zu wachsen. »Rainer!«, rief sie.

Horndeichs Blick ging zwischen ihnen hin und her wie beim letzten Satz eines Tennismatches.

»Rainer!«, schrie Margot erneut.

Dann sah Horndeich etwas, was er bislang nur in den Filmen des Roten Kreuzes gesehen hatte. Margot atmete plötzlich ganz schnell. Und ganz flach. Und noch schneller. Und noch flacher.

»Margot!«, riefen Horndeich und Rainer gleichzeitig.

»Verpiss dich«, presste Margot noch hervor.

Dann versagten ihre Beine den Dienst. Margot klappte zusammen. Wie oft hatte Horndeich so was bei seinen Ersthelferkursen durchgespielt. Aber im echten Leben war es doch etwas anderes. Er schaffte es, Margots Fall abzufangen. So sank sie auf den Boden, ohne sich zu verletzen.

Rainer tat einen Schritt auf sie zu.

Horndeich, der direkt neben ihr auf dem Boden kauerte, befahl: »Abflug, Rainer. Alles andere später.«

Rainer ging nun auf der anderen Seite von Margot ebenfalls in die Knie. Er ergriff ihre Hand. »Margot, mein Schatz, ich liebe dich doch!«

Horndeich überlegte nicht lange, was er tun sollte, er reagierte instinktiv: »Rainer, gehen Sie!«, sagte er scharf.

Rainer Becker sah Horndeich konsterniert an: »Hören Sie mal! Was erlauben Sie sich?«

Horndeich und Rainer hatten sich mal geduzt. Aber Horndeich hatte sehr wohl mitbekommen, wessen Nummer Margot in den SMS-Blocker eingegeben hatte. Daher war das »Sie« jetzt durchaus angebracht. Seine Loyalität galt immer noch seiner Vorgesetzten.

Horndeich brachte Margot in eine stabile Seitenlage, wählte die 112, gab Adresse und Grund des Anrufs durch. Horndeich kannte seine Chefin seit mehr als zehn Jahren. Und er war sich inzwischen sicher, dass Margot, wenn sie das Bewusstsein wiedererlangte, jeden würde sehen wollen, aber nicht Rainer. Deshalb wurde er deutlich: »Abflug. Freiwillig oder holterdiepolter.«

Offenbar hatte Rainer seinen Stephen King gelesen. »Huckepack oder holterdiepolter« waren die Alternativen, die Annie Wilkes dem im Rollstuhl sitzenden Paul Sheldon im Buch *Sie* anbot, um die Kellertreppe nach unten zu gelangen.

Rainer erhob sich. Und sein beinah hasserfüllter Blick sagte Horndeich, dass er tatsächlich absolut in Margots Sinn gehandelt hatte.

Ihr Kopf schmerzte.

Ihr Magen schlug Kapriolen.

Alles ein großes »Aua«.

Dann diese Stimmen. »Frau Hesgart? Hallo? Können Sie mich hören?« Dann eine andere Stimme. »Margot? Hallo?« Horndeichs Stimme. Warum brüllten die alle nur so?

»Is' ja gut.« Durch ihren Satz schienen für einen Moment alle zum Schweigen verurteilt. Gut so.

Der Notarzt spritzte ihr etwas.

»... sollten Sie!«

Ja. Sollte ich wohl, dachte Margot. Was auch immer.

»Haben Sie verstanden?«

Margot hatte das Gefühl, sich am anderen Ende eines langen Tunnels zu befinden.

»... Krankenhaus ...«

»Nein. Nicht ins Krankenhaus. Ich bin okay«, sagte sie, wohl wissend, dass das die Übertreibung des Tages war.

»Wir müssen Sie …«, hörte sie den Arzt wie durch ein Walkie-Talkie sagen.

»Nichts müssen Sie.«

»… Ihre Gesundheit … Ihr Bestes.«

Nein, sie nahm nicht alles wahr, was die Menschen um sie herum sagten.

Es brauchte weitere zehn Minuten, bis sie dem Notarzt klargemacht hatte, dass sie nicht mit ins Krankenhaus fahren würde. Dass sie ihre Hausärztin aufsuchen würde. Ja. Heute noch. Versprochen.

Dann wieder Schwärze.

Seit Margot Hesgart, seine Chefin, der Fels in der Brandung, zusammengeklappt war, war schon eine halbe Stunde vergangen.

Sie lag auf einer der Liegen im Zimmer am Ende des Flurs und schlief.

Horndeich hatte mitbekommen, dass allein die Vorstellung von Krankenhaus der blanke Horror für Margot gewesen war. Er hatte mit dem Notarzt verhandelt.

Heftig verhandelt.

Nun wachte Margot langsam wieder auf. »Wo bin ich?«, wollte sie wissen.

»Hi. Du bist in unserem Krankenzimmer.«

»Krankenzimmer? Wieso? Ich bin doch topfit!«

»Klar.«

Margot fasste sich an den Kopf. »Aua. Was ist denn eigentlich los?«

Horndeich gab Margot eine kurze und prägnante Zusammenfassung der Ereignisse der vergangenen Dreiviertelstunde.

»Rainer?«

Horndeich nickte nur.

»Ich habe dem Arzt gesagt, dass ich persönlich dafür sorgen werde, dass du zu deinem Hausarzt gehst.«

»Super. Dann mach mal.«

»Klar. Wer ist dein Hausarzt?«

»Das möchtest du wissen, was?«

Horndeich nickte. Und konnte nicht verheimlichen, wie froh er über die im Ansatz humoristische Bemerkung seiner Chefin war.

»Gleich«, sagte sie. »Kannst du mir was zu trinken holen? Wasser?«

»Klar.«

Als Horndeich zurückkam, saß Margot auf dem Stuhl. »Ist so würdelos, irgendwo in Klamotten rumzuliegen.«

Er reichte ihr das Glas. Setzte sich ihr gegenüber.

Margot trank das Wasser in kleinen Schlucken.

»Sollen wir?«

»Gleich«, wiederholte Margot. Sie schien kurz nachzudenken. »Weißt du, von Anfang an war es so. Er hat sich nicht verändert. Rainer hat nie mit mir gesprochen. Er hat seine Entscheidungen immer einsam getroffen und dann verkündet. Nur ich, ich konnte das nicht mehr ertragen. Nein, ich will es nicht mehr ertragen. Einsam kann ich auch alleine sein.«

Horndeich sah auf den Boden.

»Sorry, ich wollte dich jetzt nicht mit dem Knirschen der Scherben meiner Ehe belasten.«

Horndeich schüttelte den Kopf. »Nein. Alles gut. Mir ist nur selbst gerade etwas klar geworden.«

»Na dann. Bringst du mich zu Frau Schmalroth?«

»Wer ist denn das?«

»Na, du wolltest doch gerade wissen, wer meine Hausärztin ist. Ist auch in der Klappacher Straße.«

DONNERSTAG, 28. JUNI

Silvia Lutter öffnete die Wohnungstür. Sie sah Horndeich unsicher an. »Sie sind von der Kriminalpolizei?«

Eine halbe Stunde zuvor hatte Horndeich die Freundin von Ruth Steiner angerufen. Silvia Lutter war Krankenschwester und hatte an diesem Tag Spätdienst, weshalb sie ihn gleich empfangen konnte. »Ja. Ich hätte ein paar Fragen an Sie.«

»Weshalb denn?«, fragte die zierliche Frau.

Horndeich schätzte sie auf um die vierzig. Sie trug das tiefschwarze Haar lang und offen. Ihre Kleidung war für Horndeichs Empfinden ein wenig zu farbenfroh, aber durchaus schick. »Es geht um Freitag vor zwei Wochen.«

»Um den Abend, an dem Ruth bei mir war.«

»Genau. Um diesen Abend. Darf ich reinkommen?« Horndeich nahm das Zögern wahr.

»Ja, natürlich, kommen Sie rein. Möchten Sie etwas trinken?«

Horndeich betrat die Wohnung. Die war stilvoll eingerichtet, wenn Horndeich auch das Faible für afrikanische Masken nicht teilte. Die Wohnung war licht und großzügig möbliert. Silvia Lutter führte Horndeich in den großen Wohnbereich. Er sah keinen Fernseher und nur ein kleines Radio.

»Nein, danke, ich bin auch gleich wieder weg.« Horndeich setzte sich auf ein bequemes Ledersofa. »Frau Lutter, bitte erzählen Sie mir von diesem Freitagabend.«

»Nun, Ruth kam erst spät zu mir. Gegen halb zwölf. Wir haben eine Flasche Wein getrunken. Und wir haben uns die Bilder von unserem gemeinsamen Urlaub vor einem Jahr angesehen. Ich mache gern solche Fotobücher.«

»Und Ruth – sie hat auch so ein Fotobuch?«

»Äh – ja.«

»Aber Sie wollten das Buch zusammen ansehen?«

»Ja.« Silvia Lutter wurde einsilbiger. Was daran liegen konnte, dass sie misstrauisch wurde.

»Wo waren Sie in diesem Urlaub?«

»In Griechenland. Auf den Kykladen. Kennen Sie Santorin?«

Horndeich hatte vor einigen Jahren einmal die griechische Insel besucht. Die schroffen Felsen der Steilküste hatten ihm durchaus imponiert, ebenso der schwarze Lavasand am Strand, auf dem man sich tagsüber gut die Füße hatte verbrennen können. »Ja, kenne ich. Sehr schön dort. Zeigen Sie mir das Album?«

»Herr Horndeich, glauben Sie mir nicht?« Silvia Lutters Lachen wirkte nicht aufrichtig. Und alles andere als entspannt.

Horndeich antwortete nicht. So stand Frau Lutter auf, verschwand kurz und kam wenig später mit dem Album zurück. Wortlos reichte sie es Horndeich. »Können Sie gern reinschauen. Santorin ab Seite zweiunddreißig.«

Das Buch war schwer – hundertachtundzwanzig Seiten, wie Horndeich feststellte. War sicher nicht billig gewesen. Horndeich blätterte wahllos durch die Seiten. Die Fotos waren von erstaunlicher Qualität, Horndeich hatte den Eindruck, einen Bildband aus der Buchhandlung in den Händen zu halten. Nur ab und an waren Silvia Lutter, Ruth Steiner und eine dritte Frau auf den Bildern zu sehen. Horndeich runzelte die Stirn. Diese andere Frau war ebenfalls zierlich. Er hatte sie auch schon gesehen. Wenn sie einen Bikini trug, konnte man erkennen, dass sie gut durchtrainiert war. »Darf ich fragen, wer das ist?«

»Das ist Judith, eine Freundin von Ruth.«

Judith Reichenberg. Horndeich erinnerte sich. Das war die Frau an der Uni, die Margot und ihn vor einer guten Woche über das Thema Hexen informiert hatte. Ruth Steiner hatte Horndeich und Margot an sie verwiesen. »Sie sagen, Judith ist Ruths Freundin. Nicht die Ihre?«

»Ich weiß zwar nicht, was das hier zur Sache tut – aber

nein, Judith ist nicht meine Freundin. Es war Ruths Idee, zu dritt zu fahren, und ja, es war ganz lustig. Aber ich habe Judiths Gesellschaft als etwas anstrengend empfunden.«

»Ist irgendetwas vorgefallen?«

»Nein, es ist nichts vorgefallen. Aber vier Wochen miteinander auf Reisen – da lernt man sich kennen. Und mir ist Judiths etwas – nun, sagen wir, etwas extrovertierte Art mit der Zeit ein wenig auf die Nerven gegangen. Aber das dürfte mit dem Mord an Emil Sacher kaum etwas zu tun haben, oder?«

Da musste Horndeich Frau Lutter recht geben. »Wann ist Ruth Steiner in jener Nacht wieder nach Hause gefahren?«

»Gar nicht. Sie hat hier übernachtet. Wie gesagt, wir hatten Wein getrunken. Sie ist dann am nächsten Morgen nach Hause gefahren.«

Horndeich erinnerte sich an die Aussage der Zeugin mit dem Hund. Um zwei hatte der Wagen an der Straßenecke gestanden. Aber um zweiundzwanzig Uhr und um sechs Uhr morgens nicht. Horndeich überlegte, ob er das ansprechen sollte. Er entschied sich dagegen.

»Herzlichen Dank, Frau Lutter, das war es dann auch schon.«

Er hatte noch ein wenig Papierkram erledigt und war dann zu Ruth Steiners Buchhandlung gefahren. Die wollte mit ihm in ihrer Mittagspause sprechen, was Horndeich durchaus passte. Sollten die beiden Freundinnen ruhig noch mal miteinander telefonieren. Horndeich hatte die Erfahrung gemacht, dass bei Absprachen zwischen Menschen, wenn sie eine erfundene Geschichte mit Fakten auffüttern wollten und sie sich darüber abstimmten, Fehler vorprogrammiert waren. Und Horndeich war sich zweier Dinge ganz sicher. Erstens: Der Abend, an dem Ruth Steiner ihre Freundin Silvia besucht hatte, hatte sich nicht so abgespielt, wie Silvia Lutter es geschildert hatte. Zweitens war Horndeich fest davon überzeugt, dass Silvia Lutter unmittelbar nach Horndeichs Verschwinden ihre Freundin

Ruth angerufen hatte. Und was das zu bedeuten hatte, würde er jetzt herausfinden.

Fünf Minuten später saß er mit Ruth Steiner in ihrem fensterlosen Büro. Im Sommer war das nicht so prickelnd, fand Horndeich. Wahrscheinlich hatte Ruth Steiner deswegen auch die Tür zum Laden offen gelassen, denn so wurde dem Kunstlicht an der Decke wenigstens ein wenig Tageslicht hinzugefügt.

»Frau Steiner, ich hätte da noch ein paar Fragen zu der Nacht, in der Sie Ihre Freundin besucht haben.«

»Welche Nacht? Welche Freundin. Ich besuche immer mal wieder Freundinnen.«

Horndeich blätterte in dem Schnellhefter, den er gerade noch zusammengerollt in der Hand gehalten hatte. Schwarz auf Weiß wirkte immer gut, gerade dann, wenn es eine unwahre Geschichte zu zerpflücken galt. »Eine Zeugin sagt, sie habe Ihren Wagen an der Ecke Heinrich-Fuhr-Straße und Beckstraße gesehen. Freitag vor einer Woche.«

»Ja. Das kann sein. Dann meinen Sie meine Freundin Silvia Lutter, die ich in der Nacht besucht habe.«

»Genau. Silvia Lutter. Können Sie mir bitte noch sagen, wann genau Sie Frau Lutter besucht haben?«

Ruth Steiner überlegte kurz. Dann sagte sie: »Es war schon spät. Elf Uhr, halb zwölf. Genau weiß ich das nicht mehr.«

»Warum haben Sie sie besucht?«

»Einfach nur, um zu quatschen.«

»Und das haben Sie auch gemacht.«

»Ja. Wir haben eine Flasche Rotwein aufgemacht. Und wir haben uns Bilder angeschaut. Vom letzten Urlaub.«

»Dem Urlaub mit Judith Reichenberg.«

»Genau. Aber was hat das denn jetzt mit dem Mord an Emil Sacher zu tun?«

»Sorry, die Fragen stelle ich.«

Ruth Steiner zuckte nur mit den Schultern.

»Silvia Lutter sagte, dass es mit Judith nicht immer einfach im Urlaub war.«

»Das stimmt. Aber ich komme mit ihr gut klar.«

»Wann sind Sie an dem Abend nach Hause gefahren?«

»Gar nicht. Also nicht in dieser Nacht.«

»Warum?«

»Ich sagte schon, dass wir etwas getrunken haben. Daher wollte ich nicht mehr Auto fahren.«

»Wann sind Sie dann gefahren?«

»Ich öffne den Laden samstags um zehn. Also bin ich gegen neun gefahren.«

»Haben Sie noch zusammen gefrühstückt?«

»Ja.«

»Was gab es denn?«

»Herr Horndeich, was soll das? Darf ich wissen, was Sie wollen? Sonst sage ich gar nichts mehr.«

Horndeich antwortete nicht und blätterte wieder in dem Hefter. »Ah, da habe ich es ja: Die Zeugin, die Ihren Wagen gesehen hat, die hat einen Hund. Und der hatte was an der Blase. Und deshalb musste sie alle vier Stunden mit dem Fiffi raus. Das hat sie um zweiundzwanzig Uhr gemacht, am Freitag. Da stand Ihr Wagen noch nicht an der Straßenecke. Um zwei Uhr nachts machte sie ebenfalls ihre Runde. Da stand Ihr Wagen an der Straßenecke. An der er so nicht hätte stehen dürfen.«

»Es war mitten in der Nacht«, warf Ruth Steiner ein.

»Genau das hat sich die Zeugin auch gedacht. Und sich das Kennzeichen gemerkt. Als sie um sechs wieder dort vorbeikam, da stand Ihr Wagen allerdings nicht mehr da. Deshalb hat sie ja auch freundlicherweise von einer Anzeige abgesehen.«

Horndeich sah Ruth Steiner an. Die erwiderte den Blick, sah dann aber zur Seite. »Okay. Ich bin so gegen halb drei gefahren.«

»Nach Hause? Nach Arheilgen?«

»Ja.«

»Hm. Und warum erzählen Sie dann von der Übernachtung?«

»Weil wir etwas getrunken hatten, alle beide. Ich hatte sicher eine Flasche Wein intus.«

»Aber das kann Ihnen doch jetzt niemand mehr nachweisen.«

»Herr Horndeich …«

»Sie hätten von dem Wein überhaupt nichts erzählen müssen.«

»Habe ich aber. Und dann habe ich halt gesagt, dass ich bei Silvia übernachtet habe, damals, als der Polizist mich danach gefragt hat.«

»Aber es hat Sie damals niemand gefragt, wann Sie wieder gefahren sind.«

»Doch. Das hat mich der Polizist am Donnerstag gefragt.«

»Hm. Dann frage ich mich, warum der Kollege das hier nicht vermerkt hat.«

»Das müssen Sie ihn fragen. Nicht mich.«

»Gut. Dann bedanke ich mich für Ihre Zeit. Und ich werde den Kollegen fragen.«

Als Horndeich im Wagen saß, war ihm klar, dass irgendetwas an der Geschichte nicht stimmte. Ob das allerdings mit dem Mord an Sacher zu tun hatte, das stand noch auf einem ganz anderen Blatt Papier.

Ihre Ärztin hatte es gestern gut mit ihr gemeint. Eine halbe Tablette Benzodiazepin, dann würde sie ruhiger werden. Eine ganze, und sie würde schlafen wie ein Stein. Margot hatte eine lange Diskussion mit der Ärztin geführt. Die wollte sie für zwei Wochen krankschreiben. Burn-out-Syndrom. Nein. Margot konnte arbeiten. Wollte arbeiten. Auch mit ein paar Magenschmerzen und Tee statt Kaffee.

Frau Dr. Schmalroth hatte sich dann darauf eingelassen, ihr die Benzos zu verschreiben. Und sie am Montag wiedersehen zu wollen.

Margot hatte am Abend eine dieser Pillen eingeworfen. Sich ins Bett gelegt. Dann war sie morgens aufgewacht. Eher mittags. Es war bereits halb zwölf gewesen.

Sie hatte sich einen Tee gemacht. Wofür habe ich mir eigentlich diese sauteure Kaffeemaschine gekauft? fragte sie sich. Aber sie sah am schwindenden Vorrat der Aluhütchen, dass Doro sich offensichtlich reichlich bedient hatte. Wenigstens eine, die sich an der Maschine erfreuen konnte. Eiffelturm hin oder her.

Danach hatte sie das dringende Bedürfnis verspürt, sich wieder hinzulegen. Was sie auch getan hatte.

Um vier Uhr nachmittags war sie wieder aufgewacht. Und war sich einer Sache ganz sicher: keine Benzos mehr. Das war nicht ihre Welt, schlafen und noch mal schlafen.

Um siebzehn Uhr hatte sie mit Horndeich telefoniert. Er hatte betont, dass Margot krankgeschrieben sei und sie sich daher nicht um den Stand der Ermittlungen zu kümmern habe.

Margot erwiderte, dass sie am Montag wieder auf der Matte stehen würde. Und dass es ihrer psychischen Gesundheit zuträglich wäre, wenn sie dann auf dem aktuellen Stand der Ermittlungen wäre und nicht das Gefühl haben müsste, außen vor zu sein.

Das hatte auch Horndeich eingesehen. Und ihr mitgeteilt, dass mit dem Auftauchen von Ruth Steiner in der Nähe des Ortes, an dem Emil Sacher in den Woog gekippt worden war, etwas nicht stimmte. Horndeich hatte betont, dass es nichts mit dem Mord zu tun haben musste – aber die Story war nicht wasserdicht. Dann hatte er Margot noch berichtet, dass er die aktuelle Adresse von Petra Schöffer herausgefunden hatte. Die hatte sich vor zwei Jahren in Groß-Umstadt angemeldet. Margot ließ sich die Daten durchgeben.

Horndeich sagte, dass er Petra Schöffer aufsuchen wolle. Montag oder so.

Margot hatte sich ein Abendessen zubereitet, ein wenig Salat, Brot dazu – und sie war erstaunt, wie gut ihr Magen das Essen verkraftete.

Dann googelte sie ein wenig mit dem Namen Petra Schöffer und ihrer neuen Adresse. Sie war selbst erstaunt, dass sie wenige Minuten später sogar die Handynummer herausgefunden hatte. Margot rief die Nummer an.

Petra Schöffer war bereit zu einem Gespräch. Aber sie sagte Margot, dass sie am Abend arbeiten müsse, im Stairway to Heaven, einer Kneipe in Groß-Umstadt. Sie habe dort aber sicher eine Viertelstunde Zeit für die Fragen der Kommissarin.

Margot hatte nicht gezögert und sich ins Auto gesetzt.

Nach Groß-Umstadt war es nicht wirklich weit. Fünfundzwanzig Kilometer.

Margot fuhr in die Stadt. Sie wusste, dass sich die Kneipe in unmittelbarer Nähe des Marktplatzes befand. Auf dem man nicht parken konnte. Also stellte sie das Auto etwas entfernt ab. Sie überquerte den Marktplatz zu Fuß.

Eine nette kleine Stadt. Sie war schon ein paarmal hier gewesen. Einmal, als Wochenmarkt gewesen war. Hatte ihr gut gefallen. Dann einmal, als es einen großen portugiesischen Markt gegeben hatte, sogar mit Fado-Musik. Und einmal war sie hierhergefahren, als ein Krimiautor aus einem Darmstadtkrimi im Saal des Gasthauses Krone gelesen hatte. Sie war neugierig geworden, weil er einige Male bei ihr angerufen hatte, um sich zu erkundigen, wie man denn im richtigen Leben ermittelte. Das hatte dann sogar Doro interessiert.

Sie fand die Kneipe auf Anhieb. Ein schmuckes Altbauhaus. Der Abstand zu den Nachbargebäuden war, nun, man konnte es übersichtlich nennen. Zwischen das eine Fenster der Kneipe und das Fenster des Hauses daneben hätte kaum ein gespanntes Bettlaken gepasst. Margot schätzte, dass die Kollegen der Schutzpolizei sich hier nicht selten sehen ließen.

Margot betrat das Lokal, das nicht sonderlich groß war. Hinter dem Tresen standen zwei Personen: ein junger Wirt – und Petra Schöffer. Obwohl noch keine Gäste da waren, konnte Margot sofort riechen, dass es sich um eine Raucherkneipe handelte. Dann fielen ihr auch die Aschenbecher auf den Tischen auf. Kurz rein und schnell wieder raus, dachte sie.

»Hesgart«, stellte Margot sich vor.

»Frau Hesgart«, sagte Petra Schöffer. »Schön, dass Sie da sind. Bitte suchen Sie sich einen Tisch aus, ich komme gleich zu Ihnen.«

»Gern«, antwortete Margot.

Da keiner der Tische besetzt war, hatte sie die freie Auswahl. Sie entschied sich für einen Platz an einem Tisch zu Füßen eines gerahmten Drucks, eines Fotos von Kurt Cobain. Passend zum Tisch drang aus den Boxen jetzt auch *Smells Like Teen Spirit*. Die Kneipe hatte etwas. Die Poster, die Kritzeleien an den Wänden.

Petra Schöffer kam an Margots Tisch. »Sie sind sicher im Dienst, nicht wahr?«

»Haben Sie einen trockenen Rotwein? Und dazu ein Mineralwasser?«

Petra Schöffer lachte. »Letzteres auf jeden Fall. Nach dem Rotwein schaue ich mal.«

Wenig später kam sie mit einem Glas tiefroten Weins und einem Glas Wasser. »Ich muss gerade noch etwas in der Küche erledigen. In zehn Minuten bin ich bei Ihnen.«

»Keinen Stress.« Dann dauerte es halt zehn Minuten länger. Margot war der einzige Gast. Was beruhigend war, denn sie hasste Raucherkneipen, auch wenn sie selbst zeitweise von den Glimmstängeln abhängig gewesen war. Sie sah sich um und hörte der Musik zu. Auf Nirvana folgte Pearl Jam, die klassische Kombination. Danach eine Runde Guns N' Roses, wobei Axl Rose hinreißend depressiv den Novemberregen besang. Hier im schummrigen Licht der Kneipe nahm man ihm die Melancholie sofort ab.

Margots Blick wanderte durch den Raum. Über ihrem Tisch hing noch ein kleines Bild vom jungen Elvis. An der Nebenwand eines vom älteren Elvis im weißen Las-Vegas-Anzug. Der erste Elvis gefiel ihr besser. Die Getränkekarte war einfach in großen Lettern an die Wand geschrieben. Auch eine Lösung.

Margot musste auf die Toilette. Die lag im ersten Stock. Auch hier zahlreiche Bilder an den Wänden. Die Tür der

Damentoilette zierte ein Gemälde von Victoria Frances mit dem Motiv einer schönen, jungen Vampirin.

Als Margot wieder ins Erdgeschoss kam, wartete Petra Schöffer bereits auf sie. Sie setzte sich zu ihr und Kurt Cobain an den Tisch.

»Frau Schöffer, ich habe ein paar Fragen zu dem Verbrechen, das Ihnen angetan wurde.«

»Haben Sie neue Spuren?«

»Ja. Wir haben wahrscheinlich die Männer gefunden, die das getan haben.«

»Wirklich? Ich hatte die Hoffnung bereits aufgegeben.«

»Das ist noch nicht alles. Von den vier Männern sind drei tot. Zwei davon ermordet. Und der Vierte im Bunde wird vermisst.«

Petra Schöffers Augen weiteten sich.

»Meine Kollegen und ich ermitteln gerade in diesen Fällen.«

Die Kellnerin nickte.

»Sie haben ja damals schon umfangreich ausgesagt. Kann es sein, dass Sie sich bis heute vielleicht noch an weitere Details erinnert haben?«

Petra Schöffer schluckte. Dann stand sie auf. »Einen Moment.« Gleich darauf kam sie mit einem Bier in der Hand zurück. »Ist nicht einfach. Hab lange gebraucht, bis ich mein Leben wieder einigermaßen auf die Reihe bekommen habe. Nach einem halben Jahr bin ich aus Heidelberg weggezogen. Zuerst wieder zu meinen Eltern an den Bodensee. Dann hierhin, weil ich in Dieburg angefangen habe zu studieren. Das mache ich seit zwei Jahren. Online-Journalismus. Bin immer noch in Therapie. Diese Angst im Dunkeln, die Panikattacken – in der Theorie klingt das alles gar nicht so wild. Aber wenn die Panik dich packt, würgt, fesselt … Sorry. Ich will Ihnen hier nichts vorjammern. Es ist gut, dass es vorbei ist. Und der eine, der kommt vor Gericht?«

»Wenn er lebend wieder auftaucht, klar. Ich habe Ihnen die Bilder der vier mitgebracht. Darf ich sie Ihnen zeigen?«

Petra Schöffer nickte.

Margot legte die vier Bilder nebeneinander. Ihr entging nicht, wie die Hände der Frau ihr gegenüber zitterten. Dann zeigte sie auf das Bild von Kaufmann.

»Das ist der Mann, den ich erkannt habe. Hundertprozentig.« Sie betrachtete die anderen Bilder. »Nein, sorry, da ist nichts in meinem Kopf. Ich habe mir das Hirn zermartert. Aber …«

Sie hielt kurz inne. »Scheiße. Doch. Ich erinnere mich. Der da! Den habe ich im Gastraum bemerkt. Weil er mir zugeblinzelt hat.« Sie zeigte auf Hansen. »Er ist in dem Gedränge an mir vorbeigegangen. Jetzt, da ich das Bild sehe, erkenne ich ihn wieder.«

»Sie können sich nicht mehr daran erinnern, wer der vierte Mann war, der erst nach den anderen herauskam?«

»Doch. Das kann ich. Zwei Jahre Therapie. Mein Gott. Wissen Sie, da kommt viel hoch. Viele Tränen, aber auch viel Klarheit. Ich habe alle Puzzleteile dieses Abends wieder zusammengesetzt, soweit ich das konnte. Und dieser Mann …«, sie zeigte auf Philipp Kaufmann, »das war der, der verhindert hat, dass mich einer von diesen Arschlöchern wirklich vergewaltigt hat. Ich habe mich auch daran erinnert, was er genau gesagt hat.«

»Und das war?«

»Zwei der Typen hielten mich und drückten mich an die Mauer, sodass ich mich nicht bewegen konnte. Einer riss unten an meinen Klamotten und an mir herum. Dann hörte ich, wie die Tür zum Hinterhof aufging, die quietschte wie Tier. Endlose Sekunden, in denen meine Angst zu Todesangst wurde. Ich dachte, mein Gott, wenn da jetzt noch einer dazukommt … Aber dann hörte ich seine Stimme. Nah. Er musste den anderen zurückgezogen haben. Denn während er sagte: ›Hör auf mit dem Scheiß!‹, spürte ich die Finger des Oberarschlochs schon nicht mehr. Dann schrie er noch: ›Nicht schon wieder das Ganze!‹ Dann ließen mich die beiden anderen los. Als ich mich umwandte, da hatten sich die beiden, die mich festgehalten hatten, schon weggedreht. Drei rannten sofort weg, und der eine, der mich gerettet hatte, der sah mich kurz an. Und die Art, wie er mich angesehen hat, das weiß ich heute, das war so was wie ein Um-Verzeihung-Bitten. Er hatte auch so ein grünes Band umhängen, das mir bei den anderen schon aufgefallen war. Der Mann war auf jeden Fall der, der mir nichts getan hat.«

»Das ist der Mann, der noch lebt.«

»Und die anderen drei sind wirklich tot?«

»Ja.«

»Ermordet, haben Sie gesagt?«

»Zwei von ihnen. Bei einem ist es nicht ganz sicher.«

Petra Schöffer schwieg und nahm einen tiefen Schluck Bier. »Dann ist es tatsächlich endgültig vorbei. Besteht eine Chance, dass der vierte wieder auftaucht, oder gehen Sie davon aus, dass er auch tot ist?«

»Wir wissen es nicht.«

»Wenn er wieder auftauchen sollte, sagen Sie mir Bescheid?«

»Ja.«

Eine Gruppe von zwei Paaren betrat die Kneipe. Sie setzten sich an den Tisch unter dem Plakat der Black-Sabbath-Tour 1983. Und zündeten sich jeweils eine Kippe an.

»Ich muss wieder«, sagte Petra Schöffer.

»Ja. Ich bleibe noch ein wenig sitzen. Könnte ich bitte noch ein Mineralwasser haben?«

»Klar, kommt sofort.«

Margot dachte nach. Wenn Petra Schöffer schon früher von der wahren Identität des Quartetts erfahren hatte – dann hätte sie ein glasklares Motiv. Nur, wie sollte sie all die Zusammenhänge hergestellt haben? Und wie sollte diese zierliche junge Frau den toten Körper eines Mannes wie Richard Wölzer allein bewegen? Vielleicht hatte sie, Margot, dennoch gerade einen Fehler gemacht, als sie der jungen Frau die vollzählige Bildergalerie gezeigt hatte.

Frau Schöffer brachte ihr das Mineralwasser.

Auch wenn das Gefühl nicht den Ausschlag geben sollte – Margot glaubte nicht, dass diese Frau hinter den Morden steckte. Und sie hoffte, dass die Fakten sie nicht eines Tages eines Besseren belehren würden.

Margot blieb an ihrem Tisch sitzen. Eigentlich hätte sie jetzt nach Hause fahren können. Und uneigentlich hatte sie dazu noch überhaupt keine Lust. Also blieb sie, lauschte der Musik und hing ihren Gedanken nach, während sie von Wasser auf Cola umstieg. Sie dachte an Rainer. An ganz frühe Zeiten, als sie als Jugendliche zusammen waren. An schöne Zeiten. Und dann an die nicht so schönen, die immer mehr die Oberhand gewonnen hatten. Manchmal huschte ein Lächeln über ihr Gesicht, ab und an lief eine Träne. Margot Hesgart nahm Abschied an diesem Abend, auch wenn ihr das Wort so nicht in den Sinn kam.

Margot dachte gerade an den Antrag, den Rainer ihr gemacht hatte, im Garten ihres Hauses. Auch schon lange her. Da erklang die Stimme einer Frau, die im Duett mit einem Mann sang. Er klang wie Jan-Josef Liefers. Aber der sang ja nicht, oder? Dann fiel ihr ein, dass es ein Lied der Gruppe Silly gab, in dem Liefers mit Anna Loos sang.

Ich danke dir, du hast mich an mich erinnert.
Ich und ich war'n einander schon so fremd.

Die seltsame Stimmung an diesem Abend zeigte ihre Wirkung, und die Worte des Liedes bewegten sich in ihrem Kopf. Vielleicht waren es die Nikotinschwaden vom Fremdrauchen, die den Nebel im Kopf erzeugten. Und Margot hatte den Eindruck, dass die Worte dieses Liedes irgendwie mit ihr zu tun hatten.

An ein Mädchen, das noch lebt.
An ein Mädchen, dessen Seele lächelnd schwebt.
An ein Mädchen, viel zu tough, es durch den Wolf zu dreh'n.

Ja, das war sie. Viel zu tough, sie durch den Wolf zu dreh'n. Da mussten schon andere kommen als Rainer. Und ja, sie lebte noch. War es nicht auch ein wenig ihr Vater, der sie immer wieder an sie erinnerte? Der sie an früher erinnerte, an die unbekümmerten Zeiten.

Dieses Früher, in dem so viele Wurzeln lagen für das Jetzt.

Dieses Früher …

Petra Schöffer kam an ihren Tisch. »Frau Hesgart, wir machen jetzt zu.«

Margot nickte. Schaute auf ihre Uhr. Es war fast ein Uhr.

Silly hatte den Song beendet. Und Robert Plant intonierte: *There's a lady who's sure all that glitters is gold. And she's buying a stairway to heaven.*

Stairway to Heaven. Wieder so ein Rainer-Lied. Auf seinem Kleinkraftrad waren sie damals immer wieder in die Disco Red-Stone gefahren, nach Fränkisch-Crumbach. Auch als es schon saukalt gewesen war. Und die giftgrüne Kreidler Florett RS fuhr ja auch satte fünfundachtzig Stundenkilometer. Margot war beeindruckt gewesen. Aber nur in Crumbach hatten sie halt die Musik gespielt, die Margot und Rainer gemocht hatten. Alte Musik. Was Anfang der Achtziger Jimi Hendrix, Jimmy Page und andere Größen der ausgehenden Sechziger und beginnenden Siebziger gewesen waren. Was hatte sie ihren Rainer angehimmelt. Und sie hatte es so genossen, sich auf dem Motorrad von hinten an ihn zu schmiegen.

Vor drei Jahren war sie mit Rainer noch mal im Red-Stone gewesen. Auch da war alte Musik gelaufen. Wobei die alte Musik von heute die neue von damals gewesen war. Aber auch als sie *Stairway to Heaven* gespielt hatten, hatte sich das alte Gefühl nicht mehr einstellen wollen.

Margot beglich die Rechnung.

Die Musik von früher war wieder in ihrem Kopf. Und diese Zeile von Silly: *Ich danke dir, du hast mich an mich erinnert.*

Jetzt wusste sie genau, was sie am nächsten Tag checken würde.

FREITAG, 29. JUNI

Sie hatte wieder lange geschlafen. Es war bereits elf, als sie aufstand, sich duschte und anzog.

Sie tat etwas, was sie seit Monaten nicht mehr gemacht hatte. Sie klopfte an Doros Zimmertür.

»Ja?«

»Ich bin's. Magst du einen Kaffee?«

Die Tür öffnete sich. Doro, in T-Shirt und Schlafanzughose mit Bärenmuster, sah Margot mit Skepsis im Blick an. »Kaffee?«, fragte sie.

»Ja.«

»Nur so?«

»Ja und nein. Ich würde gern mit dir reden.«

Doro verdrehte die Augen. »Wenn du meckern willst, mach es doch einfach jetzt und hier.«

Für einen Moment war Margot verdutzt, dann musste sie sich eingestehen, dass Doros Verhalten nicht ganz unbegründet war. »Nein, das war die alte Margot. Die neue Margot möchte deine Meinung und deinen Rat zu einem Thema, bei dem sie nicht allein eine Entscheidung treffen möchte.«

Nun war es an Doros Reihe, irritiert zu schauen. »Orange Kapsel. Mit einem kleinen Schuss Milch.«

»Prima, bis gleich.«

Margot bereitete den Kaffee zu, fand sogar einen vakuumverpackten Marmorkuchen, dessen Verfallsdatum noch ein wenig Spielraum ließ. Sich selbst bereitete Margot einen Früchtetee zu. Sie traute ihrem Magen noch nicht über den Weg.

Fünf Minuten später saßen die Frauen gemeinsam am Esstisch. Doro schaute Margot an, und immer noch wirkte sie wie eine Katze, die jede Sekunde fliehen konnte. Oder kratzen.

»Ich bin vorgestern zusammengeklappt. Ich wollte dir das sagen, bevor du es von jemand anderem erfährst.«

»Ich weiß es. Papa hat mich angerufen. War entsetzt, dass dein Kollege ihn so brüsk abgefertigt hat.«

Kaum begann Margot ein Gespräch, wurde es auch schon wieder peinlich.

»Margot, ich hänge mich da nicht rein. Das müsst ihr miteinander ausfechten. Er wollte von mir noch einen Rat wegen seiner Rhonda. Auch da habe ich zu ihm gesagt, das muss er mit ihr ausmachen, nicht mit mir.«

Margot nickte. Die junge Dame vor ihr war definitiv kein Kind mehr. Sondern eine Frau. Und keine dumme offenbar.

»Bist du einigermaßen fit?«

Margot nickte. »Ja. Einigermaßen. Ich muss gerade eine Menge mit mir ausmachen. Das strengt an. Und einen Aspekt davon würde ich gern mit dir besprechen, denn es hat auch mit dir zu tun.«

Doro sah auf den Tisch. Rührte mit dem Löffel im Kaffee.

»Was ist?«, fragte Margot.

Doro blickte auf. »Du willst, dass ich ausziehe.« Es war keine Frage, es war eine Feststellung.

»Ausziehen? Quatsch. Wie kommst du denn darauf?«

»Nicht? Ich dachte, du wolltest hier endlich allein leben.«

»Habe ich diesen Eindruck vermittelt?«

Doro zuckte mit den Schultern. Ein deutlicheres Ja, als jedes Nicken hätte sein können. »Nein, Doro, das ist Blödsinn. Ich frage mich vielmehr, wie ich auf einen bestimmten Vorschlag meines Vaters reagieren soll. Er denkt darüber nach, mit Chloe hier einzuziehen. Ins Erdgeschoss.«

»Sebastian und Chloe wollen hier einziehen?«

»Ja. Und ich weiß nicht, was ich davon halten soll.«

Ein Strahlen überzog Doros Gesicht. »Das ist doch klasse. Ich hätte da einen Vorschlag. Die beiden wohnen im Erdgeschoss. Du hier im ersten Stock und unter dem Dach. Und ich kann runter in die Souterrain-Einliegerwohnung. Dann sind wir zusammen, ohne jeden Moment aufeinanderhängen zu müssen. Wär doch super.«

»Du meinst, wir gehen uns nicht auf den Wecker?«

»Nur manchmal.« Doro zwinkerte Margot zu.

»Gut. Dann machen wir das so. Entscheidung gefällt.«

»Und meine Miete? Wollte ich dich sowieso mal drauf ansprechen …«

»Nebenkosten. Fertig.«

Doro stand auf. Umarmte Margot. Und Margot spürte, dass in den vergangenen achtundvierzig Stunden viel Gutes passiert war.

Auch den Nachmittag über hatte Margot geschlafen. Kurz hatte sie überlegt, in die Stadt zu gehen. Doch die war derzeit vom Heinerfest besetzt: Buden und Fahrgeschäfte hatten die Innenstadt und auch die Straßen okkupiert. Und wenn Margot nach einem nicht war, dann nach Geschiebe in der Innenstadt.

Am frühen Abend ging Margot in ihr Arbeitszimmer. Sie hatte vor, mal eine andere Spur zu verfolgen. Es war nicht mal eine richtige Spur.

Sie startete Google-Earth. Ihre Spur war nur ein imaginärer Pfeil, der über der Landkarte schwebte und auf einen Ort im Odenwald zeigte. Da gab es ein ausgebranntes Internat im Ort Fischbachtal. Dort waren zwei Jungen des Quartetts zur Schule gegangen. Und wenige Kilometer entfernt lag Fränkisch-Crumbach. Der Ort, aus dem Ruth Steiner kam.

Margot loggte sich auf dem Polizeiserver ein. Dann klickte sie auf die Seiten, die Emil Sacher in den sozialen Netzwerken angelegt und die Bernd Riemenschneider dankenswerterweise abgelegt hatte.

Sie schaute sich die Seiten von Emil Sacher an. Da waren ein paar Fotos aus seiner Internatszeit. Sie kopierte ein Bild von Sacher mit Popperfrisur. Dann schaute sie, was sie über Philipp Kaufmann an Bildmaterial finden konnte. Aber da gab es nichts.

Sie klickte wieder auf die Seiten von Sacher. Der hatte Hunderte von Bildern. Sie nahm sich wieder das Album aus der Zeit vor, die er im Internat im Odenwald verbracht hatte. Nun sah sie sich alle Bilder an. Bei einem Bild stutzte sie. Das Bild war bald fünfundzwanzig Jahre alt. Aber der Mann an der Seite von Sacher – das konnte Kaufmann sein, etwas schmaler im Gesicht. Margot druckte auch dieses Bild aus.

Dann jagte sie alle Ausdrucke durch eine Laminiermaschine. Für eine Disco vielleicht der richtige Schutz vor Bier, Cola und Schweiß.

Sie verließ das Arbeitszimmer. Ging ins Bad. Schminke oder nicht Schminke, das war hier die Frage. Sie wählte die etwas aufdringliche Variante.

Der Kleiderschrank war die nächste Etappe. Sie wollte unter dem Publikum im *Schuppe'*, wie die Disco auch genannt wurde, nicht gleich auffallen. Sie entschied sich für eine normale blaue Jeans und die enge Baumwollbluse, einfarbig, mit geknöpftem Ausschnitt.

Der Schuppen war noch nicht voll. Es war knapp einundzwanzig Uhr. *Buddy Joe* von Golden Earring lief. Margot ging auf die Tanzfläche. Sie sah sich um, während sie sich im Rhythmus des Liedes bewegte, das auch ihrem Vater immer gut gefallen hatte.

Was Margot bei ihrem letzten Besuch der Disco drei Jahre zuvor fasziniert hatte, war, dass die Zeit hier stehen geblieben zu sein schien. Alles sah auf den ersten Blick genauso aus wie vor dreißig Jahren. Treppen führten nach oben auf die Empore, die die Tanzfläche umschloss. Holzfachwerk stützte sie ab. Eine Querseite der Empore gehörte ganz allein dem DJ und seinem Equipment. Scheunen-Ambiente – der *Schuppe'* halt. Das Nächste, was Margot drei Jahre zuvor aufgefallen war, war, dass das Publikum sowohl aus der aktuellen Teenie-Generation stammte als auch aus jener, die vor zehn, vor zwanzig, vor dreißig und sogar vierzig Jahren Teenies gewesen waren. Wenn Emil Sacher und Philipp Kaufmann vor etwa fünfundzwanzig Jahren hier gewesen waren, dann standen die Chancen gut, dass sich heute noch einer der Teenies aus der Zeit an sie erinnerte, weil er nach wie vor treuer Schuppengänger war.

Margot fielen drei Frauen auf der Tanzfläche auf, die etwas jünger waren als sie selbst. Eine hatte langes blondes Haar, trug eine enge schwarze Satinhose und eine dunkelblaue Bluse mit tiefem Ausschnitt. Sie sah sich genau wie Margot neugierig um, checkte die Neuankömmlinge. Sie war auf der Suche. Nach was auch immer.

Als die Frau die Tanzfläche verließ, ging Margot ihr nach.

»Sorry, dass ich dich anspreche – darf ich dich was fragen?«, meinte Margot.

Die Blonde drehte sich um. »Was willst du?« Sie taxierte Margot.

»Margot.« Sie reichte der Frau die Hand.

Die schlug ein. »Wanda.«

»Komm, ich geb eine Runde aus. Was magst du?«

»Du bist aber keine Lesbe, oder?«

Margot liebte Direktheit. »Nein, ich bin keine Lesbe.«

Wandas Gesicht verriet, dass sie nicht ganz sicher war, ob sie sich darüber freuen sollte. Denn eine schlanke Margot-nicht-Lesbe bedeutete im Umkehrschluss: Konkurrenz. »Cool. Ich nehm Bier.«

Sie setzte sich zu Wanda, die Bedienung nahm die Bestellung auf. In der vergangenen Viertelstunde hatte sich die Disco um einiges gefüllt.

»Also, was willst du?«

Margot hatte sich eine einfache Geschichte zurechtgelegt. »Ich war mal hier bei euch im Urlaub. Meine Eltern hatten eure Gemeinde als Traumziel für ihren Urlaub entdeckt. Und ich habe damals zwei Jungs kennengelernt. Die waren auf dem Internat hier um die Ecke, im Rimdidim.«

Ein Lächeln überzog Wandas Gesicht. »Oh ja, da gab es ein paar heiße Typen.«

Margot zog die Fotos aus der Tasche. »Hier ist der eine.« Sie legte das Bild mit dem Porträt von Sacher auf den Tisch.

Der Gesichtsausdruck veränderte sich. »Emil.«

Treffer!, dachte Margot.

»Ja. Den kenn ich. Also, den hätte ich gern gekannt. War immer mal wieder hier.« Wanda machte keine Anstalten, mehr zu sagen.

»Hast du ihn nun gekannt oder nicht?«

»Na ja, oberflächlich. Aber er war sympathisch.«

Wanda schwieg wieder.

Die Bedienung brachte die Getränke, Margot bezahlte.

»Hast du mit ihm gefickt?«, fragte Wanda unvermittelt.

Ups. Mit einer so direkten Ansage hatte Margot nicht gerechnet. Und offenbar wäre es Wanda nicht recht gewesen, wenn dem so gewesen wäre. »Nein. Ich hab ihn angehimmelt, aber er wollte nichts von mir wissen.« Hoffentlich zählte Wanda nicht zu genau die Jahre, die sie trennten.

»Obwohl du so viel älter warst als er?«

Okay, der Schuss ging nach hinten los. »Tja. Emil kannte seinen Marktwert. Und dadurch hat er sich sicher manches Schnittchen entgehen lassen, oder?« Margot versuchte es mit Lächeln, und der Coup glückte.

»Genau. Der Typ wusste gar nicht, was er verpasst!« Das bezog Wanda jetzt sicher weniger auf Margot als auf sich. Aber sei es drum.

»Kennst du auch den?«

Sie legte das Bild auf den Tisch, auf dem Philipp Kaufmann zu sehen war.

»Ne. Weiß ich nicht. An den kann ich mich nicht erinnern. Ich hatte immer nur Augen für Emil. Aber für den war ich so durchsichtig – wie – wie – Wasser.«

Luft, korrigierte Margot stumm.

»Echt, dass du jetzt hier auftauchst – das ist schon irgendwie Schicksal.«

Margot nickte.

»Und du machst jetzt auch hier Urlaub wie deine Alten?«

»Nein. Ich bin nur so ein bisschen unterwegs – auf der Suche nach der Vergangenheit.«

»Krass. Nur hier?«

»Nein. In ganz Deutschland.«

»Dann hast du also in ganz Deutschland irgendwelche Typen.« Wanda gickelte.

»Hätte ich gern gehabt.«

»Du bist mir eine.« Wanda lachte.

Der DJ legte *Welcome to Heart Light* von Kenny Loggins auf. Wanda sprang auf – »Sorry, muss ich drauf tanzen« – und verschwand auf der Tanzfläche.

Der Laden war jetzt schon richtig voll. Margot blieb sitzen. Emil Sacher war also wirklich Gast im Red-Stone gewesen. Sie trank die Cola aus, sammelte ihre Bilder wieder ein und ging auf die Empore, von der aus sie einen guten Blick auf die Tanzfläche hatte.

Sie machte noch zwei weitere Frauen um die vierzig aus, die offensichtlich allein gekommen waren, Anschluss suchten und daher eher offen waren für ein Gespräch.

Als Margot eine der beiden ansprach, eine etwas rundlichere Frau mit kurzem braunem Lockenhaar, fing sie sich eine Abfuhr ein. Und die andere erkannte niemanden auf den Bildern.

Um elf Uhr war die Disco proppenvoll. Eine Gruppe von vielleicht zwanzigjährigen jungen Frauen feierte den Junggesellinnenabschied ihrer Freundin. Lautstark, raumfüllend. Margot machte dann noch zwei Frauen aus, die sich eher im Hintergrund hielten, aber ebenfalls das Geschehen besonders unter den männlichen Gästen sehr genau beobachteten. Aber auch die beiden erkannten keinen der beiden Jugendlichen auf ihren Fotos.

Margot ging auf die Tanzfläche, als Kiss aufspielte. *I Was Made for Lovin' You.* Margot schloss die Augen und überließ sich dem Rhythmus. Das Lied hatte sie immer mit Rainer gehört. Oft hatten sie sich bei diesem Lied geküsst, und Margot hatte tatsächlich gedacht, dieses Lied wäre ganz allein *ihr*

Lied gewesen, geschrieben für sie, nur für sie, denn sie beide, sie wären füreinander geschaffen. Oft hatte sie Tränen in den Augen gehabt, wenn sie dieses Lied später noch einmal gehört hatte. Heute musste sie lächeln. Ein wenig nur. Aber es war immerhin ein Lächeln.

Das Klavierintro, auf das man nicht tanzen konnte, verhieß den nächsten Song: *Locomotive Breath* von Jethro Tull.

»Was zu trinken?«

Margot öffnete die Augen. Der Mann stand direkt vor ihr. Margot hatte keine Ahnung, wie lange schon.

Sie taxierte ihn. Auch um die vierzig. Lederweste. Pferdeschwanz mit schon ins Graue gehendem Haar. Also ein potenzieller Zeuge. »Gern. Ne Cola.«

»Wie Cola? Jackie-Cola?«

»Nein. Cola-Cola.«

»Du bist witzig!«

Jethro Tull rockten los.

»Seefahrer?«, schrie Margot lächelnd und zeigte auf das Tattoo eines Ankers auf dem Unterarm ihres Gegenübers. In normaler Lautstärke konnte man sich nicht unterhalten.

»Vergiss es!« Der Mann drehte sich um. Offenbar passte Margot nicht in sein Beuteschema.

Sie ging wieder an einen Tisch in der Nähe der Tanzfläche.

Dann spielte der DJ noch ein Lied aus ihrer Vergangenheit. *Sieben Tage lang* von Bots. Dann *Are ›Friends‹ Electric?* von Tubeway Army. Und schließlich *Gold* von John Stewart. Kannte keine Socke. Nur weil Stevie Nicks von Fleetwood Mac den Background gesungen hatte, hatte Margot überhaupt herausgefunden, von wem das Lied war.

Margot gab sich ganz der Musik hin.

Als der Song zu Ende war, öffnete sie die Augen. Und sah in ein paar blaue Augen auf ihrer Höhe. Der Mann sagte nichts, schaute sie nur an.

Die Gitarren in den Boxen spielten nun das vertraute Intro der Rolling Stones – *Angie.*

Der Mann ihr gegenüber nahm einfach ihre Hand, trat

auf sie zu – und so tanzte Margot den ersten Blues seit ihrer Schulzeit. Sie kannte den Mann nicht, und es war auch egal. Sie war vollkommen nüchtern. Und sie genoss den Moment.

»Ich bin Nick«, sagte der Kerl, der sicher zehn Jahre jünger war als sie.

Nicht schon wieder ein Nick, dachte Margot. »Margot«, sagte Margot.

»Möchten Sie etwas trinken?«

Das »Sie« empfand Margot ja schon mal als sehr angenehm. »Gern eine Cola.« Keine Gegenfrage, ob mit Jack oder Jim versetzt. Wieder ein Pluspunkt.

Margot folgte Nick. Der geleitete sie zu einem Tisch im Hintergrund. Wusste der Teufel, wie er den für sich reserviert hatte. Sicher war nur: Auch dieser Mann war nicht zum ersten Mal im *Schuppe'*.

Er kam mit einem Bier und der Cola zurück. Setzte sich ihr gegenüber, grinste breit. Noch ein Stetson, und der Kerl mochte als Cowboy durchgehen. »Neu hier?«

»Durchreise«, sagte Margot knapp.

»Oh. Also bald wieder weg?«

»Ja.«

»Schade.«

Nick Nummer zwei war nicht unsympathisch, besonders die tiefe Stimme und diese verdammt schönen Hände gefielen Margot. Bauarbeiter war der Kerl auf jeden Fall nicht.

»Wieso reisen Sie denn hier durch?«

Margot erzählte die gleiche Geschichte, die sie auch Wanda schon offeriert hatte. Zeigte ihre Bilder.

»Emil. Das glaub ich ja nicht. Auf den haben Sie mal gestanden?«

Schon wieder jemand, der Emil Sacher erkannte. »Hmmm«, grummelte Margot undefinierbar.

»Gehen wir zu mir?«, fragte Nick.

»Jetzt?«

»Äh – ja? Oder willst du erst übermorgen?« Da war es hin, das »Sie«.

»Was weißt du noch über Emil?«

»Ey, wenn du mit Emil poppen willst, dann such ihn doch!«, sagte Nick, erhob sich und war verschwunden. Dass er nicht das Geld für die Cola verlangte, war alles.

Das Singlefrauen-Leben im *Schuppen* war nicht einfach, stellte Margot fest. Es war bereits nach Mitternacht. Wenn sie noch etwas herausfinden wollte, dann musste sie sich ranhalten. Um eins machte der Laden dicht.

Mit einem Auge sah sie, wie Wanda mit Mr Anker-Tattoo knutschte. Irgendwie hatte sie das Gefühl, die beiden zusammengebracht zu haben.

Mit den Bildern in der Hand befragte sie nun etwas ungenierter auch den DJ und die Bedienungen, die älter als vierzig waren. Aber niemand mehr erkannte Emil oder Philipp.

Das letzte Lied war von Chaka Khan: *Ain't Nobody.*

Das Licht ging an. Und alles strömte zum Ausgang. Als sie die Treppe nach unten ging, hielt sie ein Mann auf, der sicher schon über sechzig war. Er war ihr zuvor schon aufgefallen, weil er bereits zu Beginn des Abends anwesend gewesen war. Aber aufgrund seines Alters war er durch Margots Raster gefallen.

»Margot Hesgart?«

Margot zuckte zusammen. Dass sie jemand mit ihrem richtigen, vollständigen Namen ansprach, hätte sie hier nicht erwartet. »Wer will das wissen?«

»Jemand, der die Personen kennt, deren Bilder Sie hier überall herumzeigen.«

»Woher kennen Sie meinen Namen?« Margot sah den Mann an. Er trug einen grauen Dreitagebart, der kunstvoll in Form gebracht worden war, Hemd, Jeans, auf dem Kopf nicht mehr viel Haar. Ein wenig erinnerte sie dieser Mann an den Schauspieler Claus Dieter Clausnitzer, Frank Thiels Papa im Münster-Tatort.

»Sie waren schon mal in Bensheim, bei einer Mordermittlung vor zehn Jahren. Ich war einer der Tatzeugen. Die Schlägerei vor dem Bahnhof, mit dem Messerstecher. Und ich bin in der glücklichen Lage, dass ich nicht nur Gesichter nicht vergesse, sondern mir auch Namen merken kann.«

»Sehr schön – und wie ist Ihr Name?«

»Wolfgang Wuttke.«

»Und Sie sind?«

Wuttke griente: »Musikliebhaber und Nostalgiker – ganz wie Sie.«

»Und Sie kennen Emil Sacher und Philipp Kaufmann?«

»Ja. Beide.«

»Woher? Wieso?«

Wuttke sah auf seine Armbanduhr. »Frau Hesgart, ich bin jetzt sehr müde. Darf ich Sie morgen zum Frühstück einladen? Dann erzähle ich Ihnen gern mehr.« Er hielt ihr ein Visitenkärtchen hin.

Margot griff danach. Der Mann wohnte auch in Fränkisch-Crumbach. »Gut. Gern. Wann?«

»Zehn Uhr?«

»Ich werde pünktlich sein«, sagte Margot.

Auf dem Weg zu ihrem Auto sah sie Wanda und den Ankermann eng umschlungen die Straße entlanggehen. Auch Nick hatte offensichtlich noch eine Einladung zu einem Getränk erfolgreich in die weitere Gestaltung der Nacht ummünzen können. Die Dame in Rot klebte an seinen Lippen.

Wörtlich.

SAMSTAG, 30. JUNI

Margot hatte geschlafen wie ein Stein. Es war gut gewesen, dass sie an den beiden vergangenen Abenden keinen Alkohol getrunken hatte. Da sie pünktlich in Fränkisch-Crumbach sein wollte, huschte sie nur kurz unter die Dusche und saß bereits um Viertel nach neun am Steuer ihres Mini.

Das Haus von Wolfgang Wuttke lag in der Allee, wie die Straße hieß, auch wenn statt Bäumen nur alte Fachwerkhäuser die Straßenränder säumten. Es war eine winzige Einbahnstraße, die auf die Hauptstraße stieß. Margot stand nun vor der Entscheidung, fünfzehn Meter gegen die Einbahnstraße zu fahren, um in den Innenhof an der Zieladresse zu gelangen, oder einen Kilometer außen herum zu kutschieren, um den Verkehrsregeln zu entsprechen. Sie wählte die pragmatische Variante und stellte eine halbe Minute später den Motor ab.

Wolfgang Wuttke stand in der Eingangstür, zu der ein paar Stufen nach oben führten. »Schön, dass Sie da sind«, sagte er, als Margot ihm die Hand gab. »Treten Sie ein.«

Margot betrat das Haus.

»Wir wohnen im ersten Stock. Also eigentlich ist das, von der Straße aus gesehen, schon der zweite. Das Haus ist etwas verwinkelt. Legen Sie ab, und kommen Sie mit hinauf.«

Er ging vor ihr die Treppe hinauf und öffnete die Tür, die in einen Wohnbereich mit Sitzecke und Esstisch führte. Der war reichlich gedeckt. Vom Rührei bis zum Obstsalat deckte das Œuvre alle Wünsche an ein exquisites Frühstück ab. Vom Wohnbereich führte eine Tür auf einen Balkon.

Wuttke folgte ihrem Blick. »Ist etwas verwahrlost. Die Geschichte von den Dingen, die man immer mal machen müsste und die dann an den Prioritäten scheitern. Also, an den Prioritäten, die man tatsächlich setzt, nicht an denen, die man sich vornimmt.«

Margot lächelte. Sie kannte das. Ihr Garten sah auch nie so aus, wie er eigentlich aussehen sollte. Wobei sie zugestehen musste, dass zumindest Doro immer mal wieder den Rasenmäher anschmiss.

Die Tür öffnete sich. Eine Frau trat ein, etwas älter als Margot, etwas jünger als Wuttke. Sie war stilvoll gekleidet, Schmuck, Make-up und Kleidung waren farblich perfekt aufeinander abgestimmt.

»Darf ich Sie bekannt machen: Elisabeth, meine Frau, Margot Hesgart, Kripo Darmstadt.«

Die Frauen schüttelten sich die Hände. Elisabeth hauchte ihrem Mann einen Kuss auf die Wange, dann sagte sie: »Ich bin so gegen Mittag wieder da.«

Als seine Frau gegangen war, sagte Wuttke: »Gut. Dann lassen Sie uns frühstücken.«

»Haben Sie Ihre Frau weggeschickt?«

»Nein, sie hat sich mit einer Freundin verabredet.«

Margot schaute auf den Tisch und stellte fest, dass sie jetzt richtig Hunger hatte. Sie hatte sich zu Hause noch versichert, dass für Doro noch genug zum Frühstück da war, dann hatte sie ihr einen Zettel geschrieben, dass sie am Mittag wieder daheim wäre. Margot griff nach dem Rührei, nahm zwei Bratwürstchen dazu und genug Senf, um auch das Rührei damit zu ertränken.

»Warum recherchieren Sie über Sacher und Kaufmann?«

»Sie haben das nicht mitbekommen?«

»Was?«

»Die Leiche im Woog?«

Wuttke sah auf. »Das war Emil Sacher?«

»Ja.«

»Oh. Das wusste ich nicht. Ich habe den Fall aber auch nicht wirklich aufmerksam verfolgt. Emil. Schade um ihn. Und nun sagen Sie mir gleich, dass Kaufmann auch tot ist?«

»Nein. Kaufmann wird vermisst.«

»Oh. Das sind keine schönen Nachrichten.«

»Woher kennen Sie Sacher und Kaufmann?«, wollte Margot wissen.

»Ich war Lehrer im Rimdidim. Und Sacher und Kaufmann waren meine Schüler.«

»Sie sind Lehrer?«

»Nein. Ich bin Pfarrer.«

»Das verstehe ich jetzt nicht.«

»Dann lassen Sie es mich kurz erklären. Ich habe im Jahr 1983 mein Studium abgeschlossen. Damals in Marburg. Aber ich wusste, dass die reine Gemeindearbeit nichts für mich wäre. Also unterrichtete ich an einem Gymnasium. Ich hatte einen Studienkollegen. Fritz Picht. Er war etwas älter als ich. Und er hatte eine Vision: Er wollte ein Gymnasium gründen, auf privater Basis. Er wolle ein Gymnasium, auf dem jungen Männern humanistische Bildung mit auf den Weg gegeben würde. Latein statt Französisch, Altgriechisch statt Spanisch. In dem die jungen Menschen die Ideale der Antike kennenlernten und Sokrates und Platon nicht für Hip-Hop-Stars hielten.

1985 kaufte er das Rimdidim. Und er engagierte mich als Lehrer für Religion, Latein und Altgriechisch. Er hatte einen solventen Geldgeber im Hintergrund. Keine Ahnung, wer das war, aber der Coup gelang: Picht zog es durch. Und reiche Leute aus ganz Deutschland schickten ihre Kinder hierher. Picht lag aber noch etwas anderes am Herzen: Ein Drittel der Jungs wurden via Stipendium aufgenommen.«

»Es war kein gemischtes Gymnasium?«

»Nein. Es war eine elitäre Jungenschule. Picht sagte, er wolle die Probleme vermeiden, die entstehen, wenn pubertierende Jugendliche verschiedenen Geschlechts so nah aufeinander wohnten. Nun, ich konnte es einerseits verstehen – andererseits …«

»Und Sacher und Kaufmann, die waren dort Schüler?«

»Bevor ich dazu etwas sage, würde ich doch gern wissen,

weshalb Sie gestern mit den Bildern durch den *Schuppe'* marschiert sind.«

Margot überlegte kurz. Vielleicht stand sie hier vor einem Durchbruch in ihrem Fall. Vielleicht war die Geschichte um Sacher und Kaufmann auch nur eine weitere Anekdote. Sie wusste nur: Wenn sie hier irgendwelche verwertbaren Informationen bekommen wollte, dann musste auch sie einen Teil ihres Blattes aufdecken. Sie entschied sich für die Offenheit. »Neben Sacher und Kaufmann gibt es noch einen Mord an einem anderen Mann und einen ungeklärten Todesfall. Die Fälle hängen alle irgendwie zusammen. Die vier haben zusammen studiert und waren in derselben Studentenverbindung. Und wir stochern derzeit etwas im Nebel.«

Wuttkes Augenbraue hob sich. »Vier?«

»Ja. Vier.«

»Emil Sacher. Philipp Kaufmann. Und die beiden anderen heißen wahrscheinlich Richard Wölzer und Till Hansen.«

Nun war es an Margot, die Augenbrauen zu heben. »Woher wissen Sie …?«, fragte sie und konnte ihr Erstaunen nicht kaschieren.

»Die vier waren Freunde. Auf dem Internat. Und offenbar auch später.«

»Alle vier waren auf der Rimdidim-Schule?«

»Ja.«

»Komisch. Hansen und Wölzer haben ihr Abi aber nicht hier gemacht.«

Wuttke nickte. »Ja. Die zwei sind vorher abgegangen. Oder vielmehr abgegangen worden.«

»Verstehe ich Sie richtig? Die vier waren hier zusammen auf dem Internat? Und Hansen und Wölzer sind vor dem Abi abgegangen?«

»Ja. Hansen und Wölzer sind nach der elften Klasse von ihren Eltern von der Schule genommen worden. Sie haben ihr Abi dann woanders gemacht – offensichtlich haben beide es ja auch geschafft.«

»Ja. Hansen in Hamburg. Und Wölzer in Ingolstadt.«

»Die vier kamen alle in der neunten Klasse zusammen. Picht hatte das Gymnasium so ausgelegt, dass er ab dieser Klassenstufe Schüler aufnahm. Die Voraussetzung: Englisch ab der fünften Klasse, Latein ab der siebten. Pichts Konzept war nicht schlecht: Nachhilfe inklusive. Wer Förderung brauchte, bekam sie. Es gab einige Schüler, die das dankend annahmen. Die *wissen* wollten, Fragen stellten und nach Antworten gierten. Und ja, es waren meist die Stipendiaten, die das Angebot annahmen. Aber genau das war Pichts Idee: Die Reichen finanzieren die aus den unteren Schichten, die etwas lernen wollten. Elitär? Sicher. Aber für einige unserer Schüler ein Segen. Es gab jeden Sonntagmorgen einen Gottesdienst. Ökumenisch, für beide Konfessionen zusammen. Aber ich komme vom Thema ab. Sie wollen mehr über die vier Jungs erfahren.«

»Ja.« Margot lächelte. Sie konnte das Internatskonzept nicht wirklich beurteilen, aber es klang sympathisch. Auch wenn sie nicht wusste, wie sie die strikte Geschlechtertrennung bewerten sollte.

»Ich hatte alle vier in Latein und in Religion, von der Neunten an. Die vier waren eine Clique. Nein, mehr als eine Clique. Sie wirkten auf mich wie ein Klub, eine Gemeinschaft, nein, eher wie ein Zirkel, der von den anderen abgeschottet war, besonders ab der zehnten Klasse.«

»Wie äußerte sich das?«

»Die vier waren in der Freizeit ständig zusammen. Aber auch während der Schulzeit. Gruppenarbeit zu zweit: Kaufmann und Wölzer, Sacher und Hansen. Gruppenarbeit zu viert: das Quartett. Gruppenarbeit zu dritt: Protest. Und wenn einer der drei etwas nicht kapierte, dann war da immer einer der anderen, der es ihm erklärte.«

»Das klingt ja alles erst mal positiv.«

»Ja«, antwortete Wuttke, aber sein Tonfall sprach eine andere Sprache. »Ich wurde stutzig, als wir einmal nach Darmstadt gefahren sind. War ein Tagestripp am Anfang der Zehnten. Es gab ein paar neue Schüler – Teambuilding heißt das auf

Neudeutsch. Wir machten eine Führung durch das Darmstädter Schloss und durch das Schlossmuseum. Hansen und Sacher wollten unbedingt noch zum Denkmal des Löwen. Der Bus wartete schon auf uns, aber Hansen sagte, es wäre doch wichtig, dass wir uns auch das Denkmal für die Gefallenen des Ersten Weltkriegs anschauen würden. Mein Kollege Dittner, Geschichtslehrer, bekam ein Leuchten in die Augen. Also alle Mann an die Nordseite der Schlossmauer. Und da erhob er sich über den Schülern, der sterbende Löwe, der seinerzeit für die Gefallenen und Vermissten des in Darmstadt stationierten Infanterieregiments 115 aufgestellt wurde. Der Löwe sollte den Schmerz über die Opfer zum Ausdruck bringen. Den meisten Schülern war das völlig egal. Aber die vier drückten mir einen Fotoapparat in die Hand, stellten sich auf, legten die Hände aufeinander. Es wirkte wie ein Schwur. Irgendwie gruselig.«

»Haben Sie dazu etwas gesagt?«

»Zu Kaufmann, zu dem hatte ich einen ganz guten Draht. Ich habe ihn gefragt, was das gewesen sei, da vor dem Denkmal. Er sagte, das sei der Treueschwur der *Fraternitas leonum lucis* gewesen.«

»Und das heißt?«

»Die Bruderschaft der Löwen des Lichts.« Wuttke schwieg.

»Löwen?« Margot wurde hellhörig. »Haben die damals auch grüne Bänder getragen, mit einem Löwenemblem am unteren Ende?«

Nun war es an Wuttke, mal wieder einen überraschten Blick aufzusetzen. »Ja. Aber die Bänder hatten sie erst später, so Anfang der elften Klasse, glaube ich.«

»Okay. Und was sollte das bedeuten, mit den Löwenbrüdern?«

»Das habe ich Kaufmann auch gefragt. Er hat nur gesagt: ›Wir sind ein Klub‹. Aber mir wurde schnell klar, dass das nicht die ganze Wahrheit war.«

»Wieso das?«

»Die vier – hier besonders Kaufmann und Wölzer, die Aufgeweckteren und Interessierteren des Quartetts –, sie begannen, im Religionsunterricht Fragen zu stellen. Das begann mit Fragen zu Opus Dei – der katholischen Organisation, der man ja auch geheimdienstliche Strukturen und fast geheimdienstliches Wirken unterstellt. Dann kamen Fragen im Geschichtsunterricht, wie mir Kollege Dittner erzählte. Zunächst zu den Illuminaten, einem kleinen Orden, der nur wenige Jahre wirkte, dann verboten wurde. Heute gibt es kaum eine Verschwörungstheorie, in der nicht die Nachfahren der Illuminaten genannt werden. Und mein Quartett schien sie gut studiert zu haben: Die Illuminaten seien an der Französischen Revolution schuld gewesen, sie hätten sich mit den Freimaurern verbündet und hüteten den Heiligen Gral. Hinzu kamen dann noch die Fragen zu den Hexen, wieder in meinem Unterricht, ob am *Malleus Maleficarum* nicht doch was dran sein könnte.«

»Malleus – was?«

»Der Hexenhammer. Ein Werk aus dem fünfzehnten Jahrhundert, in dem beschrieben wird, was eine Hexe ist, wie man sie identifiziert, was sie alles anrichtet – und wie man sich davor schützt. Es ist ein Werk zur Legitimation der Hexenverfolgung, das der Dominikaner Heinrich Kramer geschrieben hat. Aus heutiger Sicht ein sexistisches Werk, geschrieben von einem Mann, der Angst vor Frauen und vor Sexualität hatte. Ein kleines Buch mit großer Wirkung, da mit – wenn auch gefälschtem – päpstlichem Segen. Und gerade der Schutz vor schwarzem Zauber – das war es, was die vier Jungs fasziniert hat.«

Margot schenkte sich Tee ein und nahm eines der Croissants. Inzwischen war ihr Magen wieder freundlicher gestimmt. Aber an den Kaffee traute sie sich noch nicht. »Hatten die Jungs das Buch?«

»Als die Fragen zu abstrus wurden, haben Picht und ich die Räume der Jungen durchsucht, aber nichts gefunden. Ich denke, die hatten irgendwo ihr Versteck, wo sie diese Art Literatur aufbewahrt haben. Sie müssen es gehabt haben. Keine Ahnung, woher. Und keine Ahnung, wo.«

»Wie ging das weiter mit den vieren? Wurde die Verbindung lockerer – irgendwann?«

»Nein, ich hatte nicht das Gefühl. Ich kam dann auch nicht mehr an sie ran. Ich hatte den Eindruck, dass sie sich immer mehr abschirmten. Es kamen kaum noch Fragen im Unterricht. Aber immer wieder warfen sie sich Blicke zu, wenn ich etwas über Religion sagte. So, als ob sie sagen wollten: Der alte Irre hat ja keine Ahnung. Aber auf Diskussionen ließen sie sich nicht ein. Kaufmann hat mir nur einmal gesagt, dass die Fraternitas leonum lucis eine Ehrengemeinschaft sei, ein Bund fürs Leben. Ihr Wahlspruch lautete: Ehre, Licht und Reinheit. Auf meine Fragen, was hinter dem Wahlspruch stehe, hat er mir nicht mehr geantwortet.«

»Sind die vier auffällig geworden?«

Wuttke nickte. »Ja. Leider.«

Auch er griff zu einem Croissant. »Es gab zwei Zwischenfälle. In einem hingen die vier mit drin. Beim zweiten ist es nicht sicher. Beide Male waren junge Mädchen betroffen.«

Margot spürte, wie sich ihre Nackenhärchen aufstellten. Lag das Motiv der Morde bei Dingen, die das Quartett in der Vergangenheit verbrochen hatte? Vor der versuchten Vergewaltigung in Heidelberg? Hatte Petra Schöffer nicht erzählt, Kaufmann habe gesagt: ›*Nicht schon wieder das Ganze!*‹? Hieß das nicht, dass es ein *schon mal* gegeben haben musste? »Was ist passiert?«

»In der elften Klasse, im zweiten Halbjahr – es war Frühling, ich glaube, Mitte April, auf jeden Fall nach den Osterferien –, da haben die vier an einem Wochenende ein Mädchen angegriffen. Sie waren damals so um die siebzehn Jahre alt, das Mädchen vierzehn.«

»Was heißt ›angegriffen‹?«

»Sie haben sie auf dem Weg gepackt und in den Wald gezerrt.«

»Haben sie sich an dem Mädchen vergangen?«

»Nein. Sie hätten es vielleicht. Wahrscheinlich. Aber das Mädchen hat sich heftig gewehrt, und ein paar Spaziergänger waren im Wald unterwegs und haben ihre Schreie gehört. Das alles ist nicht weit von der Ruine Rodenstein entfernt passiert. Vielleicht achthundert Meter Luftlinie.«

»Rodenstein?«

»Der Rodenstein ist eine Burgruine aus dem dreizehnten Jahrhundert. Heute sind dort nur noch ein paar Mauern zu sehen. Aber es gibt viele Sagen und Legenden rund um die Burg.«

»Und was geschah mit dem Mädchen?«

»Die Spaziergänger gingen in Richtung des Lärms, fingen ihrerseits an zu schreien. Da ließen die vier von dem Mädchen ab. Sie rannte weg. Die vier Jungs auch.«

»Niemand hat sie gesehen?«

»Nein. Nicht von Angesicht zu Angesicht.«

»War das Mädchen verletzt?«

»Nein. Ein paar Kratzer durch das Gebüsch im Wald. Aber nicht mehr.«

»Und woher wissen Sie, dass es das Quartett war?«

»Ganz einfach. Es gab zwei Alphatiere unter den Jungs: Till Hansen war die Nummer eins. Was er sagte, war Gesetz. Er hatte einen Stellvertreter, das war Emil Sacher. Und dann gab es die beiden Befehlsempfänger Richard Wölzer und Philipp Kaufmann. Wobei Philipp der war, der noch am meisten Gewissen an den Tag legte und sehr gut zwischen Gut und Böse unterscheiden konnte. Er war es, der mich ansprach. Zunächst im Vertrauen. Der mir gegenüber eingestanden hat, dass er und die drei anderen das Mädchen im Wald gepackt und ins Gebüsch geschleppt hätten. Die offizielle Version war die, dass die Jungen dem Mädchen nur hatten Angst machen wollen. Nun, ich denke, dass das nicht ganz der Wahrheit entsprach. Ich riet Philipp, dass sich die vier stellen sollten, zumindest dem Direktor gegenüber. Die Polizei untersuchte den Fall bereits, und es würde ihnen sicher zugutekommen, wenn sie sich freiwillig stellten. Sie taten es tatsächlich. Die Konsequenz war, dass zwei von ihnen von der Schule genommen werden sollten. Ich setzte mich vehement dafür ein, dass sie bleiben durften, aber die Eltern ließen nicht mit sich reden.«

»Waren die Jungs sauer auf Sie?«

»Die waren sauer auf Philipp. Aber in einem Gespräch mit allen vieren habe ich versucht, ihnen klarzumachen, dass Philipp richtig gehandelt hatte. Alle vier bekamen Strafen.«

»Wie, Strafen? Ist Picht nicht sofort zur Polizei gegangen?«

»Nein. Wir haben das intern geregelt.«

»Das heißt, dass das Mädchen nie erfahren hat, wer ihr das angetan hat?«

»Doch. Die Eltern wurden zu einem Gespräch gebeten. Und ihnen wurde eine großzügige Abfindung angeboten, wenn sie sich dazu entscheiden sollten, keine Anzeige zu erstatten.«

»Hallo?«

»Ja. Sie bekamen so viel Geld, dass für die Tochter die beste Ausbildung gesichert war.«

»Ohne dass gegen einen der vier Anklage erhoben worden wäre?«

»Ja. Ohne dass die vier eine Bewährungsstrafe ohne echte Konsequenzen bekommen hätten. Und es dem Mädchen so dreckig gegangen wäre wie zuvor. Es war nichts passiert. So zynisch es klingen mag: Hätten die Spaziergänger das Mädchen zehn Minuten später gehört, hätte es sicher Schmerzensgeld gegeben. Aber eben auch die Schmerzen, die dem Mädchen so erspart worden waren.«

Margot schluckte. Und sie merkte, dass nicht nur der Hunger gestillt war, sondern ihr wieder schlecht wurde. Und diesmal hatte Rainer nicht das Geringste damit zu tun. »Und Sie haben das mitgetragen? Ich meine – Sie waren der Religionslehrer.«

»Wir haben die Schüler bestraft.«

»Wie sahen die Strafen aus?«

»Ich erinnere mich nicht mehr an Details. Aber es waren soziale Strafen. Mülldienst, Kehrdienst, solche Sachen. Wie Arbeitsstunden, die auch vom Gericht verhängt worden wären.«

»Das heißt Hof kehren statt offizieller Ermittlung? Nochmals – Sie waren Religionslehrer. Gerechtigkeit und so. Fanden Sie das gut?«

»Ja. Ich fand das gut, denn ich war ein feiger Religionslehrer. Ich habe mir eingeredet, dass es eine gute Idee wäre, die vier innerhalb unseres Internats zu disziplinieren. In Wirklichkeit hatte ich Angst um meinen Job. Ich habe nach dem Studium an einem staatlichen Gymnasium unterrichtet. Dann habe ich mich mit meinem Bischof überworfen. Mir wurde die Lehrbefähigung entzogen – das heißt, offizieller Unterricht an einer staatlichen oder kirchlichen Schule war nicht mehr möglich. Picht hat mir damals meinen Hintern gerettet. Und so ein Fall, etwas größer in den Medien aufgebauscht – und Picht hätten sein teures Edelinternat dichtmachen können. Und ich wäre arbeitslos gewesen.«

»Was haben Sie gemacht, nachdem das Internat abgebrannt war?«

»Da war ich dann wirklich arbeitslos.« Wuttke lachte auf. »Ich habe in Reichelsheim eine Nachhilfeschule gegründet. Hat ganz gut geklappt. Da habe ich auch meine Frau kennengelernt. Wir machen das jetzt beide zusammen.«

»Sie sprachen noch von einem zweiten Fall, in den die vier verwickelt waren.«

»Ja. Aber da ist nicht klar, ob sie wirklich damit zu tun hatten. Da ging es um echte Vergewaltigung. Aber es gibt Indizien, die darauf hinweisen, dass sie es gar nicht gewesen sein können.«

»Vielleicht können Sie mir die Namen der Opfer sagen?«

Wuttke holte tief Luft. »Im Fall der Vergewaltigung hieß das Opfer Paula Trizzi. Sie lebte hier, in Fränkisch-Crumbach. Aber dass Hansen und die anderen drei dahintersteckten, das ist, wie gesagt, nur eine vage und auch gewagte Vermutung von mir.«

»Und wie hieß das Mädchen, dessen Angelegenheit ›intern geregelt‹ wurde?«

»Auch ein Mädchen aus Fränkisch-Crumbach. Bei ihrem

Onkel in Brensbach lasse ich immer meinen Wagen reparieren. Sie heißt Ruth Steiner. So hieß sie zumindest damals.«

Horndeich trommelte mit den Fingern auf den Tisch. Er wartete auf Silvia Lutter, die Freundin von Ruth Steiner. Margot hatte ihn angerufen, Ruth Steiner sei schon als Jugendliche mit den vieren aneinandergeraten. Und Horndeich sollte jetzt das Alibi zerpflücken, denn Margot war der Meinung, dass Ruth Steiner Motiv, Gelegenheit und Zeit hatte, zumindest Sacher in den Woog zu werfen. Margot selbst saß bereits mit der Steiner in einem Vernehmungsraum. Und er, Horndeich, sollte die Freundin knacken.

Einerseits hatte er überhaupt keine Lust, an diesem Samstag zu arbeiten. Andererseits war er froh gewesen, aus dem Haus gehen zu können.

Er und Sandra hatten sich am vorigen Abend gestritten, und zwar heftig.

Horndeich war sich klar darüber gewesen, dass er Sandra endlich von dem Brief erzählen musste, von dem Angebot in München. Also hatte er es getan. Er hatte sich ja insgeheim bereits für München entschieden. Genau das war der Grund gewesen, warum es ihm so schwergefallen war, das Thema anzusprechen.

Sandra hatte genau so reagiert, wie er es befürchtet hatte. Sie war stinksauer gewesen, dass er nicht früher mit ihr darüber gesprochen hatte. Dann hatte sie sich darüber aufgeregt, dass er den Wechsel überhaupt in Erwägung gezogen hatte. Jetzt, da ihre Eltern quasi nebenan wohnten und sie bald wieder würde arbeiten gehen können, zumindest halbtags.

Ja, er hatte sich nicht mit Ruhm bekleckert. Aber als Sandra in einem Nebensatz fallen ließ, dass sie es für eine gute Idee hielt, in die Wohnung von Sebastian Rossberg zu ziehen, da hatte er zunächst gar nicht verstanden, was sie überhaupt sagen wollte. Wieso sollten sie in die Wohnung ziehen, in der Margots Vater mit seiner Freundin lebte? Erst da hatte Sandra ihm eröffnet, dass die vielleicht auszögen und dass Sandra mal vorgefühlt hatte, ob sie die Wohnung dann haben könnten. Daraufhin war Horndeich explodiert. Sie sprach offensichtlich auch nicht mit ihm. Sandra hatte darauf bestanden, dass eine einsame Berufsentscheidung etwas ganz anderes war als ein unverfängliches Vortasten, ob eine Wohnung frei wäre.

Es war das erste Mal gewesen, dass sie Rücken an Rücken eingeschlafen waren. Ohne einander zu berühren.

Nein. So wollte er nicht leben. Er würde, musste das aus der Welt schaffen. Wenn er auch noch keine Ahnung hatte, wie.

»Frau Steiner, Sie kannten Richard Wölzer sehr wohl.«

Die Angesprochene saß Margot im Vernehmungsraum 2 gegenüber. Margot war ja nur bis einschließlich Freitag krankgeschrieben. Und jetzt war ja schon Samstag.

»Woher sollte ich bitte Richard Wölzer kennen? Er war bei meinem Vortrag. Und er hat mich dort angesprochen. Aber das war es auch. Ich habe ihn vorher nie in meinem Leben gesehen. Und danach auch nicht mehr.« Ruth Steiner war sichtlich empört über Margots Worte.

»Sie kannten ihn. Ich habe heute mit Herrn Wuttke gesprochen. Er kommt auch aus Fränkisch-Crumbach.«

»Den kenne ich auch nicht.«

Margot musterte die Frau, die ihr gegenübersaß. Als Horndeich sie von der Buchhandlung abgeholt hatte, war Ruth Steiner ganz gelassen gewesen. Sie hatte sich ausgebeten, noch eine Aushilfe für die kommenden beiden Stunden organisieren zu dürfen. Zehn Minuten später, so Horndeich, habe Doro auf der Matte gestanden und ihn nur eines verächtlichen Blickes gewürdigt.

»Frau Steiner, Herr Wuttke hat mir erzählt, dass Sie als junges Mädchen im Wald von vier Kerlen angegriffen worden sind.«

Ruths Blick wurde wacher. Vorsichtiger. Und Margot glaubte auch, einen Funken Angst darin zu erkennen. »Was soll das mit Richard Wölzer zu tun haben?«

Margot antwortete nicht direkt darauf. Sie wollte ihre Offenbarung noch ein wenig nachwirken lassen. »Kommen wir noch mal zu der Nacht, in der Sie Ihre Freundin Silvia Lutter besucht haben.«

»Mein Gott, wie oft denn noch?«

»Da stimmen ein paar Details in Ihren Zeugenaussagen nicht überein. Bitte schildern Sie mir noch mal den Abend.«

»Muss ich das?«

»Sehen Sie, Sie kannten Richard Wölzer. Till Hansen. Emil Sacher. Und Philipp Kaufmann. Drei von ihnen sind tot, einer wird vermisst. Und diese vier haben Sie damals überfallen. Und in der Nacht, in der Emil Sacher im Woog versenkt wird, steht Ihr Wagen keine fünfzig Meter davon entfernt. Und Ihre Aussage und die Ihrer Freundin, die passen nicht so recht zusammen. Es wäre also durchaus in Ihrem Sinne, dass wir diese Aussage eindeutig verifizieren können.«

»Sie sprechen von einem Alibi, das ich brauche?«

»Brauchen Sie eins?«

»Okay. Ich kannte Richard Wölzer. Ich habe ihn aber an dem Abend nicht gleich wiedererkannt. Als er sich mir vorstellte, da habe ich überlegt, wo ich den Namen einordnen soll. Und als ich später zu Hause war, erst da hat es klick gemacht. Und ich war froh, dass es nicht vorher passiert ist. Denn ich weiß nicht, wie ich reagiert hätte.«

»Und die anderen?«

»Natürlich sind mir die Namen auch eingefallen. Aber ich habe nichts davon mitbekommen, dass Wölzer gestorben ist und Till Hansen. Erst als in den Zeitungen stand, dass Emil Sachers Leiche gefunden wurde, da habe ich den Zusammenhang hergestellt.«

»Hatten Sie in den vergangenen Jahren Kontakt zu diesen Menschen?«

»Nein. Warum auch? Ich hatte absolut kein Bedürfnis, die noch mal wiederzusehen. Ich wusste auch gar nicht, dass Sacher hier in Darmstadt gewohnt hat. Wir sind uns nie über den Weg gelaufen. Wir verkehren nicht in denselben Kreisen.«

Es klopfte. Margot sah zur Tür.

Horndeich steckte den Kopf herein: »Silvia Lutter ist jetzt da. Ich geh mit ihr in die Eins.«

Margot nickte nur. Diese Information war weniger für sie gedacht gewesen als ein Teil des Spiels. Nun wusste auch Ruth Steiner, dass ihr Alibi von allen Seiten abgeklopft wurde.

»Was ist passiert, damals im Wald?«

»Das wissen Sie doch schon.«

»Nein. Es kam ja nie zu einer Anzeige oder zu einer Verurteilung. Und es ist lange her.«

»Ja. Das ist es.«

»Also?«

Ruth Steiner schien darüber nachzudenken, ob sie Margot etwas erzählen sollte oder nicht. Margot wusste selbst, dass sie gar nichts sagen musste.

Ruth Steiner seufzte. »Es war nichts, was man sich noch mal wünscht. Ich ging spazieren. Bin beim Rodenstein in den Wald. Das hab ich oft gemacht. Jeder hat das gemacht. Und niemand wäre auf die Idee gekommen, dass das gefährlich sein könnte. Und da kamen sie mir entgegen. Die vier Jungs. Es muss so gegen halb fünf am Nachmittag gewesen sein. Ein stinknormaler Freitag. Ich hatte Stress mit meiner Mutter. Deshalb war ich unterwegs. War schon immer so meine Methode gewesen, mit unangenehmen Dingen fertigzuwerden: Ich bin vor mir selbst weggelaufen, sozusagen.

Die vier waren vom Internat, das hat man ihnen gleich angesehen. Die Jungs aus meinem Dorf, die kannte ich alle. Und alle anderen – das waren die vom Internat. Einen hatte ich auch schon mal durchs Dorf fahren sehen, mit seinem heißen Leichtkraftrad. Machte was her. Er sah auch gut aus, soweit ich das mit meinen vierzehn Jahren schon beurteilt habe. Ich hab mir nichts gedacht, bin auf die vier zu. Und dieser Till Hansen, der packte mich. Ich schrie auf, aber da waren schon zwei der anderen bei mir und hielten mir den Mund zu. Ich bekam Panik, strampelte, trat um mich. Ich glaube, sie hatten meine Kraft unterschätzt. Aber es gelang ihnen, mich tiefer in den Wald zu ziehen.

Ich wehrte mich heftig. Als sie mir dann das T-Shirt hochschoben, bekam ich noch mal einen richtigen Adrenalinstoß. Ich riss den Mund auf, der Finger des einen, der mir den Mund zuhielt, rutschte zwischen meine Kiefer. Da biss ich zu. Er zog die Hand zurück, und wir brüllten beide.«

Ruth Steiner lächelte. »Wenn ich das so erzähle, klingt das mit dem Finger witzig. Aber ich hatte Todesangst. Nein, ich glaubte nicht, dass sie mich umbringen würden. Aber ich wusste, dass sie mich vergewaltigen wollten.

Kaum war die eine Hand weg, hatte ich die nächste vor dem Mund. Aber der, dem ich in die Hand gebissen hatte – Emil Sacher –, der konnte mich nicht mehr festhalten. Ich trat wieder um mich und konnte auch dem anderen in die Hand beißen. Dann kreischte ich wie verrückt. Irgendwann hörte ich andere Menschen schreien. Und dann rannte ich nach Hause.«

»Es gab nie eine polizeiliche Verfolgung, oder?«

»Nein, gab es nicht. Ich sprach zuerst mit niemandem. Ich habe später erfahren, dass ein Spaziergängerpärchen das Ganze mitbekommen hatte, sie waren es wohl, die geschrien haben. Aber die Jungs sind weggerannt, genau wie ich – es war keiner mehr da, als das Paar an den Ort kam, an dem es passiert ist. Etwa eine Woche danach kam der Direktor des Internats zu meinen Eltern. Und er wollte die Angelegenheit intern regeln. Ich habe erst Jahre später erfahren, dass mein Studium mit dem Geld finanziert worden ist, das das Internat als Schweigegeld gezahlt hat. Oder die Eltern der Jungs, was weiß ich.«

»Und Ihnen hat es nichts ausgemacht, dass die Jungen keine Strafe bekamen?«

»Oh, sie bekamen ihre Strafe. Das wurde im Internat geregelt. Ich bin von meinen Eltern irgendwann mal dort hingeschleppt worden. Die Jungen haben sich bei mir entschuldigt. Mit Händedruck und Krokodilsträne. Zumindest dieser Philipp Kaufmann. Der sah zu Boden, dem war das unangenehm, und ich denke, er war der Einzige, der wirklich das Gefühl hatte, etwas falsch gemacht zu haben. Wölzer, der hat mich nicht angesehen. Sacher, der war wütend, weil er einen fetten Verband an der Hand trug. Und Hansen – dessen Blick war eiskalt. Er war der Einzige, vor dem ich wirklich Angst gehabt hatte.«

»Sind Sie danach je wieder in den Wald gegangen?«

»Ja. Ich hatte nach kurzer Zeit das Gefühl, dass mir nichts mehr passieren könnte. Die vier – die würden vielleicht jede andere ins Gebüsch zerren, aber nicht mehr mich. Komisch, dadurch, dass ich sie angesehen habe, sie sich entschuldigt hatten – wie aufrichtig auch immer –, dadurch war der böse Bann gebrochen. Ich glaube, es ist viel schlimmer, wenn man nicht weiß, wer einem etwas angetan hat. Na ja, wie auch immer. Das war die Geschichte. Und ich habe danach gehört, dass Hansen und Wölzer das Internat verlassen haben.«

»Noch irgendetwas, an das Sie sich erinnern?«

»Nun, seit mir Wölzer auf dem Vortrag begegnet ist, kamen wirklich noch Erinnerungen hoch. Zum Beispiel ist mir wieder eingefallen, dass Hansen, kurz bevor die vier mich packten, so etwas gesagt hat wie: ›Greift die Hexe!‹ Ich bin mir allerdings nicht sicher, ob ich es richtig verstanden habe, und weiß auch gar nicht, was er damit gemeint haben könnte. Schließlich kannte mich ja keiner von denen.«

Margot erinnerte sich hingegen, was Religionslehrer Wuttke am Morgen gesagt hatte: Die vier hatten sich auch mit dem Thema Hexen auseinandergesetzt. Wenn man Ruth Steiner glauben durfte, offensichtlich nicht nur theoretisch.

»Frau Lutter, wir haben Sie hergebeten, weil wir noch mal genau wissen müssen, wie das war in der Nacht, als Ruth Steiner Sie besucht hat, am Freitag vor zwei Wochen.«

»Aber das habe ich doch dem Polizisten damals schon erzählt. Und Ihnen vorgestern noch mal.«

Horndeich brauchte kein Psychologiestudium, um zu erkennen, dass Silvia Lutter nervös war. »Nun, Sie sagten, Ruth Steiner hätte bei Ihnen übernachtet.«

»Ja.«

»Weil Sie beide schon Wein getrunken hatten.«

»Ja.«

»Wann genau ist sie denn nach Hause gefahren?«

»Irgendwann nach neun. Um zehn macht sie ja ihren Laden auf.«

»Hmmm«, machte Horndeich und bemühte sich, es möglichst bedeutungsschwanger klingen zu lassen. »Eine Zeugin sagte, dass der Wagen um zwei Uhr nachts dort gestanden habe – aber nicht mehr um sechs Uhr morgens.«

»Dann muss die Zeugin sich irren.«

»Das hat Ruth Steiner auch gesagt, als ich ihr das erzählt habe. Das Dumme ist nur, dass die Zeugin sich nicht geirrt hat. War es vielleicht doch ein wenig anders, als Sie es uns erzählt haben?«

»Nein. Ruth war die ganze Nacht bei mir. Hat auf dem Sofa geschlafen.«

»Hmmmm.« Horndeich war heute gut im Hmmmmen. Denn langsam wich die gesunde Gesichtsfarbe aus Silvia Lutters Gesicht. »Als ich Ruth Steiner gesagt habe, dass die Zeugin sich nicht getäuscht hat, da hat sie ihre Aussage korrigiert.«

»Und?«

»Sagen Sie es mir. Wie war es denn wirklich?«

Auf Silvia Lutters Stirn bildeten sich Schweißtropfen.

»Da Sie ja mit dabei waren, wissen Sie ja, was Ihre Freundin Ruth meinte, als sie erklärte, sie würde jetzt die Wahrheit sagen.«

Silvia Lutter sagte nichts.

Zeit für den finalen Schlag. Horndeich stand auf. »Frau Lutter, nur um Ihnen die Dimensionen klarzumachen, um die es hier geht. Wir ermitteln in einem Mordfall. Einem, wie Sie sicher auch wissen, ziemlich brutalen Mordfall. Es zeichnet sich ab, dass es Verbindungen zu anderen Taten gibt. Wir arbeiten unter Hochdruck daran. Und was uns überhaupt nicht weiterbringt, sind falsche Zeugenaussagen. Zeugen, die versuchen, uns zu täuschen.«

Silvia Lutter sagte immer noch nichts, aber Horndeich konnte förmlich sehen, wie ihr Gedankenapparat im roten Drehzahlbereich lief.

»Also sagen Sie mir jetzt, was an dem Abend geschehen ist. Und bei einer weiteren Lüge könnte ich ein wenig ärgerlich werden. Ganz abgesehen davon, dass es sein kann, dass Sie diese Aussage einmal vor einem Gericht machen müssen. Vielleicht unter Eid. Also?«

Silvia Lutter schwieg und sah auf den Tisch.

»Dann erzähle ich Ihnen jetzt, was ich meine, was in der Nacht geschehen ist.«

Frau Lutter sah auf und Horndeich an.

»Ruth Steiner war in der Nacht überhaupt nicht bei Ihnen. Sie hat sich erst später bei Ihnen gemeldet. Vielleicht schon am Samstag, vielleicht auch erst, nachdem Emil Sacher entdeckt worden ist. Sie bat Sie, der Polizei zu sagen, dass sie in der Nacht bei Ihnen gewesen wäre, falls diese Sie fragen würde. Sie sagte Ihnen, Sie sollten sagen, dass sie gemeinsam das Buch angeschaut und Wein getrunken hätten und dass sie bei Ihnen übernachtet hätte. Nur leider passte das nicht mit den anderen Zeugenaussagen zusammen. Und nun haben Sie den Salat.«

Silvia Lutter nickte.

»Heißt dass, dass Sie mir zustimmen.«

Erneutes Nicken.

»Ruth Steiner war also am Freitag vor zwei Wochen nicht bei Ihnen?«

»Nein. Sie war nicht bei mir. Sie kam am Mittwochabend zu mir, an dem Tag, an dem Sacher gefunden worden ist. Und sie fragte mich, ob ich bereit wäre, zu sagen, sie wäre bei mir gewesen.«

»Und da haben Sie spontan zugesagt.«

»Nein. Quatsch. Ich habe sie gefragt, warum ich so was sagen sollte. Und sie hat geantwortet, dass ihr Wagen quasi vor dem Haus gestanden habe. Ich habe sie nach dem Grund dafür gefragt, aber das hat sie mir nicht beantwortet. Sie sagte nur, sie könne richtig in Schwierigkeiten kommen. Ich habe dann nur noch eine Frage gestellt: ob sie irgendetwas Strafbares gemacht habe. Das hat sie verneint. Und ich habe ihr geglaubt.«

»Und dann haben Sie ihr das falsche Alibi gegeben.«

»Ein Alibi braucht meines Wissens ein Täter. Da Ruth aber nichts getan hat, gebe ich kein falsches Alibi.«

Über diese Silbenklauberei wollte Horndeich nicht mehr mit Silvia Lutter diskutieren.

Wieder klopfte es. Erneut steckte Horndeich den Kopf zur Tür herein. Er reckte den Daumen nach oben.

»Tja, Frau Steiner, das Blatt hat sich gewendet.«

»Ja?«

»Soeben hat sich Ihr Alibi pulverisiert. Frau Lutter hat zugegeben, dass Sie Freitag vor zwei Wochen, als Ihr Auto unweit des Woogs stand, nicht bei ihr gewesen sind.«

»Gut. Dann war ich nicht bei Silvia.«

»Sondern?«

»Das werde ich Ihnen nicht sagen.«

»Oh.« Mit einer solchen Antwort hatte Margot nicht gerechnet.

Ruth Steiner ging in die Offensive: »Was werfen Sie mir eigentlich vor? Ist es ein Straftatbestand, seinen Wagen an einer Straßenecke abzustellen? Wohl eher nicht. Ich halte diesen Ort eher für einen Fünfzehn-Euro-Parkplatz.«

»Für einen was?«

»Sie kennen doch die Parkplatzsituation in Darmstadt. Es gibt kein Parkverbot. Es gibt nur Fünfzehn-Euro-Parkplätze und Fünfunddreißig-Euro-Parkplätze.«

Margot war nicht zu Scherzen aufgelegt. »Frau Steiner, Sie verkennen die Situation: Sie rächen sich an den Peinigern Ihrer Jugend, auf die Sie durch Ihren Vortrag bei der Burschenschaft zufällig gestoßen sind. Und weil Sie sich ja mit der Geschichte der Frauen in Darmstadt auskennen, inszenieren Sie die Tode als Rache für die Hexenverfolgung. Sie haben ein Motiv, hatten die Gelegenheit, und Sie waren am Tatort.«

»Auffindeort, wenn ich mich richtig erinnere?«

Sie wollte sich in Spitzfindigkeiten ergehen?, dachte Margot. Kann sie haben: »Am Tatort zur Tatzeit. Der Tod trat erst im Wasser ein. Sacher ist ertrunken.«

Ruth sagte nichts mehr.

Margot wusste, dass die Argumentation etwas dünn war. Aber sie wusste ebenso, dass ihr Ruth Steiner etwas verheimlichte, und offensichtlich etwas, was mit dem Fall in Zusammenhang stand. Dass sie ihren Wagen zufällig dort abgestellt hatte, wo zur gleichen Zeit ein Mann, den sie kannte, im Woog ertränkt worden war – das konnte kein Zufall sein. »Also, zum letzten Mal: Was haben Sie dort gemacht? Am Woog, vorvergangenen Samstagmorgen um zwei Uhr?«

»Ich sage nichts mehr.«

»Wo ist Philipp Kaufmann?«

»Keine Ahnung.«

»Was haben Sie vorvergangenen Samstagmorgen um zwei Uhr am Woog gemacht?«

»Ich sagte gerade, dass ich dazu nichts mehr sage.«

»Gut. Dann sage ich Ihnen jetzt nur noch zwei Dinge: Erstens beantrage ich jetzt beim Richter einen Durchsuchungsbeschluss für Ihre Wohnung. Zweitens: Bis der da ist, bleiben Sie hier. Dann werden wir sehr schnell feststellen, ob Sacher – oder sogar einer der anderen – bei Ihnen gewesen ist.«

Ermittlungsrichter Kunze war nicht begeistert, am Samstag mal eben einen Durchsuchungsbeschluss zu unterzeichnen. Doch Margot konnte ihn überzeugen. Auch davon, dass Gefahr bestand, dass Ruth Steiner eventuelle Indizien vernichten würde, nachdem ihr Alibi geplatzt war.

Wenig später fuhren zunächst Margots und Horndeichs Wagen in den Wendehammer vor dem Haus in der Wielandstraße. Sie stellten den Wagen ab. Sofort kam ein Mann aus der Haustür eines der Häuser. Ging auf die Beamten zu. »Hallo?«

Horndeich erwiderte ebenso knapp: »Ja?«

»Junger Mann, hier können Sie aber nicht stehen bleiben.«

»Doch. Das können und das werden wir.«

»Nein. Das können Sie nicht.«

»Doch.« Horndeich grinste.

»Ich rufe jetzt die Polizei!«

»Sie haben aber auch ein Glück!«, sagte Horndeich und zeigte auf die Kreuzung, von der gerade Kollegen in zwei Streifenwagen in die Wielandstraße abbogen.

Kurz war der Mann irritiert. Dann erhellte ein Lächeln sein Gesicht, und er sah seinen Freunden und Helfern entgegen.

»Das war die gute Nachricht«, meinte Horndeich. Nun hatte er wieder die volle Aufmerksamkeit des Mannes. »Die schlechte ist: Die werden jetzt auch hier parken. Wenn wir jemandem im Weg stehen, einfach bei Steiner klingeln.«

Danach drehte er sich um.

Ruth Steiner schloss die Haustür auf. Und Horndeich, Margot und sieben weitere Beamte betraten das Haus. Ruth Steiners Wohnung lag im ersten Stock. Sie hatte drei Zimmer, einen Balkon, Küche, ein Bad und ein Gäste-WC. Der Boden war, außer im Bad, mit Parkett belegt.

Ruth Steiner hatte die Wohnung ansprechend eingerichtet. Doro hatte Margot einmal erzählt, dass es bei Ruth richtig gemütlich sei. Margot hatte den gleichen Eindruck. Besonders das Wohnzimmer mit seinen sicher dreißig Quadratmetern war wohnlich. Zwei Sofas, ein Couchtisch, ein breites Regal. Drei Palmen, zahlreiche kleinere Zimmerpflanzen. An den Fenstern Gardinen. Ja, Margot konnte sich vorstellen, dass man in dieser Atmosphäre gute Gespräche führen konnte.

Ruth Steiner setzte sich auf das Sofa.

Margot setzte sich neben sie.

»Sie haben die Falsche.«

»Aber Sie spielen nicht mit offenen Karten.«

Ruth Steiner zuckte nur mit den Schultern.

Baader und ein Team von sechs Kollegen arbeiteten sich Zentimeter für Zentimeter durch die Räume. Bücher wurden aus den Regalen gezogen, Fingerabdrücke von Türrahmen oder Regalstützen genommen. Auch die zur Wohnung gehörende Garage wurde von Beamten untersucht. Der Boden dort wies Erdspuren auf – die vielleicht mit denen übereinstimmten, die unter Till Hansens Fingern gefunden worden waren?

Margot glaubte nicht daran, dass dies der Ort war, an dem zumindest Hansen und Sacher gefangen gehalten worden waren. Luminol brachte keine Hinweise auf Blutspuren. Weder in der Garage noch in der Wohnung.

Horndeich und ein Kollege gingen in den Keller, wühlten sich dort durch Kisten und Kästen.

Nach gut einer Stunde hatten die Beamten ihre Aktion abgeschlossen. Baader packte gerade seine Siebensachen zusammen.

»Wir müssen natürlich noch die Auswertung der Fingerabdrücke abwarten – aber ich habe den Eindruck, das war eine Fehlanzeige.«

»Kann ich jetzt hierbleiben?«, fragte Ruth Steiner.

In diesem Moment klingelte Margots Handy. Sie nahm ab.

»Margot, hier ist Bernd. Ich glaube, ich habe etwas Interessantes gefunden. Ruth Steiner hat ein eigenes Haus. In Fränkisch-Crumbach. Etwas abgelegen, soweit ich das auf Google-Earth sehen kann.« Bernd Riemenschneider gab die Adresse durch.

Margot wandte sich Ruth Steiner zu: »Nein. Sie können nicht hierbleiben. Wir fahren jetzt gemeinsam zu Ihrem Haus in Fränkisch-Crumbach.«

»Dort dürfen Sie auch durchsuchen?«

Margot führte drei Telefonate. Fünf Minuten später zeigte sie Ruth Steiner auf dem Smartphone den Anhang einer E-Mail. Es war der Durchsuchungsbeschluss für das Haus in Fränkisch-Crumbach. »Wir können jetzt direkt fahren. Oder wir machen den Schlenker beim Richter vorbei, und Sie sehen den Beschluss schwarz auf weiß.«

Ruth Steiner zuckte mit den Schultern. Sie sah auf die Uhr. »Fahren wir nach Crumbach«, sagte sie resigniert. »Ich würde gern heute Abend wieder hier schlafen.«

Das Haus lag westlich von Fränkisch-Crumbach, etwas außerhalb. Es war einstöckig. Das Geschoss unter dem Satteldach schien ausgebaut zu sein, zumindest ließ das schmucke Giebelfenster darauf schließen.

Ruth Steiner saß neben Margot im Dienst-Benz.

»Wie lange gehört Ihnen das Haus schon?«

»Seit fünf Jahren. Mein Onkel – der, der den Ford immer repariert, der hat ein paar Häuser in Brensbach, in Crumbach, auch in Fischbachtal. Stammt vom reicheren Zweig der Familie ab. Er hat es mir überschrieben, in mehreren kleinen Häppchen, damit die Steuer nicht zu viel kassiert. Seit fünf Jahren gehört es mir ganz. Ich vermiete es im Sommer. Die, die einmal dort Urlaub gemacht haben, kommen meist wieder, weil es hier schön ruhig ist. Apropos, wann bekomme ich meinen Wagen wieder?«

Steiners Ford war inzwischen ins Präsidium gebracht worden. Auch er sollte untersucht werden, ob sich irgendwelche Spuren der Getöteten darin oder daran befanden.

»Das kann ein paar Tage dauern«, antwortete Margot lapidar. »Sie wohnen nicht selbst in diesem Haus?«

»Ab und an. Ich mache den Laden ja nicht so oft zu. Manchmal nutze ich ein langes Wochenende. Aber gerade an den Wochenenden ist das Haus halt oft vermietet. Und das Geld tut schon ganz gut.«

»Das Haus hat eine Garage?«

»Ja. Steht aber kein Auto drin. Der Boden ist nicht betoniert. Und wenn es regnet, läuft Wasser rein. Dann ist da ein ziemlicher Schlamm. Da lässt man das Auto lieber draußen stehen. Ich habe einen Arbeitstisch in die Mitte eingelassen, damit keiner der Gäste auf die Idee kommt, da einen Wagen reinzustellen.«

Margot stellte den Dienstwagen vor dem Haus ab. Direkt hinter ihr kam Horndeich mit seinem Fahrzeug, die beiden Polizeifahrzeuge mit den Beamten im Schlepptau.

Es wiederholte sich das gleiche Spiel: Die Beamten durchpflügten das Haus, Baader und ein Kollege kümmerten sich um Fingerabdrücke und Blutspuren. Ruth Steiner saß regungslos auf einem Sofa.

Margot sah in die Runde. Die Beamten. Die regungslose Ruth. Die hob den Kopf. Kurz trafen sich ihre Blicke.

Margot ging zu Horndeich, der gerade einzelne Bücher aus dem Regal nahm. »Wir werden hier nichts finden.«

»Wir werden hier wohl was finden.«

»Nein. Sie weiß etwas, aber sie hat mit den Morden nichts zu tun.«

»Sie weiß etwas, da sind wir uns einig. Aber sie hat mit den Morden eine Menge zu tun. Sie hat sie begangen. He, das ist der Grund, weshalb wir an diesem Samstag überhaupt arbeiten. Du hast doch gesagt, sie hätte Emil Sacher in den Woog versenkt. Vielleicht nicht allein. Aber sie steckt da mit drin. Nicht nur knöcheltief, sondern bis zum Bauchnabel.«

»Ich glaube, ich habe mich in Bezug auf Ruth Steiner geirrt. Kannst du hier auf mich verzichten?«

»Äh – ja? Wir sind genug Leute. Wo willst du denn hin?«

»Hier im Ort noch jemandem eine Frage stellen zu etwas, das ich vielleicht zu schnell ad acta gelegt habe. Ich bin über Handy erreichbar, wenn ihr etwas finden solltet. Und vielleicht hast du recht – vielleicht gibt es da wirklich noch jemanden.«

Damit machte sich Margot auf den Weg.

»Sehr nett, dass Sie sogar am Samstagabend Zeit für mich haben«, sagte Margot zu Wolfgang Wuttke, als er sie abermals auf den Stufen vor der Wohnungstür empfing.

»Schon in Ordnung. Meine Frau ist heute Abend bei einer anderen Freundin, ich hätte ohnehin nur ferngesehen.« Noch bevor Margot wieder den Wohnbereich des Hauses betreten hatte, fragte Wuttke: »Was führt Sie erneut zu mir?«

»Sagen wir so – ich würde gern noch einmal mit Ihnen über die vier Freunde sprechen.«

»Treten Sie ein. Möchten Sie etwas trinken? Einen Wein, ein Bier, ein Wasser, einen Orangensaft?«

»Sehr gern, einfach ein Wasser.«

Wuttke verschwand in der Küche, die direkt neben dem Wohnraum lag. Margot setzte sich auf das Sofa. Leider war der Balkon tatsächlich nicht im entsprechenden Zustand, dass man sich gemütlich auf ihm niederlassen konnte.

Wuttke kam mit einer Flasche Mineralwasser und zwei Gläsern zurück und setzte sich auf den Sessel neben dem Sofa. Er schenkte ihnen beiden ein. »Also?«

»Herr Wuttke, Sie haben mir heute Morgen von dem Überfall auf Ruth Steiner erzählt. Und Sie haben einen zweiten Überfall erwähnt, bei dem Sie sich unsicher waren, ob das Quartett auch darin verwickelt war. Ich würde Sie bitten, mir etwas mehr davon zu erzählen.«

Wuttke seufzte. »War keine schöne Sache. Ging damals sogar durch die Presse. Paula Trizzi. Sie war sechzehn zu der Zeit. Sie wohnte mit ihrer Familie in Fränkisch-Crumbach. War die Älteste von fünf Geschwistern. Die hatten einen Hof. Also, sie haben einen Hof. Die Mutter und zwei der Kinder bewirtschaften den jetzt.

Der Tag, an dem Paula verschwand, das war ein Samstag. Was in der Familie zunächst aber niemand mitbekommen hatte. Sie hatte einen Zettel hinterlassen – ›Bin übers Wochenende weg‹. Die Mutter war nicht begeistert, aber es war nicht das erste Mal gewesen. Daher kam sie überhaupt nicht auf die Idee, die Polizei zu rufen.

Als Paula am Montag nach der Schule nicht nach Hause kam, da begannen bei der Mutter die Alarmglocken zu läuten. Und sie rief die Polizei an.

Eine seit zwei Tagen verschwundene Minderjährige, da sprang dann gleich der große Apparat an. Innerhalb weniger Stunden hatte die Polizei rekonstruiert, wann Paula das letzte Mal gesehen worden war: Am Samstag um die Mittagszeit war sie in der Eisdiele in Reichelsheim gewesen, fünf Kilometer von hier. Eine Freundin sagte, sie sei dort mit ihrem Freund hingegangen. Und dieser Freund, das war Philipp.«

»*Der* Philipp? Philipp Kaufmann von der Viererbande?«

»Ja. Genau der.«

»Und warum sagen Sie, dass Sie Zweifel daran haben, dass die vier oder zumindest Kaufmann für das Verschwinden von Paula Trizzi verantwortlich waren?«

»Oh, als ich von der Verbindung zwischen Paula und Philipp gehört habe, da hatte ich keine Zweifel, dass zumindest der Junge da mit drinhing. Aber als die Polizei bei uns am Montag im Internat auftauchte, da war Philipp gar nicht mehr da. Und die anderen drei auch nicht. Die waren an diesem Montagmorgen in einem Bus zu einer Klassenfahrt an den Edersee aufgebrochen. Für die ganze Woche. Wir riefen in der Jugendherberge an und telefonierten mit Philipp. Der sagte, ja, er sei mit Paula in der Eisdiele gewesen. Sie seien beide mit dem Fahrrad dort hingefahren. Nach dem Besuch der Eisdiele hätten sich ihre Wege getrennt. Paula sei mit dem Rad in Richtung ihres Hofes gefahren, Philipp zurück zum Internat. Dort habe er sich mit Emil, Till und Richard getroffen. Was die bestätigten.«

»Und was den Verdacht erhärtet, dass alle vier mit drinhängen.«

»Ja. Das dachte ich auch. Ganz ehrlich, Frau Hesgart? Ich fürchtete, die Polizei würde den Wald absuchen, ihre Leiche finden, vergewaltigt, tot. Ich rechnete mit dem Schlimmsten – für Paula, für die Jungs und für die Schule. Aber dann kam es ganz anders.«

Margot erinnerte sich bruchstückhaft an den Fall. Die Kriminaldirektion Erbach war damals zuständig gewesen. Margot hatte zu der Zeit noch nicht bei K10, also der Mordkommission, gearbeitet. Aber der große Einsatz hatte viel Wirbel verursacht. »Die haben den Montag und den Dienstag über gesucht, nicht wahr?«

»Ja. Sie haben den ganzen Wald zwischen Reichelsheim und Fränkisch-Crumbach durchkämmt. Das Fahrrad wurde gefunden. Aber nicht das Mädchen.«

Jetzt, da Wuttke davon erzählte, drangen langsam weitere Erinnerungsfetzen aus den Tiefen von Margots mentaler Ablage an die Oberfläche des Bewusstseins. »Das Mädchen tauchte wieder auf. Ich erinnere mich.«

»Ja. Am Mittwochabend. Da kam sie plötzlich wieder nach Hause. In einem erbärmlichen Zustand.«

Ja, Margot erinnerte sich daran, mit einem Kollegen darüber geredet zu haben, der das Mädchen gesehen hatte.

»Ich will mich jetzt gar nicht in den gruseligen Details ergehen. Fakt war: Paula Trizzi war irgendwo gefangen gehalten worden. Bis zum Mittwoch. Und sie war mehrfach vergewaltigt worden.«

»Sie hat sich selbst befreit, oder?«

Wuttke schüttelte den Kopf. »Nein. Das wäre nicht möglich gewesen.«

»Sondern?«

»Am Knöchel ihres linken Beins hatte sie einen Eisenring. Daran ein Stück Kette. Diese Kette war einen halben Meter lang und offenbar mit einer Axt durchschlagen worden. Und das war der Grund, weshalb die vier aus dem Schneider waren: Seit Montag waren sie auf Klassenfahrt am Edersee, also fast zweihundertfünfzig Kilometer weit weg. Daran gab es auch nie einen Zweifel, denn meine Kollegen waren ja Tag und Nacht mit den jungen Männern zusammen. Hätten sie Paula Trizzi befreien wollen, sie hätten spätestens am Mittwochmittag losfahren müssen – aber zu der Zeit waren sie eben in der Jugendherberge am Edersee.«

»Hat denn Paula Trizzi nicht gesagt, wer ihre Peiniger gewesen sind?«

»Soweit ich weiß, hat Paula Trizzi gar nichts gesagt. Sie hat überhaupt nicht gesprochen nach der Tat. Ich kenne die Details nicht. Aber ihr Zustand muss sehr schlimm gewesen sein.«

»Der Täter ist nie gefasst worden«, dachte Margot laut nach.

»Nein. Sie haben ihn nie gekriegt. Was aus Paula Trizzi geworden ist, das weiß ich auch nicht.«

»Haben Sie mit den Jungen über den Fall gesprochen?«

»Nein. Nachdem klar war, dass sie Paula Trizzi nicht befreit haben konnten, nicht mehr. Sie waren immer nur zu viert gewesen, nie zu fünft.«

»Wo wohnt Paula Trizzis Mutter?«

Wuttke nannte die Adresse. Margot kannte den Namen der Straße bereits. Dort stand ein paar Hundert Meter entfernt das Haus von Ruth Steiner.

Horndeich hatte sich das Ganze anders vorgestellt. Er war davon ausgegangen, dass sie in dem Haus irgendeinen Gegenstand finden würden, der einem der Opfer gehörte. Etwas wie ein zerrissenes Männerhemd, eine Visitenkarte von Wölzer oder Ähnliches, was Ruth Steiner mit den Morden und dem Verschwinden Kaufmanns in Verbindung bringen würde.

Aber da war nichts.

Gar nichts.

Nun wollten sie sich noch die Garage vornehmen. Die war voller Gerümpel: zwei Rasenmäher, von denen keiner seinen Job mehr würde erfüllen können; ein paar Plastikkisten mit der Aufschrift KNOE, also von dem Buchgroßhandel, an den der Buchladen angeschlossen war; zwei Kommoden, ein Schrank, ein Tisch in der Mitte des Raumes. Horndeich schlug die Hände über dem Kopf zusammen, als er das Garagentor geöffnet hatte.

Zwar wollte er unbedingt etwas finden. Aber er wollte auch unbedingt nach Hause. So kämpften zwei Seelen in seiner Brust. Die Seele, die Ruth Steiner festnageln wollte, gewann. Was nicht zuletzt daran lag, dass Margot seine Meinung in Bezug auf Ruth Steiner nicht teilte. Es kam nicht sehr oft vor, dass ihre grundsätzliche Einschätzung nicht auf einer Wellenlänge lag. Aber wenn, dann lagen sie oft meilenweit auseinander. Wie jetzt.

»Alles raus. Sucht den Boden Millimeter für Millimeter ab.«

»Jetzt?«

Horndeich verdrehte die Augen. »Nein. Wir müssen doch diese doofe gewerkschaftlich festgelegte Pause zwischen neunzehn und dreiundzwanzig Uhr einhalten. Aber dann … Natürlich jetzt!«, bellte er.

»Mann, Horndeich, das geht dann bis in die Nacht.«

»Echt?«

Baader stellte sich dazu: »Wirklich jetzt? Wir können doch Montag wiederkommen. Und uns dann den ganzen Tag Zeit nehmen. Du hast doch sicher noch ein paar dieser knuffigen Polizeisiegel.«

»Passt auf: Ich sage, wir finden hier was. Wenn ich nicht recht habe, bekommt jeder, der jetzt hierbleibt, eine Kiste Bier von mir.«

Ein Raunen ging durch die Reihe der Beamten.

»Ich mach Schluss jetzt«, raunte Baader.

»Okay, für den Ober-Spusi eine Kiste extra.«

Einige der Beamten fingen an zu grinsen.

»Und wer das entscheidende Stück findet, der bekommt noch einen Kasten extra.«

»Hey, das ist ungerecht. Nur weil einer was gefunden hat.«

Kindergarten, dachte Horndeich. Aber er wollte seinen Triumph. Heute. Nicht morgen. »Jeder, der was findet, einen Kasten extra.« Es waren Sätze wie dieser, die auf einmal hektische Betriebsamkeit auslösten.

Horndeich schmunzelte. Die hundert Euro waren es ihm wert. Und wenn er nicht recht hatte, dann hatte er wenigstens auf ganzer Linie verloren.

Margot lenkte den Wagen auf den Innenhof des Gehöfts. Den Hof umschlossen ein Wohnhaus, Ställe, Scheune und der Unterstellplatz für Trecker, Maschinen und Autos.

Ein Hund bellte und schoss auf Margots Wagen zu. Ein schwarzer Labradorrüde. So, wie der Hund sie in ihrem Wagen anbellte, hätte sie bei entsprechendem Veterinärmedizin-Studium locker seinen Zahnstand bestimmen können. Zumindest in den ersten Sekunden. Danach behinderten die Geiferfetzen auf der Seitenscheibe den klaren Durchblick. Margot beschloss, im Wagen sitzen zu bleiben.

»Django. Hierher«, bellte eine männliche Stimme. Sofort brach der Hund seine Bellorgie ab, drehte sich um und lief auf den Besitzer der Stimme zu. Den konnte Margot durch die Frontscheibe wiederum gut erkennen. Der Mann sah aus wie fast fünfzig. Doch wenn es sich um einen Bruder von Paula Trizzi handelte, musste er jünger sein. Er war vollschlank, trug Jeans, ein Karohemd, und die Art, wie er die Pfeife in der Hand hielt, hatte etwas von Sherlock Holmes. Dazu trug auch die Schirmmütze im Karomuster bei.

»Platz.«

Django legte sich neben den Mann auf den Boden und rührte sich nicht mehr vom Fleck. Der Mann kam auf Margots Wagen zu. Als er direkt danebenstand, traute Margot sich, die Tür zu öffnen und auszusteigen. Der Hund quittierte das mit Nichtbeachtung.

»Guten Abend, mein Name ist Margot Hesgart, Kripo Darmstadt. Ich würde gern mit der Mutter von Paula sprechen.«

»Gibt's hier nicht. Keine Paula da.« Der Mann zog an seiner Pfeife.

»Ich würde ja auch gern mit ihrer Mutter sprechen.«

»Wenn's keine Paula gibt, dann gibt's auch keine Mutter von Paula. Schönen Abend noch.« Er drehte sich um.

»Hallo?«

Sie hatte das Zeichen nicht gesehen, das der Mann dem Hund gegeben hatte. Der schoss wie der Blitz auf sie zu. Margot hechtete in ihren Wagen. Als die Tür ins Schloss fiel, führte Django wieder seinen Geifertanz auf.

Verdammt, das gibt es doch nicht!, dachte Margot und fühlte sich wie in einem bescheuerten Film. Aber sie hatte eine Waffe gegen den Hund. Ihre Hupe.

Als sie deren Töne in den Ring warf, mischte sich für einen kurzen Moment ein Japsen unter das Bellen des Hundes. Die Fanfare hallte zwischen den umstehenden Wänden hin und her, potenzierte so ihren Lärm und brachte sogar Hundi dazu, sich fünf Meter zu entfernen.

Es dauerte immerhin fast zwanzig Sekunden, bis der namenlose Sherlock-Verschnitt wieder auf der Bildfläche erschien. Margot nahm die Finger von der Hupe. Was ihr besonders Django dankte. Der lief mit eingekniffenem Schwanz zu seinem Herrchen. Winselnd.

Als Margot abermals die Tür öffnete, hörte sie irgendwo ein Baby schreien.

»Sie haben nicht mehr alle Tassen im Schrank, was?«, brüllte der Mann sie an.

»Ich will, verdammt noch mal, mit Frau Trizzi sprechen«, brüllte Margot zurück. Manchmal war es durchaus angebracht, sich auf das Kommunikationslevel seines Gegenübers zu begeben.

»Hauen Sie ab, oder ich hole die Polizei!«, schrie Sherlock.

Margot rollte mit den Augen. »Die – steht – gerade – vor – Ihnen!«, kreischte sie zurück. Es war wie in einem Heim für Hörgeschädigte.

Eine ältere Dame erschien in der Haustür, aus der zuvor Sherlock getreten war. »Führ sie herein«, sagte sie und verschwand wieder im Haus.

Offenbar war ihr Wort Gesetz. Denn Sherlock sagte nun in normaler Zimmerlautstärke: »Kommen Sie mit.«

»Danke.« Margot räusperte sich. Djangos Blicke folgten ihr. Aber er gab keinen Mucks mehr von sich.

Sherlock begleitete Margot in das Wohnhaus. Eine Holzstiege führte in den ersten Stock. Von dort ging es durch eine Tür in die Wohnung, die offenbar der älteren Dame gehörte. Sherlock geleitete sie in die Küche.

»Warten Sie hier«, sagte er nur, dann verschwand er.

Margot sah sich um. Es schien, als hätte eine Zeitmaschine sie hierhergebracht. Schon die zweite Zeitmaschine in Fränkisch-Crumbach. Die Küche sah aus wie ein Museumszimmer mit der Aufschrift: *Küche der Fünfzigerjahre des vorigen Jahrhunderts.* Der mannshohe Kühlschrank hatte sogar noch einen dicken horizontalen Chromgriff und eine geschwungene Prägung des Firmennamens Bosch. Allein die Senseo-Kaffeemaschine zeugte von der Ankunft in der Gegenwart.

Margot setzte sich an den Tisch. Wenig später trat die Dame ein, die sie im Hof bereits gesehen hatte.

»Entschuldigen Sie das forsche Auftreten von Nils. Er hat Paula nie kennengelernt. Ich bin Margarete Trizzi. Paulas Mutter. Den Namen meiner Tochter habe ich lange, lange nicht mehr gehört …«

Margot stellte sich vor, dann nahm auch Frau Trizzi an dem Küchentisch Platz. Sie sah sich um, schmunzelte. »Muss Ihnen wie ein Museum vorkommen. Aber ich mag Veränderungen nicht so. Die Wohnungen der Kinder und unsere Gemeinschaftsräume sind moderner.«

Auch die Kleidung der Frau zeugte davon, dass sie modischen Sperenzchen nichts abgewinnen konnte. Sie trug ein schlichtes Kleid und grobe Schuhe. Sogar das Kopftuch fehlte nicht. Die Hände verrieten, dass sie sich auch jetzt noch für körperliche Arbeit nicht zu schade waren. Dennoch war Margarete Trizzi eine aparte Frau. Wahrscheinlich war sie sogar einmal eine sehr schöne Frau gewesen.

»Möchten Sie etwas trinken? Wir haben hier einen guten trockenen Riesling aus Groß-Umstadt.«

Margot zögerte.

»Also ich trinke einen. Und ich fürchte, wenn es um Paula geht, sollte ich auch noch den Schnaps holen.«

Sie ging zum Kühlschrank, nahm eine angebrochene Flasche Wein heraus, stellte zwei Gläser auf den Tisch. Dann trat sie an einen Schrank und entnahm ihm eine Flasche Weinhefebrand. »Auch aus Groß-Umstadt. Lecker«, sagte sie und stellte zwei Schnapsgläser daneben.

Sie schenkte Margot ein Glas Wein ein, danach sich selbst. Dann hob sie das Glas. »Prost. Auf meine verlorene Tochter. Und darauf, dass Sie Nils seinen Auftritt nicht übel nehmen. Er fühlt sich immer so – verantwortlich.«

Margot stieß mit ihr an. Ja, war gut, der Wein.

»Gut. Genug Geplänkel. Was wollen Sie? Ist Paula wieder in

Deutschland? Hat sie was ausgefressen? Oder warum sind Sie da?«

»Wie kommen Sie darauf, dass Ihre Tochter etwas ausgefressen haben könnte?«

Margarete Trizzi sah Margot ernst an: »Frau Kommissarin Hesgart, ich hab nicht studiert. Aber vielleicht bin ich deshalb in der Lage, problemlos ein einfaches, direktes Gespräch zu führen. Also lassen Sie das mit diesen Gegenfrage-Spielchen. Fragen Sie, was Sie wissen wollen, und ich werde sehen, ob ich antworten kann und ob ich antworten will.«

Gut, dann nach deinen Regeln, dachte Margot. »Wir ermitteln in einem Mordfall, genauer gesagt in mehreren. Und es könnte eine Verbindung zu Ihrer Tochter geben.«

»Dann kann es sich nur um den Mord an Emil Sacher handeln. Und um die Geschichte damals.«

Margot war erstaunt. Und ihr Gegenüber schien das zu bemerken.

»Wir lesen hier auch Zeitung. Und auch wenn mein Körper die ersten Zipperlein zeigt, mein Kopf funktioniert gut.«

Margot nickte nur. »Ja, es geht um Emil Sacher. Sagen Ihnen die Namen … «

»… Till Hansen, Richard Wölzer und Philipp Kaufmann etwas? Ja. Die sagen mir etwas.«

»Woher …«, weiter kam Margot nicht.

»Wenn es um die Geschichte damals geht, dann müssen die vier damit zu tun haben. Offensichtlich wissen Sie Bescheid, sonst wären Sie nicht hier. Aber …« Jetzt schwieg Margarete Trizzi.

»Kann ich Ihnen zumut …«, Margot unterbrach sich selbst. Direkte Kommunikation war gefordert. »Erzählen Sie mir die Geschichte? Ich kenne sie nicht genau.«

»Sehen Sie, geht doch. Direkt.« Frau Trizzi lächelte kurz. Dann verblasste der kleine Triumph über die Erziehung der Polizeibeamtin – und wich offensichtlich der Erinnerung an damals.

»Um zu verstehen, warum – ich sollte auch besser einfach

reden … Also: Paula war das erste Kind von meinem Exmann Mattia Trizzi und mir. Sie wurde im Oktober 1973 geboren. Ich habe Mattia in den USA kennengelernt. In Indianapolis an der Rennstrecke.«

»Indianapolis?«

Margarete Trizzi lächelte wieder, nicht nur mit dem Mund, sondern auch mit den Augen. »Das Leben ist manchmal verrückt. Mein Onkel Willi, der hat den Odenwald hinter sich gelassen und nach dem Krieg in Frankfurt mit einem Unternehmen für Elektronik Karriere gemacht. Er war ein großer Fan von Autorennen. Und seine Lieblingsnichte in Fränkisch-Crumbach – also ich – war die in der Familie, die schon früh anfing, alles zu reparieren, was vier Räder hatte. Mein Vater hatte dabei ein lachendes und ein weinendes Auge. Er war froh, dass seine Maschinen funktionierten, aber er hatte Angst, dass seine einzige Tochter keinen Mann finden würde.

Onkel Willi nahm mich mit nach Indianapolis zum Indy-500-Rennen, das er einmal in seinem Leben live sehen wollte. Und niemand aus der Familie wollte ihn begleiten. Außer mir. Und dann saß Mattia neben mir auf der Tribüne, ein Deutsch-Italiener, dessen Eltern in die USA ausgewandert waren. Er studierte in Nashville Landwirtschaft, machte gerade seinen Abschluss. Wir verstanden uns prima, verliebten uns, telefonierten. Ich dachte, mein Vater würde explodieren, wenn Onkel Willi ihm davon erzählen würde. Aber mein Vater sah das ganz anders: Da war ein Mann, der seinen Abschluss in Landwirtschaft machte, und er suchte einen Mann für seine Tochter, die den Hof erben sollte. Und dass das mit dem Vererben nicht mehr so weit entfernt lag, das wusste damals nur er selbst. Also lud er Mattia ein. Die beiden verstanden sich prächtig. Und so kam Mattia 1972 endgültig von Nashville nach Fränkisch-Crumbach. Wir heirateten, und wir liebten uns wirklich. Paula war unser erstes Kind, und es folgten Maria, Elisabeth, Chiara, Giulia und Eleonore.

Paula war unsere Schwierigste. Bereits als Kind lebte sie in einer Phantasiewelt. Sie war hochintelligent, aber sie war rebellisch, trotzig – schwierig eben. Mit unseren anderen Kindern kam ich besser zurecht. Mattia und Paula jedoch, die verstanden sich. Sicher, auch für Mattia war Paula nicht einfach zu händeln, und sie hat immer wieder mal eine gefangen von ihm. Trotzdem war sie ein Papakind. Ein extrem schwieriges Papakind. Mit acht ist sie das erste Mal abgehauen, kam immerhin bis Brensbach. Mit neun hat sie es schlauer angestellt: Die Polizisten haben sie drei Tage später mit ihrem Pferd unten am Neckar aufgelesen, vierzig Kilometer von hier. In der Schule erzählte sie ständig Räuberpistolen, vom nächtlichen Einbruch im Kuhstall bis hin zu der Story, dass Adolf Hitler noch lebte und drei Tage bei uns untergekommen wäre.

Ich erzähle Ihnen das alles nur, damit Sie verstehen, warum ich an jenem Samstagabend nicht sofort die Polizei gerufen habe. Sie hat einen Zettel geschrieben und auf den Küchentisch gelegt: *Bin Montag zur Schule wieder da.* Ich war zu der Zeit bereits froh, dass sie überhaupt einen Zettel geschrieben hatte und offensichtlich auch noch einen weiteren Schulbesuch plante. Einfluss darauf, mit wem sie wann wohin ging – den hatten wir schon lange nicht mehr. Und glauben Sie mir, wir haben das ganze Programm durchgespielt, von Hausarrest über Prügel bis zum Taschengeldentzug.

Jetzt brauche ich tatsächlich einen Schnaps.«

Sie füllte ein Schnapsglas bis unter die Kante. »Sie auch?«

Margot schüttelte den Kopf. Sie musste fahren. Deshalb würde das Glas Wein noch eine Weile vorhalten müssen.

»Und dann kam der Montag. Und mittags kam keine Paula von der Schule nach Hause. Sie hatte ihre Schulsachen am Samstag schon mitgenommen. Ich rief in der Schule an. Und die sagten mir, dass Paula gar nicht da gewesen war. Das war der Moment, in dem ich Panik bekam. Und Mattia auch.«

Die Garage war leer, bis auf den Tisch, der in der Mitte fest im Boden verankert war. Und bis auf die Kommode, die sie nicht hinaustragen konnten, da der Tisch im Weg war.

»Drüber oder nur zur Seite?«, fragte einer der Kollegen.

»Zur Seite«, entschied Baader. Drei Kollegen wollten das Massivholzmöbel anheben.

»Scheiße, die ist ja schwerer als eine Waschmaschine!«

»Auf drei.«

»Eins – zwei – drei.« Ein Aufstöhnen in dreifacher Ausfertigung zeugte von der erfolgreichen Umsetzung des Vorhabens. Die Beamten gingen einen Meter in Richtung des Tisches. Dort setzten sie die Kommode ab.

»Was ist das denn?«, fragte Baader. Er zeigte auf eine Ecke am Boden.

Horndeich leuchtete mit seiner starken Taschenlampe auf den Gegenstand. »Eine Brille. Wenn auch eine ramponierte.«

»Eine Herrenbrille.«

Horndeich ging in die Hocke und hob mit behandschuhter Hand das Brillengestell auf, wobei einer der Bügel auf den Boden fiel. Es handelte sich um ein Hornmodell, das etwa in den Siebzigern modern gewesen sein musste. Auch dem ungeübten Auge fiel auf, dass die Brille ziemlich ramponiert war. Horndeich verließ die Garage. Dann hielt er die Brille mit der behandschuhten Hand in die Höhe. »Verdammt!«, sagte er. Er ließ die Brille in einen Plastikbeutel fallen. Hob den Bügel auf und steckte ihn in einen weiteren Beutel. Anschließend ging er ins Haus, in den Raum, in dem Ruth Steiner auf der Couch saß und ein Buch las. Neben ihr, im Sessel, leistete ihr ein Beamter Gesellschaft.

Horndeich hielt den Beutel mit der Brille vor Ruth Steiners Nase. »Erkennen Sie diese Brille?«

Ruth Steiner sah von dem Buch auf.

»Nein. Sollte ich?«

»Ich denke schon. Ich zumindest glaube, dass ich das Modell erkenne.«

»Die ersten Beamten waren keine zwanzig Minuten später aus Erbach da«, berichtete Paula Trizzis Mutter. »Als ich ihnen die Geschichte nochmals erzählt hatte, dauerte es keine Stunde, und es wimmelte nur so von Beamten auf dem Hof. Mattia kannte zwei Freundinnen von Paula – oder die das waren, was dem Begriff ›Freundin‹ am nächsten kam. Mit den Phantasiegeschichten, die Paula jeden Tag erzählte, machte sie sich keine Freunde. Und auch keine Freundinnen. Auf jeden Fall fand die Polizei schnell heraus, dass der letzte Ort, an dem Paula gesehen worden war, das Eiscafé in Reichelsheim war, und jemand hatte auch Philipp Kaufmann dort erkannt. Der bestätigte, mit Paula in der Eisdiele gewesen zu sein, danach hätten sich ihre Wege jedoch getrennt. Aber er war ja gar nicht hier, sondern mit seiner Klasse am Edersee.

Die Polizei startete sofort die große Suche, sie durchkämmten mit Hundertschaften den umliegenden Wald und die Felder. Der Hubschrauber ratterte die ganze Zeit über unserem Ort. Es war gespenstisch. Und es war erfolglos.«

Frau Trizzi goss sich noch einen Schnaps ein. Kippte ihn hinunter. Sah Margot dabei nicht an.

»Wir hatten mit Paula mehr Ärger als Freude, ich sag's, wie's war. Aber sie war doch unsere Tochter … Und den Anblick, als sie über den Hof kam – den vergesse ich nicht. Ihr Haar, für das sie immer so große Sorgfalt aufbrachte, hing wirr und verklebt um ihr Gesicht. Ihr Kleid war zerrissen, voller Flecken. Sie hatte keine Schuhe an, die Füße waren blutig. Und dann dieses Geräusch von der Kette. Wie eine Gefangene schlurfte sie über den Hof. Dort war früher Kopfsteinpflaster. Das Geräusch war nicht laut, nur mit jedem Schritt, den ihr rechtes Bein machte, rasselte die Kette über den Boden. Dann wieder ein Schritt mit dem linken – geräuschlos. Und wieder das rechte Bein … Ich habe den Boden danach asphaltieren lassen. Ich konnte das Pflaster nicht mehr ertragen, denn immer, wenn ich es gesehen hab, hab ich wieder dieses Rasseln gehört.

Ich stürzte auf den Hof. Paula sah mich. Lächelte ein irres Lächeln. Und dann brach sie einfach zusammen.«

Margarete Trizzi schwieg.

»Was passierte dann?«

»Ich rief einen Arzt. Sie war völlig dehydriert. Ich fuhr mit ihr im Krankenwagen ins Krankenhaus, bestand darauf, dass sie zuerst in die Gynäkologie kam. Paula sprach kein einziges Wort. Und ich wusste, dass die Prozedur im Krankenhaus entwürdigend war. Besonders, weil ich nicht zugelassen hatte, dass sie sich vorher wusch. Aber wenn die Schweine, die meiner Tochter das angetan hatten, auch nur den Hauch einer biologischen Spur hinterlassen hatten, dann sollte die Polizei die Chance haben, diese Spur nutzen zu können.

Paula blieb im Krankenhaus. Ich wich nicht von ihrer Seite. Mattia war bei den anderen Kindern. Dann wechselten wir uns ab.

Am nächsten Tag kam die Polizei zu uns und sagte, sie hätten den Ort im Wald gefunden, an dem Paula gefangen gehalten worden war. Ich dachte, super, dann finden sie ja Spuren ohne Ende. Aber dann kam der Dämpfer. Denn der Ort war komplett abgebrannt. Die Polizei hatte die Stelle auch nur entdeckt, weil Rauch über dem Wald waberte. Die kurze Version: Es gab einen oberirdischen Zugang zu einem der Gänge, die früher zur Burg Rodenstein führten. Der Gang mündete in einen unterirdischen Raum. Darin waren ein paar Stühle, ein paar Baulampen – aber alles war vorsätzlich verbrannt worden, sagte die Polizei. Offenbar gab es noch eine weitere Verbindung nach draußen, sodass das Feuer nicht erstickte. Es war alles verbrannt, was nicht Metall war. Sie hatten das andere Ende der Kette gefunden, die offenbar an ein massives Tischbein geschraubt worden war. Der Sinn dieses Raumes und wer sich da häuslich eingerichtet hatte – der Beamte machte mir keine allzu große Hoffnung, dass da noch verwertbare Spuren zu finden waren. Das ist bereits das Ende der Geschichte aus Polizeisicht. Sie haben die Schuldigen nie gefunden.«

»Sie haben die Namen Hanser, Wölzer, Sacher und Kaufmann genannt.«

»Ja. Die hatten zwei Monate davor ja schon das andere Mädchen angegriffen, die kleine Ruth. Und die vier waren auf Klassenfahrt, als meine Paula befreit wurde. Aber sie waren nicht auf Klassenfahrt, als sie vergewaltigt worden ist. Die Polizei rief mich später noch mal an, um mitzuteilen, dass es doch noch gelungen sei, biologische Spuren zu sichern, von ihrem Kleid. Wenn es jemals einen Verdächtigen geben sollte, gäbe es vielleicht die Möglichkeit, ihn dadurch dingfest zu machen. Aber zu der Zeit war Paula ja schon nicht mehr hier.«

»Wie? Wo war denn Ihre Tochter?«

»Sie kam aus dem Krankenhaus direkt in die Psychiatrie, denn sie sprach kein Wort mehr. Aber auch in der Klapse sprach sie nicht. ›Elektiver Mutismus‹, so nennt man das, wenn jemand nicht spricht, nachdem er etwas Schlimmes erlebt hat. Ich bin nicht gut in Fremdworten, aber der Begriff hat sich in mein Hirn gebrannt.

Meine Ehe ist daran zerbrochen. Wenn mein Mann Paula in der Psychiatrie besuchte, dann hat sie ihn angelächelt. Allen anderen gegenüber war sie komplett verschlossen. Nach drei Monaten sagte Mattia, er würde zurück in die Staaten gehen. Seine Eltern hätten immer noch ihre Farm in Nashville. Und für Paula wäre es ein Neuanfang. Sie würde alles hinter sich lassen, das sei das Beste für sie. Am Anfang gab es noch ab und an ein Kärtchen aus Amerika. Nach ein paar Jahren kamen dann die Scheidungspapiere. Und danach nichts mehr.

Aber Nils und Chiara, die machen die Sache mit dem Hof gut. Sie machen sie richtig gut.«

Sie goss sich wieder einen Schnaps ein. »Keine Angst, ist der letzte. Ich muss ja morgen wieder funktionieren. Sie reißen hier alte Wunden auf, Frau Hesgart«, die Frau kippte auch diesen Schnaps auf ex. »… ja ja, das tun Sie, das tun Sie … Und das, obwohl ich das alles ja vor ein paar Tagen schon mal erzählt habe. Komisch. Jahrelang interessiert sich kein Schwein dafür, und dann …«

»Wem haben Sie es erzählt?«

Margarete Trizzi goss sich noch einen Schnaps nach. Das mit dem Funktionieren am kommenden Tag könnte sich schwierig gestalten.

»Aber, Frau Hesgart, sie hatte doch ein Recht darauf, es zu erfahren.« Sie kippte das Feuerwasser. »… doch noch mehr als

Sie, Sie können das ja alles nachlesen, in Ihr'n Akten, nich' wah'?«

Es würde nicht mehr lange dauern, dann würde Frau Trizzi einschlafen.

»Wem haben Sie es erzählt?«

»Na, der kleinen Ruth. Nu, klein isse ja jetzt nich' mehr. Als sie ankam, am Donnerstag vor 'ner Woche, da hat Django auch Krach gemacht, die Frau Steiner da in ihrem Pick-up. Die hat es ja auch nicht leicht.«

Frau Trizzi kippte einfach ganz langsam nach vorn. Margot schaffte es noch, ihren Arm auf den Tisch zu legen, bevor der Kopf das Resopal berührte.

Frau Trizzi fing an zu schnarchen. Und Margots Handy meldete sich. Horndeich.

»Du hast gesagt, wir sollen anrufen, wenn wir was haben.«

»Und?«

»Wir haben was: Wölzers Brille in der Garage von der Steiner. Wir haben Frau Wölzer ein Foto von der Brille gemailt, sie hat bestätigt, dass ihr Mann genau so eine getragen hat. Die Laborheinis in Wiesbaden können dann noch die DNA abgleichen.«

»Und was sagt Ruth Steiner dazu?«, fragte Margot.

»Die schweigt. Elektiven Mutismus nennt man das, glaube ich.«

Margot saß auf ihrem Sofa. Sie hatte sich einen Tee gemacht. Nicht, weil der Magen es gefordert hätte, sondern weil sie keinen Wein und kein Wasser mehr trinken wollte. Vor ein paar Jahren, da hatte sie eine Phase gehabt, in der sie ausschließlich Kräutertee getrunken hatte. Heute hatte sie sich einen Früchtetee gegönnt, von dem sie noch ein paar vakuumverpackte – also leidlich frische – Teebeutel hatte.

Dass Ruth Steiner in die Morde verwickelt war, ließ sich nun kaum mehr leugnen. Margot wunderte sich, dass ihr Bauchgefühl sie da so im Stich gelassen hatte. Aber gut, wenn dem so war …

Ruth Steiner war von Horndeich in Gewahrsam genommen worden. Morgen würde sie dem Haftrichter vorgeführt.

Die Geschichte der Paula Trizzi ließ Margot keine Ruhe. Die DNA-Analyse war heute so viel weiter als vor zwanzig Jahren – es musste doch möglich sein, irgendwie nachzuweisen, ob damals die vier für die Vergewaltigung der jungen Frau verantwortlich gewesen waren. Auch wenn dieses Wissen nicht zu Paula Trizzi gelangen würde. Ihr Vater war mit ihr zurück in seine Heimatstadt Nashville gegangen. Sie war auch schon einmal in Nashville gewesen, erinnerte sich Margot.

Es war über ein Jahr her, dass sie mit Nick Peckhard die Vereinigten Staaten bereist hatte. Vierzehn Tage lang. Eigentlich hatte Margot diesen Trip mit Rainer geplant. Sie war bereits in den USA gewesen, als ihr Gatte ihr verkündet hatte, er könne den Urlaub unmöglich antreten, irgendein Hightech-Gerät würde an seine Uni in Evansville geliefert, er sei unabkömmlich. Aber Nick war abkömmlich gewesen. Und er hatte ihr sein Land gezeigt. Margot war ihrem Mann treu geblieben, aber es hatte Momente gegeben, in denen ihr das schwergefallen war. Und Nashville – nun, das war die letzte Station gewesen. Ein gemeinsamer Abend in der *Grand Ole Opry,* Countrymusic vom Feinsten, dann ein gemeinsames Essen, das Abschiedsessen.

»Vielleicht zeigst du mir ja mal dein Land, irgendwann.« Das war das erste Mal, in dem Nick zumindest andeutungsweise ausgesprochen hatte, was er für Margot empfand.

»Ich soll dir Hessen zeigen?« Sie hatte sofort mit Humor abgewehrt.

»Nein, mit ›Land‹ meine ich eher die Vereinigten Staaten von Europa«, hatte er zurückgealbert.

»Heidelberg, Rom, der Eiffelturm und London in drei Tagen?«

»Nein. Länger. Drei Monate fände ich gut, damit man sich auf die Orte einlassen kann.«

Margot hatte nicht gewusst, ob er einen Scherz gemacht oder ob er es ernst gemeint hatte.

»Irgendwann nehme ich mir eine echte Auszeit«, hatte er gesagt und sein Blick war ganz ernst geworden. »Das Leben ist kurz. Ich kann nicht warten, bis ich hundertfünfzig Jahre alt bin.«

»Eine gute Idee.«

»Dann komm mit.« Das zweite und letzte Mal, dass Nick ihr das Angebot gemacht hatte.

Und nun hatte er diese verdammte SMS geschrieben, in der er wieder damit anfing, dass sie ihn begleiten solle. Schnoddrig zwar, aber Margot hatte nicht den Hauch eines Zweifels, dass er es ernst meinte. Denn im Gegensatz zu Rainer hatte Nick bislang immer gehalten, was er gesagt hatte.

Das alles ging Margot durch den Kopf, als sie überlegte, ob sie seine Hilfe in Anspruch nehmen sollte. Nashville war keine zweihundertfünfzig Kilometer von Evansville entfernt, der Stadt, in der Nick wohnte. Ihm wäre es sicher leicht möglich, vor Ort herauszufinden, wo Paula Trizzi jetzt wohnte. Vielleicht lebte Paulas Vater ja noch auf der Farm. Sie sah auf die Uhr, zog sieben Stunden ab. Bei Nick war es jetzt kurz nach fünfzehn Uhr.

Nein. Sie würde ihn jetzt nicht anrufen. Erstens war es nicht fair, sich nur zu melden, wenn sie etwas brauchte. Und außerdem wollte sie seine Stimme jetzt nicht hören, weil sie nicht wusste, wie sie darauf reagieren würde.

Sie holte sich ihren Laptop und gab den Namen *Paula Trizzi* ein. Die Ausbeute war dünn. Es gab eine Ana Paula Trizzi, die twitterte und auf Facebook aktiv war – aber das war die falsche, da das Geburtsdatum nicht annähernd stimmte. Margot versuchte es mit dem Namen und Nashville – nada. Dann gab sie nur den Vornamen ein und den Namen der amerikanischen Stadt – die Anzahl der Treffer lag bei mehr als acht Millionen.

Margot seufzte und beschloss, dass sie jetzt alles Menschenmögliche getan hatte, um schnell an Infos über Paula Trizzi zu gelangen. Sie griff zum Handy, las noch einmal die letzte SMS von Nick, schmunzelte und tippte auf *Kontakt anrufen*.

Bereits nach dem zweiten Klingeln ging Nick an den Apparat: »Margot! Das ist ja eine nette Überraschung! Wie komme ich zu der Ehre?« Nick hatte deutsche Vorfahren und war zweisprachig aufgewachsen. Durch mehrere Aufenthalte in Deutschland war er in der Sprache inzwischen zu Hause. Er hatte einen ganz leichten amerikanischen Akzent, doch sogar das harte deutsche *r* gelang ihm inzwischen ganz gut.

»Hallo«, sagte Margot nur. Sie konnte nicht verhindern, dass ihre Körpertemperatur um zwei Zehntel anstieg, als sie seine Stimme hörte. Viele Sätze huschten gleichzeitig durch ihr Gehirn, und sie wusste nicht, welchen sie zuerst aussprechen sollte.

»Wie geht es dir?«, half ihr Nick auf die Sprünge.

»Gut. Nein. Nicht gut – also eigentlich schon wieder besser.«

»Aha«, erwiderte Nick, der mit dem Gesagten sicher nicht sehr viel anfangen konnte. »Was kann ich für dich tun?«

Auch wenn sich Nick und Margot nicht wirklich oft gesehen hatten, so konnte er doch in ihr lesen, dass es ihr manchmal unheimlich war. Sie stammelte einen Satz, und schon wusste der Mann, der über sechstausend Kilometer entfernt von ihr sein Handy ans Ohr hielt, dass sie anrief, weil sie von ihm etwas wollte. »Ich habe hier einen ganz seltsamen Fall«, begann Margot.

Dann erzählte sie von Paula Trizzi, von dem unbekannten Vergewaltiger und davon, dass Paula Trizzi vor über zwanzig Jahren mit ihrem Vater Mattia Trizzi nach Nashville gegangen war. Sie erklärte, dass sie Paula Trizzi finden wollte, weil es vielleicht die Chance gab, heute den oder die Täter zu fassen, die ihr das angetan hatten.

»Okay. Und was möchtest du von mir?«

»Kannst du nicht vielleicht rausfinden, ob sie noch in Nashville wohnt? Oder wo sie ist?«

»Hm«, sagte Nick, und Margot spürte, dass sich seine Begeisterung in Grenzen hielt.

»Wenn du keine Zeit hast – es war nur ein Gedanke von mir.«

»Hmm. Okay.«

»Okay was?«

»Okay. Ich mache es. Ein persönlicher Gefallen. Für dich. Nicht für das Mädchen.«

Margot verstand den Satz. Sie kamen in ihrem Beruf mit so vielen Opfern in Kontakt, dass es unmöglich war, sich um jedes angemessen zu kümmern. »Danke.«

Es entstand eine Pause, die Margot als peinlich empfand. War sie Nick auf den Schlips getreten mit ihrer Bitte? Sie hasste solche Telefonate, in denen irgendeine Missstimmung auftrat. Und sie hasste es noch mehr, wenn man dann keine Chance hatte, diese Missstimmung von Angesicht zu Angesicht zu klären.

»Startest du deine große Europareise?«

»Ja. Das habe ich fest vor.«

»Wann?«

»Bald. Es dauert nicht mehr lange. Und du? Urlaub geplant?«

»Nein. Im Moment nicht.« Urlaub war nicht geplant. Genauso wenig, wie die Krankschreibung geplant gewesen war. Die sie auch schon wieder ignoriert hatte. Gesund geht anders, wurde ihr in diesem Moment bewusst.

»Gut, liebe Margot, dann mache ich mich jetzt mal an meine Hausaufgaben.«

»Nick! Du musst das nicht sofort machen. Irgendwann in den kommenden Tagen oder Wochen.«

»Schon okay«, sagte er. »Ich würde mich freuen, dich irgendwann mal wieder persönlich zu sehen.«

»Ja«, sagte Margot, »darüber würde ich mich auch freuen.« Und sie meinte es so ernst, wie sie lange nichts mehr gemeint hatte.

SONNTAG, 1. JULI

»Ich muss dir was sagen.«

»Ich dir auch.«

Sandra und Horndeich saßen im Garten ihres kleinen Häuschens. Horndeich hatte den Frühstückstisch gedeckt, während sich Sandra um die Kleine gekümmert hatte.

Horndeich war sogar zum Lebensmittelladen im Bahnhof gefahren, der sonntags geöffnet hatte, und hatte dort frischen Orangensaft geholt sowie Brötchen.

Aus den Boxen im Innern des Hauses klangen The Be Good Tanyas, eine Entdeckung von Sandra.

»Du zuerst«, sagte Horndeich.

»Nein, du.«

Die vergangenen Tage waren wenig harmonisch gewesen. Gut, Horndeich war die meiste Zeit auf Achse gewesen, aber auch wenn er zu Hause war, hatten in jeder Ecke diese mehr oder weniger großen schwarzen Wölkchen gestanden. Nein, keine Streitwölkchen, aber die, die auftauchen, wenn der eine den Standpunkt des anderen so überhaupt nicht mehr nachvollziehen konnte. Wenn sich jeder im Recht fühlte. Nicht aus Rechthaberei, sondern aus Überzeugung. Das war viel schlimmer.

Stefanie saß auf der großen Decke, sortierte Bausteine und brabbelte vor sich hin. Chihuahua Che lag daneben und freute sich, dass jemand mit ihm sprach, nicht ahnend, dass Stefanie wohl eher die Bausteine meinte als den kleinen Kerl.

»Ich habe nachgedacht«, sagte Horndeich. »Und ich bin zu dem Schluss gekommen, dass es besser ist, nicht nach München zu gehen.«

»Was hat den Sinneswandel bewirkt?«, fragte Sandra. Aber

nicht mit dem spitzen Tonfall, den sie durchaus auch beherrschte, sondern ehrlich interessiert.

»Ich denke, du solltest deinen Job wieder machen können. Deine Eltern sind jetzt hier. Und – auch das gebe ich gern zu – ich möchte eigentlich weiter mit Margot zusammenarbeiten. Das wiegt das höhere Gehalt nicht auf.«

»Und was ist mit deiner Angst?«, fragte Sandra.

Sie hatte ja recht. Auch die Angst vor erneuten Schießereien hatten seine Überlegungen, nach München zu gehen, befeuert. »Ich weiß es nicht«, sagte er und biss vom Nutellabrötchen ab. »Und zu welchen Erkenntnissen bist du gelangt?«

»Zu anderen als du. Wenn dein Herz wirklich an dem Job in München hinge, würde ich mitgehen. Mich würde freuen, dass du aus der Schusslinie wärest. Und dafür würde ich es in Kauf nehmen, mich dort neu einleben zu müssen.«

»Und dein Job?«

»Ich würde dort auch was finden.«

Horndeich musste lachen. »Dann sind wir wieder genau am Anfang, nur dass wir jetzt bereit sind, jeder für den anderen zu verzichten.«

»Nicht ganz. Mir ist einiges klar geworden.«

»Ich höre.«

»München hat einen großen Vorteil.«

»Ja?«

»Ich sagte das schon: Du wärest aus der Schusslinie.«

Horndeich schluckte. Sagte nichts.

»Und das ist etwas, was für mich zunehmend an Priorität gewinnt.«

Horndeich entgegnete immer noch nichts.

»Ich habe Höllenqualen gelitten, damals, als du mit der Kugel neben dem Herz im Krankenhaus gelegen hast. Als du wieder raus warst, habe ich das Gleiche getan wie du: Ich habe alles verdrängt. Aber jetzt?«

»Du hast einen Polizisten geheiratet«, sagte Horndeich.

Sandra stand auf, umrundete den Tisch und ging vor Horndeich in die Hocke. »Ich weiß. Aber ich weiß auch, dass du in

München nicht glücklich würdest, auf lange Sicht. Mehr oder weniger nur Büroarbeit und Besprechungen, Gebäudebegehungen und so weiter und so weiter. Das alles weiß ich. Und ich glaube, dass auch du das weißt. Deshalb wäre für dich der Job in München oder auch der Innendienst in Darmstadt tödlich.«

Horndeich grinste.

»Okay, das Bild war nicht passend. Ich wünsche mir nur eines von dir, Steffen. Und das ist mir ganz, ganz klar geworden.«

»Und das ist?«

»Versuch nicht mehr, den Helden zu spielen. Auch wenn euch dadurch ein Bösewicht durch die Lappen geht und ihr ihn wieder einfangen müsst. Du musst nicht immer die ganze Last auf dich nehmen. Ganz allein auf dich nehmen.«

»Okay. Ich glaube, das kann ich versprechen.«

»Ich möchte, dass du Stefanie aufwachsen siehst. Und selbst gesund dabei bleibst. Kannst du mir versprechen, zurückhaltender zu sein? Wenn es hart auf hart kommt? Wenn die anderen ihre Waffen gezückt haben? Dass ich ein wenig mehr Ruhe habe, wenn ich dir morgens einen Abschiedskuss gebe?«

Horndeich nickte.

»Versprochen?«

»Ja. Ich verspreche dir das.«

Und bislang hatte Horndeich sein Wort immer gehalten.

Obwohl der Tag sonnig gewesen war und das Heinerfest in vollem Gange, hatte Margot keinen Fuß vor die Tür gesetzt.

Von Horndeich wusste sie, dass Ruth Steiner am Morgen dem Haftrichter vorgeführt worden war. Der hatte zwar den Wert der Indizien anerkannt, die Verbindung zu den drei Opfern, auch die vermeintliche Brille des einen Toten – aber das alles hatte ihm nicht gereicht, um Ruth in U-Haft zu schicken. Horndeich hatte ihn zitiert: »Finden Sie die DNA von einem der Toten auf der Ladefläche ihres Wagens – dann setze ich sie sofort fest.«

Schmalroth oder nicht Schmalroth, das war nun die Frage für Margot. Würde es ihr besser gehen, wenn sie wieder arbeitete? Oder würde es ihr besser gehen, wenn sie zu Hause blieb? Allein, dass sie sich die Frage stellte, sagte einiges über ihre Verfassung aus. Am Vortag hatte sie gut funktioniert, aber nach dem Telefonat mit Nick war es ihr erschienen, als hätte jemand die Marionettenfäden über ihren Extremitäten abgeschnitten. Sie war ins Bett gegangen, war sofort eingeschlafen. Und am Morgen erst um elf Uhr aufgewacht.

Den Tag hatte sie damit verbracht, sich die Millennium-Trilogie von Stieg Larsson anzusehen. Sechs Stunden Fernsehen am Stück, nur begleitet von einer gelieferten Pizza.

Nun war es acht Uhr. Das Wetter war immer noch schön. Das Heinerfest war auf seinem Höhepunkt. Sie hätte Cora anrufen können. Aber allein der Gedanke, dass irgendjemand sie heute fragen würde, wie es ihr ginge, war unerträglich. So unerträglich, dass sie seit einer Stunde auf der Couch saß, Löcher in die Luft starrte und darüber sinnierte, ob sie arbeitsfähig war. *Mädchen, ich muss es dir sagen, du bist an einem Tiefpunkt.* Die innere Stimme …

Wieder ploppte ein Kronenkorken von der virtuellen Flasche. Eine SMS: *Komme morgen 16.30 deine Zeit am Flughafen Frankfurt an. Holst du mich ab? Kannst du wieder in der Bockshaut buchen? Habe meine Hausaufgaben gemacht und interessante Informationen für dich. Nick.*

Nick morgen in Frankfurt?

Die Verwirrung war groß.

Aber die Freude war größer.

MONTAG, 2. JULI

Margot parkte ihren Mini im Parkhaus des Frankfurter Flughafens.

Sie hatte in der vergangenen Nacht gut geschlafen. Unerwarteterweise.

Deshalb hatte sie auch deutlich verschlafen. Horndeich war gerade auf dem Sprung zur KTU gewesen – er wollte sehen, ob die schon was auf der Pritsche von Ruth Steiners Wagen gefunden hatten. Als sie an der Kaffeemaschine stand, dachte sie daran, ob es vielleicht sinnvoll wäre, nochmals mit Wuttke in Fränkisch-Crumbach zu sprechen. Vielleicht erinnerte er sich doch noch an mehr Details zum Fall Trizzi.

»Vielleicht sollte ich doch noch einmal mit ihm reden«, murmelte sie mehr zu sich selbst.

Horndeich hatte noch im Türrahmen gestanden. »Wenn du meinst«, hatte er erwidert und war gegangen.

Margot hatte sich überlegt, dass das mit dem Kaffee wahrscheinlich immer noch keine gute Idee war. Sie hatte sich einen Tee gemacht, war ihre Aufzeichnungen zu Paula Trizzi ein weiteres Mal durchgegangen.

Im Anschluss an den Besuch bei der KTU fuhr Horndeich zu Petra Schöffer nach Groß-Umstadt, um ihre Alibis zu checken.

Am frühen Nachmittag rief er Margot an und teilte ihr mit, dass Petra Schöffer an dem Wochenende, an dem Sacher verschwunden war, mit einer Freundin einen Kurztrip nach Mallorca unternommen hatte. Und in der Nacht, in der Sacher im Woog abgeladen worden war, war Petra Schöffer auf einer Party gewesen, mit sicher fünfzehn Zeugen. Er hatte mit vier der Leute gesprochen, alle hatten die Party bestätigt, zwei

Freundinnen konnten sogar mit Postkarten aus dem Mallorcaurlaub aufwarten. Damit war Petra Schöffer aus dem Rennen.

Margot fuhr schließlich los, um Nick abzuholen. Je mehr sie darüber nachdachte, was ihn dazu trieb, nach Darmstadt zu kommen, umso ratloser wurde sie. Sie konnte sich nur einen Reim darauf machen: Er startete seine Europatour. Ohne sie. Was so auch nicht stimmte – sie hatte auf seine Frage, ob sie mitkommen wolle, ja nicht einmal reagiert. Dann durfte sie jetzt auch nicht beleidigt sein. Und war es doch. Obwohl sie noch nicht einmal wusste, ob er es wirklich vorhatte.

Sie würde ihn gleich sehen, dann konnte sie ihn fragen.

Sie ging in den Ankunftsbereich des Terminals Nummer zwei. Der Flug war als pünktlich markiert.

Tatsächlich kam Nick um kurz vor fünf durch die Tür. Er schob einen Kofferkuli vor sich her, auf dem zwei Hartschalenkoffer lagen und eine kleinere Handgepäcktasche. Das sah nicht nach den Utensilien für einen Wochenendtrip aus.

Als Nick Margot sah, überzog ein Strahlen sein Gesicht. Margot fühlte, dass auch ihre Mundwinkel die Flucht nach oben antraten. Und sie spürte, dass sie ein wenig rot wurde.

Sie nahmen einander in den Arm, wie ein Paar, das sich zu lange nicht gesehen hatte. Nick küsste Margot auf die Wange. Und sie erwiderte den Kuss. Und kratzte sich dabei an der Unterlippe. War lange nicht mehr passiert, dass unrasierte Männerhaut bei ihr ein wundes Gefühl verursacht hatte. Sehr lange. Zu lange.

»Schön, dich zu sehen. Danke, dass du mich abholst.«

»Aber das ist ja wohl Ehrensache.«

Sie gingen Richtung Ausgang, Margot dirigierte Nick zum Parkhaus. »Wie war der Flug?«

»Es war der mit zweimal Umsteigen – aber das war die schnellste Möglichkeit.«

Margot zeigte auf die beiden Koffer. »Planst du, länger zu bleiben?«

»Auf eurem Kontinent schon. In Darmstadt nicht wirklich.

Ich werde in ein paar Tagen aufbrechen. Ich habe nur einen groben Plan und drei Monate Zeit.«

»Du meinst es tatsächlich ernst«, murmelte Margot.

»Ja. Ich habe es schon damals in Nashville ernst gemeint. Erinnerst du dich noch?«

Besser, als mir lieb ist, dachte Margot.

Bevor sie antworten konnte, lachte Nick auf. »Du erinnerst dich. Schön.«

»Und du willst jetzt drei Monate von Stadt zu Stadt reisen, mit zwei Koffern?«

»Ja. Genau das habe ich vor. Ich werde mir morgen ein Auto besorgen. Irgendwas Großes, wo meine Koffer reinpassen. Und auch deine, falls du magst.«

»Nick, ich muss arbeiten.«

»Ja. Ich weiß das. Ich sage nur, dass wir in Kontakt bleiben sollten. Und ich bin nie weiter als zwei Flugstunden entfernt. Und vielleicht hast du ja Lust und Zeit, mal die eine oder andere Woche oder ein langes Wochenende dazuzustoßen.«

»Ich bin verheiratet, Nick.«

Darauf sagte Nick nichts.

»Was ist – kommt jetzt nicht irgendein ›Entschuldigung, ich wollte nicht zu weit gehen?‹ oder so was?«

»Margot, wir waren immer ehrlich zueinander. Wem willst du hier etwas vormachen? Dir? Mir? Rainer? Es kann sicher gut sein, dass ich meinen ganzen Europatrip allein mache. Aber ich weiß sehr wohl, dass Rainer nicht der Grund dafür ist.«

»Wie kannst du …« Margot wollte noch etwas hinterherschicken. Aber sie ließ es. Nick hatte eine Wahrheit ausgesprochen. Fertig. Damit mussten sie beide nun leben. Und Margot wollte gar nicht wissen, wieso Nick sich da so sicher war. Entweder, weil er wirklich in ihr lesen konnte wie in einem Buch. Oder, weil ihr Vater wieder einmal ein wenig indiskret gewesen war. Sie wusste nicht, was schlimmer wäre. Also ließ sie es jetzt einfach im Raum stehen.

Die Minuten, bis sie Margots Mini erreichten, vergingen, ohne dass einer von ihnen etwas sagte.

»Hast du in der Bockshaut ein Zimmer für mich bekommen?«, fragte er schließlich.

»Nein. Hier ist im Moment Heinerfest. Da kommst du mit dem Auto nicht mal in die Nähe dieses Hotels.«

»Okay, wo wohne ich?«

»Im Maritim. Auch nicht schlecht.«

Wenige Minuten später hatten sie das Parkhaus verlassen und fuhren auf der A5 nach Darmstadt.

»Margot, ich habe eine Menge herausgefunden über deine Paula Trizzi.«

Margot war eine Fahrerin, die auch während einer Unterhaltung nicht in die Unart verfiel, die Augen von der Fahrbahn zu nehmen und den Beifahrer anzusehen. Aber Nicks Tonfall verleitete sie nun genau dazu.

»Es mag sein, dass sie Opfer dieser Vergewaltigung wurde, aber …«

»Was ›aber‹?«

»Deine Paula hat in den Staaten eine Akte. Eine dicke Akte.«

»Sie ist straffällig geworden? Und sie ist übrigens nicht meine Paula.«

»Ich erzähle es dir von Anfang an. Ich war nicht gerade begeistert, als du mich vorgestern gebeten hast, für dich den Detektiv zu spielen.«

»Hey, ich habe nicht gesagt, dass du das machen musst. Und schon gar nicht, dass du es gleich machen solltest.«

»Ja, nur hatte ich den Flug schon gebucht.«

»Den, mit dem du angekommen bist?«

»Ja. Ist seit drei Monaten gebucht. War günstig.«

»Und dann hast du davor noch schnell für mich recherchiert?«

»Ja.«

Ein wenig geschmeichelt fühlte sich Margot nun doch.

»Zuerst habe ich mit einem Freund bei der Polizei in Nashville telefoniert. Und der erzählte mir von der Akte. Und er hatte auch die Adresse der Farm, auf der der Vater noch wohnt. Dann bin ich dahin gefahren.«

Wieder wanderte der Blick nach rechts. »Danke«, flüsterte Margot.

»Wie sagst du immer? Passt schon.«

»Also, was hast du rausbekommen?«

»Du kennst die Geschichte, bis der Vater mit ihr nach Nashville gegangen ist, nicht wahr?«

»Ja.«

»Der Vater ist heute ein gebrochener Mann. Er hat die Farm noch. Aber seine Tochter hat nicht mehr lange bei ihm gelebt. Er hat mit mir geredet, als ich ihm sagte, dass man in Deutschland wieder nach den Tätern sucht.

Auch in Nashville hat Paula zunächst nicht gesprochen, fast zwei Monate lang. Alle hatten sich schon daran gewöhnt, sodass sie ganz erstaunt waren, dass Paula dann doch von einem auf den anderen Tag wieder angefangen hatte zu reden. Allerdings hat sie kein Wort Deutsch mehr gesprochen. Sie ging auf die Highschool, dann aufs College. Aber sie hat keinen Abschluss gemacht.«

»Warum? War sie nicht intelligent genug?«

»Das war nicht das Problem. Das Problem waren ihre gewalttätigen Ausbrüche. Immer Männern gegenüber, die ihr zu nahe kamen.«

»Na, das kann man ja wohl verstehen, bei allem, was ihr angetan wurde.«

»Ja. Das war Konsens. Bis auf einmal einer der Beschuldigten ein Video präsentierte. Damals gab es ja keine Superhandys und Ähnliches. Aber als Paula dem Mann in die Eier getreten hatte, war gerade ein Kommilitone dabei, eine Abschlussarbeit auf Video zu produzieren. Und da konnte man sehen, dass Paula den jungen Mann aus heiterem Himmel attackiert hatte. Der hatte sie zuvor nicht mal angesprochen. Die Konsequenz: Sie flog vom College. Es folgten zwei weitere Colleges. Beide Male endete es auf ähnliche Weise.«

»Das Mädchen war krank.«

»Ja. Offensichtlich. Nur dass sie damit auch anderen das Leben zur Hölle machte. Ihr Vater sagte, dass sie zeitweise so gut log, dass sie selbst nicht mehr zwischen Realität und Lüge unterscheiden konnte.«

»Dann hätte sie in Behandlung gehört.«

»Ja. Aber da sie keinerlei Einsicht zeigte, gab es bloß die Alternative zwischen geschlossener Abteilung oder gar nichts.«

»Das ist ja furchtbar«, sagte Margot mehr zu sich selbst als zu Nick.

»Oh, das ist erst der Anfang.«

»Wie geht es weiter?«

»Paula hinterließ eine Spur durch sieben Bundesstaaten. Es war immer das Gleiche – sie hatte Freunde, dann wurde sie angeblich angegriffen. Sie zog mehrere Gerichtsverfahren durch und bekam immer wieder Schmerzensgeld. Den Kontakt zu ihrem Vater hat sie jedoch nie abgebrochen. Er war immer informiert. Und dachte sich seinen Teil. Das Ganze eskalierte dann aber, als sie nach Nashville zurückkam. Das war vor sechs Jahren. Sie arbeitete an der Uni, an der ihr Vater studiert hatte.«

»Dann hat sie doch noch einen Abschluss gemacht?«

»Angeblich in Kansas. Ihr Vater ist sich allerdings nicht sicher, ob der Abschluss echt oder nur eine Fälschung ist. Aber ja, sie arbeitete an der Uni in Nashville. In Nashville hatte sie dann auch einen Freund, der schnell zum Verlobten aufstieg. Der Vater mochte ihn. War ein ruhiger Typ. Einer von der verständnisvollen Sorte. Einer, der sie nicht bedrängte. Ihr Vater sagte, sie habe ihn geliebt.«

»Klingt wieder nach dem großen ›Aber‹.«

»Zunächst nicht. Sie waren ein halbes Jahr zusammen. Dann heirateten sie. Und zwei Wochen nach der Hochzeit reichte Paula die Scheidung ein – wegen Vergewaltigung und häuslicher Gewalt.«

»Der Mann hat sie in der Ehe vergewaltigt?«

»Paulas Vater wusste nicht, was er glauben sollte.«

»Und was sagst du dazu?«

»Ich habe mit dem Mann gesprochen. Francis heißt er. Er lebt nach wie vor in Nashville. War ganz erstaunt, dass sich jemand für seine Exfrau interessierte, nach all den Jahren.«

»Was hat er gesagt?«

»Er hat gesagt, dass sie nie miteinander geschlafen hätten. Er hätte die Geduld aufgebracht, bis zur Hochzeit zu warten. Als sie auch danach keinen Sex wollte, habe er darüber nachgedacht, dass er vielleicht einen Fehler gemacht habe. Aber er habe ihr nie Gewalt angetan. Oder sie gar vergewaltigt.«

»Hast du ihm geglaubt?«

»Ganz subjektiv? Ja.«

Margot schwieg. Es war schwer vorstellbar, dass eine Vergewaltigung nicht stattgefunden hatte, wenn eine Frau dies unter Tränen behauptete. Aber auch in Hessen hatte es schon solche Fälle gegeben. Ein Berufsschullehrer aus dem Odenwald – Margot erinnerte sich nur noch, dass der Vorname Horst gewesen war – war einer solchen Frau zum Opfer gefallen. Fünf Jahre, nachdem der Mann aus der Haft entlassen worden war, wurde er freigesprochen. Und das nicht aus Mangel an Beweisen, sondern, wie das Gericht ausdrücklich betont hatte, wegen erwiesener Unschuld. Margot schluckte.

»Francis gab zu, seine Frau einmal geschlagen zu haben. Er sagte allerdings, es sei Notwehr gewesen, weil sie ihn bedroht habe. Die Klage endete im Vergleich.«

»Das heißt?«, fragte Margot.

»Das heißt, dass Paula Trizzi geschieden wurde und finanziell gut ausgestattet war. Dann ging sie zurück nach Deutschland.«

»Nach Deutschland? Wo lebt sie denn jetzt?«

»Nicht weit von hier.«

»Wie bitte?« Margot lenkte den Wagen auf die Ausfahrt Darmstadt.

»In deiner Stadt, Margot. Sie lebt in Darmstadt.«

»Paula Trizzi lebt in Darmstadt?«

»Ja und nein. Sie lebt in Darmstadt. Aber sie hat einen anderen Namen. Sie hat in Amerika ihren Vornamen geändert. Und sie trug zuletzt den Familiennamen ihres Exmannes.«

»Also, wie heißt sie denn jetzt? Dann kann ich mich ja mal mit ihr unterhalten.«

»Ich habe sogar die Adresse.« Margot konnte Nicks breites Grinsen sehen, weil sie schon wieder zu ihm hinüberschaute.

»Also?«

»Aschaffenburger Straße.«

»Und der Name?«

»Judith Reichenberg.«

Als Nick den Namen der Hexenexpertin genannt hatte, war Margot zusammengezuckt. Damit hatte sie nicht gerechnet.

Offensichtlich wusste auch Paula Trizzis Mutter nicht, dass ihre Tochter seit sechs Jahren unter einem anderen Namen keine vierzig Kilometer von ihr entfernt lebte.

Nun, man konnte Judith Reichenberg vorwerfen, was man wollte. Aber sie hatte ein Recht darauf, dass der oder die Täter von damals gefunden wurden. Denn diese Vergewaltigung war definitiv nicht ihrer Phantasie entsprungen. Vielleicht würde es ihr helfen, ihren Seelenfrieden wiederzufinden.

Als sie Nick im Hotel abgesetzt hatte, war der ganz erstaunt gewesen von dem Fest, das mitten in der Stadt gefeiert wurde. Von seinem Zimmer im siebten Stock aus konnte er das Riesenrad sehen. Margot hatte ihm erzählt, dass dies der letzte Tag des Festes sei – und dass es um zehn ein großes Feuerwerk geben würde.

Nick hatte gesagt, er würde es gern mit Margot gemeinsam ansehen, er brauche vorher aber ein paar Stunden Schlaf. Margot versprach, ihn gegen neun Uhr abzuholen.

Sie beschloss, den frühen Abend noch zu nutzen. Sie konnte zu Judith Reichenberg fahren. Vielleicht würde sie ihr nun etwas erzählen, was sie bislang noch niemandem erzählt hatte. Nach Wuttkes Bericht war es äußerst zweifelhaft, dass die vier die Vergewaltigungstäter waren. Dennoch wollte Margot die

Aufklärung des Falles vorantreiben. Wie sie am Vormittag erfahren hatte, waren die Asservate von damals noch vorhanden. Margot hatte bereits veranlasst, dass die biologischen Spuren nach Wiesbaden zum LKA gebracht wurden. Vielleicht würde es ja einen Treffer geben – entweder doch bei einem von der Viererbande oder bei jemand anderem.

Sie stieg in ihren Mini und fühlte sich voller Energie. Es war schon ganz schön blöd, dass das Auftauchen eines sympathischen Kerls solch einen Powerschub hervorrufen konnte. Und auch wenn Margot nicht mit Nick durch Europa reisen würde – ein gemeinsames Wochenende in Venedig oder Paris wäre doch nicht zu verachten. Und Margot wusste ganz sicher, dass sie dann nicht in getrennten Zimmern übernachten würden. Komisch, wie klar die Dinge manchmal sein konnten. Nur einen Tag zuvor hatte sie noch völlig planlos, in Selbstmitleid badend, auf der Couch gesessen, und nun schien sich alles von selbst zu fügen.

Sie gab die Adresse ins Navi ein. Der Weg war der gleiche wie zu der Menhiranlage. Aber Margot wusste nicht, an welcher Stelle sich das Haus von Judith Reichenberg befand. Die Aschaffenburger Straße war einstmals die Landstraße in Richtung der Stadt gewesen, deren Namen sie trug. Heute führte die wie eine Autobahn ausgebaute Bundesstraße 26 parallel dazu in diese Richtung. Die Aschaffenburger Straße war damit zur Nebenstraße degradiert worden.

Margot fuhr über die Erbacher Straße am Hofgut Oberfeld vorbei und bog dann nach links auf die Landstraße ab. Die führte erst parallel zur Bundesstraße, um sie dann via Brücke zu überqueren.

Judith Reichenbergs Häuschen lag rechts der Straße, kurz vor der Abzweigung zum Jugendhof Bessunger Forst. Fast wäre Margot an der Zufahrt vorbeigefahren. Im Winter, wenn alle Bäume kahl waren, fand man die Einfahrt bestimmt leichter.

Sie fuhr sicher fünfzig Meter durch den Wald, bevor vor ihr eine lichte Fläche auftauchte. Das Haus dahinter war nicht sonderlich groß. Es erinnerte Margot ein wenig an das Ferienhaus von Ruth Steiner. Rechts neben dem Haus befand sich eine Doppelgarage, links lag ein Garten.

Margot parkte den Wagen einfach vor dem Haus. Ein Hexenhäuschen, dachte Margot. Aber vielleicht war es genau das, was Judith Reichenberg brauchte. Ein wenig Abgeschiedenheit, in der man allein sein konnte, wenn einem alles zu viel wurde.

Margot blieb noch kurz sitzen. Aber diesmal schlug kein Hund an. Sie stieg aus. Ging auf das Haus zu. An der Klingel stand der Name: *Judith Reichenberg.* Margot klingelte.

Die Haustür öffnete sich. Judith Reichenberg stand in einem hellen Sommerkleid vor ihr und sah Margot irritiert an. »Ja? Sie wünschen?«

»Frau Reichenberg, mein Name ist Margot Hesgart, von der Kripo Darmstadt.«

»Stimmt, Sie und Ihr Kollege waren vor ein paar Tagen doch bei mir im Büro. Wegen dieser Hexengeschichte, nicht wahr?«

»Genau.«

»Und was wollen Sie?« Judith Reichenberg stand immer noch im Türrahmen. Es wirkte nicht so, als ob sie Margot hereinlassen wollte.

»Ich würde gern noch mal mit Ihnen sprechen.«

»Das passt mir im Moment nicht.«

»Schade. Okay. Nun, ich kann auch ein andermal wiederkommen.«

»Worum geht es? Brauchen Sie noch mal fachlichen Rat? Dann kommen Sie doch vielleicht einfach morgen in mein Büro.«

»Nein. Es geht um Ihre Person. Damals. Um – nun, um das, was Ihnen widerfahren ist. Bevor Sie nach Amerika gegangen sind, mit Ihrem Vater.«

Auf Judith Reichenbergs Gesicht vollzogen sich innerhalb weniger Sekundenbruchteile mehrere Veränderungen. Erstaunen, Unglaube, Irritation, Wut, Ärger und dann Erleichterung.

»Ich glaube, wir sind dem Täter von damals auf der Spur. Wir warten gerade noch auf ein paar Laborergebnisse.«

»Okay«, sagte Judith, »kommen Sie herein. Ein paar Minuten habe ich.«

Sie öffnete die Tür. »Darf ich Sie in die Küche bitten. Mögen Sie einen Tee?«

»Ja, gern.«

Die Küche war rustikal eingerichtet. Margot setzte sich auf einen der hölzernen Stühle, die an einem ebenfalls hölzernen Küchentisch standen.

»Wie kommt es, dass Sie jetzt wieder an dem Fall arbeiten?«, fragte Judith Reichenberg. Sie stand mit dem Rücken zu Margot und hantierte an einer Teekanne.

»Ich bin im Rahmen anderer Ermittlungen auf Ihren Fall gestoßen. War mehr ein Zufall.«

»Der Emil-Sacher-Fall?«

»Ja. Genau der. Er und seine Freunde haben ja damals Ruth Steiner angegriffen. Kannten Sie Ruth zu der Zeit eigentlich schon? Sie ist ja etwas jünger als Sie.«

»Nein, ich kannte sie nicht – Moment, meinen Sie die Ruth Steiner aus dem Buchladen?«

»Ja.«

»Ich wusste gar nicht, dass sie das damals war. Mein Gott, was für ein Zufall. Sie hat mich auch nicht erkannt, aber ich trage ja den anderen Namen.«

»Ja. Sie kannte Sie nur unter dem Namen Paula Trizzi. Die Polizei hat zu jener Zeit im Rahmen der Ermittlungen auch Philipp Kaufmann befragt, mit dem Sie befreundet waren.«

Judith Reichenberg antwortete nichts.

»Wenn Ihnen das Thema unangenehm ist, schweige ich. Allerdings wäre es sehr hilfreich, wenn Sie mir sagen könnten, an was Sie sich heute noch erinnern. Auch im Labor könnten wir dann gezielter suchen. Die DNA-Analyse ist heute sehr viel weiter, als sie es vor zwanzig Jahren war.«

Judith Reichenberg schwieg immer noch. Dann wandte sie sich Margot zu. »Was haben Sie herausgefunden?«

»Nun, es gab damals ja biologische Spuren. Die gibt es immer noch. Und wir können natürlich heute feststellen, ob es jemand von den vier Freunden aus dem Internat gewesen ist.«

»Ja. Die vier waren es.«

Margot hob die Augenbrauen. »Sie erinnern sich?«

»Ja. Die Erinnerung kam während einer Therapie zurück.«

»Aber wer hat Sie befreit?«

»Einen Moment, Frau Hesgart. Ich habe ein Tagebuch der Erinnerung geschrieben, als ich in Therapie war. Ich hole es. Es ist aber auf Englisch geschrieben, denn das war zu meiner Zeit in Nashville. Mein Therapeut hat eine nicht zugelassene Behandlungsmethode angewendet, deshalb wird das, an das ich mich erinnere, vor Gericht nicht verwendbar sein.«

»Was für eine Behandlungsmethode?«

»Es war eine Mischung aus Drogen- und Elektroschocktherapie. Ich habe die Therapie aber abgebrochen, als ich fast daran gestorben wäre.«

Für einen Moment dachte Margot daran, dass Paulas Mutter und Nick ihr erzählt hatten, dass Judith Reichenberg schon als Paula Trizzi häufig Lügengeschichten erzählt hatte. Aber das Tagebuch wäre sicher ein wertvolles Indiz, sollte es wirklich existieren.

»Sekunde«, sagte Judith Reichenberg und verließ die Küche.

Es war Instinkt, dass Margot fühlte, ob ihre Waffe im Holster war. Sie war dort. Irgendwie ein beruhigendes Gefühl. Sie öffnete das Holster. Judith Reichenbergs überraschende Aussage kam ihr nun doch ein wenig seltsam vor. Und wenn ihre eine Theorie, dass Ruth Steiner die Verbrechen nicht allein begangen hatte, stimmte, dann konnte auch Judith darin verwickelt sein, zumal sich die beiden ja schon von früher kannten. Und sich in der Gegenwart so gut verstanden, dass sie sogar gemeinsam in Urlaub gefahren waren.

Judith Reichenberg trat wieder in die Küche, ein Spiralheft in der Hand.

Das Heft ist nagelneu, durchfuhr es Margot.

Doch bevor sie nach ihrer Pistole greifen konnte, hob Judith das Heft ein wenig an.

Was ist denn das?, war Margots letzter Gedanke.

Sie sah die Schlangen.

Dann kam der Schmerz.

Nur kurz.

Denn nur eine Sekunde danach kam die Dunkelheit.

»Nick?«

»Ja, Steffen, ich bin es.«

Horndeich war schon verwundert über den Anruf des amerikanischen Kollegen. »Wie ist das Wetter in Evansville? Mein Gott, bei euch ist es jetzt – halb drei oder so?«

»Keine Ahnung, wie das Wetter in Evansville ist. Ich bin in Darmstadt.«

Dieser kleine Scherzkeks. Darmstadt lag keine zehn Kilometer von Evansville entfernt. Also das amerikanische Darmstadt. Denn wie Horndeich bei einem Fall vor eineinhalb Jahren erfahren hatte, gab es auf diesem Planeten zwei Städte dieses Namens. »Okay, funny guy, was kann ich für dich tun.«

»Weißt du, wo Margot ist?«

»Äh – wie meinst du das?«

»Steffen – ich bin in deinem Darmstadt. Im Moment im Maritim Hotel.«

»Was machst du denn in unserem Darmstadt?«

»Das ist eine lange Geschichte. Der kurze Teil: Ich habe für Margot etwas ermittelt. Zu einer Paula Trizzi.«

»Okay. Und warum rufst du mich jetzt an?«

»Sie wollte mit mir das Feuerwerk ansehen, hier auf eurem Heinerfest.«

»Gute Idee.«

»Ja, aber Margot ist nicht hier. Und auf ihrem Handy erreiche ich nur die Mailbox.«

Oops. Das war nicht Margots Art. Aber wenn Horndeich es richtig verfolgt hatte, dann war Margots Privatleben derzeit ein Indiz dafür, dass die Chaostheorie nicht ganz falsch sein konnte. Hatte sie heute Vormittag, als er sie kurz im Büro gesehen hatte, nicht noch gemurmelt, sie wolle vielleicht doch noch mal mit Rainer reden? Aber warum war ausgerechnet er derjenige, der das Nick nun verklickern sollte? Das war nicht fair. Er würde mit seiner Chefin mal ein Wörtchen reden müssen.

»Weißt du was, ich mache dir einen Vorschlag: Ich hole dich jetzt am Hotel ab. Dann fahren wir zu Margot. Du klingelst. Wenn sie aufmacht, dann überlasse ich euch eurem Schicksal. Wenn nicht, dann gehst du mit mir und Sandra zu Margots Vater, das Feuerwerk gucken.«

»Ist irgendwas mit Margot?«

»Ich hole dich ab. Bin sowieso gerade auf dem Weg.«

Zehn Minuten später saß Nick in Horndeichs Benz. Sandra saß hinten. »Doro passt auf die Kleine auf, sie hat es nicht so mit Feuerwerken«, erklärte Horndeich. Er freute sich aufrichtig, den amerikanischen Kollegen wiederzusehen. Und wenn er es richtig wahrnahm, war Sandra auch ganz angetan.

Auf der Straße vor Horndeichs Wagen staute sich der Verkehr. Da das Fest in der Innenstadt gefeiert wurde, war der City-Ring, die Hauptverkehrsader, gesperrt. Dadurch staute sich der Verkehr weiträumig. Horndeich sah auf die Uhr. »Das klappt nicht mehr, vor dem Feuerwerk zu Margot zu fahren. Lasst uns das Feuerwerk anschauen – und danach zu Margot fahren, okay?«

»Ja. Ich versuche noch mal, sie zu erreichen«, meinte Nick. Wenig später sagte er: »No. Sie geht nicht dran. Kannst du vielleicht Rainer anrufen – er ist doch im Moment auch in Deutschland, oder?«

»Das, Nick, ist, glaube ich, keine gute Idee. Weder, wenn Margot bei ihm ist, noch dann, wenn sie es nicht ist.«

Sebastian Rossberg hatte einen Stellplatz in einem Carport schräg gegenüber dem Haus in der Erbacher Straße, in dem er wohnte. Er hatte seinen Wagen am Vormittag bereits auf der Straße geparkt, damit Horndeich seinen Wagen im Carport würde abstellen können. Denn Heinerfest am Abend und Parkplätze schlossen sich in dieser Wohngegend aus.

Horndeich ließ die anderen aussteigen, dann parkte er den Wagen in der engen Lücke ein. Gemeinsam gingen sie zur Haustür. Horndeich klingelte dreimal, und eine Minute später traten Sebastian Rossberg und seine Gefährtin Chloe auf den Bürgersteig.

Sebastian Rossberg und Chloe erkannten Nick gleichzeitig. »Nick! Was machen Sie auf dieser Seite des Atlantiks?«

Offensichtlich hatte Margot niemanden darüber informiert, dass Nick in der Stadt war.

Nick gab Sebastian eine ähnlich nichtssagende Antwort wie zuvor Horndeich.

»Und wo ist Margot?«, fragte Sebastian Rossberg.

»Sie wollte eigentlich mit Nick herkommen«, sagte Horndeich.

»Sie ist im Moment nicht in bester Verfassung. Vielleicht war ihr das dann doch zu viel, mit uns allen.«

»Es kann sein, dass sie etwas klären will. Lasst uns das Feuerwerk anschauen«, schlug Horndeich vor.

Sie mussten nur ein paar Meter gehen, dann waren sie bereits in der Erich-Ollenhauer-Anlage. Die führte direkt zum Kongresszentrum Darmstadtium, von dessen Dach aus das Feuerwerk gezündet wurde.

Sie waren nicht allein, zahlreiche andere Darmstädter waren ebenfalls auf die Idee gekommen, möglichst nah ans Geschehen zu rücken.

Gemeinsam betrachteten sie, wie sich die Lichtkaskaden vor dem dunklen Himmel ausbreiteten. Sebastian umfasste seine Chloe von hinten, ihre Hände lagen auf den seinen vor ihrem Bauch. Horndeich hielt Sandra auf gleiche Weise umfangen. Nur Nick stand allein. Wenn Horndeich ehrlich war, gefiel ihm die Vorstellung, wie Nick Margot umarmte. Er hatte durchaus mitbekommen, wie es zwischen den beiden geknistert hatte. Und er hatte vor allem mitbekommen, wie Rainer seine Frau hatte gehen lassen, indem er sich nicht mehr um sie gekümmert hatte. So hatte er es zumindest wahrgenommen.

Wo war Margot? War sie wirklich bei Rainer?

»Aua«, hörte Margot sich selbst flüstern.

Es stank. Nach Urin und Kot. Wo, zur Hölle, war sie?

Sie tastete auf dem Boden. Erde. Fest zwar, aber Erde und kein Beton und keine Steine. Ihre Hände tasteten nach rechts und links.

Wände, ebenfalls aus Erde. Sie war in einer Grube. Sie war – lebendig begraben?

Sie streckte die Hände nach oben und stieß mit den Fingerkuppen an die Decke. Holz. Grobes Holz. Sie tastete es ab.

Als sie sich einen Spreißel unter den Nagel des rechten Zeigefingers jagte, schrie sie auf vor Schmerz.

»Ah, Sie sind wach.« Die Stimme eines Mannes.

Margot zuckte zusammen. Wo auch immer sie war, sie war nicht allein. Und sie war sich nicht sicher, ob das gut so war. »Wer sind Sie? Wo sind wir?« Margot atmete flach. »Ich will hier raus!«, hörte sie sich schreien. »Ich – will – hier – raus!«

»Schhhh«, hörte Margot die Stimme des Mannes.

»Ich muss hier raus!«

Sie spürte, wie eine Hand nach der ihren tastete und sie umfasste. »Schhh, atmen Sie ganz tief und ruhig. Es kann Ihnen hier nichts passieren.«

Margot hörte die Stimme und versuchte, der Anweisung zu folgen.

Das nächste »Ich will hier raus« war schon leiser. Dann begann Margot zu weinen.

Die fremde Hand streichelte die ihre. »Schhhh.«

Es dauerte ein paar Minuten, dann hatte Margot sich wieder unter Kontrolle. Sie zog ihre Hand weg, verkroch sich, so weit es ging, in ihre Ecke.

»Ich hätte nicht gedacht, dass ich noch mal mit einem menschlichen Wesen reden würde, bevor ich abtrete.«

»Wer sind Sie?«

»Wer sind *Sie*, das ist die weitaus interessantere Frage. Und warum sind Sie hier?«

Die Wände rechts und links lagen nur einen guten Meter auseinander. Margot versuchte sich aufzurichten. Aber ihr war schwindelig. Und schlecht. Sie spürte, dass sie sich übergeben musste. Obwohl es so stank, zwang sie sich erneut, tief und langsam ein- und auszuatmen. »Ich bin Hauptkommissarin Margot Hesgart. Kripo Darmstadt.«

Ihr Partner der Finsternis sagte nichts.

Margot überlegte und kam sehr schnell zu einem Schluss: »Dann müssen Sie wohl Philipp Kaufmann sein.«

Kaufmann antwortete zunächst nicht. Dann fragte er: »Wie spät ist es?«

Margot sah auf ihre Uhr. Doch in der Dunkelheit war nichts zu erkennen. »Ich kann meine Uhr nicht ablesen.«

»Okay. Dann versuchen wir, die Zeit in größeren Dimensionen zu erfassen. Was für ein Tag ist heute?«

»Ich weiß ja nicht, wie lange ich weggetreten war. Aber als ich Judith Reichenbergs Haus betreten habe, war es Montag. Ungefähr halb acht.«

»Dann bin ich jetzt also neun Tage in diesem Loch.«

Als Kaufmann das aussprach, zuckte Margot wieder zusammen. »Was ist das ›Loch‹, wie Sie es nennen?«

»Wir befinden uns in der Arbeitsgrube in der Garage.«

Margot klopfte abermals an die Decke. Holz, an das sie auch ihr Zeigefinger schmerzhaft erinnerte. Aber der Schall war seltsam gedämpft.

»Sie hat die Abdeckungen schallisoliert. Sodass wir uns die Lunge aus dem Leib schreien können. Aber niemand wird uns hören. Scheiße. Ich habe keine Ahnung, wie lange sie mich noch festhalten will, bevor sie dem ein Ende macht.«

»Wenn es so ist wie bei den anderen, dann will sie Sie vierzehn Tage schmoren lassen. Sind Sie gesund?«

»Soweit man das hier unten sein kann. Ja. Nichts gebrochen, nichts verstaucht.«

»Wie hat sie mich ausgeknockt?«

Kaufmann räusperte sich. »Sie hat so einen Elektroschocker, einen Taser. Die Variante, bei der die Elektronen mit Drähten geschossen werden. Bis zu zehn Meter weit.«

Jetzt war Margot klar, woher ihre letzte Wahrnehmung von scheinbaren Schlangen rührte.

»Zehn Sekunden geht gar nichts. Und in der Zeit jagt sie dir die Spritze unter die Zunge. Und dann ist man erst mal weg. Sie haben sicher eine halbe Stunde hier unten gelegen, bevor Sie aufgewacht sind.«

»Und warum sind Sie nicht abgehauen, als sie mich hier reingeworfen hat?«

»Durchtrainiert sieht anders aus, Frau Hesgart. Die Möglichkeiten für das morgendliche Jogging sind hier eher begrenzt. Und auch die Waffe in Paulas Hand war durchaus ein Argument.« Er machte wieder eine Pause. »Na, wenn Sie jetzt auch hier unten sind, dann ist ja irgendwas gründlich schiefgelaufen.«

»Ja. Ich fürchte, ich bin Judith Reichenberg durch einen Zufall auf die Schliche gekommen.«

»Wer ist Judith Reichenberg?«

»Dieselbe Frau, die Sie unter dem Namen Paula Trizzi kennen. Ich bin bei den Ermittlungen auf ihren Namen gestoßen. Aber ich wusste nicht, dass sie etwas mit den Morden zu tun hat. Obwohl – jetzt, da ich Sie hier unten treffe, wird mir einiges klar. Aber die große Frage kann ich mir immer noch nicht beantworten.«

»Wissen Sie, ich glaube, wir haben hier noch ein wenig Zeit. Vielleicht kann ich Ihre Frage ja beantworten.«

»Wie kam Paula Trizzi damals aus dieser Höhle raus? Sie waren doch alle auf Klassenfahrt? Und Paula sagte, Sie vier seien es gewesen, die sie vergewaltigt hätten.«

»Das kann ich Ihnen beantworten.«

»Sehen Sie, der Wagen steht vor ihrer Tür.«

Horndeich hielt seinen blubbernden Benz vor Margots

Haus an. Der Mini stand direkt am Bürgersteig geparkt. Das Haus war unbeleuchtet.

Nick nickte. »Ja.«

Horndeich fühlte sich nicht gut. Direkt nach dem Feuerwerk hatte Sebastian Rossberg darauf bestanden, dass sie noch mit nach oben in die Wohnung kämen. Er hatte allen Wein, Kaffee, Tee oder Bier und Wasser serviert, je nach Gusto. Und dann hatte er erklärt, dass Rhonda – Rainers Assistentin, so hatte er sie genannt – am Mittag wieder in die Staaten geflogen sei. Und Rainer habe sie selbst zum Flughafen gebracht, sei aber nicht mitgeflogen.

Die Botschaft war klar gewesen: Es konnte durchaus sein, dass Margot und Rainer sich aussprachen. Oder eben auch mehr.

»Steffen, kannst du mir einen Gefallen tun?«, bat Nick.

Das war eine Frage, die Horndeich gar nicht mochte. Wenn jemand etwas von ihm wollte, dann fragte er meist direkt. Nur wenn jemand etwas von ihm wollte und davon ausging, dass er, Horndeich, nicht gerade erpicht darauf war, dem zu entsprechen, dann leitete er die Bitte mit dem Satz ein, den Nick gerade von sich gegeben hatte.

»Kommt darauf an.«

»Kannst du Rainer anrufen? Ich habe die Nummer nicht.«

»Nick, ich bin mir nicht sicher, ob das eine gute Idee ist.«

»Mach es einfach. Frag nach Margot. Wenn sie da ist, dann ist alles klar. Aber ich finde es komisch, dass sie mir nicht wenigstens eine SMS geschickt hat.«

»Okay«, sagte Horndeich. Er fühlte sich wirklich nicht wohl dabei. Doch er suchte die Nummer von Rainer im Verzeichnis seines Handys. Dann wählte er. Die Mailbox meldete sich. Er hielt das Handy in Richtung Nick, sodass er die Ansage auch hören konnte. Dann beendete er die Verbindung, bevor die Aufzeichnung begann.

»Weißt du, wo Rainer jetzt wohnt?«

»In irgendeinem Hotel. Aber du willst nicht, dass wir jetzt an seine Zimmertür klopfen, oder?«

Nick schüttelte den Kopf. Der Amerikaner mochte seine Chefin deutlich mehr, als ihm im Moment guttat, stellte Horndeich fest. Nun, was auch immer Margot gerade mit Rainer verhackstückte, morgen früh würde sie sich melden. Entweder, indem sie im Präsidium aufschlug. Oder, indem sie sich krankmeldete. Beides hielt Horndeich für möglich.

»Komm, Nick, ich fahre dich jetzt ins Hotel. Dann hole ich Doro ab und fahre sie nach Hause.«

»Ich hab so meine Zweifel, dass wir das hier überleben. Daher erzähle ich Ihnen jetzt die ganze Geschichte. Wir waren so krank damals«, sagte Philipp Kaufmann.

Margot wollte ihm da nicht widersprechen, nach allem, was sie über das Quartett in Erfahrung gebracht hatte. »Erzählen Sie, das befreit.« Wenn sie auch seine Einschätzung nicht teilte, dass sie diesen Ausflug in die Finsternis nicht überleben würden. Sie war mit Nick verabredet. Der würde sicher trommeln, wenn sie nicht auftauchte. Sie reagierte auf keinen Anruf, sie sendete keine SMS, und ihr Auto war nicht zu Hause. Also würde Nick sicher eins und eins zusammenzählen und ungefähr bei zwei rauskommen.

Kaufmann lachte bitter auf. Und hatte damit wieder Margots volle Aufmerksamkeit. »Wissen Sie, auch wenn Sie mir das nicht glauben, von uns vieren war ich noch der Gute.«

In der Tat fiel es Margot schwer, das zu glauben. Vielleicht war er der, der am wenigstens auf dem Kerbholz hatte – aber »der Gute«, das hielt Margot für ein wenig weit aus dem Fenster gelehnt.

»Wir kamen alle zur neunten Klasse auf dieses Scheißinternat. Und alle aus dem gleichen Grund. Das offizielle Motiv war: Wir sollten eine gute Ausbildung bekommen. Der Grund hinter dem Grund war ein anderer: Alle vier waren wir von unseren Familien abgeschoben worden. In dem Internat bekamen wir nicht nur Bildung, sondern wir wurden auch bewacht und kontrolliert. Wir erhielten eine humanistische Erziehung. Das hieß für unsere Eltern übersetzt: Wenn wir

Scheiße bauten, dann mussten sich unsere Erzeuger nicht darum kümmern.«

»Ist das nicht ein bisschen selbstgerecht?« Margot nahm an, dass Kaufmann mit den Schultern zuckte. Sehen konnte sie es nicht.

»Vielleicht. Egal. Wollen Sie nun hören, was damals passiert ist?«

»Ja.«

»Ich weiß heute gar nicht mehr, wie wir vier zusammenkamen. Wie ausgerechnet wir vier zueinanderfanden. Ich habe mir oft den Kopf darüber zerbrochen. Inzwischen habe ich eine Erklärung, aber ob sie stimmt?

Till war die treibende Kraft. Er hatte diesen komischen norddeutschen Akzent. Er war der King. Er war klug. Er konnte den Lehrern die Stirn bieten, ohne dass er wirklich etwas Schlimmes sagte. Ich bin ja nun auch schon ein paar Jahre Lehrer. Und diese überheblichen, aber intelligenten Alphatiere, sie sind der Albtraum für jeden Lehrer. Und jeder Schüler will sich in ihrem Glanze sonnen. So auch wir. Emil – er konnte damals mit Till mithalten. Auch er gab den Obercoolen, aber er machte Till immer klar, dass er mit dem zweiten Platz zufrieden war. Besser Vizekanzler als Schuhputzer.«

»Aber Sie und Wölzer – Sie waren keine Alphatiere, nicht wahr?«

»Nein, wir waren das Fußvolk. Aber wir waren auch die, die dem Ganzen die Seele gaben.«

Wieder entstand eine Pause. Margot verspürte Druck auf der Blase.

»Es hat gedauert, bis aus uns vier mehr wurde als eine lose Gemeinschaft. Anfangs hatten wir alle auch andere Freunde und Kumpel an der Schule. Es fing damit an, dass Till plötzlich ein Buch über die Illuminaten hatte. Es war die Steinzeit vor dem Internet. In der ein einzelnes Buch noch ein ganzes Gedankengerüst aufbauen oder auch zum Einsturz bringen konnte. Es war eine Kopie von Des Griffins *Descent into Sla-*

very – übersetzt von wem auch immer. Später kam dieses Buch auch offiziell auf Deutsch heraus, heute kann man es im Netz downloaden. Aber damals – da waren wir die Erleuchteten. Wir lasen die Beweise über die Regierung hinter den Regierungen. Über Satan als Drahtzieher hinter Hitler, der Französischen Revolution und der Russischen Revolution. Wir waren Studenten im besten Sinne des Wortes: Wir studierten das Buch. Da hatten sich vier gefunden. Richard und ich, die glaubten, was sie da lasen. Emil, der das auch glaubte und überlegte, wie es uns nützen konnte. Und Till, der es glaubte, weil es ihm einen Platz unter den Herrschern hinter den Herrschern sichern konnte.«

Margots Druck auf der Blase stieg. »Herr Kaufmann, ich habe ein Problem.«

»Philipp. Hier unten sind wir wohl Philipp und Margot. Sollten wir jemals wieder lebend draußen sein, dann können wir wieder Herr Kaufmann und Frau Hauptkommissarin Hesgart sein.«

»Philipp – ich muss mal.«

Das Lachen war laut, kurz und bitter. »Hinter mir ist ein Eimer. Mein Klo. Jetzt unser Klo. Ich erlaube Ihnen hiermit großmütig, diese edle Stätte menschlicher Notdurft mit mir zu teilen.«

Der Würgereiz stellte sich wieder ein.

»Der Eimer anstatt der nackten Erde – das ist die einzige Würde, die ich mir in den – was sagten Sie, neun? – neun Tagen bewahrt habe.«

Einatmen. Ausatmen. Einatmen. Geht doch, dachte Margot.

Sie kroch auf allen vieren in Richtung der Stimme von Philipp Kaufmann. Berührte seinen Schuh.

»Jetzt aufrichten und an mir vorbei. Dann vorsichtig weiter. Da kommt dann gleich der Eimer. Vorsichtig. Er ist nicht nur *erst* halb voll, sondern auch *schon* halb voll, falls Sie verstehen.«

Horndeich hatte einen sichtbar frustrierten Nick am Hotel abgesetzt.

»Danke, Steffen«, hatte er nur gesagt. Horndeich war gleich weiter nach Hause gefahren. Dann hatte er Doro in den Wagen gepackt. Und war nun wieder in Richtung Komponistenviertel unterwegs. Ost-West-Transfer – hier bekam der Begriff eine ganz neue Bedeutung.

»Hattet ihr einen schönen Abend?«, fragte Doro.

»Ja. War klasse. Wenn man Feuerwerk mag.«

»Stefanie plappert jetzt ohne Punkt und Komma«, meinte Doro.

Klar, dachte Horndeich, das Konzept von Sätzen und Nebensätzen ist ihr auch noch nicht geläufig. Aber er spürte, dass Doro etwas ganz anderes damit sagen wollte.

»Ich mag das nicht mehr mit dem Babysitten«, sagte sie nur.

Horndeich nickte.

»Ich weiß, das kommt jetzt ein bisschen plötzlich. Aber ich habe etwas gelernt. Ich muss sagen, was ich will und was ich nicht will.«

»Alles okay, Doro.«

»Nein, es ist nicht alles okay.«

»Doch, ist es. Ich bin dir dankbar, dass du dich um Stefanie gekümmert hast. Wenn es nicht mehr geht, dann ist das okay. Wir werden jemanden finden, vielleicht machen es auch Sandras Eltern und freuen sich. Es ist alles gut.«

Horndeich sah, wie Doro sich eine Träne aus den Augen wischte.

»Hey, lass gut sein, Doro. Im Moment scheinen irgendwie alle etwas durch den Wind zu sein. Da müssen wir uns doch nicht noch mehr Stress machen, oder?«

»Schön, dass ihr nicht nach München geht«, sagte Doro nur.

Es war Horndeich nicht klar gewesen, dass auch Doro daran gelegen war, dass ihre kleine Leihfamilie nicht ins bajuwarische Exil ging. Und es war Horndeich auch nicht klar gewesen, dass Sandra mit Doro über so was sprach.

Wenige Minuten später fuhren sie vor Margots Haus vor. Horndeich hielt den Wagen an. »Danke dir, Doro. Für alles.«

»Passt schon.«

Horndeich grinste. So ganz konnte das junge Fräulein Becker ihre Ziehmutter nicht verleugnen.

Das Gartentörchen öffnete sich. Aber von der falschen Seite aus. Aus dem Garten trat – Nick. Den hatte er doch vorhin am Hotel abgesetzt, oder?

»Hallo, Steffen«, sagte er.

Margot hatte ihre Notdurft verrichtet. Sie war sofort wieder in ihre Ecke der Grube zurückgekrochen. Immer wieder erstaunlich, wie die ganz archaischen Reviermechanismen griffen, wenn man sich außerhalb der gewohnten Zivilisation befand.

»Was passierte nach der Lektüre von Des Griffin?«

»Oh, das war keine Sache von Tagen. Das war eine Sache von Monaten. Irgendwie gelang es Till, noch mehr solcher Bücher zu organisieren. Und bald waren wir davon überzeugt, dass wir die Zeichen der Weltverschwörung entdeckt hatten. Es gab einen Fensterbogen, der warf genau um 12.12 Uhr einen Schatten, der wie ein Pentagramm aussah. Und das allsehende Auge als Zeichen der Illuminaten und der Freimaurer, das war auch an vielen Stellen zu finden, wenn man genau hinsah. Es war also klar, dass auch dieses Internat dazu da war, die Verschwörung zu vertuschen. Oder sie zu leben. Darüber stritten wir heftig. Klar war nur: Wir wussten Bescheid. Wir waren die Erleuchteten.«

»Wuttke erzählte von Ihrem Ritual vor dem Löwen. In Darmstadt am Schloss.«

»Ja. Ich weiß gar nicht mehr, wie wir auf den Löwen gekommen sind. Aber er war überall. Er war im Wappen des Landes Hessen, im Wappen der Stadt Darmstadt. Aber ich glaube, was wirklich zu unserem Löwenorden führte, war, dass Emil auf dem Flohmarkt in Darmstadt eine Schatulle gekauft hatte, in der vier Plaketten mit eingravierten Löwen waren.

Damals waren wir bereits auf einem Level, auf dem alles, was passierte, und alles, was wir wahrnahmen, in unser Weltbild passte. Die Löwen waren ein Zeichen. Und dass wir aus dem Hauswirtschaftsraum des Internats die grünen Bänder klauten, passte ebenfalls. Wir ließen sie nicht mitgehen, sie kamen durch die Vorsehung zu uns.« Kaufmann machte eine Pause.

»Das mit den Löwen ist ein Teil – aber was hat das mit Hexen oder mit Ihrem Übergriff auf Ruth Steiner zu tun?«

»So langsam nähern wir uns dem wirklich peinlichen Teil.«

»Offensichtlich.«

»Es war ganz einfach. Wir waren Jungs in der Pubertät. Wir goren im Saft. Wir waren Erleuchtete – in einem reinen Jungengymnasium. Keine gute Kombination.«

»Also?«

»Bislang waren wir die Elite, die, die den Durchblick hatten. Aber niemand außer uns sah das so. Da kam Till mit einem neuen Gedanken: Wir mussten die Reinheit gewinnen. Erst dann würden auch die anderen erkennen, dass wir die Erleuchteten waren. Wir mussten uns von Satan befreien, der auch uns in Schach hielt.«

»Schräg«, meinte Margot nur.

»Schräg? Nein, existenzbedrohend. Plötzlich stand uns Satan im Weg. Till hatte das entdeckt. In einem Text von Aleister Crowley, den er für uns übersetzt hat. Und er hatte ein Exemplar des Hexenhammers aufgetrieben. Für uns war klar: Wir mussten eine Hexe bekehren. Klar wie Kloßbrühe.«

Wieder machte er eine Pause. »Bevor Sie jetzt urteilen, Margot – wir waren vier junge Männer, die mental und physisch im eigenen Saft schmorten. Jeden Tag kreisten unsere Gedanken nur um die Welt und in der Welt, die wir uns geschaffen hatten. Wir saßen im Wald im Niemandsland im Odenwald. Da war keiner, mit dem wir hätten reden können. Da waren keine Mädchen auf dem Schulhof, um die wir in Wettbewerb getreten wären. Die uns alle kruden Theorien hätten vergessen lassen. Wir waren Waldaffen, die vielleicht am Wochenende mal nach Fränkisch-Crumbach gelaufen kamen oder nach Reichelsheim.

Und dann fanden wir die Höhle.«

»Nick, was wollen Sie denn hier?«

»Ich werde auf Margot warten.«

Horndeich sah zu Doro.

»Passt schon«, sagte sie zu Horndeich.

Der wendete den Benz und fuhr gen Heimat.

»Hi, Doro.«

»Hallo, Nick.«

»Ich bin mir nicht sicher …«, fing Nick an.

»Hey. Ich bin Doro. Und du bist Nick. Wir haben uns schließlich schon mal gesehen. Und jetzt lassen wir den ganzen Scheiß mit Knigge und so. Komm einfach mit rein.«

Doro schloss die Haustür auf. Machte Licht. Führte Nick ins Wohnzimmer.

»Setz dich«, sagte Doro.

Dann ging sie in die Küche und zog einen Rotwein aus dem Regal. An Schlafen war ohnehin nicht zu denken. War schon eine Weile her, dass sie Nick kennengelernt hatte. War im Rahmen eines Falles von Margot gewesen. Großes Ding, denn sie hatten damals einen Plan entdeckt, vom Kölner Dom, irgendwas von anno dunnemal. Der Grund, weshalb ihr Vater gemeint hatte, dem Plan nach Amiland folgen zu müssen. Sie war damals sechzehn gewesen, aber dass das mit dem Plan und Margot gleichzeitig nicht gut gehen konnte, das hatte sie damals schon kapiert.

Nick war ihr nicht unsympathisch gewesen. Und die Art, in der Margot bisweilen über ihn sprach, hatte ihr gezeigt, dass sie ihn sehr mochte. Und wenn sie das bislang nicht schon vermutet hätte, zeigte Nicks Dackelblick deutlich, dass das auch umgekehrt so war. Und jetzt saß Nick auf dem Sofa. Ein Häufchen Elend. Offenbar lief das mit Margot eher suboptimal. Mein Gott – war das die Perspektive? Dass man sein Leben auch mit fünfzig nicht gebacken kriegte? Weia …

»Doro, kannst du bei Rainer anrufen? Ich habe kein gutes Gefühl.«

Toll. Jetzt sollte sie bei ihrem Vater anrufen, um nachzufragen, ob ihre Stiefmutter und seine zukünftige Exfrau bei ihm wäre, weil der Lover in spe das wissen wollte.

Hatten die eigentlich noch alle?

Philipp berichtete weiter. »Die Höhle fanden wir, weil Emil eingebrochen ist. Wir liefen durch den Wald, es machte knacks, und plötzlich war Emil weg. Wie vom Erdboden verschluckt – ganz wörtlich.«

»Hatte er sich verletzt?«

»Nein, der Schacht ging nicht senkrecht nach unten, sondern führte ein wenig zur Seite. Till und Richard kehrten zum Internat zurück und holten eine Strickleiter. Neben dem Haupttrakt gab es einen Schuppen und darin lauter Gerümpel. Wir wussten genau, was da alles drin war. Für uns Jungs war das eher eine Schatzkammer. Wir befreiten Emil. Und kamen am nächsten Tag wieder. Mit Leiter und starken Taschenlampen. Der Schacht führte zu einem Gang. Wir waren nicht sehr weit von der Ruine Rodenstein entfernt. Wahrscheinlich gehörte der Gang zu dem Gangsystem, das ja der Legende nach um den Rodenstein herum existieren sollte. Nun, jetzt hatten wir den Beweis. In der einen Richtung war der Gang nach fünfzig Metern eingestürzt. In der anderen führte er zu einem unterirdischen Raum. Vielleicht dreißig Quadratmeter groß. Zum Teil in Fels gehauen. Von dort ging der Gang weiter. Sicher fünfzig Meter. Dann wurde er so eng, dass man auch auf dem Bauch robbend nicht mehr weiterkam. Irgendwo dahinter muss es noch einen Ausgang gegeben haben, denn wenn wir in dem Raum standen, dann zog das manchmal wie Hechtsuppe.

Wir holten aus dem Schuppen noch eine alte massive Tischplatte. Legten sie über das Loch im Boden und tarnten sie gut. Damit hatten wir unseren Sakralraum. Andere hätten das wohl Klubhöhle genannt – aber Klubhöhle war zu kindisch.

In den kommenden Wochen haben wir uns da eingerichtet. Haben im Umkreis von zwei Kilometern alle Baustellenlampen geklaut. Dann haben wir sogar einen weiteren massiven Holztisch im Internat gestohlen, auseinandergeschraubt und unten wieder zusammengesetzt. Wir bauten uns den Opferraum. Auch wenn wir es nie so genannt hätten. Aber es war alles da, inklusive der Ketten, mit denen man jemanden hätte an den Tisch fesseln können.«

»Und dann überfielen Sie Ruth Steiner.«

»Ja. Es war einer der ersten heißen Tage im April, und Ruth ging einfach durch den Wald. All unsere Gespräche kreisten schon den ganzen Tag nur um Mädchen. Und Ruth – nun, sie sah nicht aus wie vierzehn. Wir hatten sie in Reichelsheim schon ein paarmal gesehen. Und da lief sie, trug dieses leichte Top, den Rock. Wir schauten uns nur an, und dann ging alles ganz automatisch. Nur wehrte sie sich unglaublich, zum Glück, wie ich heute denke. Dann tauchten da plötzlich aus dem Nichts noch ein paar Spaziergänger auf. Ruth konnte sich befreien – und wir machten auch, dass wir Land gewannen.

Mein Gott, haben wir uns geschämt. Nein, ich habe mich geschämt, Richard, glaube ich, auch. Obwohl er schon immer mal wieder von Ruth gesprochen hatte, ohne ihren Namen zu kennen. Sie war nur ›die Kleine mit den Grübchen‹ – und wir alle wussten, wen er meinte.

Ich kam damit nicht klar. Waren wir so brutal? Waren wir Vergewaltiger? Ich sprach mit Wuttke. Und er machte mir klar, dass es besser wäre, wenn wir uns stellten. Wenn erst die Polizei auftauchte, wenn Ruth uns irgendwo erkennen würde – dann hätten wir ein Problem. So könne man das Problem vielleicht noch ohne Polizei lösen. Ich habe das eingesehen und verstanden, dass Wuttke uns hier gerade eine goldene Brücke baute. Richard konnte ich überzeugen, auch Emil hatte irgendwann echt Schiss. Till blieb obercool. Ich glaube, er hat es mir nie verziehen, dass ich anschließend mit Wuttke zu Picht, dem Direx, gegangen bin. Der hat dann auch Himmel und Hölle in

Bewegung gesetzt, damit das alles ohne Polizei über die Bühne ging, inklusive persönlicher Entschuldigung.

Unsere Eltern wurden informiert, wobei der Vorfall ihnen gegenüber heruntergespielt wurde. Aber Till und Richards Eltern wollten die beiden von der Schule nehmen. Was sie dann ja auch taten.«

»Da sind Sie alle also noch mal mit einem blauen Auge davongekommen.«

»Ja.« Kaufmann schwieg.

»Und dann kam Paula Trizzi.«

»Ja. Dann kam Paula Trizzi.«

Doro hatte sich breitschlagen lassen. Sie hatte Rainers Nummer gewählt. Sie wusste gar nicht, was sie sagen sollte. Aber Nick hatte angeboten, sofort das Telefon zu nehmen, wenn Rainer an den Apparat gehen sollte.

Es meldete sich nur die Mailbox.

Nick wählte Margots Nummer.

Ebenfalls die Mailbox.

»Sieht nach Versöhnung aus«, meinte Doro. Sie war sich nicht sicher, ob sie das freuen sollte oder nicht.

»Darf ich hier auf der Couch schlafen? Und kann ich dein Handy hier neben mir liegen lassen, falls Rainer sich meldet?«

Doro nickte. Dann ging sie ins Bett. War Nick so sehr in Margot verliebt?

»Nach der Geschichte mit Ruth Steiner klinkte ich mich ein wenig aus. Ich nutzte mein Fahrrad. Und fuhr auch mal allein herum. Landete immer wieder in Reichelsheim. Auch Ruth war da. Aber vor allem Paula. Ich ging mit ihr ein paarmal Eis essen. Und spazieren. Sie konnte so interessante Dinge erzählen. Zum Beispiel, dass sie in Hamburg geboren worden war. Und zwar in dem Haus, neben dem im Moment ihrer Geburt die RAF-Terroristin Petra Schelm erschossen worden war. Sie war gerade auf der Welt, da traf ein Querschläger der Maschinenpistole ihren Onkel, der wegen des Lärms aus dem Fenster geschaut hatte. Das sei damals aber von der Polizei vertuscht worden, weil die Kugel aus der Waffe eines Polizisten stammte.«

Margot lächelte. »Uns hat sie erzählt, sie wäre in München während des Palästinenserattentats geboren.«

»Pseudologie. Krankhaftes Lügen. Ich hatte einen Schüler, der das Problem hatte. Habe oft an Paulas Geschichten denken müssen, als ich mich mit ihm und der Krankheit, oder wie immer man das nennen will, auseinandergesetzt habe. Aber damals, da habe ich Paula alles geglaubt.«

»Sie haben sich also vom Quartett abgeseilt?«

»Ja und nein. Natürlich fragten mich die anderen, wo ich wäre, was ich machte, Till wurde immer wieder massiv, wir wären doch die Fraternitas leonum lucis, was das denn solle, dass ich jetzt immer abhaute und niemandem sagte, was los wäre. Dann machte ich an besagtem Samstag einen Riesenfehler. Ich war mit Paula Eis essen. Und danach wollte ich sie meinen Freunden vorstellen. Wollte das Leben mit Freundin und meinen Freunden unter einen Hut bringen. Nun, mit siebzehn hat man einige Erfahrungen noch nicht gemacht und weiß daher nicht, dass das nicht funktioniert.

Paula und ich fuhren auf den Rädern in Richtung unserer Höhle. Wir hatten zuvor schon immer mal ein bisschen geknutscht. Und ich wollte, dass meine Freunde sie kennenlernten. Vor den Ferien. Und bevor Till und Richard vielleicht nicht mehr auf der Schule wären. Es war eisernes Gesetz, die Räder an einer Stelle mehr als hundertfünfzig Meter vom Höhleneingang abzustellen, damit der Höhle niemand zu nah kommen könnte. Dann führte ich Paula in unsere Höhle.

Die drei anderen schauten nicht schlecht. Besonders Till. Ich sah, dass er etwas Feines dabeihatte: Er war der, der immer den Alkohol geklaut hat. Mal eine Flasche Wein, mal ein paar Dosen Bier. An dem Tag hatte er zwei Flaschen Whiskey dabei. Und die drei hatten schon eine halbe Flasche geleert.

›Wen hast du denn da mitgebracht?‹, hat Till gefragt.

›Eine Hexe!‹, rief Emil und kam sofort auf Paula zu.

›Ja, ich bin eine Hexe!‹, sagte Paula – und hatte keine Ahnung, was sie da von sich gab. ›Ich stamme direkt von der letzten in Europa verbrannten Hexe ab. Anna Göldi.‹«

Auch der Text kam Margot bekannt vor.

Kaufmann fuhr fort: »›Trink!‹, sagte Till und reichte Paula den Whiskey. Und sie trank. Ich war hin- und hergerissen. Offenbar mochten meine Kumpels das Mädchen. Und doch spürte ich jetzt auch die Gefahr, in der sie sich befand. Als wir Ruth getroffen hatten, da hatte es nur eines Blickes unter uns bedurft, und das wilde Tier war frei. Und nun erzählte Paula auch noch so einen Quatsch.

›Du stammst doch nicht von einer Hexe ab‹, sagte ich.

›Und ob!‹, widersprach sie.

Da machte ich den zweiten Fehler an diesem Tag. Ich trank zu schnell zu viel.

›Wir müssen das Hexenmal finden!‹, rief Till plötzlich.

Emil und Till sprangen zu ihr. Richard war sofort dabei und hielt sie fest. So ruhig er normalerweise war, wenn er was getrunken hatte, dann konnte er sehr schnell sehr aggressiv werden. Das war der Moment, in dem alles kippte. Emil und Richard packten Paula, legten sie auf den Tisch und schoben ihr das Kleid hoch. Rissen ihr den BH vom Köper.

›Da ist es!‹, schrie Till und zeigte auf ein Muttermal, das sie auf dem Bauch hatte, gleich neben dem Bauchnabel. ›Wir haben jetzt die Chance, die Reinheit zu erlangen. Wir werden die Hexe bekehren.‹

Richard hielt ihr den Mund zu, und Emil hatte inzwischen ihr Bein an den Tisch gekettet.

Dann ließ Richard ihren Mund los. Und Paula schrie. Nur konnte sie dort unten außer uns absolut niemand hören. Till grinste und war der Erste, der die Hosen runterließ.

Ich stand immer noch abseits. Und ich hatte noch nie eine nackte Frau gesehen. Ein Playboy mit retuschierten Bildchen, das war das höchste der Gefühle. Das, was dann folgte, war wohl die dunkelste Stunde in meinem Leben. Und in Paulas Leben. Es dauerte …«

»Stopp, Kaufmann. Es langt. Sparen Sie sich die Details. Mir ist schon schlecht genug.« Und das war wörtlich zu nehmen. Margot hatte nicht viel im Magen, aber das, was drin war, wollte raus. So abgedreht Paula Trizzi alias Judith Reichenberg auch sein mochte, doch wenn sie für diese Morde verantwortlich war, dann konnte ein Teil in Margot das sehr gut verstehen. Nicht billigen, nein, der größere Teil in ihr glaubte noch an den Rechtsstaat, an die Justiz als einzige Gewalt ausübende Institution. Aber das Bild von Paula Trizzi auf dem Tisch stand so klar vor ihren Augen. Besonders in diesem Moment, da sie hier unten kaum etwas sah. Kaufmann war ein Schatten vor Schatten. Und der Tisch war so real, wie er bei Tageslicht nie hätte sein können. »Wie kam Paula frei?«

»Wir waren sicher zwei, drei Stunden in der Höhle. Dann sind wir raus – völlig betrunken, die Flaschen waren leer, und wir waren voll. Wir ließen Paula, wo sie war. Wussten nicht, was wir machen sollten. Richard heulte. Ich heulte. Aber Till brachte uns auf Kurs: Wenn uns Paula Trizzi verraten würde, dann würden wir in den Knast gehen. Ohne Wenn und Aber. Jugendstrafe hin, Jugendstrafe her. Ich nahm noch mein Rad, die anderen waren zu Fuß gekommen. So torkelten wir in Richtung Internat und debattierten wirres Zeug. Es ging darum, ob wir sie töten würden oder nicht. Aber keiner von uns hätte es getan, denn dann hätte es drei gegeben, die den Vierten hätten verraten können. Wir dachten noch daran, es zu viert zu tun – aber ich wusste, dass ich das nicht bringen würde.

Also beschlossen wir, am nächsten Morgen wieder in die Höhle zu gehen und Paula richtig Angst zu machen. Wenn sie auch nur einen Mucks von sich geben würde, wäre sie tot. Und man könnte nie alle vier von uns gleichzeitig abgreifen, wollten wir ihr klarmachen. Einer wäre immer übrig, um sie zu töten, wenn sie uns verraten würde.

Aber es kam alles ganz anders.«

»Die Klassenfahrt.«

»Die war ja erst am Montag. Aber unsere nächtliche Eskapade blieb nicht unbemerkt. Als wir sternhagelvoll versuchten, uns heimlich ins Internat zu schleichen, flogen wir auf. Und es gab im Internat ›den Keller‹, wie wir den Raum nannten. Einen Kellerraum, wie eine Kerkerzelle. Und für die richtig dollen Vergehen landete man da. Durchaus einen Tag lang. Sie packten uns noch am Samstagabend in den Keller. Da war ein Klo. Und wir bekamen Wasser. Und wurden vor die Aussicht gestellt, am Sonntagabend wieder rauszukommen, wenn wir ausgenüchtert sein würden.«

»Damit konnten Sie Paula nicht befreien.«

»Richtig. Bis Sonntagmittag war uns das herzlich egal, denn wir bekamen kein Aspirin. Und jedem von uns war so schlecht wie noch nie in seinem Leben. Aber am Nachmittag konnten wir einigermaßen klar denken. Und wussten, dass wir in der Nacht rausmussten, um Paula zu befreien. Sie war mit einem Bein an den Tisch gefesselt. Sie konnte sich bewegen, es gab auch noch eine Flasche mit einem halben Liter Wasser in der Höhle. Aber sie konnte unmöglich allein nach oben. Und den Schlüssel für die Fußfessel, den hatte Till in seiner Hosentasche.

Als sie uns endlich aus dem Keller ließen, ging es direkt zu Picht. Er verkündete, wir hätten jetzt zwanzig Minuten, unsere Siebensachen für die Klassenfahrt zu packen. Dann würden wir die Nacht wieder im Kerker verbringen. Auf dass wir uns das überlegen würden, noch mal so zu saufen. Jetzt war Panik angesagt. Picht dachte, seine Erziehungsmaßnahmen wären zielführend, weil wir alle so entsetzt waren. Ich war kurz davor, alles zu beichten. Da sagte Till, er müsse aber unbedingt seinen Bruder anrufen. Das durfte er. Und er erzählte seinem Bruder, was Sache war. Ich konnte einen Teil des Gesprächs hören. Ich traute meinen Ohren nicht, wie offen er mit ihm sprach. Ich dachte, Till wäre jetzt komplett durchgedreht. Aber er kam aus dem Zimmer und grinste breit.

Wir packten unsere Sachen und zogen wieder in den Kerker ein.«

»Till Hansens Bruder? Jonne Hansen?«

»Oh, Sie haben Ihre Hausaufgaben gemacht.«

Margot erinnerte sich gut an das Gespräch in Hamburg, mit Blick auf Hafencity und Elbphilharmonie. ›Aber wir waren füreinander da, er für mich und ich für ihn. Und wenn einer Mist baute, dann hat ihm der andere den Arsch gerettet.‹ So hatte Jonne das Verhältnis zu seinem Bruder beschrieben. Margot hätte nicht gedacht, dass es so weit ging.

»Jonne stand in Tills Schuld. Jonne hatte damals den alten Rolls-Royce des Vaters für eine Spritztour ausgeliehen, als der alte Herr ein Wochenende weg war. Jonne war in einer Kurve zu schnell gefahren und an der Leitplanke entlanggeschlittert. Der Rolls war ziemlich hinüber. Von Totprügeln bis Enterben wäre alles an Strafe drin gewesen. Dann hatte Till, vier Jahre jünger, seinem Bruder den Arsch gerettet.«

Ja, dieser Terminus technicus war Margot vertraut.

»Jonne hat Bierdosen gekauft. Mit Handschuhen. Till hat den Wagen aufgebrochen, kurzgeschlossen. Dann waren sie zu einem Steinbruch gefahren. Hatten das Lenkrad und die Griffe abgewischt, die leeren Bierdosen ins Auto gelegt und den Rolls im Steinbruch stehen lassen. Die Polizei fand auf den Bierdosen Fingerabdrücke – klar, die Verkäufer mussten die Dinger ja angefasst haben –, aber das lief ins Leere. So war Jonne davongekommen.«

»Und nun war es an Jonne, die Schuld zu begleichen.«

»Genau. Er kam von Hamburg nach Reichelsheim. Till hatte ihm beschrieben, wo die Höhle war. Wir hatten vier Bäume weiter ein Kreuz in den Baum geritzt, damit wir die Stelle immer wiederfanden, denn wir hatten den Eingang richtig gut getarnt. So gut, dass auch die Polizei bei der Suche einfach drübergetappt ist.

Jonne zog sich eine schwarze Skimaske an, befreite Paula und schärfte ihr ein: ein Wort, und sie wäre tot. Es hat funktioniert.«

»Gratuliere.« Arschloch, dachte Margot.

»Da gibt es absolut nichts zu gratulieren. Ich war einfach zu feige, es zu sagen. Richard auch. Er war außer mir vielleicht noch der Einzige, der auch gedacht hat, etwas falsch gemacht zu haben. Aber wir hatten einfach tierisch Angst, im Knast zu landen. Und die Angst war stärker als unser Gewissen.«

»Und Sie?«

»Ich habe meine Wut auf mich selbst in Aggression nach außen kanalisiert, wie es Ihnen wahrscheinlich ein Psychologe so ähnlich erklären würde. Im Internat wurde ich zum Rowdy. Und später, in der Ludovica, da wurde ich der beste Fechter, den die Verbindung je hatte.«

DIENSTAG, 3. JULI

»Ja?«, sagte Nick schlaftrunken, als er das Handy ans Ohr hielt.

Das Klingeln hatte ihn aus der Tiefschlafphase gerissen.

»Äh, hallo? Doro?«

»Hier ist Nick Peckhard. Ich bin nur an das Handy gegangen.«

»Nick? Was machen Sie am Handy meiner Tochter? Und das um fünf Uhr früh? Ich will sofort meine Tochter sprechen.«

»Herr Becker, Ihre Tochter schläft noch. Ich habe nur eine Frage …«

»Ich will auf der Stelle mit Doro sprechen. Was haben Sie mit meiner Tochter zu tun? Wieso sind Sie in Deutschland? Was wird hier eigentlich gespielt, verdammt noch mal? Geben Sie mir auf der Stelle Doro. JETZT!!«

Nick seufzte. »Ich muss das Handy zu ihr bringen. Einen Moment bitte.« Rainer war ihm noch nie sympathisch gewesen. Nick hatte ihn nur wenige Male persönlich erlebt. Aber wie Margot sich an solch einen Mann binden konnte – das war ihm völlig unverständlich gewesen.

»Herr Becker, Doro ruft Sie gleich zurück«, sagte Nick. Den Satz: Ich muss erst mal rausfinden, wo sie überhaupt schläft, fügte er nicht hinzu. Kaum hatte er das Gespräch beendet, klingelte es schon wieder. Nick ignorierte Rainers Anruf und machte sich auf die Suche nach Doro.

Doro schlief im ersten Stock. Noch bevor Nick etwas sagen konnte, daddelte das Handy wieder los. Jetzt erst erkannte er die Melodie: *Summertime Sadness* von Lana del Rey. Passend.

»Ich geh schon dran«, murmelte Doro verschlafen und wurschtelte sich unter ihrer Bettdecke hervor. Nick reichte ihr das Handy.

»Ja?«, meinte sie.

Dann sprach sie fast zwanzig Sekunden lang kein Wort. Um dann zu sagen: »Stopp. Cut. Time out. Spar dir den Sermon, Papa, sonst nenne ich dich wieder Rainer.« Die Kleine wusste, wie man Papas knackte. »Ist Margot bei dir?«

Wieder fünfzehn Sekunden Schweigen auf Doros Seite. »Das heißt, dass sie nicht da ist und auch die ganze Nacht nicht da war?«

Zehn Sekunden. Dann drückte Doro ihren Vater aus der Leitung, machte Licht und sah Nick an: »Nick, du hast recht. Da stimmt irgendwas ganz und gar nicht!«

Sie hatte ein bisschen geschlafen. Es war unbequem und kalt. Philipp Kaufmann hatte die vergangenen Tage so schlafen müssen. Und wenn Margot sich das richtig zusammenreimte, dann war es Emil Sacher und Till Hansen ebenso ergangen. Margot hatte keine Zweifel, dass die Erdspuren, die unter Till Hansens Fingernägeln gefunden worden waren, zu dieser Grube passen würden.

Warum war die Kavallerie noch nicht da, um sie aus dieser Situation zu befreien? War es Nick gleichgültig gewesen, dass sie nicht erschienen war? Das konnte sie sich kaum vorstellen.

Sie dachte wieder über den Fall nach. Paula Trizzi hatte Rache genommen. An ihren vier Peinigern. Sie hatte sie in der Grube schmoren lassen, wie auch sie selbst damals einsam und in der Dunkelheit liegen gelassen worden war. Aber warum ausgerechnet jetzt? Das war Margot nicht klar. Schließlich war Paula alias Judith schon seit sechs Jahren wieder hier in Deutschland. Margot war sich sicher, dass der Zeitpunkt irgendwie mit Ruth Steiners Vortrag zusammenhing. Die hatte vielleicht Wölzer wiedererkannt und Paula Trizzi davon erzählt. Aber was war mit Wölzer geschehen? Der war nicht umgebracht worden. Der war an Herzversagen gestorben. Da machte es klick. Wölzers Herz war ja schon zuvor geschädigt gewesen. Und dann hatte Judith Reichenberg den Taser abgeschossen. Margot war mal bei einer Fortbildung gewesen, wo sie das am lebenden Objekt demonstriert hatten. Aus der Taserpistole schossen die Drähte, die Elektronen durchdrangen mit ihren Widerhaken die Kleidung und steckten in der Haut – und der Kerl war zu Boden gegangen und hatte sekundenlang nur gezuckt. Und Wölzer hatte ja schon Herzinfarkte hinter sich gehabt, hatte Bluthochdruck, war vorbelastet. Da konnte so ein Gerät im schlimmsten Fall Kammerflimmern verursachen. Und einen Taser als Ursache, das konnte dann kaum jemand nachweisen. Besonders, wenn die winzigen Wunden durch den Taser nicht in unmittelbarer Umgebung des Herzens lagen.

Wahrscheinlich hatte Judith Reichenberg also Wölzer auch in diese Opfergrube schmeißen wollen, nur war der gleich gestorben.

Margot streckte sich.

War der Gestank weniger geworden, oder nahm man ihn irgendwann einfach nicht mehr wahr? »Kaufmann – sind Sie auch wach?«

»Hmm«, brummte der.

»Ist hier unten was zu trinken?«

»Ja«, sagte Kaufmann. Sekunden später rollte eine Wasserflasche in Margots Richtung. »Ist die Einzige, die da ist.«

Margot widerstand der Versuchung, mehrere, tiefe Schlucke zu nehmen. Auf der einen Seite, um sich das Wasser einzuteilen. Aber auch, um sich eine mögliche erneute Hilfstoiletten-Situation zu ersparen. Es wurde wirklich Zeit, dass die Kollegen auftauchten. Sie war weg, ihr Auto war weg – wie deutlich musste der Hinweis denn sein, dass sie in Gefahr schwebte?

»Wie kam es dazu, dass Sie sich alle in der Studentenverbindung wiedergetroffen haben?«, fragte sie Kaufmann, auch um sich etwas abzulenken.

»Wir haben den Kontakt nie abreißen lassen. Haben uns immer wieder mal getroffen. Hat funktioniert, auch ohne Facebook und E-Mail. Ich bin ausgemustert worden. Habe eine schwere Allergie gegen Bienen- und Wespenstiche – da haben die mich nicht gebrauchen können. Oder wollen. Auf jeden Fall habe ich nach dem Abi angefangen zu studieren. Ich wollte nicht zu Hause wohnen, konnte mir aber kein teures Zimmer leisten. So landete ich bei den Ludovicen. Tja, und dann kamen die anderen nach. Hier in Darmstadt konnte man ja damals schon viele Fächer studieren.«

Da war noch eine Frage, die Margot im Kopf herumspukte: »Sie haben vor sechs Jahren eingegriffen, als Ihre drei Kumpane Petra Schöffer vergewaltigen wollten – warum?«

»Wen?«

»Petra Schöffer, die Bedienung in Heidelberg.«

»Ach, Heidelberg.«

»War nicht das erste Mal?«

»Sagen wir so – es war das erste Mal, dass ich gesagt habe, es langt. Es war meist Hansen. Mit den anderen, ohne sie. Ich war nie dabei gewesen, die anderen haben es mir auch nie so deutlich gesagt. Aber in Heidelberg, da war ich dabei. Und da war Schluss. Endgültig. Da war mir klar, dass ich ihn nicht mehr decken würde. Egal, was passieren würde. Selbst wenn unser Hexenkapitel auffliegen sollte.«

»Und wie sind Sie hier gelandet? Haben Sie nicht irgendwie vermutet, dass Judith Reichenberg, also Paula Trizzi, Ihre Freunde auf dem Gewissen hat?«

»Klar, ich habe all die Zeitungsausschnitte über Wölzer und Hansen gelesen. Und diese komischen Verstümmelungen – wir hatten uns ja vor Jahren mit Hexen auseinandergesetzt und mit deren Folter. Diese Male waren mir schon vertraut. Ich habe daraufhin quer durch die Bundesrepublik gegoogelt – aber ich habe keine Paula Trizzi gefunden. Auch keine Paula irgendwas, geborene Trizzi. Also habe ich es für ein Hirngespinst gehalten. Und zur Polizei gehen, das konnte ich ja nicht. Auch wenn die Vergewaltigung verjährt war – meinen Job hätte ich verloren und als Lehrer sicher keinen anderen Job mehr gefunden.«

»Wissen Sie, dass Emil auch tot ist?«

»Ja. Paula hat es mir gesagt.«

»Und wie hat sie die Männer hierhergeschafft?«

»Ich nehme an, genauso wie mich. Paula – also Judith, sie tauchte neben mir auf, als ich gerade meinen Wagen bei der Werkstatt abgegeben hatte. Er hatte …«

»… eine kaputte Lichtmaschine. Wissen wir schon.«

»Ja. Ich wollte gerade zur Bushaltestelle, da hielt sie neben mir. Sie musste mich schon lange beobachtet haben. Jedenfalls kurbelte sie die Scheibe runter. Ich dachte zuerst, da fragt mich jemand nach dem Weg. Als sie dann aber ihren Namen sagte, erkannte ich sie. Sie meinte, wir müssten reden, ich solle einsteigen. Das tat ich. Sie fuhr mich zur Schule, sagte, sie würde mich auch wieder abholen. Sie würde den Wagen an der Eissporthalle abstellen, dann würde niemand von der Schule sie sehen, und es gäbe kein dummes Gerede. Nach der Schule ging ich dorthin, stieg in den Wagen. Sie fuhr los und bereits nach wenigen Minuten in eine Seitenstraße. Zog den Taser, setzte mich außer Gefecht. Ich registrierte, wie sie mir eine Spritze unter die Zunge setzte, aber ich konnte mich nicht bewegen. Dann war ich weg und wachte auf einem Stuhl sitzend wieder auf. Mit Kabelbindern gefesselt. Sie schoss wieder mit dem Taser auf mich. Sagte, wenn ich ihr dumm käme – sie könne jederzeit wieder abdrücken.

Dann erklärte sie mir, dass sie sich rächen werde. Für das, was wir ihr angetan hatten. Sie beschrieb mir die vier Tage in der Höhle. Und ihr Blick war so kalt, wie auch die Stimme. Ich wusste, sie meint es richtig ernst. Also schwieg ich.

Sie wunderte sich, dass ich nicht jammerte und flehte. ›Du hättest Till sehen sollen. Der hat sich vor Angst in die Hosen gemacht – wörtlich‹, sagte sie.

Ich erwiderte, dass ich wüsste, dass ich das, was geschehen war, nicht ungeschehen machen könne. Und dass es billig wäre, hier ein simples ›Entschuldigung‹ zu hauchen.«

»Und dann?«

»Dann drückte sie ein paarmal auf den Taser. Scheiße, hat das wehgetan. Sie löste die Fesseln. Und ich musste zur Grube laufen, immer noch mit den Strippen in der Brust. Die Abdeckung war angehoben. Sie hat da einen richtigen Flaschenzug. Wer auch immer hier vor ihr gewohnt hat, der hatte aus der Garage eine richtige Werkstatt gemacht. Sie schubste mich rein. Die Taserstrippen lösten sich. Und seitdem bin ich hier.«

»Sie geben sich ziemlich cool, dafür, dass Sie in einer ausweglosen Situation sind.«

»Oh, ich bin nicht cool. Ich habe wie Sie hier getobt, geheult, geschrien. Habe mich heiser gebrüllt und dann kapituliert. Und habe definitiv nicht damit gerechnet, hier unten Gesellschaft zu bekommen. Wenn ich überhaupt eine Chance habe, hier lebend rauszukommen, dann nur, weil Sie jetzt da sind.«

»Guten Morgen, Frau Reichenberg, mein Name ist Polizeikommissar Süllmeier. Das ist meine Kollegin Polizeikommissarin Unterreuter.«

Süllmeiers Kollegin hatte sich immer noch nicht abgewöhnt, bei derartigen Besuchen das Kopfnicken wie einen Diener bei Hofe aussehen zu lassen. Natürlich war es halb sechs am Morgen, natürlich war es nicht nett, um diese Uhrzeit aus dem Bett gerissen zu werden. Dennoch war solch eine Unterwürfigkeit nicht angebracht, dachte Süllmeier.

»Gibt es irgendeine gute Erklärung dafür, dass Sie mich um diese Zeit wecken?«, fragte die offensichtlich verschlafene Hausherrin und zog den Bademantel enger.

»Ja, durchaus. Wir vermissen eine Kollegin, Kriminalhauptkommissarin Margot Hesgart. War sie gestern Abend bei Ihnen?«

»Bei mir? Bei mir war niemand gestern Abend. Ich war allein.«

»Frau Hesgart war gestern Abend nicht hier?«

»Das habe ich doch gerade gesagt. Moment – das ist doch die Kommissarin von der Mordkommission?«

»Ja.«

»Die war irgendwann in der vorletzten Woche bei mir. Da ging es um die Leiche aus dem Woog.«

»Frau Reichenberg, dürften wir uns in Ihrem Haus umschauen?«

»Sie haben jetzt aber keine Durchsuchungsanweisung oder wie das heißt?«

»Nein. Wir bitten Sie nur höflich, weil wir uns Sorgen um die Kollegin machen und froh sind über jeden Ort, von dem wir sicher sein können, dass sie dort nicht ist.«

»Na gut, kommen Sie rein. Es ist nicht sehr aufgeräumt, ich renoviere gerade.«

»Kein Problem.«

Polizeikommissar Süllmeier und seine Kollegin gingen durch das Erdgeschoss. Kisten und Kästen standen umher, als ob Frau Reichenberg umziehen wollte. Allerdings waren die Schränke nicht leer geräumt.

Im ersten Stock war das Chaos geringer. Vielleicht plante sie wirklich, irgendein Zimmer zu renovieren. Toiletten, Bäder – es gab kein Zeichen dafür, dass noch jemand im Haus war.

»Herzlichen Dank, Frau Reichenberg.«

»›Gern geschehen‹ zu sagen wäre jetzt etwas übertrieben – aber ist schon in Ordnung.«

Judith Reichenberg geleitete die Polizisten hinaus.

Süllmeier warf noch einen Blick auf die Doppelgarage, die neben dem Haus lag. »Dürfen wir auch dort mal kurz?«

»Ungern.«

»Frau Reichenberg, bitte. Danach lassen wir Sie in Frieden.«

Judith Reichenberg seufzte. »Ich muss mir etwas überziehen«, sagte sie.

Wenig später glitt das Doppelgaragentor leise nach oben. Weder der Antrieb noch die Torbewegung verursachten Lärm. Das Licht flackerte kurz und erhellte dann den Raum.

Süllmeier sah zwei Stellplätze. Einer war frei, dort gähnte

ihnen eine Werkgrube entgegen. Auf dem zweiten Stellplatz stand ein Peugeot 207 in Silber – offenbar in irgendeiner Sportvariante.

»Danke«, sagte Süllmeier.

»Danke«, sagte Horndeich. Er saß mit Nick in Margots und seinem Büro. Nachdem das Gespräch beendet war, legte er das Handy zur Seite. »Süllmeier. Bei der Reichenberg war sie nicht. Die Reichenberg hat sie sogar durchs Haus gehen lassen und ihnen die Garage gezeigt.«

»Ich habe immer noch ein komisches Gefühl.«

»Ja, Nick. Aber ihr Auto steht vor ihrem eigenen Haus. Sie fährt doch nicht mit dem Taxi zur Reichenberg.«

»Was machen wir jetzt?«

»Die Handyortung läuft. Ich fahre zu Ruth Steiner. Wenn die uns irgendwas verschwiegen hat – und das hat sie, das weiß ich –, dann wird sie es uns jetzt sagen.«

»Vielleicht ist Margots Mini kaputt. Und sie ist deshalb mit dem Taxi zu der Reichenberg gefahren.«

»Sie hat dich doch eine Stunde zuvor mit dem Wagen abgeholt.«

»Ja. Natürlich.«

»Okay«, meinte Horndeich und griff zum Telefonhörer. Er rief beim ersten Polizeirevier an und bat die Kollegen, die Taxizentrale zu befragen, ob irgendjemand am Vorabend Margot kutschiert hatte.

»Hast du Doros Handynummer?«

»Ja, klar«, sagte Horndeich.

»Ruf sie an. Sie weiß doch sicher, wo Margot den Zweitschlüssel für den Mini hat. Dann kann sie schauen, ob der Wagen funktioniert.«

Horndeich tat, wie ihm geheißen.

»Doro kümmert sich drum. Sie weiß nicht, wo der Schlüssel ist, aber sie wird ihn suchen und finden. Sie meldet sich dann.«

Horndeich stellte den Wagen vor dem Haus ab, in dem Ruth Steiner wohnte. Er sah auf die Uhr. Es war noch nicht mal sechs Uhr. Wenn sich heute Mittag herausstellen würde, dass Margot nur eine Nachtwanderung gemacht hatte und auf einer Bank im Wald eingeschlafen war – würde es einen Satz heißer Ohren geben.

Er drückte den Klingelknopf.

»Ja, bitte?«

»Kommissar Horndeich. Ich hätte ein paar Fragen an Sie.«

»Um diese Uhrzeit? Kommen Sie in zwei Stunden wieder.«

»Frau Steiner, mir ist nicht nach Scherzen zumute. Meine Kollegin Margot Hesgart wird seit gestern Abend vermisst. Ich kann nicht ausschließen, dass das etwas mit dem Sacher-Quartett-Fall zu tun hat. Ich muss mit Ihnen sprechen.«

Der Türsummer tat seinen Dienst, Horndeich trat durch das Gartentor, dann durch die Haustür. Wieder erklomm er die Stiege in den ersten Stock. Ruth Steiner öffnete wenig später die Wohnungstür im Bademantel. »Gehen Sie ins Wohnzimmer, ich komme gleich nach. Ich möchte mir, wenn Sie gestatten, noch etwas Richtiges anziehen.«

Zwei Minuten später saß Ruth Steiner Horndeich gegenüber.

»Wir sind darauf gestoßen, dass nicht nur Sie in Fränkisch-Crumbach von den vieren bedrängt worden sind. Es gibt Hinweise darauf, dass Paula Trizzi, ebenfalls aus Fränkisch-Crumbach, von dem Quartett vergewaltigt worden ist.«

»Aha.« Ruth Steiner gab wieder die Coole.

»Deshalb haben Sie ja auch mit Paula Trizzis Mutter gesprochen.«

»Das sagten Sie mir bereits vorgestern. Und das habe ich auch gar nicht bestritten. Auch wenn es nicht dieselben Täter gewesen waren, so wollte ich mich doch über den Fall informieren.«

»Ausgerechnet jetzt?«

»Herr Horndeich, was wollen Sie von mir? Haben Sie

Neuigkeiten? Haben Sie Fragen, deren Beantwortung Ihnen helfen könnte, Ihre Kollegin wiederzufinden?«

»Ja. Haben Sie Kontakt zu Paula Trizzi?«

»Nein. Sie ist in Amerika. Sagt ihre Mutter.«

»Hören Sie auf. Sie wissen so gut wie ich inzwischen, dass Paula Trizzi und Judith Reichenberg ein und dieselbe Person sind.«

Das war der Moment, in dem Ruth Steiner blass wurde. Hatte sie zudem eben noch kerzengerade auf der Sesselkante gesessen, sank sie jetzt in sich zusammen.

»Meine Kollegin hat gestern erst erfahren, dass Paula und Judith dieselbe Person ist. Wie schätzen Sie Judith Reichenberg ein?«

Ruth sagte nichts mehr. Schaute zu Boden.

»Frau Steiner, ich sehe, dass Sie mir etwas sagen wollen.«

Ruth Steiner schwieg, und Horndeich spürte, dass er langsam wütend wurde. »Bis gestern, da haben wir nur Spiele gespielt. Heute geht es um meine Kollegin, verdammt noch mal.«

Ruth Steiner knetete die Hände.

»Reden Sie jetzt. Ich weiß, dass ich als Polizist Ihnen nicht drohen darf. Dass alles, was Sie gleich von mir hören werden, mich meinen Job kosten kann. Und ich kann Ihnen gar nicht sagen, wie egal mir das im Moment ist.«

Horndeich stand auf und stellte sich direkt vor Ruth Steiner, sah auf sie herab. »Was ich Ihnen jetzt sage, sage ich nur einmal: Wenn ich jetzt hier rausgehe, meiner Partnerin passiert was, und das hätte verhindert werden können, wenn Sie jetzt mit mir gesprochen hätten, dann …«

Das war der Moment, in dem die Wut in sich zusammenfiel. Sollte er ihr Schmerzen androhen? Die er ihr nie zufügen würde?

»Vergessen Sie es«, grummelte er, dann drehte er sich um. »Ich finde selbst hinaus.«

Er war schon im Flur, als er Ruth Steiners Stimme hörte. »Herr Horndeich, gehen Sie nicht.«

Horndeich drehte sich um, ging zurück und setzte sich abermals auf das Sofa.

»Ich habe Richard Wölzer getötet.«

Horndeich runzelte die Stirn. Der war doch eines natürlichen Todes gestorben, oder? »Wie? Wann? Warum?«

»In der Nacht nach dem Vortrag.« Wieder schwieg sie.

»Bitte, Frau Steiner, jetzt in einem durch, damit ich weiß, ob und inwiefern meine Partnerin in Gefahr ist.«

»Wenn sie bei Judith Reichenberg ist, dann ist sie in Lebensgefahr. Judith hat Hansen und Sacher umgebracht. Und es kann sein, dass auch Kaufmann in ihrer Gewalt ist.«

Horndeich griff zum Handy. Noch bevor Süllmeier den Gruß ausgesprochen hatte, fiel ihm Horndeich ins Wort: »Süllmeier – sicher, dass in dem Haus niemand war außer der Reichenberg?«

»Da war niemand, in keinem der Zimmer, und es gibt keinen Keller. In der Garage auch nicht. Da war eine Grube, aber offen.«

»Und unter dem Wagen, der da stand?«

»Da war keine Grube.«

»Oder vielleicht eine verschlossene?«

»Sah nicht so aus. Also da war auf jeden Fall keine, die einfach mit Brettern abgedeckt war. Wenn da drunter was war, dann muss das ein richtiger Deckel gewesen sein, bei dem man die Ränder nicht auf den ersten Blick gesehen hat.«

»Gut, danke«, sagte Horndeich.

Er legte auf, und sofort meldete sich sein Handy. Es war Doro. »Hallo, Doro, was gibt's?«

»Mit dem Auto, da stimmt was nicht. Ich habe den Schlüssel gefunden. Aber Margot war nie und nimmer die Letzte, die den Wagen gefahren hat.«

»Wie kommst du darauf?«

»Ich hab mich in den Wagen gesetzt. Margot und ich haben immer einen Joke gemacht, dass wir nicht nur etwa gleich groß sind, sondern auch gleich lange Beine und einen gleich langen Oberkörper haben. Deshalb muss ich nie was verstellen, wenn ich ihren Wagen fahre. Aber den Wagen hat zuletzt jemand gefahren, der viel kleiner ist. Der Fahrersitz ist nach vorn verschoben. Und der Innenspiegel nach unten gerichtet.«

»Danke«, sagte Horndeich.

»Halt – noch nicht auflegen. Ich habe mir das Navi angeschaut. Sie hat gestern um acht Uhr eine Adresse eingegeben: Aschaffenburger Straße. Und danach hat jemand auf ›Home‹ gedrückt. Margot sicher nicht, denn die kennt den Weg nach Hause.«

»Danke«, sagte Horndeich, »du kannst bei uns anfangen. Super!«

Er sah Ruth Steiner an: »Hat Judith Reichenberg Waffen?«

»Einen Taser auf jeden Fall. Ob sie Schusswaffen hat? Nun, es würde mich nicht wundern.«

Wieder drückte Horndeich die Kurzwahltaste.

»Kollege, Kollegin Margot Hesgart wird wahrscheinlich gegen ihren Willen festgehalten. Womöglich in der Garage an folgender Adresse.«

Horndeich gab die Adresse durch.

»Holt das SEK. Kann sein, dass dort auch Philipp Kaufmann gefangen gehalten wird. Eventuell Schusswaffen im Spiel. Äußerste Vorsicht. Aber das kennt ihr ja alles. Ich bin in zehn Minuten auch dort.«

Dann sagte er zu Ruth Steiner: »Sie kommen jetzt mit. Vielleicht ist es sinnvoll, wenn Sie vor Ort sind, da Sie Judith kennen. Und auf dem Weg erzählen Sie mir, was hier eigentlich genau passiert ist.«

»Was mache ich jetzt mit euch?«

Das Licht hatte Margot derart geblendet, dass es wehtat. Das Garagentor war offen, Judith Reichenberg stand, nur als Schatten sichtbar, in der Einfahrt.

Philipp Kaufmann wollte sofort nach oben stürmen. Was ihm eine Stromladung via Taser einbrachte. Er brach zusammen und lag am Boden, zuckte, um dann vor Schmerz zu stöhnen.

Noch bevor Margot sich rühren konnte, sagte Judith Reichenberg bereits: »Ich habe hier auch noch einen geladenen Revolver. Also stillhalten.«

»Frau Reichenberg – meine Kollegen werden früher oder später hier auftauchen.«

»Die waren schon da.«

»Dann ist es einfach aus. Setzen Sie sich in Ihren Wagen, hauen Sie ab. Mit uns haben Sie nur einen Klotz am Bein.« Ob das jetzt die richtige Taktik war, wusste Margot nicht. Die Dame konnte sich mit zwei Schüssen einfach der Klötze entledigen und losfahren. Margot spürte die Nervosität der Frau. Kein gutes Zeichen.

Margot sah sich um. Die Falltür war mit professionellen Scharnieren angebracht. Wahrscheinlich war die Hebezugeinrichtung ebenfalls absolut professionell. Hier hatte jemand sehr, sehr gründlich geplant und offenbar auch ordentlich Geld in die Hand genommen.

»Ich werde das zu Ende führen«, sagte sie.

»Paula!«, rief Philipp.

»Philipp, vergiss es. Du hast mich damals verraten, du hast mich in diese Höhle mitgenommen. Du hast zugelassen, dass sie über mich hergefallen sind. Und du warst sogar einer von ihnen. Scheiße, weißt du was? Ich wollte mit dir schlafen an diesem gottverdammten Tag. Irgendwo im Wald, wo wir für uns gewesen wären. Und du? Du hattest nichts Besseres vor, als mich zu diesen Irren zu schleppen.«

Der Tonfall gefiel Margot nicht. Sie verfluchte sich selbst, dass ihre Waffe nicht da war, ihr Handy nicht – gar nichts. Ihr Instinkt hatte versagt. Sie hatte in Judith das Opfer gesehen, das vielleicht noch ein paar neue Aspekte zur Lösung des Falles hätte beitragen können. Sie hatte ausgeblendet, dass Paula alias Judith doch ein Opfer der vier gewesen war.

Nachdem sie mit Petra Schöffer in dieser Raucherkneipe gesprochen hatte, war sie der Meinung gewesen, dass das Quartett noch viel mehr Frauen auf dem Gewissen hatte. Und dass irgendeine von diesen eventuell Rache genommen hatte.

Aber das spielte jetzt keine Rolle. Jetzt ging es nur um eines: Wie sollte sie aus der Nummer rauskommen?

Sie zuckte zusammen, als der erste Schuss knallte. Philipp schrie auf. Dann fiel der zweite Schuss. Dann der dritte. Dann war Philipp Kaufmann still.

So, jetzt bin ich an der Reihe, dachte Margot. Sie schloss die Augen.

Woran denkt man, wenn man nur noch ein paar Sekunden hat?

Ben, Rainer, Doro, ihr Vater, Nick – kein konkretes Bild wollte sich einstellen. Leere. Schreckliche Leere. Und doch, ein Bild erstand vor ihrem geistigen Auge.

Okay. Dann werde ich mit diesem Bild vor Augen sterben, dachte Margot.

»Wölzer kam auf mich zu, nach dem Vortrag«, erzählte Ruth Steiner. »Der Name war mir bekannt, alle vier Namen waren tief in mein Gehirn gebrannt. Ich erstarrte förmlich, als ich begriff, wer da vor mir stand. Ich wusste nicht, ob er mich auch gleich einordnen konnte. Er machte mir Komplimente über meinen Vortrag. Und er war schon fürchterlich betrunken. Dann machte er einen auf alte Freunde und erzählte mir, dass die anderen drei auch Bundesbrüder seien.«

Horndeich hatte das Blaulicht auf das Dach seines Benz gesetzt. Blau zuckte das Licht auf der Straße.

»Ich fuhr nach Hause. Und eine halbe Stunde später klingelte Wölzer an meiner Tür. Er müsse mit mir reden. Ich machte die Wohnungstür auf, mit eingehakter Sicherheitskette. Er trat die Tür auf. Als ich die Polizei rufen wollte, schleuderte er das Mobilteil des Telefons durch den Raum. Dann fläzte er sich auf das Sofa. Er sagte: ›Hab dich gleich wiedererkannt.‹

Er hatte inzwischen noch mehr getrunken, lallte. Ich versuchte es zunächst noch auf die sanfte Tour. ›Gehen Sie jetzt, Herr Wölzer‹, hab ich ihn aufgefordert. Aber er dachte nicht daran.

›Für dich immer noch Richard.‹

Ich sagte nichts. Er leckte sich über die Lippen und sagte: ›Hast mir einfach gut gefallen, damals, mit dem dünnen Top, mit deinen harten Nippeln. Hab ich doch gesehen. Du warst auch ganz spitz. Hab immer wieder daran denken müssen. Und – die andere, die hat das doch auch genossen.‹

Er war so fürchterlich betrunken. Und ekelhaft. Dann nestelte er an seinem Gürtel herum. Und am Reißverschluss seiner Hose. Das war der Moment, in dem die Wut kam. Er hätte mir nichts tun können, so betrunken, wie er war, war ich stärker. Ich hätte einfach aus der Wohnung rennen und über Handy die Polizei rufen sollen. Aber da war sie wieder, die Erinnerung, wie die vier mich gepackt hatten, mich angrapschten. Und ich wollte nur noch eins. Ich wollte ihm wehtun. Richtig wehtun. Ich ging ins Schlafzimmer und holte meinen Taser. Hatte mir Judith mal aus den Staaten besorgt. Und ich schoss ihm ins Bein. Und dann zog ich den Abzug. Dreimal. Viermal. Fünfmal. Anschließend wollte ich die Polizei rufen. Aber Wölzer verdrehte die Augen. Und regte sich nicht mehr. Ich fühlte seinen Puls. Nichts. Der Mann war tot. Ich hatte ihn umgebracht mit diesem Scheißding.

Ich stand sicher zehn Minuten regungslos im Wohnzimmer. Dann rief ich Judith an. Wir haben uns vor zwei Jahren kennengelernt, weil sie immer wieder interessante Artikel lieferte, die für meine Zeitschrift *Luise* wie gemacht waren. Wir freundeten uns an, stellten fest, dass wir beide aus Fränkisch-Crumbach kamen – damals hatten wir keinen Kontakt. Paula – wie sie damals ja noch hieß – ist zwei Jahre älter als ich. Ich merkte bald, dass sie oft das Blaue vom Himmel log. Besonders nach dem Urlaub. Und als ich ihr erzählt habe, dass die vier mich fast vergewaltigt hatten, da sagte sie mir, dass es den vieren bei ihr geglückt sei. Ich hatte mitbekommen, dass Paula vergewaltigt worden war. Aber ich wusste eben auch, dass die vier damals auf Klassenfahrt waren. Der Dorffunk hat ja gut funktioniert. Und so dachte ich, sie würde wieder nur eine Story erfinden, um sich interessant zu machen. Aber als Richard sagte, ›die andere, die hat das doch auch genossen‹, da wusste ich, dass Judith nicht gelogen hatte. Also rief ich sie an. Ich wollte nicht in den Knast, ich wollte meinen Laden nicht wegen dieses Arschlochs verlieren. Ich weiß gar nicht, was ich von Judith eigentlich erwartet habe.

Sie kam, sah den toten Wölzer und fragte als Erstes, ob die anderen drei auch in Darmstadt seien. Ich sagte, dass alle in dieser Burschenschaft seien. Dann sah Judith mich an und sagte, sie würde mein Problem lösen. Aber dann hätte sie etwas gut bei mir. Was ich zusagte. Sie fuhr weg, kam zwei Stunden später wieder. Packte mit mir Wölzer in einen Plastik-Leichensack. Keine Ahnung, wo sie den aufgetrieben hatte. Ich half ihr, den schweren Sack in den Kofferraum von Wölzers Wagen zu packen. Sie schaffte es fast allein. War schon immer in irgendwelchen Fitnessstudios gewesen. Dann fuhr sie davon. Ich hörte nichts mehr von der Leiche. Und die Polizei tauchte auch nie bei mir auf. Ich fragte Judith, was aus Wölzer geworden wäre. Sie sagte nur, ich solle es vergessen.«

Horndeich war inzwischen die Frankfurter Straße entlanggefahren und anschließend den Röhnring und den Spessartring entlanggeheizt. Nun bog er in die Erbacher Straße ab. »Sie haben es aber nicht vergessen?«

»Doch. Zumindest verdrängt. Bis Donnerstag vor zweieinhalb Wochen. Da erzählte Doro davon, dass der Ehemann von einer Frau aus ihrem Hexencoven verschwunden sei. Spurlos. Einfach so. Der Mann von Angelika Sacher, Emil Sacher. Da hatte ich dann eine ziemlich furchtbare Ahnung und überlegte den ganzen Donnerstag und den ganzen Freitag, ob ich Judith ansprechen sollte. Freitagabend fuhr ich zu ihr. Es war zehn Uhr. Sie war nicht zu Hause. Ich wartete auf dem Platz vor ihrem Haus. Sie kam um kurz vor zwölf mit einem Pritschenwagen von irgendeiner Baufirma mit Karlsruher Kennzeichen – offensichtlich gemietet. Ich fragte sie, was sie mache, ob sie etwas mit dem Verschwinden von Emil Sacher zu tun habe. Sie sagte nur, ich solle ihr a) dankbar sein und mich b) um meine eigenen Angelegenheiten kümmern.

Ich fuhr wieder. Und wartete auf dem Parkplatz, der ihrer Ausfahrt gegenüberliegt. Ich wartete bis halb zwei. Dann fuhr ein Wagen von ihrem Grundstück und bog Richtung Darmstadt ab. Ich klemmte mich dahinter, mit etwas Abstand. Der Pritschenwagen hielt unweit des Trainingsbads. Und stand dann dort. Ich blieb auf Distanz. Judith parkte da zehn Minuten. Und da ahnte ich, was sie vorhatte. Ich wartete etwas entfernt. Um halb zwei fuhr sie den Fußweg entlang des Woogs. Ich fuhr parallel die Heinrich-Fuhr-Straße hinunter, stellte den Wagen an der Ecke ab. Dann hörte ich den Motor des Pritschenwagens, er blieb an der Ecke stehen.«

Horndeich kannte die Ecke ja, weil vor drei Jahren für ihn an dieser Stelle eine Verfolgung geendet hatte, als ein Vespa-Car der Stadtreinigung volle Kanne in den Woog gerauscht war.

»Ich huschte in die Nähe. Hielt mich hinter einem Baum versteckt. Und sah nur noch, wie Judith die Böschung vom Woog hochkam, in den Wagen stieg und fortfuhr. Dass es tatsächlich Sacher gewesen war, erfuhr ich dann am Mittwoch, als Sachers Leichnam auftauchte.«

»Und Sie haben sich daraufhin nicht bei uns gemeldet?«

»Ich? Ich hatte einen Mord begangen!«

»Nein, Frau Steiner. Richard Wölzers Herz war stark vorgeschädigt. Ein normaler Mann wäre durch den Taser nicht gestorben.«

Ruth Steiner lachte auf, weinte, lachte und war kurz davor, hysterisch zu werden. »Soll mich das jetzt trösten?«

»Das ist mir im Moment ganz egal. Reißen Sie sich zusammen. Wir sind da, falls Sie es noch nicht bemerkt haben.«

Horndeich lenkte seinen Benz in die Zufahrt von Judith Reichenbergs Haus. Dort standen bereits sechs Einsatzwagen.

Kaum waren die Schüsse gefallen, hatte Margot die Motorengeräusche vernommen. Die Einsatzwagen der Kollegen rückten an. Es war ein sehr, sehr beruhigendes Geräusch.

»Kommen Sie raus, sofort!«, blaffte Judith Reichenberg.

»Wie denn, hier ist keine Treppe und keine Leiter.«

Judith Reichenberg ging um die Grube herum, schubste eine Leiter hinein. »Raus, aber dalli.«

Margot erklomm die Sprossen. Kurz erwog sie die Chance, die Leiter von unten gegen die Frau zu schleudern, aber das Risiko, dabei doch noch eine tödliche Kugel einzufangen, war zu groß. So kroch sie aus der Grube hinaus. Judith griff nach ihr, drehte Margot als lebenden Schutzschild vor sich und hielt ihr die Pistole an die Schläfe.

Margot sah einige der Einsatzwagen und einen Krankenwagen. Aber das SEK war offenbar noch nicht vor Ort. Das beunruhigte sie ein wenig. Bei der Waffe, die Judith Reichenberg in der Hand hielt, handelte es sich um einen Smith & Wesson-Revolver mit .44-Kaliber. Die Kraft dieser Waffen war unglaublich. So, wie die Frau den Revolver hielt, würde der Rückschlag eines Schusses ihr die Handknochen brechen. Und Margot würde den Schuss nicht überleben. Wenn Judith jetzt nur stolperte, wäre Margot tot.

»Geben Sie auf, Frau Reichenberg«, kam es aus irgendeinem Megafon.

Margot und Judith standen jetzt mit dem Rücken zur Garagenwand.

»Das ist das Letzte, was ich tun werde«, gellte ihre Stimme an Margots Ohr. Okay, wenn ich das überlebe, dann bin ich rechts taub, dachte Margot.

»In der Grube liegt Philipp Kaufmann. Er ist schwer verletzt.«

»Lassen Sie uns den Mann bergen.«

»Vergessen Sie es. Wenn Sie Philipp Kaufmann retten wollen, dann lassen Sie mich und meine Geisel in meinen Wagen steigen und geben mir freies Geleit.«

»Nein, wir werden jetzt den Verletzten bergen.«

»Versuchen Sie es.«

Judith stieß Margot nach vorn. Mit der linken Hand hielt sie sie fest im Griff. Die rechte hielt den Revolver. Immer noch spürte Margot das Metall an der Schläfe, das inzwischen ihre Körpertemperatur angenommen hatte. Dadurch ist meine

Körpertemperatur an der Stelle der Berührung etwas gesunken, dachte Margot. Bescheuert. Dachte man kurz vor dem Tod immer so eine Scheiße? Nun, die meisten konnten davon nicht mehr berichten.

»Ihr wollt Philipp Kaufmanns Leben retten? Dann macht ihr besser die Durchfahrt frei.«

Judith Reichenberg steuerte auf den silbernen Flitzer zu, der auf dem Hof stand. Offensichtlich war der Peugeot ihr Wagen. Sie geleitete Margot zur Beifahrertür. Margot sah, wie Horndeichs roter Flossenbenz gerade auf die Zufahrt fuhr. Sofort wurde er von einem Kollegen wieder zurückgeschickt, damit die Ausfahrt frei blieb. Judith Reichenberg ließ sie in den Wagen einsteigen und hielt permanent die Waffe auf sie gerichtet. Dann ging sie um den Wagen herum, zielte dabei nach wie vor auf Margot. Sie stieg auf der Fahrerseite ein. Margot musste den Motor starten.

»Du machst eine Zuckung, und du bist tot.«

Margot nickte. Sie hatte absolut keine Absicht, eine Zuckung zu machen. Sie erkannte, dass das SEK noch nicht postiert war. Judith machte instinktiv viel richtig, denn niemand der Kollegen würde einen Schuss auf sie feuern, solange sie die Waffe auf Margot gerichtet hielt.

Judith lenkte den Peugeot auf die Landstraße und gab den Reifen Gummi. Wenn Margot das einigermaßen richtig im Kopf hatte, hatte der 207 RC um die hundertfünundsiebzig PS. Der Wagen schoss in Richtung Roßdorf. Er war nicht das schlechteste Fluchtauto.

Die Sanitäter rannten zu der Grube. Philipp Kaufmann machte keinen Mucks mehr. Der Notarzt sprang hinein.

Horndeich stand am Rand und sah zu, wie die Menschen in den weißen Anzügen um Philipp Kaufmanns Leben kämpften.

Horndeichs Blick fiel auf einen Eimer, der ganz in der Ecke stand und der offensichtlich für den Gestank verantwortlich war.

Er hatte abgewiegelt, als Nick Margot in Not gewähnt hatte. Er wie auch Margots Vater waren davon ausgegangen, dass Rainer und Margot ein Versöhnungsgespräch führten, nur weil die Handys der beiden abgeschaltet gewesen waren. Hätte er, Horndeich, es nicht besser wissen müssen? Nachdem Margot beim plötzlichen Auftauchen ihres Gatten einfach zusammengeklappt war.

Kurz bevor der Peugeot an Horndeichs Benz vorbeigefahren war, hatte Horndeich für Sekundenbruchteile daran gedacht, die Waffe zu zücken und auf Judith Reichenberg zu schießen. Wenn sie den Wagen lenkte, hatte sie die Waffe wahrscheinlich nicht mehr direkt auf Margot gerichtet. Er hätte es beenden können. Er hatte die Hand schon am Holster gehabt, als ihm sein Versprechen eingefallen war. Er hatte versprochen, nicht mehr den Cowboy zu spielen. Er hatte die Hand vom Holster genommen und wieder auf das Lenkrad gelegt.

Sie würden Judith Reichenberg auch so zu fassen kriegen. Er hoffte nur, dass sie Margot einfach gehen lassen und sie nicht erschießen würde. So, wie sie zuvor drei Menschen getötet hatte. Zwei. Bei Kaufmann bestand ja noch Hoffnung.

Aber Margot? Eigentlich war sie jetzt für die Reichenberg nur noch Ballast.

Und Horndeich war sich nicht sicher, ob er nicht doch hätte schießen sollen. Verdammt, es gab Situationen, da konnte man einfach nur zwischen falsch und falsch wählen.

Aber wenn Margot etwas passieren würde – das würde sich Horndeich nie verzeihen.

»Und, wohin jetzt?«

»Einfach die Klappe halten.«

Sie waren mit siebzig Sachen durch Roßdorf geheizt. Innerorts herrschte das Diktat der dreißig Stundenkilometer – was in Anbetracht der Enge der Straßen und der fast rechten Winkel in den Kurven auch gerechtfertigt war. Zum Glück waren keine alten Damen, Dackel oder Schulkinder auf der Straße gewesen.

Hinter Roßdorf bog Judith an der Ampel nach links ab. Sie wollte auf die B26 – das Tor zur großen, weiten Welt. In der rechten Hand hielt Judith immer noch die Waffe.

Margot fühlte sich auf unangenehme Weise an den Film *Pulp Fiction* erinnert, in dem ein Gangster die Geisel auf der Rücksitzbank mit einem Revolver bedroht. Eine Bodenwelle wurde dabei der Geisel zum Verhängnis. Immerhin zeigte die Waffe nicht mehr direkt auf sie.

Als sie auf den Zubringer zur B26 abbogen, schnallte sich Margot an. Judith tat es ihr nach.

»Kennen Sie Durst?«, fragte Judith Reichenberg.

»Ja, weshalb?«

»Ich meine richtigen Durst. Den Durst, der Sie Menschen töten lässt, um an Wasser zu kommen.«

»Nein. Solchen Durst kenne ich nicht, Frau Reichenberg.«

»Nennen Sie mich Judith. Nennen Sie mich bitte für die restliche Zeit Judith. Nein. Paula. Sagen Sie Paula zu mir.«

»Gern, Paula.« Das klang nicht gut. Das klang gar nicht gut. Das klang nach Lebensbeichte. Und dann nach dem Tod der Beichtmutter. Oder sogar dem Tod beider.

»Die Baulichter brannten, aber die Jungs waren einfach weggegangen. Alles tat mir weh. Jede Körperöffnung. Es war furchtbar, und dieses Wort trifft es nur unzureichend.«

Judith fuhr mit hundertzwanzig über die ausgebaute Bundesstraße. Für eine Flucht eher gemächlich. Insbesondere bei diesem Wagen. Aber offensichtlich spürte auch Judith, dass es bald zu Ende sein würde.

»Ich rollte mich vom Tisch, knallte auf den Boden. Ich war mit dem Fuß an den Tisch gefesselt. Mein Gott, ich dachte ich würde sterben. Diese Schmerzen im Unterleib. Ich konnte mich kaum bewegen – aber ich sah die Wasserflasche. Ich kroch in diese Richtung. Und meine Hand war zwanzig Zentimeter von der Flasche entfernt. Ich wurde ohnmächtig. Als ich zu mir kam, waren die Lichter erloschen, alle Batterien leer. Ich wusste nicht, wie lange ich ohnmächtig gewesen war. Ich wusste nur, die kommen nicht mehr zurück. Also musste ich an die Flasche. Aber ich kam nicht dran. Mein Körper war eine einzige Wunde. Und ich kam nicht an das Wasser. Ich musste aufs Klo. Kroch in eine Ecke. Und kroch wieder auf die Wasserflasche zu. Aber ich konnte sie nicht berühren. In der kommenden Zeit wurde ich fast wahnsinnig. Es war kalt. Heute weiß ich – zum Glück war es dort unten kalt. Sonst wäre ich verdurstet.«

Margot war schlecht. Nein, sie war in ihrem Leben nie vergewaltigt worden. Und doch meinte sie, zumindest im Ansatz, nachfühlen zu können, was diese Frau damals durchgemacht hatte.

»Dann kam der Mann. Vermummt. Er gab mir Wasser. Er war mein Held. Im Nachhinein habe ich rekonstruiert, dass das Dienstag gewesen sein musste. Aber auch er befreite mich nicht. Später erfuhr ich, dass Dienstag die Polizei in diesem Gebiet noch nach mir gesucht hat. Mittwoch machte er mich los. Mit einer Axt, die er mitgebracht hatte, trennte er die Kette durch.

Er fasste mich an den Armen und sagte: ›Wenn du auch nur einem Menschen etwas über die Zeit in der Höhle sagst, dann bist du tot. Aber nicht nur du, sondern auch deine Geschwister, deine Eltern und dein Hund.‹

Dann ließ er mich gehen. Und ich habe nichts gesagt. Nicht, weil ich Angst hatte. Sondern weil ich wusste, dass ich mir die vier Arschlöcher irgendwann kaufen würde.«

Margot weinte. Sie konnte nicht anders. Vielleicht war ihre Vorstellungsgabe zu ausgeprägt. Vielleicht kam auch nur alles zusammen. Der Blick in Richtung Tod und Judiths Geschichte. Und das Bild, das sie im Anblick des Todes vor Augen gehabt hatte.

»Sie heulen ja.«

»Ja. Ihre Geschichte ist nicht lustig.«

»Nein. Aber sie ist bald zu Ende.«

Auch dieser Satz gefiel Margot nicht.

»Ich bin krank, aber auch das wissen Sie wahrscheinlich.«

»Ja. Geburt in München bei den palästinensischen Terroristen, dann Geburt in Hamburg, bei den RAF-Terroristen. Ja, ich glaube, ich weiß, was Sie meinen. Wo sind Sie denn wirklich geboren?«

Judith lachte auf. »In Fränkisch-Crumbach. Im Mai 1972. Dort ist damals nichts weltpolitisch Wichtiges passiert.«

»Und Sie sind sicher auch keine Nachfahrin von Anna Göldi, oder?«

Judith Reichenberg lachte wieder. »Das ist tatsächlich nicht ganz geklärt und tatsächlich durchaus möglich.«

Die ausgebaute B26 ging jetzt in die gewöhnliche Bundesstraße 26 in Richtung Aschaffenburg über.

»Wissen Sie, was das Übelste war?«

»Nein. Ich weiß nicht einmal, wovon Sie gerade reden.«

»Ich wusste nicht, wer von den vieren der Schlimmste gewesen war. Till? Der geilte sich auf an der Macht, die er hatte. Diese Fratze habe ich nie vergessen. Oder Emil? Ihm gefiel es, mir wehzutun. Erstaunlich, was sich das Gehirn alles merkt, während man vor Schmerz explodiert. Oder Richard, der feige Hund? Den hatte der Alkohol in eine rammelnde Furie verwandelt. Oder Philipp, von dem ich so enttäuscht war? Er hat mich nicht mal angeschaut, während er ... Und, verdammte Scheiße, ich bin nicht nur entjungfert worden an diesem Scheißtag! Ich bin schwanger geworden. Und ich hatte keine Ahnung, von wem. Von Philipp? Vielleicht hätte ich das Kind behalten. Von einem der anderen? Dann hätte ich das Kind gehasst und sicher getötet. Und mich wahrscheinlich auch. Das war mit ein Grund dafür, dass mein Vater mit mir in die Staaten ist. Meine Mutter hat nie etwas davon erfahren. Ich habe das Kind wegmachen lassen. Und auch wir waren dann weg, weg, weg. Ich habe einen an der Rassel, das weiß ich. Hatte ich auch schon vor diesem Tag damals. Aber – das habe ich doch nicht verdient, oder?«

Nein, das hatte niemand verdient. Und dieser Tonfall, der gefiel Margot überhaupt nicht. Das klang nach Abschied. Das klang nach Großreinemachen. Das klang nach dem Betteln um Absolution.

»Warum sind Sie nach Deutschland zurückgekommen?«

»Ich weiß es nicht genau. Aber ich glaube, der Teil in mir, der die vier umbringen wollte, der hatte damals bereits die Regie übernommen.«

Sie hatten Altheim hinter sich gelassen. Rechts und links lagen Felder. Es war Sommer. So eine schöne Jahreszeit.

Margot sah Judith starr nach vorn blicken. Das war nicht der Blick einer Frau, die überlegte, wie sie in den kommenden drei Wochen ihre Flucht organisieren würde. Das war vielmehr der Blick einer Frau, die überlegte, in welcher der kommenden drei Minuten sie ihr Leben beenden würde. Siebzig zeigte der Tacho. Was die Geschwindigkeitsbegrenzung vorschrieb.

Was würde sie machen? Würde sie anhalten und Margot und sich selbst erschießen? Margot hatte keine Lust, Objekt eines erweiterten Suizids zu werden.

»Was haben Sie vor?«, fragte Margot.

Es kam keine Antwort.

Und Margot wusste, dass sie mit allem Reden nichts würde abwenden können. Aber da war dieser Scheißrevolver in Judiths Scheißhand.

Sie dachte noch einmal an das Bild, das sie vor Augen gehabt hatte. Sie hatte genau noch eine Chance, diesen Mann noch einmal lebend wiederzusehen.

Wie viele Airbags hatte der Peugeot?

Genügend?

Sie würde es erfahren. Blitzschnell griff sie nach links und riss das Lenkrad nach rechts.

EPILOG

»Du ziehst das jetzt durch?«, fragte Horndeich. Aber eigentlich war es mehr eine Feststellung.

Margot trug noch immer eine Halskrause. Und den Verband um die Rippen. Aber wenn das die einzige Erinnerung an einen vierfachen Überschlag war, den der Polizeihubschrauber so schön dokumentiert hatte – dann war das Vertrauen in moderne Automobilbaukunst berechtigt. »Ja, ich ziehe das jetzt durch.«

Das war die Kurzfassung der Entscheidung, die sie getroffen hatte. Immer wieder hatte sie das Metall des Revolvers an ihrem Kopf gespürt, obwohl der nicht mehr da war. Sie hatte gespürt, wie dünn der Faden war, der sie am Leben hielt. So viel dünner, als sie zuzugeben bereit gewesen war.

»Gute Idee«, sagte Horndeich.

Sonst war niemand da, außer natürlich Doro. Auch sie sagte: »Du machst das Richtige.«

Dienstag, Mittwoch und Donnerstag hatte sie im Krankenhaus verbracht. Unglaublich, dass man heute mit siebzig Sachen in ein Feld rasen konnte und fast wie selbstverständlich überlebte. Judith Reichenberg hatte die Frontscheibe durchschossen, als Margot die plötzliche Bewegung gemacht hatte. Aber sie hatte niemanden getroffen. Die Fahrerin hatte es schlimmer erwischt. Die Airbags hatten Knochenbrüche vermeiden können, aber der Revolver war durch das Auto geflogen und hatte Judith am Kopf getroffen. Schädelbasisbruch, schwere Gehirnerschütterung – aber auch sie würde durchkommen. Ebenso Philipp Kaufmann. Das Kaliber war groß gewesen, und Philipp Kaufmann hatte wahrscheinlich einfach nur Schwein gehabt. Er würde überleben, wenn er auch seinen linken Arm nie wieder würde benutzen können.

Während Margot noch im Krankenhaus lag, hatte Horndeich Nick geholfen, ein Auto zu organisieren, in dem er sich als Amerikaner halbwegs wohlfühlen würde. Ein Omega B Kombi. Der bot genügend Platz für einen Europatrip. Und ein Insider des Automobilbaus hatte Horndeich einmal verraten, dass der 2002er-Omega besser sein sollte als die zeitgleich angebotenen 5er-BMWs. Wie dem auch war, die Vollausstattung des Rüsselsheimer Monsters kam einem Amischlitten schon ziemlich nah.

Margot erinnerte sich an das Gespräch mit ihrem Vorgesetzten, das sie Mittwoch noch im Krankenhaus geführt hatte.

»Sie wollen was?«, hatte der verstört gefragt.

»Ich mache jetzt Urlaub. Drei Monate. Wenn Sie mir deshalb kündigen müssen, dann kann ich das nicht ändern. Aber es geht nicht mehr. Ich kann nicht mehr. Mein Privatleben fliegt mir um die Ohren, ich kann keine Toten mehr sehen und mag auch keine Waffe mehr an meinem Kopf spüren. Ich kann mich auch krankschreiben lassen, aber das will ich nicht. Ich will einfach nur noch raus. Deshalb bin ich die nächsten drei Monate weg.«

»Sie spinnen jetzt, oder?« Rhetorische Frage eines Vorgesetzten.

»Wenn Sie wollen, stehe ich in drei Monaten wieder auf der Matte. Wenn nicht – Horndeich macht den Job sicher auch sehr gut. Lassen Sie es mich wissen.«

Doro riss sie aus ihren Gedanken. »Wann seid ihr wieder da?«

»Wir sind in drei Monaten zurück. Also Anfang Oktober.«

Wir – ja, das gefiel ihr. Amerika? Deutschland? Darmstadt oder Darmstadt? Es war unwichtig. Solche Fragen lagen weit entfernt. Sie würden eine Lösung finden. Oder auch nicht. Aber wusste Margot, ob sie beide in drei Monaten noch leben würden?

Nick startete den Motor.

Margot umarmte Doro. »Schön, dass es dich gibt in meinem Leben«, sagte Margot. »Du kriegst das hin mit dem Umzug von meinem Vater. Mach, wie du denkst, dass es richtig ist.«

»Das besprechen wir in Venedig. Ihr seid ja nie mehr als zwei Flugstunden entfernt.«

»Ja. Genau.«

Nick stieg auch noch mal aus. Umarmte Doro. »Danke.«

»Gern geschehen.«

Margot setzte sich in den Wagen. »Abflug?«, fragte sie Nick, der ebenfalls eingestiegen war und sich angeschnallt hatte.

»Ja.«

Das fühlte sich gut an. Verdammt gut!

Europe, here we come!

DANK

Hexenkult. Studentenverbindungen. Pseudologie. Vergewaltigung. Internate. Viele Themen, die in diesem Krimi angesprochen worden sind. Und im Zeitalter von Wikipedia ist man als Krimiautor ja zu guten Recherchen verpflichtet – dann meist doch jenseits von Wikipedia, wenn die Detailprobleme auftreten. Deshalb braucht es Helfer.

Zunächst: Alle Personen und Handlungen sind gänzlich frei erfunden. Ähnlichkeiten wären rein zufällig. Nachdem das geklärt ist (mein Anwalt hat mir geraten, das endlich auch mal hinzuschreiben), kommen wir zu den Dankesworten. Bitte lesen Sie auch noch diese Zeilen. Aaaaalso:

Da wäre zunächst Erik Kadesch von der Darmstädter Kripo, der mir alle Fragen zur Ermittlung im echten Leben beantwortet hat. Einiges davon haben Margot und Horndeich übernommen. Nur so viele Berichte schreiben, das wollen sie einfach bis heute nicht. Alle richtigen Informationen zur Polizeiarbeit kommen also aus dieser Quelle. Die falschen Darstellungen hat der Autor verbrochen. Oder einfach postuliert.

Dr. Karl-Heinz Tischer vom Stadtkrankenhaus Darmstadt beriet mich zu möglichen Auswirkungen von Elektroschockern auf Herzkranke. Bettina Lüdeling-Gölz hat mir geholfen, die Elektrogeschockten dann virtuell gänzlich lahmzulegen.

Iris Massuthe und Birgit Feldmann von der Buchhandlung Lesezeichen in Darmstadt haben mir bei der Klärung zahlreicher Details geholfen und Ruth Steiner für die Dauer des Romans ihre Räume zur Verfügung gestellt.

Werner und Senta Kahrhof und ihr Team gaben mir Auskunft zu allen Fragen rund um die Bestattung und die Bergung von Verstorbenen. Genauso für die tollen Details, die sie mir zum firmeneigenen Mercedes 220B zur Verfügung gestellt haben – ein toller Wagen! –, ein riesiges Dankeschön! Auch ausdrücklich im Namen von Steffen Horndeich.

Marc Sauvage half mir, Details beim Tätowieren zu verstehen.

Bei Angelika von Wilcke möchte ich mich für die gemeinsame Spurensuche im Odenwald und die Vermittlung von wichtigen Kontakten zum Thema Burg Rodenstein bedanken. *Golf rules!*

Rudhart Knodt erzählte mir viel mehr über den Rodenstein, als in diesem Buch leider Platz gefunden hat.

Ein ganz besonderer Dank geht an Dörte Lührs von der Pressestelle der TU-Darmstadt. Wenn vier Figuren des Romans in den frühen Neunzigerjahren in Darmstadt studiert haben, der Autor hingegen nicht, dann geht es bei der Recherche nicht ohne solch engagierte Unterstützung! Merci!

Burschenschaften, Corps, Studentenverbindungen – wenn man mal anfängt, sich mit dem Thema auseinanderzusetzen, kann man viel lernen. Und viele Vorurteile verlieren. Mein Dank für viel, viel Hintergrundinformationen gilt der Burschenschaft Germania Darmstadt und besonders drei Personen: Torben und Jörgen Hamme sowie Paul Braun. Dank besonders für die so offenen Gespräche. Dank auch an Marc Tempels und seine Kollegen vom Deutschen Roten Kreuz, die mir die Villa Bonte von innen zeigten und so der Burschenschaft Ludovica Quartier boten.

Bodo Schaumburg hat nicht nur Steffen Horndeichs Benz wieder hingekriegt, sondern mir auch geholfen, die Gespräche in der Autowerkstatt authentisch hinzubekommen.

Richter Joachim Becker war wieder und wieder Ansprechpartner, wenn es galt, juristische Fragestellungen zu klären. Danke für deine Geduld!

Friedrich Niemeyer, Begrüßungskapitän der Schiffsbegrüßungsanlage Willkomm Höft in Wedel bei Hamburg, half mir, den Sinn und Zweck einer Schiffsbegrüßungsanlage zu ergründen.

Yvonne Langendorf war dafür verantwortlich, dass ich Margots Burn-out-Syndrom besser verstanden habe, wenn ich es dann auch sehr frei interpretiert habe. Katja Hahn unterrichtete mich über den Job von Ersthelfern in einem Unternehmen.

Meiner Ma ein Dankeschön für Lösungen-Finden am Mittagstisch, meinem Pa und Marlies für das Gewähren des Schreibasyls und meinem Cousin Christoph für Übersetzungshilfen.

Aber ohne meine Sparringspartner Manfred, Matthias, Katja und Jochen wäre dieses Buch oft in einer Sackgasse gegen die Wand gefahren worden. Danke für die zahlreichen Hinweise, wo der Rückwärtsgang ist. Und wo man eine Abzweigung findet, die man oft nicht selbst gesehen hat. Dafür ein ganz herzliches und ganz großes Danke!

Das Team von Piper, besonders Monika Schönleben, hat an dieses Buch geglaubt, und Peter Thannisch und Anja Rüdiger haben mir geholfen, die bestmögliche aller »Opfergrube«-Varianten zu schreiben. Dank auch an meinen Agenten Georg Simader, den besten Rückenfreihalter, den man sich wünschen kann. Dieser Satz steht nun auch schon zum wiederholten Mal an dieser Stelle in einem Buch. Und er stimmt jedes Mal wieder.

Vielleicht auch ein Dankeschön an Anna Loos und Silly, die für dieses Buch mehr Inspiration gegeben haben, als ihnen bewusst sein dürfte.

Die allerletzten Zeilen gleichen denen der vergangenen Nachworte. Es liest sich immer noch wie ein Disclaimer auf einer Internetseite, und immer noch ändert das gar nichts am Wahrheitsgehalt: All diese Menschen haben mir für dieses Projekt ihr Wissen und ihre Zeit geschenkt oder mich inspiriert. Um eines ganz deutlich zu sagen: An Fehlern ist der Autor schuld und keiner seiner Helfer. Sollte ich jemanden vergessen haben, tut es mir sehr leid. Nun, die

Entschädigung wird im Green Sheep gewährt: Ein Bunnahabhain 18 years? Okay. Ein Süppchen im Vis à vis? Passt auch ;-).

Michael Kibler *Darmstadt, Mai 2013*